KNAUR

Im Knaur Verlag sind bereits folgende
Bücher des Autors erschienen:

Medusa
Reptilia
Magma
Nebra
Korona
Valhalla

Über den Autor:

Thomas Thiemeyer, geboren 1963, studierte Geologie und Geographie, ehe er sich selbständig machte und eine Laufbahn als Autor und Illustrator einschlug. Mit seinen Wissenschaftsthrillern und Jugendbuchzyklen, die etliche Preise gewannen, sich über eine halbe Million Mal verkauften und in dreizehn Sprachen übersetzt wurden, ist er mittlerweile eine feste Größe in der deutschen Unterhaltungsliteratur. Der Autor lebt mit seiner Familie in Stuttgart.

Thomas Thiemeyer

Das verbotene Eden III

Entscheidung

Roman

KNAUR

Die gebundene Ausgabe des Werkes erschien unter dem Titel
»Das verbotene Eden. Magda und Ben«.

Besuchen Sie uns im Internet:
www.knaur.de

FSC
www.fsc.org
MIX
Papier aus verantwortungsvollen Quellen
FSC® C083411

Vollständige Taschenbuchausgabe November 2014

Ein Imprint der Verlagsgruppe
Droemer Knaur GmbH & Co. KG, München

Redaktion: Franz Leipold
Covergestaltung: ZERO Werbeagentur, München
Coverabbildung: FinePic®, München
Karte: Thomas Thiemeyer
Satz: Adobe InDesign im Verlag
Druck und Bindung: CPI books GmbH, Leck
ISBN 978-3-426-51313-2

2 4 5 3

Das verbotene Eden III

Entscheidung

Ingran
Alcmona
Glânmor

Die alte Stadt
Kathedrale
Kloster
Verbotene Zone
Der breite Strom
Raffinerie
Grenzland

Prolog

2080, unterhalb der alten Stadt …

Die Finsternis drang wie Rauch aus den Tunneln. Das wenige Licht, das durch Risse und Spalten in der Decke fiel, reichte gerade aus, um ein kurzes Stück des Weges zu beleuchten. Silbriges Wasser tropfte aus Belüftungsschächten und landete platschend auf dem mit Müll und Unrat übersäten Boden. Mordra verlangsamte ihren Schritt, dann blieb sie stehen. Vor ihr war ein besonders großes Stück Beton aus der Decke gebrochen und auf dem Boden gelandet. Graues Tageslicht schien auf ein verbogenes Kinderspielzeug, ein Dreirad oder Roller. Der rote Lack war an vielen Stellen abgesplittert, und rostiges Eisen kam zum Vorschein. Wie lange es wohl schon hier lag? Ob jemals ein Kind damit gefahren war? Wer hatte das Spielzeug hier heruntergeschleppt und warum?

Mordra versuchte, sich vorzustellen, wie der Roller wohl in den Händen eines Kindes ausgesehen haben mochte. Hatte er einem Jungen oder einem Mädchen gehört? Vielleicht einer kleinen Furie, so wie sie selbst eine gewesen war, kraftstrotzend, pausbäckig und mit abstehenden Zöpfen? Roller gab es auch in Glânmor, allerdings waren sie aus Holz und furchtbar teuer. Nur die Wohlhabenden konnten sich so etwas leisten. Sie selbst hatte nie so ein Spielzeug besessen, schon gar nicht aus Metall. Der Gedanke an die Abenteuer, die sie damit hätte bestehen können, zauberte ein Lächeln auf ihr Gesicht. Bewaffnet mit Knie- und Ellbogenschützern, wäre sie die Oststraße bis ans Ende gerannt und dann in einem Affenzahn den

Hügel hinuntergebrettert. Vorbei am Stelkinghof, auf dem sie und ihre beiden Schwestern geboren und aufgewachsen waren, vorbei an den Gerbereien mit ihrem durchdringenden Gestank, vorbei am Schlachthof und an den lederverarbeitenden Betrieben bis hinunter zum See. Ein langer, schnurgerader Kilometer, ohne zu bremsen. Danach wäre sie vermutlich in hohem Bogen ins Wasser gesegelt. Vielleicht hätten aber auch ihre Schwestern versucht, sie aufzuhalten, doch Mordra war schon immer gut darin gewesen, Dinge, die ihr gehörten, zu verteidigen. So gesehen war es vielleicht besser, dass sie nie ein solches Spielzeug besessen hatte.

Der Gedanke an ihre Familie ließ sie schnell wieder auf den Boden der Tatsachen zurückkehren. Ihre Schwester Kendra war verschwunden, überwältigt und entführt von den Bleichen. Schrecklichen Kreaturen, die hier, unterhalb der alten Stadt, in den Schächten der U-Bahn und der Kanalisation hausten.

Kendra war schlanker und sehniger als Mordra, aber mindestens ebenso tödlich. Eine Meisterin des Bogens, die ein Kaninchen auf eine Entfernung von fünfzig Metern erlegen konnte. Zu dumm, dass ihr diese Fähigkeiten hier unten nichts genutzt hatten.

Mordra schüttelte den Kopf, als sie daran dachte, wie naiv sie in dieses Abenteuer gestolpert waren. Ohne zu überlegen, nur beseelt von dem Gedanken, den Inquisitor zu töten, hatten sie die dunklen Schächte betreten und waren in Richtung Stadtzentrum vorgerückt. Selbst ihre Pferde hatten sie mitgenommen, ohne darüber nachzudenken, dass der Lärm vielleicht Feinde auf den Plan rufen konnte. Fünf stolze Brigantinnen, die sich selbst für unbesiegbar hielten. Aber Hochmut kommt vor dem Fall, hieß es nicht so?

Bereits in der ersten Nacht hatten sie die Quittung für ihr leichtfertiges Verhalten erhalten. Der Angriff der Bleichen war heftig und unerwartet erfolgt. Diese Kreaturen konnten sich beinahe lautlos bewegen und waren überdies zäh und schnell. In dem darauffolgenden Kampf waren die Brigantinnen von Anfang an die Unterlegenen gewesen. Jetzt waren Mildred, Josepha und Gwen vermutlich tot, und Kendra war irgendwohin verschleppt worden. Dass es Mordra gelungen war zu überleben, grenzte schon fast an ein Wunder. Ein Pferd hatte sie getreten und sie aus dem Kreis der Angreifer hinausbefördert. Die furchtbare Prellung an ihrer linken Schulter schmerzte immer noch wie die Hölle. Sie war aus der Gefahrenzone in eine Ecke geschleudert worden und von dort aus weitergekrochen. Warum die Kreaturen von ihr abgelassen hatten, würde vermutlich für immer ein Geheimnis bleiben. Hatten sie nicht mitbekommen, wie Mordra in den Abwasserkanal gefallen war? Vielleicht hatten sie auch geglaubt, sie sei tot, und daraufhin beschlossen, sich später mit ihr zu befassen.

Einerlei.

Die Ohnmacht hatte alles, was danach geschehen war, ausgelöscht und durch gnädiges Vergessen ersetzt. Zumindest bis zu dem Zeitpunkt, als sie wieder erwacht war. Da hatte sie feststellen müssen, dass die Bleichen zwar fort waren, dass aber auch vom Rest der Brigantinnen jede Spur fehlte.

Was war mit ihnen geschehen? Waren sie getötet worden, verschleppt, gefressen? Mordra hatte den Kampfplatz untersucht, war jedoch nicht fündig geworden. Nirgendwo war Blut zu erkennen, dafür eine Unmenge Kampf- und Schleifspuren, die allesamt über die Barrikade auf die andere Seite führten. Sie erinnerte sich, dass Gwen in diese Richtung geflohen war. Mordra sah noch vor sich, wie das Mädchen davongerannt war, zwei von diesen widerwärtigen Kreaturen im Schlepptau. Sie hatte ihr noch eine Warnung hinterhergerufen, aber Gwen war wie von Sinnen gewesen. War einfach immer weitergerannt, tiefer und tiefer hinein in diese Welt aus Dunkelheit und Verzweiflung.

Was wohl aus ihr geworden war?

Vermutlich tot, genau wie die anderen.

Mordra wandte den Blick von dem Spielzeug ab und folgte dem Schacht tiefer ins Herz der Stadt.

Rost, Müll, Verwesung – die alte Stadt glich einem Friedhof. Ein Mahnmal aus einer Zeit, in der die Menschen in Wohlstand und Überfluss gelebt hatten. Schwer zu glauben, dass an der Oberfläche immer noch Menschen wohnten. Männer zwar, Teufel, aber trotzdem Menschen. Dabei war der Unrat ja nicht einmal das Schlimmste. Woran Mordra sich einfach nicht gewöhnen konnte, war der Gestank. Eine Mischung aus Moder und Fäulnis, die wie der Atem eines Sterbenden roch. Er durchdrang die Kleidung, heftete sich an ihre Haut und machte das Atmen zur Qual. Selbst wenn sie danach tagelang badete, diesen Gestank würde sie nie wieder loswerden.

Einen Moment lang war sie in Gedanken versunken und beachtete nicht, wo sie hintrat. Es platschte, und ein großer Schwall gelbliches Wasser schwappte in ihren Schuh. Einen unterdrückten Fluch ausstoßend, wich sie links auf einen kleinen Schutthügel aus. Sie durfte jetzt nicht unvorsichtig werden. Geräusche wie dieses würden die Bleichen schnell wieder auf den Plan rufen. Vielleicht wären die Brigantinnen weitergekommen, wenn sie versucht hätten, sich ihrer Umgebung anzupassen. So wie Mordra es jetzt tat: leise, heimlich, verstohlen. Ihre Augen vermochten die Dunkelheit zu durchdringen, und auch ihr Gehör war um ein Vielfaches schärfer geworden. Kein noch so kleines Geräusch – mochte es nun das Tropfen von Wasser oder das Rascheln einer Ratte sein – blieb ihr verborgen. Sie konnte fühlen, wenn sich in ihrer Nähe etwas bewegte, und spüren, wie groß ein Raum war, nur anhand von Temperaturänderungen oder dem Hall ihrer Schritte. Ihr Körper war zu etwas anderem geworden, zu einem feinen Messinstrument, das sich mehr und mehr der fremdartigen Umgebung anpasste. Geschmeidig, still und tödlich. Ob das ausreichen würde, blieb abzuwarten. Dies war das Reich der Bleichen. Hier bestimmten sie die Regeln.

Sie zog sich bis zur Seitenwand zurück und atmete leise und geräuschlos. Es war hier zwar dunkler, dafür konnte sie trockenen Fußes weiterlaufen. Weniger Gefahr, in eine Pfütze zu treten.

Was für ein Tag war heute?

Sie hatte ihr Zeitgefühl verloren. Ob Tag oder Nacht, ließ sich nur erahnen. Hier unten herrschte immerwährende Dunkelheit. Sie schlief, wenn sie müde war, und aß, wenn sie Hunger hatte. Wasser gab es genug, und von ihrem Proviant war auch noch einiges übrig.

Den Spuren der Entführer folgend, setzte sie ihren Weg fort. Die Markierungen waren nicht zu übersehen. Schleifspuren, Blutflecken, hin und wieder Kleidungsfetzen. Irgendwo war sie auf Kendras Messer gestoßen, das halb versunken in einer Pfütze lag. Die Klinge war abgebrochen, und der lederumwickelte Griff sah aus, als wäre daran herumgenagt worden. Ohne lang darüber nachzudenken, hatte sie es eingesteckt. Kendra hätte sich niemals freiwillig von dieser Waffe getrennt. Ihre Schwester war hier irgendwo, das spürte sie. Sie würde sie nicht den Bleichen überlassen.

Sie war etwa einen Kilometer gegangen, als sie eine Veränderung bemerkte. Es wurde heller. Auch der Gestank nahm zu. Sie duckte sich in die schwärzesten Schatten und zog ihr Schwert. Das Metall schimmerte wie Sternenlicht.

Vor ihr, auf den ersten Blick schwer zu erkennen, lag ein riesiger, offener Raum. Eine Höhle oder etwas Ähnliches, aber von gewaltigen Ausmaßen. Mehrere Stockwerke tief und so breit, dass man kaum auf die andere Seite blicken konnte. Die Zwischenböden waren herausgebrochen, und aus den Betonplatten ragten krumme, rostige Eisenträger. Die Luft war nebelig und feucht. Das Rauschen von Wasser drang an ihr Ohr.

Mordra versuchte, mit der Wand zu verschmelzen, während sie langsam auf den Rand der Öffnung zukroch. Die Höhle sah aus, als wäre sie durch eine Katastrophe entstanden, eine Explosion oder dergleichen. Sie hatte die Zwischenebenen herausgerissen und einen gewaltigen Innenraum erschaffen. Ungewöhnlich war auch, dass das Licht, anstatt von oben, aus der Tiefe kam. Feuer oder dergleichen.

Für einen kurzen Moment war sie von Hoffnung ergriffen. Eine Menschensiedlung? Schatten zuckten über die Wände. Nebelfetzen waberten wie blutige Tücher durch die Luft. Mordra hielt den Atem an. Der Abgrund war bodenlos. Ein feuriges Loch ohne Anfang, ohne Ende. Ein Ort, der aussah wie die leibhaftige Hölle. Das Licht entsprang eisernen Tonnen, in denen kränkliche Feuer brannten. Aus einer geborstenen Rohrleitung tröpfelte übelriechendes Wasser. In der Mitte der Höhle befand sich ein See, aus dem ein Schutthaufen herausragte. Die Form dieser Insel war zu gleichmäßig und symmetrisch, als dass sie rein zufällig entstanden sein konnte. Auch die brennenden Tonnen waren nicht willkürlich angeordnet. Sie umschrieben einen Kreis, der so bemessen war, dass die

Flammen zwar genügend Licht spendeten, jedoch das Herz der Anlage – den mächtigen Hügel – nicht allzu stark ausleuchteten. So als würde jemand das Licht hassen, jedoch nicht zur Gänze darauf verzichten können.
Wenn nur der verdammte Nebel nicht wäre! Die wabernden Schleier schoben sich immer wieder vor ihr Blickfeld. Bisher hatte sie noch keine lebende Seele gesehen. Waren das Öffnungen auf der Oberseite? Doch, es stimmte schon: Löcher – wie in einem Ameisenhügel.
Plötzlich bemerkte sie eine Bewegung. Irgendetwas krabbelte über die Oberseite des Schutthaufens. Sie kniff die Augen zusammen. Auf allen vieren, den Kopf vorgereckt, tastete sich das Ding voran. So bleich und durchscheinend, dass es vom Untergrund kaum zu unterscheiden war. Ein Mensch war das gewiss nicht. Wie eine Made kroch die Kreatur auf dem Hügel herum, tauchte in eines der Löcher ab und kam an anderer Stelle wieder hervor.
Oder war es ein Artgenosse?
Jetzt, wo sie endlich einen Anhaltspunkt hatte, konnte Mordra abschätzen, wie groß die gesamte Anlage war. Ein leiser Fluch huschte über ihre Lippen.
Kein Zweifel, dies war das Nest, nach dem sie so lange gesucht hatte. Der Bau war riesig. Mindestens dreißig Meter im Durchmesser und zehn Meter hoch. Wobei es schien, dass er in der Tiefe sogar noch weiterging. Den vielen Löchern nach zu urteilen, hatten die Kreaturen den gesamten Untergrund ausgehöhlt und ein Labyrinth aus Stollen und Gängen erschaffen. Bestimmt war der Bau durchzogen von Wohnhöhlen und Schlafräumen, ganz zu schweigen von der wichtigsten Kammer: der des Anführers. Mordra konnte sich zwar nicht vorstellen, dass diese Kreaturen auf irgendeine Weise organisiert

waren, andererseits besaßen selbst so hirnlose Kreaturen wie Ameisen eine Organisation. Wenn es also eine Struktur gab, dann musste es auch einen Anführer geben, das war ein Naturgesetz.

Langsam und vorsichtig zog sie sich zurück. Sie spürte, dass ihre Schwester noch am Leben war und dass sie nur dort unten sein konnte. Sie und Kendra hatten schon immer eine starke Verbindung gehabt. Ein Band, das nicht mal der Tod würde durchschneiden können.

Mordra ließ ihr Schwert durch die Luft pfeifen. Was immer in der nächsten Stunde geschehen würde, es würde gewiss nichts sein, was man seinen Kindern vor dem Zubettgehen erzählte. Mit einem grimmigen Lächeln machte sie sich an den Abstieg.

TEIL 1

Denn sie wissen nicht,
was sie tun …

Nachricht

Löschen | Antworten | Allen antworten | Weiterleiten | Sofortnachricht | Antworten

Zum Kalender hinzufügen | Verschieben | Kopieren nach | Markieren | Überwachen | Aktionen

Zurück | Weiter | Navigieren

Re: Freitag

Magdalena Weißkircher 02.09.2015 22:06

An: Ben Eigel

Mein Held ;-)

klar komme ich. So etwas lasse ich mir doch nicht entgehen.
Hast du was dagegen, wenn mein Vater mitkommt? Er wollte morgen was mit mir unternehmen und ich kann ihn schlecht abwimmeln.

Ich liebe dich auch,
dein Burgfräulein Magda

Am 02.09.2015 um 19:39 schrieb Ben Eigel <ben.eigel@t-online.de>:

> **Hallo Engel,**
> **habe gerade erfahren, dass morgen ein Team vom WDR in Satzvey dabei sein wird.**
> **Stell dir vor, sie wollen uns filmen. Ich habe jetzt schon schweissnsse Hände, wenn ich nur daran denke. Kommst du? Bitte, Bitte.**
> **Vielleicht bin ich dann nicht ganz so aufgeregt.**
>
> **Ich liebe dich,**
> **Ben**

1

65 Jahre zuvor …

Das Schwert pfiff durch die Luft, landete mit hartem Aufprall auf dem Schild des Gegners und prallte federnd davon ab. Ben lächelte unter seinem Helm. Das neue Schwert war gut ausbalanciert. Nicht so wie diese Bastardklinge vor einem Jahr, bei der ihm nach einer Stunde Kampftraining schier der Arm abgefallen war. Dieses hier war leicht. Leicht, kompakt und gutaussehend. Französischer Stahl, gefertigt von einem Hobbyschmied in einem kleinen Nest im Elsass. Natürlich war es stumpf, so wie alle Turnierwaffen, aber im Fernsehen würde das nicht zu sehen sein. Für die Zuschauer des WDR-Regionalprogramms würde es so wirken, als schlügen sie hier tatsächlich mit echten Waffen aufeinander ein.

»Halt, stopp, kurze Pause.« Der Regisseur, der für die Sendung Lokalzeit einen Beitrag über das alljährliche Mittelalterfest auf der Burg Satzvey drehte, klatschte in die Hände. »Stopp. Alle mal herhören, bitte. Das war sehr schön eben, wir benötigen aber noch einen Gegenschuss. Wir werden die Kamera dort drüben auf der Treppe postieren und eine letzte Aufnahme mit der Burg im Hintergrund machen. Wir sagen euch Bescheid, sobald wir wieder drehbereit sind, okay?«

Die sechs Kämpfer, unter ihnen Ben, ließen ihre Waffen sinken.

»Alter, das ist ja Schwerstarbeit«, kam es unter einem prächtig verzierten Kreuzhelm hervor.

»There’s no business like show business.« Ben grinste.

»Ach, sei doch still.«

Der Mittelalterverein »Alt-Lindenthal e. V.« existierte seit zehn Jahren. Eine Gruppe junger Männer und Frauen, die Spaß daran hatten, sich zu verkleiden, Rollenspiele zu veranstalten, sich mit stumpfen Waffen zu prügeln und für ein paar Wochen im Jahr der Zivilisation den Rücken zu kehren. Um unter Gleichgesinnten zu sein und sich nebenher etwas dazuzuverdienen, bestritten sie regelmäßig Auftritte auf Straßenfesten, Umzügen oder Ritterspielen, so wie hier auf der Burg Satzvey in der Eifel. Natürlich waren sie nicht mit den französischen Stuntleuten zu vergleichen, die die richtigen Turniere abhielten, aber ihre Truppe war farbenfroh genug, um ins Vorabendprogramm zu kommen. Marten – Bens Gegner – war erst ein Jahr dabei und noch relativ unerfahren. Hätte Ben ihm einen Ratschlag erteilen sollen, hätte er ihm gesagt, dass es für einen Anfänger nicht unbedingt ratsam war, den Kreuzritter zu wählen. Aber dafür war es jetzt zu spät. Die Ausrüstung hatte einen Großteil von Martens Erspartem verschlungen, und er konnte es sich nicht leisten, jetzt noch einmal in etwas Neues zu investieren. Viele Anfänger machten den Fehler, dass sie nur auf die Optik und nicht auf Praktikabilität achteten. Die Kreuzritterrüstung eignete sich nur für erfahrene Veteranen. Bei einem Gesamtgewicht von knapp zwanzig Kilogramm war sie etwas für Leute, die nicht nur über genügend Muskeln, sondern auch über Hornhaut und eine gewisse Leidensfähigkeit verfügten. Schon allein der Beidhänder wog gut und gerne sechs Kilogramm. Wer ihn fünfzigmal geschwungen hatte, würde das nächste Mal mit anderen Augen durch die Waffenkammer eines Rüstungsschmiedes gehen und vielleicht, so wie Ben, lieber auf die leichtere Normannenrüstung in Lederausfertigung und mit Eisenbeschlägen zurückgreifen.

Ben nahm den Helm vom Kopf, strich durch seine verschwitzten Haare und gönnte sich einen Schluck aus seinem Wasserschlauch. Das kühle Nass lief ihm übers Gesicht und tropfte von seinem Kinn. Wie jedes Jahr begannen die Ritterspiele Anfang September und zogen sich durch den ganzen Monat. Bis auf wenige Ausnahmen war das Wetter um diese Jahreszeit gut – um nicht zu sagen, heiß, was sich an stetig steigenden Besucherzahlen niederschlug. Ben konnte sich noch erinnern, dass früher Juli und August die klassischen Sommermonate gewesen waren. Jetzt waren es der Juni und der September. Klimawandel, klare Sache. Der Mensch würde es schon hinbekommen, den Karren in den Dreck zu fahren, und man musste schon ein echter Optimist sein, um vor dem Mist, der überall auf der Welt passierte, die Augen zu verschließen.

»Eh, sag mal, Alter, siehst du die heiße Schnalle da drüben? Ich meine die, die immer zu uns rüberschaut?« Marten deutete mit dem Daumen über seine Schulter. »Ich glaube, die steht da schon seit einer halben Stunde. Sieht echt toll aus, die Kleine.«

Ben reckte den Kopf. Das Mädchen war gerade abgelenkt und tippte mit ihren grünlackierten Fingernägeln auf ihrem iPhone herum. Sie trug ein rosafarbenes Kleid, flache Stoffschuhe und neonfarbene Armbänder. Ihre blonden Haare ruhten sanft auf ihren Schultern, während ihre Augen unentwegt auf das Display ihres Handys starrten.

»Keine Ahnung«, sagte er. »Sieht nett aus. Nicht unbedingt das, was man auf einem Mittelalterfestival erwarten würde. Aber nett.«

»Nett?« Marten schüttelte den Kopf. »Die Braut ist der Hammer. Sieh doch nur mal, wie sie mit ihrem Hintern an dem Cabrio lehnt. Ich glaube, das ist das erste Mal, dass ich mir wünsche, ich wäre der Kotflügel eines Autos.«

Ben kniff die Augen zusammen. »Ich glaube nicht, dass wir ihr aufgefallen sind. Sie scheint sich mehr für ihr Handy zu interessieren.«
»Das kommt dir so vor, weil du keine Augen im Kopf hast. Vorhin, während der Dreharbeiten, da hat sie uns die ganze Zeit zugesehen. Sie hat jede unserer Bewegungen verfolgt.«
»Ach so, deshalb warst du nicht bei der Sache, jetzt wird mir einiges klar«, sagte Ben grinsend. »Ich musste ein paarmal echt aufpassen, dass ich dir nicht den Schädel abrasiere.«
»Das lag nur an dem Helm. Ich kann in dem Teil nicht besonders gut sehen.«
»Vielleicht gehört sie zu der WDR-Truppe ...«, sinnierte Ben. »Vom Outfit her würde sie gut zu diesen Medienfuzzis passen.«
»Glaube ich nicht«, sagte Marten. »Die kam vorhin mit so einem Kerl an, der aussah wie ein Banker. Weißes Hemd, Sakko, Herrenslipper.«
»Ihr Freund?«
»Ach was, viel zu alt. Ich schätze, ihr Vater. Einen Mercedes SLK kannst du dir erst ab 'ner bestimmten Einkommensstufe leisten. Er steht da drüben bei dem Metzelt und säuft sich einen an, siehst du?« Marten deutete hinüber. »Ich frage mich, was so'n Typ wie der hier verloren hat.«
»Vielleicht liebt er guten Met.« Ben stützte sich auf sein Schwert und blickte versonnen zu dem Mädchen hinüber. »Ich frage mich, ob ich bei der Kleinen wohl eine Chance hätte. Was meinst du?«
Um ein Haar hätte Marten sich an seiner eigenen Spucke verschluckt. Ben musste ihm kräftig auf den Rücken klopfen, bis er wieder reden konnte.
»Vergiss es«, sagte er, immer noch hustend. »Die ist 'ne Num-

mer zu groß für dich. Sieh dir nur mal die Klamotten an. Typisch It-Girl. Jede Woche ein neuer Style. Die steht auf Typen mit Ferraris, Chromfelgen und Subwoofern. So einen komischen Kauz wie dich würde die nicht mal mit 'ner Manikürezange anfassen.«

»Aber du sagst doch, sie hätte uns beobachtet. Vielleicht steht sie auf unrasierte, schwitzende Kerle mit Muskeln. Ich glaube, ich werde mal mein Glück versuchen.«

Ohne eine Antwort abzuwarten, marschierte er zu dem Mädchen hinüber. Er hatte zwar keine Augen im Hinterkopf, konnte aber trotzdem sehen, wie Marten der Unterkiefer runterklappte. Als er bei dem Mädchen eintraf, stellte er sich vor sie und stemmte eine Hand in die Hüfte. »Hi.«

»Hi, Großer.« Sie wandte ihren Blick nicht vom Display ihres Handys ab.

»Heiß heute, oder?«

»Das kannst du laut sagen.« Sie drückte den Aus-Schalter und ließ das iPhone in ihrer Handtasche verschwinden. Das Taubeneiblau der Tasche harmonierte perfekt mit dem Kleid und den grünen Fingernägeln.

Als sie ihren Blick hob, fühlte Ben, wie seine Knie weich wurden. Sein Herz puckerte wie ein Schiffsmotor.

»Wartest du auf jemanden?«

»Ja, auf meinen Dad. Er ist da drüben, siehst du? Ich hoffe, dass er lange genug bleibt, um sich einen Schwips anzutrinken, damit ich nach Hause fahren kann. Führerschein ab siebzehn, du verstehst?« Sie zwinkerte ihm zu und neigte den Kopf ein wenig. »Du siehst abgekämpft aus. Wenn du hier fertig bist, könnte ich dich mitnehmen.«

»Sorry, aber ich fürchte, daraus wird nichts«, sagte Ben. »Das Filmteam will noch eine Aufnahme machen, und ich habe meinen Freunden versprochen, dass wir anschließend noch ein bisschen feiern.«

»Schade.« Sie sah ihm tief in die Augen, dann packte sie ihn und zog ihn zu sich herunter. Ihre Lippen waren wunderbar weich und schmeckten nach Kirschen.

Ben konnte hören, wie Marten im Hintergrund ein ungläubiges Grunzen ausstieß. Es war förmlich zu spüren, wie seine kleine heile Welt zusammenbrach. Ben spürte einen kurzen Anflug von schlechtem Gewissen, doch das wunderbare Mädchen in seinen Armen vertrieb das Gefühl.

Der Kuss währte eine gefühlte Unendlichkeit und war in jeder Hinsicht sensationell. Ben fing schon an, Sternchen zu sehen, so lange hatte er bereits den Atem angehalten. Als sie sich voneinander lösten, taumelte er leicht zur Seite.

Sie lächelte ihn an. »Alles klar?«

»Mmh? Oh ja, sehr. Ich bin ein bisschen beschwipst, das ist alles.«

Sie nickte. Dann holte sie einen Taschenspiegel heraus und zog ihren Lippenstift nach. Als sie fertig war, sah sie ihn an und lachte.

Ben runzelte die Stirn. »Was ist los?«

»Hier.« Sie hielt ihm den Spiegel entgegen.

Sein Mund war voller Lippenstift mit Glitzerpigmenten.

»Dagegen sollten wir etwas unternehmen«, sagte sie. »Wir wollen doch nicht, dass deine Freunde dich für eine Tunte halten, oder?« Sie nahm ein Taschentuch und wischte ihm über den Mund. »So ist's gut. Schaden bereinigt. Nun geh wieder zurück zu deinen Kumpanen und zieh ihnen dein Schwert über den Schädel. Ich werde zusehen, dass ich meinen Dad loseise und zum Heimfahren bewege. Ich werde mir den Rest eurer Show in ein paar Tagen im Fernsehen anschauen. Man sieht sich.« Mit diesen Worten drehte sie sich um und ging zum Metstand hinüber.

Ben sah ihr noch eine Weile hinterher, dann ging auch er zurück.

Das Kamerateam war inzwischen fertig mit der Einstellung und wartete darauf, dass sie wieder ihre Positionen einnahmen. Marten starrte ihn an wie eine Kuh, wenn es blitzt.

»Alter, was war das denn gerade? Wüsste ich es nicht besser, ich könnte schwören, du hast sie geküsst.«

»Habe ich auch. War ziemlich schön«, sagte Ben und zog seinen Helm wieder auf. »Nur diesen Glitzerlippenstift kann ich nicht leiden. Das Zeug nervt.«

»Aber wie … ich meine … was …?«

»Sie ist seine Freundin, du Idiot«, dröhnte es von nebenan unter Steffens prächtigem Wikingerbart hervor. »Die beiden sind schon seit einem Jahr zusammen, wusstest du das nicht?«

Einen Moment lang stand Marten da und blickte sprachlos zwischen Ben und Steffen hin und her.

»Sie ist deine … Freundin?«

Ben nickte. Marten war noch nicht lange genug dabei, um Magda zu kennen. Sie kam nur selten zu ihren Vereinstreffen und war der Meinung, der Karnevalsverein müsse ohne sie auskommen. Und eigentlich fand Ben das ganz gut. Er vertrat die Theorie, dass eine gute Partnerschaft nur dann funktionierte, wenn man nicht symbiotisch aneinanderklebte, sondern wenn jeder nebenher noch ein eigenes Leben führte.

Der Spaß war ihm gelungen, er hoffte nur, dass er es nicht zu weit getrieben hatte. Er mochte Marten und wollte ihn nicht brüskieren.

»So, die Herrschaften«, rief ihnen der Regisseur zu und klatschte in die Hände. »Bitte wieder Aufstellung nehmen, wir drehen weiter. Letzte Einstellung für heute, danach gibt es für jeden ein kühles Blondes.«

Ben grinste. Ein kühles Blondes hatte er ja gerade im Arm gehabt, aber die Aussicht auf ein frisch gezapftes Kölsch war auch nicht schlecht. Er duckte sich hinter seinem Schild und hob sein Schwert.

2

»Benedikt?«

Die Stimme sickerte mit öliger Langsamkeit durch seine Gehörwindungen. Nicht laut genug, um wirklich zu stören, aber doch so hartnäckig, dass er sie nicht gänzlich ausblenden konnte.

Draußen auf der Wiese waren ein paar Frisbeewerfer damit beschäftigt, Kunststücke einzuüben. Die Scheibe flog in weitem Bogen durch die Luft und wurde fachkundig aufgefangen. Der Fänger ließ sie eine Weile auf seinem Finger rotieren, dann packte er sie und schleuderte sie zurück.

»Erde an Benedikt, ist jemand zu Hause?«

Bens Kopf wanderte im Zeitlupentempo herum. Die Frisbeespieler verblassten, die Realität hatte ihn wieder.

»Wie schön, Sie wieder bei uns zu wissen, Herr Eigel. Ich freue mich immer, wenn die Schüler meinem Unterricht mit so viel Begeisterung folgen.«

Montagmorgen, dritte Stunde. Bio bei Oberstudienrat Greipel. Der Mann, der dafür verantwortlich war, dass Bens Zensur im vergangenen Jahr erdrutschartig abgesackt war, und einer der wenigen, die ihn immer noch beharrlich Benedikt nannten, obwohl er des Öfteren darum gebeten hatte, mit Ben angesprochen zu werden. Natürlich tat Greipel das nur, weil er auf diese Art weiterhin Papstwitze auf Bens Kosten reißen konnte, obwohl selbst die ja mittlerweile veraltet waren. Als ob Ben etwas mit der katholischen Kirche am Hut gehabt hätte! Aber

vielleicht gerade deshalb. Bei manchen Leuten war Sadismus untrennbar mit Infantilität gekoppelt.
Eigentlich mochte Ben Biologie. Es war eines der wenigen naturwissenschaftlichen Fächer, denen er folgen und für die er sich sogar begeistern konnte. Doch Greipel hatte eine Art, selbst den spannendsten Stoff zu Staub werden zu lassen. Er benutzte immer noch den guten alten Overhead-Projektor, teilte Kopien auf gelblichem Billigpapier aus und pflegte den klassischen Frontalunterricht. Dabei ging er unentwegt auf und ab, presste seine Fingerspitzen aufeinander und ratterte die Fakten herunter, dass es klang, als würde man an einer Gebetsmühle drehen.
Bens Augenlider waren schwer wie Blei. Das Wochenende steckte ihm in den Knochen. Das Kampftraining, die viele Sonne, das Bier am Abend. Vielleicht hätte er doch Magdas Angebot, ihn mitzunehmen, annehmen sollen. Andererseits war es schön gewesen, mit seinen Kumpels abzuhängen, zuzusehen, wie die Sonne hinter der Burg verschwand, und sich wieder wie ein kleiner Junge zu fühlen.
Greipel schnürte auf ihn zu und pflanzte sich breitbeinig vor ihm auf.
»Und, sind Sie wieder bei uns, Benedikt?«
»Voll und ganz, Sir.« Ben deutete einen militärischen Gruß an.
»Schön.« Auf Greipels kleinem Erdnussgesicht erschien ein durchtriebenes Grinsen. »Dann erklär uns doch mal bitte, was ein Virus ist. Definition, Morphologie, Klassifizierung, Replikation. Zack, zack, zack.« Er klatschte in die Hände.
Einige Lacher ertönten.
»Da gibt es nichts zu lachen, Herrschaften«, schnauzte Greipel. »Der Stoff wird Teil der Klausur nächste Woche, also passt jetzt besser auf. Leg los, Benedikt.«

»Also ein Virus ist …«

»Vorne an der Tafel, bitte.« Greipel machte eine einladende Geste, als würde er Ben zum Tee bitten. »Ich möchte Skizzen, Tabellen, Skalen. Das ganze Programm.«

Seufzend schlurfte Ben nach vorne. Er spürte die Blicke des gesamten Kurses in seinem Rücken, einschließlich Magdas, die wie immer in der zweiten Reihe saß. Greipel ging offenbar davon aus, dass Ben hoffnungslos versagen würde. So wie die meisten an der Schule wusste auch er, dass Ben das Wochenende mit seiner LARP-Gruppe in der Eifel verbracht hatte. Der Mittelalterverein war allgemeines Schulthema, solche Dinge blieben nie geheim. Was Greipel allerdings nicht wusste: Ben hatte sich erst am Donnerstag zuvor intensiv mit dem Thema beschäftigt. Der Grund dafür war ein Artikel auf *Spiegel-Online* über ein in Rotterdam entwickeltes Supervirus gewesen; es sollte so gefährlich sein, dass die US-Regierung an Forscher und Fachjournale appellierte, Daten darüber unter Verschluss zu halten. Der Vorgang sei einzigartig, erklärte Chefredakteur Bruce Alberts von der amerikanischen Fachzeitschrift *Science*. Noch nie zuvor habe sich die US-Regierung in die Veröffentlichung einer Studie eingeschaltet und Geheimhaltung empfohlen. Bei dem überaus gefährlichen und hochansteckenden Virus handele es sich um eine Variante des Schweinegrippe-Erregers H1N1, und die Regierung in Washington befürchtete, Terroristen könnten damit neue Biowaffen bauen.

Ben hatte das Thema interessiert, und so hatte er sich binnen kürzester Zeit alles Wissenswerte darüber angeeignet. Im Handumdrehen war er zu einem Experten in Sachen Virologie geworden, was Greipel unmöglich wissen konnte. Sein Lächeln zeugte jedenfalls davon, dass er mit der baldigen Kapitulation des renitenten Schülers rechnete.

»Ich warte.« Sein Fuß wippte ungeduldig auf und ab.

Ben nahm die Kreide und zeichnete mit ein paar schnellen Strichen den klassischen sechseckigen Umriss eines Virions auf die Tafel.

»Viren sind ansteckende Partikel, die sich außerhalb von Zellen durch Übertragung verbreiten, sich aber nur innerhalb einer sogenannten Wirtszelle vermehren können«, sagte er. »Es sind bisher um die dreitausend Virenarten identifiziert worden. Ihre Struktur ist denkbar einfach. Sie bestehen aus Virusnukleinsäure, die das Virusgenom bildet, also die Erbinformation. Sie wird von einem Kapsid umschlossen, das aus viruskodierten Kapsomeren besteht. Manche Virusarten sind zusätzlich von einer Virushülle umgeben; daran befinden sich Beinchen oder Fühler, die sogenannten Spikes.« Er zeichnete einen Kreis um das Virus und vervollständigte ihn mit kleinen Strichen. Das Ganze sah aus wie eine missgestaltete Sonne. Zufrieden mit seinem Werk, trat Ben einen Schritt zurück.

»In welcher Form liegt die Nukleinsäure im Inneren vor?« Greipel schien langsam aufzugehen, dass sein Triumph vielleicht doch verfrüht gewesen war.

»Unterschiedlich«, erläuterte Ben. »Das Genom besteht aus RNA oder DNA, die einzelsträngig oder doppelsträngig, linear oder zirkulär vorliegt. Von den RNA-Viren gibt es vierzehn Familien, von den DNA-Viren allerdings nur sechs. Ein Virus ist im Wesentlichen ein einfaches stoffliches Programm, das zur Eigenreproduktion dient. Es besitzt selbst keinen Stoffwechsel. Ob es somit die Kriterien eines Lebewesens erfüllt, ist immer noch umstritten. Wie auch immer, es gibt verschiedene Formen und Größen. Da ist einmal die kubische Form, so wie beim Poliovirus«, er tippte auf die sechseckige Form, »heliokal, wie beim Grippe-, Mumps- oder Masernvirus«, er tippte auf die runde Form, »oder komplex wie bei Pockenvirus oder Bakteriophagen.« Er zeichnete eine paar senkrechte Striche unter das Kapsid und ergänzte es mit Beinchen, die es aussehen ließen wie eine Mondlandefähre. »Der Vermehrungsvorgang beginnt damit, dass sich das kleine Virus an die Oberseite der runden, einladend aussehenden Wirtszelle heftet, Körperkontakt aufnimmt und mit ihm verschmilzt. Ob aus Anziehung oder Liebe, wissen wir nicht, der Fachausdruck dafür lautet jedenfalls Penetration.«

Einige der Mädchen tauchten kichernd hinter ihren Büchern ab.

»Herrschaften!« Greipel presste die Lippen zusammen, konnte aber nichts unternehmen. Es war tatsächlich der korrekte Fachterminus, und Ben hatte nichts weiter getan, als aus dem Schulstoff zu zitieren.

Als Ruhe einkehrte, fuhr Ben fort: »Wenn das Virus die Verteidigungseinrichtungen der Wirtszelle erst einmal umgangen und sie willenlos und gefügig gemacht hat, setzt es zum eigentlichen Vorstoß an. Es nimmt sich den Zellkern vor, packt ihn, streift seine Hülle ab und dringt in ihn ein. So.« Er skizzierte den Vorgang mit ein paar gekonnten Strichen, die es wie einen Liebesakt aussehen ließen.

Wieder war Gekicher zu hören, diesmal lauter.

Greipel verlor sichtlich die Geduld. »Herr Eigel, ich würde es begrüßen, wenn Sie den Vorgang etwas sachlicher darstellen würden.«

»Aber das tue ich doch. Ich beschreibe einen alltäglichen biologischen Vorgang, der bei jedem von uns wirksam ist. Bei manchen mehr, bei manchen weniger.« Er zwinkerte Magda zu. Sie bekam rote Wangen und senkte den Blick.

»Das Virus dringt also in den Kern ein, fest entschlossen, sich

zu vermehren. Es entmantelt sich – lässt also umgangssprachlich gesprochen die Hosen runter – und entlädt sein Erbmaterial in einer schnellen heftigen Kontraktion ins Zellinnere.«
Lautstarkes Gelächter brandete auf. Manche bekamen sich überhaupt nicht mehr ein.
»Ruhe«, donnerte Greipel. »Herr Eigel, wenn Sie weiter darauf bestehen, hier den Klassenclown zu spielen, muss ich Sie mit einem Empfehlungsschreiben zu unserem Direktor schicken.«
»Ich habe mich nur bemüht, den Vorgang möglichst sachgerecht zu beschreiben …«
»Ich weiß genau, was Sie hier versuchen, Herr Eigel, aber das wird Ihnen nicht gelingen. Noch ist die Schule ein Ort des Anstands und der Moral. Schwerterschwingende Hippies wie Sie werden es bei uns nicht weit bringen. Und jetzt fahren Sie fort. Sollte ich noch einmal irgendwelche anstößigen Bemerkungen aus Ihrem Mund hören, wird Ihnen das leidtun, das verspreche ich Ihnen.«
Ben war klug genug, seine Strategie zu ändern, und übernahm für den Rest seines Vortrags denselben langweilig pastoralen Ton wie Greipel. Damit schaffte er es zwar, sich einigermaßen glimpflich aus der Affäre zu ziehen, doch der Spaß war dahin. Na ja, wenigstens würde es sich Greipel das nächste Mal zweimal überlegen, ob er Ben nach vorne an die Tafel holte.

»Mann, das war ja megaunfair«, sagte Konrad eine Viertelstunde später auf dem Pausenhof. »Drei plus. Mit deinem Fachwissen hätte er dir eigentlich eine Eins geben müssen. Woher weißt du all das Zeug? Ich kann mir nicht mal den inneren Aufbau merken.«
Ben schob den letzten Rest seiner hausgemachten Falafel in

den Mund und sagte: »Zufall. Neulich kam etwas darüber in den Nachrichten. Die haben drüben in Rotterdam ein Killervirus zusammengebaut. Es soll so tödlich sein, dass sie selbst die Berichterstattung darüber verbieten. Damit keiner auf die Idee kommt, das Virus nachzubauen, versteht ihr?«

»Kranke Leute gibt's«, sagte Konrad kopfschüttelnd. »Wieso züchten sie überhaupt so einen gefährlichen Mist? Man muss doch immer damit rechnen, dass so etwas mal ausbricht und sich fröhlich vermehrt.«

»Ich glaube, so weit denken die gar nicht. Hauptsache, forschen, züchten, zum Leben erwecken. Wie einst der gute Dr. Frankenstein. Schauen, was machbar ist, und dann publizieren. Heutzutage musst du auch als Wissenschaftler ständig in den Medien sein, sonst kürzen sie dir die Fördergelder.«

»Geld regiert die Welt.«

»Du sagst es, Alter.« Ben wischte sich den Mund ab. »Die Frage, ob man tun sollte, was man zu tun vermag, stellt sich nicht. Ethische Beweggründe, Moral, Verantwortung? Pfft. Aber wetten, dass diese Typen in der Kirche immer vorne sitzen? Genau wie unser werter Herr Greipel. Ich habe rausbekommen, dass er nebenberuflich im Pfarramt tätig ist. Der hat bestimmt keine schlaflosen Nächte, wenn er tagsüber Schüler quält. Zum Glück müssen wir ihn ja nicht mehr lange ertragen. Ein Jahr noch, dann sind wir aus dem Irrenhaus raus, dann beginnt das wahre Leben.«

»Was hast du denn vor, wenn du dein Abi hast?«

Ben richtete seinen Blick nach oben. Zwischen den Zweigen der Bäume schimmerte der blaue Himmel durch. Anmutige, weiße Wolken zogen darüber.

»Zuerst mal reisen«, sagte er lächelnd. »Einfach mal etwas von der Welt sehen. Vielleicht ein freiwilliges soziales Jahr machen, in Afrika, Asien oder Südamerika. Die haben da eine Menge spannender Projekte. Man kann mit den Menschen dort zusammenarbeiten, etwas über ihre Kultur lernen, ein Teil ihrer Welt werden, ohne sich Gedanken über Bausparverträge und Rentenversicherungen zu machen.«

Konrad kicherte.

»Im Ernst, Mann. Wie sehr ich diese armen Schweine bedauere, die nach dem Abi sofort ins Studium wechseln. G8, Bachelor, Master, du wirst da durchgeschleust wie durch eine Autowaschanlage. Da paukst du dir Wissen in den Schädel, schreibst Klausuren, hältst Referate und merkst gar nicht, wie die besten Jahre deines Lebens an dir vorüberziehen. Am Ende hast du vielleicht deinen Abschluss, aber du stellst fest, dass du die ganze Zeit nur funktioniert hast. Keine Freiheit, nichts. Tja, und dann erwartet alle Welt, dass du mit deinem Abschluss gleich in den Job wechselst. Und da geht die Tretmühle dann erst richtig los.« Er schüttelte den Kopf. »Ohne mich, Freunde.«

»Nette Ansage, Ben, aber findest du nicht, dass du es dir ein bisschen zu leicht machst?« Martin, ein blasser Rotschopf, der grundsätzlich nur in Hosen mit Hosenträgern herumlief, war Chef der Schülerzeitung und obendrein in der Literatur-AG. Ein netter Kerl, aber für Bens Geschmack ein bisschen spießig.

»Ich meine, du hast leicht reden. Dein Vater ist ein hohes Tier an der Uniklinik, du hast jetzt schon eine eigene Wohnung, und finanziell bist du bestens versorgt. Da ist es leicht, von der großen weiten Welt zu träumen. Ich wette, Magda genießt diesen Luxus auch, oder? Sie wohnt ja schon praktisch bei dir. Mit so einer Freundin und so einer Wohnung würde es mir auch leichtfallen, von der großen weiten Welt zu träumen.«

»Höre ich da einen leichten Anflug von Neid?«, witzelte Konrad. »Fühlen wir uns etwa einsam, seitdem Isabel uns verlassen hat?« Er formte seinen Mund zu einem Kuss und machte laute und vernehmliche Schmatzgeräusche.

»Blödmann«, erwiderte Martin.

Ben grinste. Die Geschichte, wie er und Magda zusammengekommen waren – das war typisch für ihre Beziehung. Eine Verkettung seltsamer Zufälle, die aber irgendwie doch zum Guten geführt hatte. Vor einem Jahr stand in Ethik das Thema Zukunft an. Sie sollten aufschreiben, wie sie sich die Zukunft in zehn, zwanzig, hundert Jahren vorstellten. Es waren Projektgruppen gebildet worden, und da Ben und Magda niemanden fanden, der mit ihnen zusammenarbeiten wollte, wurde aus ihnen kurzerhand ein Team gebildet. Was anfangs nach einer totalen Katastrophe aussah, entpuppte sich nach und nach als echter Glücksfall. Sie entdeckten völlig neue Seiten aneinander. Seiten, mit denen vorher niemand gerechnet hatte. Zum Beispiel war Magda erstaunlich belesen und konnte in den Themenbereichen Wirtschaft und soziale Entwicklung punkten. Ben hingegen war gut in Evolution und Geschichte. Außerdem waren sie beide Einzelkinder. Gute Voraussetzungen! Als sie ihr Wissen zusammenwarfen, stellten sie fest, dass ihr Projekt wie von allein voranschritt. Niemand fühlte sich überfordert oder hatte den Eindruck, der andere wolle ihm etwas aufhalsen. Sie hatten eine klare Arbeitsteilung, und am Schluss holten sie sich die beste Note des gesamten Kurses, was natürlich ausgiebig mit Freunden im Merlin gefeiert werden musste. Dann ging alles sehr schnell. Magda war kein Mädchen, das lange um den heißen Brei herumredete. Sie erklärte Ben, dass sie ihn attraktiv fand und ihn gerne näher kennenlernen möchte. Ben wusste, dass sie sich gerade von ihrem Freund getrennt hatte und die Gefahr bestand, nur eine Übergangslösung zu sein, aber das war ihm egal. Allein die Aussicht, mit einer Frau wie Magda zusammen zu sein, sie in seiner Nähe zu wissen, mit ihr zu lachen, zu reden und sie zu berühren, war etwas, das ihm zu unwirklich erschien, als dass er es mit kühlen Wahrscheinlichkeitsrechnungen zerstören wollte. Seine Maxime war: Lebe den Augenblick und mach dir keine Sorgen um die Zukunft. Und genauso hatte er es auch mit Magda gehandhabt. Eine Entscheidung, die er nie bereut hatte.

»Lass Magda aus dem Spiel«, sagte Ben. »Sie hat nichts damit zu tun. Ihre Eltern sind beide im Immobiliengeschäft tätig und haben genug Geld. Glaub mir, die sind nicht gerade glücklich über einen Schwiegersohn wie mich.« Er grinste. »Dass mein Vater diese Wohnung als Geldanlage gekauft hat, kann man mir wohl kaum zum Vorwurf machen. Natürlich bin ich froh darüber, dass es sie gibt. Was sollte ich allein in dem großen Haus? Seit Mum weg ist, kommt er kaum noch nach Hause, und wenn, dann nur zum Essen und Schlafen. Vermieten oder verkaufen will er die Wohnung nicht, also warum sollte ich sie dann nicht nutzen? Sein Geld kann er behalten. Wenn ich etwas brauche, jobbe ich, ansonsten lebe ich sparsam. Wenn er will, kann er die Kohle dem WWF oder Greenpeace spenden.«

»Das sagst du jetzt«, sagte Martin. »Aber warte mal, bis du älter bist. Dann steigen deine Ansprüche, und du wirst froh sein, dass dein alter Herr etwas für dich auf die Seite gelegt hat.«

»Ich habe mittlerweile die Hoffnung aufgegeben, dass wir beide uns noch mal einig werden, Martin«, sagte Ben. »Wir leben einfach in unterschiedlichen Welten. Für mich ist Kohle nichts, wonach es sich zu streben lohnt. Reichtum macht einen nicht reicher, er beschäftigt einen nur mehr. Wenn du einen Job hast, der dir Spaß macht, kommt das Geld von allein. Aber ihm hinterherhecheln wie ein Hund?« Er schüttelte den Kopf. »Ohne mich.«

Martin blickte ihn verständnislos an. »Ehrlich, ich habe bis heute nicht begriffen, was Magda überhaupt an dir findet. Sie mag teure Klamotten, schnelle Autos und High Heels. Du stehst auf Mittelalter, Rollenspiele und Heavy Metal. Ich meine, schau dich doch mal an. Dass du nicht in einem schottischen Kilt herumläufst, ist gerade noch alles. Es ist mir ein Rätsel, wie ihr beide zueinandergefunden habt.«

Ben blickte einen Moment lang nachdenklich zu Boden, dann sagte er: »Soll ich dir etwas sagen? Mir auch.«

3

Es war schon Abend. Ben hatte gerade seine Schürze umgebunden und war auf dem Weg in die Küche, als es an der Wohnungstür klingelte. Er stoppte und benutzte die Gegensprechanlage. »Hallo?«

»Ich bin's. Ich habe beide Hände voll, lässt du mich rein?«

»Soll ich dir tragen helfen?«

»Nein, geht schon, nur aufmachen.«

Bens Herz klopfte, während er den Türöffner drückte. Obwohl Magda praktisch schon bei ihm wohnte und einen eigenen Schlüssel besaß, war er immer noch aufgeregt, wenn sie kam. Es stimmte schon, er wusste selbst nicht, was sie an ihm fand. War es seine unkonventionelle Art, seine Selbständigkeit oder sein Humor? All das waren Dinge, die ein anderes Mädchen vermutlich abgeschreckt hätten. Aber nicht Magda. Sie war selbstbewusst genug, um zu lächeln, wenn andere sich über sie und Ben das Maul zerrissen.

Ihre Beziehung hielt immerhin schon knapp ein Jahr, und noch immer wunderten sich viele Leute über dieses ungleiche Paar. Ihre Freunde hatten die Verbindung natürlich längst akzeptiert, aber hin und wieder fielen auch hier Worte der Verwunderung. Die gängige Meinung ging dahin, dass Gegensätze sich eben anzögen. Dieses Argument schien unverrückbar wie ein Naturgesetz. Obwohl es eigentlich Quatsch war. Freundschaft oder Liebe fußte auf Gemeinsamkeiten, nicht auf Gegensätzen. Außerdem waren die Gegensätze bei ihnen nur optischer

Natur. In ihrem Wesen, ihrer Seele, waren sie einander sehr ähnlich. Sie sahen die Dinge auf dieselbe Weise, sie dachten ähnlich, sie hatten ähnliche Interessen. Ja, sie lachten sogar über dieselben Witze. In ihrer Jahrgangsstufe wurden sie schon fast als altes Ehepaar belächelt. Wäre da nicht die Tatsache gewesen, dass sie es beide mit dem Heiraten nicht eilig hatten, hätte man es schon beinahe eine Ehe nennen können. Sie wohnte bei ihm, er kochte, sie jobbte, um die Wohnung kümmerten sie sich gemeinsam, die Kosten für Lebensmittel und andere Einkäufe wurden gerecht geteilt, selbst beim Putzen übernahm jeder seinen Teil.

Irgendwie spießig. Aber auch wunderschön.

Es klopfte, und Ben machte auf. Magda trug eine Einkaufstasche in der Rechten und ihren Fahrradhelm in der Linken. Sie hatte sich umgezogen und sah einfach umwerfend aus. Nicht aufgedonnert, im Gegenteil: ein Shiroi-Neko-T-Shirt, abgeschnittene Jeans und bordeauxrote Chucks. Um ihren Hals trug sie an einer Kette ein streichholzschachtelgroßes Goldkreuz.

»Na, zum Glück bin ich kein Vampir«, sagte Ben mit Blick auf das christliche Symbol. »Sonst könnte ich kaum das hier tun, oder?« Er beugte sich vor, umschlang sie mit seinen langen Armen und küsste sie zärtlich und inniglich. Sie roch heute irgendwie anders: nach Bratapfel mit Zimt. Sehr verführerisch. Es fiel ihm schwer, sich wieder von ihr zu lösen, doch als er es tat, lag ein gewisses Funkeln in ihren Augen.

»Du hast eine äußerst charmante Art, dich über mich lustig zu machen, weißt du das?«

»Was, wegen des Kreuzes? Nichts läge mir ferner, als mich darüber lustig zu machen.« Er zwinkerte ihr zu. »Komm doch rein. Warte, ich nehme dir die Tasche ab.«

Magda schnürte in die Wohnung und hob die Nase. »Mmh, was riecht denn hier so lecker?«
»Spaghetti mit Meeresfrüchten. Ich dachte, ich überrasche dich mit einem kleinen Abendessen.«
»Überraschung gelungen. Ich liebe Meeresfrüchte, aber noch mehr liebe ich Knoblauch. Zum Glück bist du wirklich kein Vampir, auch wenn du manchmal so aussiehst. Ich habe noch einen Salat gekauft, den können wir dazu machen.«
»Perfekt. Übrigens, die Sache mit dem Kreuz hat ja auch ihre Vorteile. Man kann die größten Schweinereien anstellen und kommt trotzdem ins Himmelreich. Man braucht hinterher nur zu beichten.« Er lächelte schelmisch.
»Aber nur bei uns Katholiken. Die armen Protestanten müssen zeit ihres Lebens mit dieser Schuld leben.«
»Weswegen sie auch immer so miesepetrig aus der Wäsche gucken.«
»Mann, bist du fies.« Magda lachte. »Aber jetzt lass uns zusammen kochen. Vor lauter Knoblauch und Schweinereien läuft mir schon das Wasser im Mund zusammen.«

Zwei Stunden später lagen sie immer noch im Bett. Es war schon fast halb neun, und draußen hinter den Fenstern gingen die ersten Lichter an. Ein wundervoller Spätsommerabend! Eigentlich hatten sie vorgehabt, sich noch mit Freunden im Biergarten vom Merlin zu treffen, doch Ben verspürte gerade keine Lust, seinen Fuß vor die Tür zu setzen. Seine Haut kribbelte immer noch von den zärtlichen Berührungen Magdas, und auf seinem Gesicht lag dieses Dauergrinsen, das seine Freunde einfach nur dämlich fanden. Er war so glücklich, dass von ihm aus die Welt hätte untergehen können. Hauptsache, er und Magda waren beisammen.

Sie lag neben ihm, ihren Kopf auf seiner Brust, den Körper nur von einem dünnen Laken bedeckt, während ihre Finger über das Display ihres iPhones huschten.
»Ich habe uns übrigens noch einen Film ausgeliehen«, sagte er. »Wenn du Lust hast, können wir uns einen gemütlichen Abend zu Hause machen. Ich serviere uns ein paar Cocktails, wir hängen hier ab, später gehen wir noch duschen und verkriechen uns dann wieder ins Bett.«
Magda hob ihren Kopf leicht an, wandte ihren Blick aber nicht vom Handy ab. »Faulpelz.«
Er verschränkte die Arme hinter dem Kopf. »Ach, weißt du, nach dieser Sache mit Greipel habe ich geschworen, es mir heute richtig gutgehen zu lassen. Im Merlin sind sowieso nur wieder dieselben Nasen, es gibt Bier, und aus den Lautsprechern tönt Duran Duran.«
»Es sind unsere Freunde …«
»Ja klar, aber das sind sie doch morgen auch noch. Lass uns heute eine Ausnahme machen, bitte. Lass uns hierbleiben, nur wir zwei – wie ein altes Ehepaar.«
Sie drehte sich zu ihm um und blickte ihn aus ihren unergründlichen Augen an. »Würdest du mich denn heiraten, wenn ich dich fragte?«
Sein Grinsen verschwand. »Du meinst, so richtig? Mit allem Drum und Dran?«
»Bis dass der Tod uns scheidet.«
Er überlegte kurz, dann nickte er. »Würde ich. Ohne mit der Wimper zu zucken. Du bist meine große Liebe. Ich will den Rest meines Lebens mit dir verbringen.«
Sie sah ihn eine Weile ernst an, dann erschien plötzlich dieses schalkhafte Lächeln auf ihrem Gesicht, bei dem er immer so ein Kribbeln im Bauch bekam. »Dann sei froh, dass ich nicht

frage – noch nicht. Ich glaube, meine Eltern würden das nicht überleben. Also schön, bleiben wir eben hier. Was hast du denn für einen Film? Ich hoffe, keine langweilige Liebesschnulze, dabei schlafe ich nämlich ein.«

»Keine Sorge. Ein echter Kultfilm. *The Wicker Man* aus dem Jahre 1973 mit Christopher Lee in der Hauptrolle.«

»Horror?«, fragte sie hoffnungsvoll.

»Eher Mystery. Der Film handelt von einem katholischen Polizisten, der nach einem verschwundenen Mädchen sucht und dabei auf eine schottische Insel gerät, deren Bewohner einem seltsamen, archaischen Heidenkult angehören.«

»Klingt gut.«

»Ist allerdings in Englisch mit Untertiteln. Der Film hat in Fachkreisen einen absoluten Kultstatus, und ich wollte ihn immer schon mal sehen.«

Magda richtete sich auf. »Na schön, gib mir noch eine Viertelstunde im Bad, dann können wir deinen *Wicker Man* anschauen. Und ich will einen von deinen Cocktails haben, okay?«

»Ist gebongt.«

Er schaute ihr hinterher, wie sie im Bad verschwand, dann schaltete er den Fernseher ein.

4

Die Abendnachrichten waren gerade vorbei, als die Sprecherin eine Sondersendung ankündigte. Wie es aussah, war es mal wieder irgendwo zu einer Grippeepidemie gekommen, die nun auch nach Deutschland zu schwappen drohte. Ben wollte auf den DVD-Kanal wechseln, blieb aber dann doch bei der Sendung hängen.

Das Thema Viren ließ ihn einfach nicht los. Außerdem klang es ernst.

»... Dutzende neuer Verdachtsmomente in den letzten paar Stunden«, sagte der Reporter. »Im Universitätskrankenhaus Motol, einem der größten Krankenhäuser der Tschechischen Republik, laufen die Vorbereitungen auf Hochtouren, um die Bevölkerung mit dem neuentwickelten Grippemittel FLU-VACC zu impfen. Laut Berichten hat der Impfstoff gegen den extrem hartnäckigen Erreger H1N1, im Volksmund auch Schweinegrippevirus genannt, bisher sehr gute Erfolge gezeigt. Prag dürfte damit zur ersten Großstadt Europas werden, bei der die Impfung nicht auf freiwilliger Basis, sondern per staatlicher Verordnung stattfindet. Ein Vorgang, der in der Geschichte der Medizin bisher einmalig ist. Und damit zurück ins Studio.«

In diesem Moment kam Magda aus dem Bad, ihre Haare mit einem Handtuch abrubbelnd. »Was ist denn los? Ich dachte, wir gucken einen Film.«

»Gleich. Ich wollte nur noch schnell die Sendung anschauen.

Sie sagen, dass eine neue Grippeepidemie im Anmarsch ist. Angeblich ein Ableger des Schweinegrippevirus.«
»Was denn, zu dieser Jahreszeit?« Sie setzte sich neben ihn aufs Bett. »Das ist aber höchst ungewöhnlich. Normalerweise treten diese Epidemien doch erst Dezember bis Februar auf. In der klassischen Erkältungszeit eben.«
Magda arbeitete seit einiger Zeit aushilfsweise an der Uniklinik Köln und kannte sich in Gesundheitsdingen recht gut aus. Eingefädelt hatte das Bens Vater, und Magda mochte den Job. Sie konnte schon immer gut mit Leuten umgehen, und außerdem brachte die Arbeit Geld. Nicht, dass sie es unbedingt benötigte – ihre Eltern verdienten gut –, aber es war eben doch ein Unterschied, ob man selbst verdiente oder seinen Eltern auf der Tasche lag. Wieder so ein Punkt, der sie und Ben miteinander verband.
»Es scheint sich um das Schweinegrippevirus zu handeln, mit dem wir 2009 schon mal Probleme hatten«, sagte Ben. »Aber warte, ich glaube, sie sagen gerade etwas darüber.«
Im Studio war ein Mann mittleren Alters und mit lichtem Haar erschienen, der von der Moderatorin als Professor Grubinger von der Berliner Charité vorgestellt wurde. Offenbar eine Instanz in Sachen Virenforschung.
»Herr Professor Grubinger, Statistiken besagen, dass in den Erkältungs- und Grippezeiten einer von sechzig Menschen mit Viren infiziert ist. Ist das wahr?«
»Das ist richtig. Ein infizierter Mensch kann andere Menschen auch dann schon anstecken, wenn er selber noch gar nichts von der Krankheit bemerkt hat. Die Inkubationszeit beträgt ein bis fünf Tage. Die echte Grippe ist eine hochansteckende Krankheit mit einem sogenannten Kontagiositätsindex von fünfzehn bis fünfundsiebzig Prozent. Das heißt, fünfzehn Prozent der

gesunden Erwachsenen mittleren Alters, die mit einem Influenza-Virus in Kontakt kommen, stecken sich an. Bei Personen mit schwachem oder geschwächtem Immunsystem klettert der Anteil auf fünfundsiebzig Prozent.«

»Trifft das auch auf dieses Virus zu?«

Der Mann nickte, und seine Sorgenfalten schienen dabei noch ein bisschen tiefer zu werden. »Das stimmt. Die Inkubationszeit, also der Zeitraum, der zwischen der Infektion und dem Auftreten der ersten Symptome liegt, ist kürzer als bei der normalen Influenza. Er liegt zwischen einem und drei Tagen. Neu ist auch der Anstieg der Latenzzeit, also die Dauer, nach der ein infizierter Mensch selber Viren absondert und damit andere Menschen infizieren kann. Sie beträgt in diesem Fall bis zu sechs Tage. Rechnet man dann noch die Schwere der Infektion hinzu, die einen Anstieg der Körpertemperatur auf bis zu 42 °C bewirkt, kommen wir in Bereiche, die für jeden von uns lebensgefährlich werden.«

»Wie kommt die Übertragung zustande? Wie kann man sich schützen?«

»Die Ansteckung erfolgt über Tröpfcheninfektion. Wenn jemand, der infiziert ist, niest oder hustet, fliegen die Viren mit einer Geschwindigkeit von einhundertsechzig Stundenkilometern und bis zu vier Meter weit durch die Luft. Über die Mund- oder Nasenschleimhaut sowie die Bindehaut geraten die Viren in der Folge in den Blutkreislauf und beginnen, sich zu vermehren. Insbesondere in Zeiten, wo beinahe jeder hustet oder niest, sollte man daher Menschenansammlungen meiden. Wenn das nicht möglich ist, wäre es ideal, eine Grippeschutzmaske zu tragen, oder zumindest darauf zu achten, dass man den Mund geschlossen hält, sich möglichst wenig ins Gesicht fasst und niemandem die Hand gibt.«

»Herr Professor Grubinger, können Sie uns etwas über diesen speziellen Erreger sagen? Ist ein Ausbruch in dieser Jahreszeit und in dieser Heftigkeit nicht sehr ungewöhnlich? Was ist das für ein Erreger, der um diese Jahreszeit auftritt?«
Eine kurze Pause entstand. Ben glaubte, ein kurzes Flackern in Grubingers Augen zu sehen. Sein Blick wanderte nach rechts, als würde er nach jemandem suchen, der irgendwo hinter der Kamera stand. Um was zu tun – sich die Erlaubnis zum Weitersprechen zu holen? Als er endlich antwortete, wählte er seine Worte mit Bedacht.
»Sie haben recht«, sagte er zu der Moderatorin. »Es ist eine ungewöhnliche Jahreszeit und ein ungewöhnliches Virus. Die Quelle, den Ursprung, konnten wir noch nicht ermitteln, doch wir vermuten, dass es in einem der großen Viehhöfe in der Tschechischen Republik entstanden ist. Im Moment findet eine intensive Überprüfung aller in Frage kommenden Betriebe statt. Was das Virus so gefährlich macht, ist seine relativ kurze Inkubationszeit. Die Ansteckungsrate – der sogenannte R-Null-Wert – liegt bei zwei und ist damit doppelt so hoch wie bei der normalen Influenza. Dieser Wert, der die Reproduktionsrate des Virus, die Inkubationszeit und die Empfänglichkeit bei den Betroffenen einkalkuliert, liefert uns einen Anhaltspunkt für das Ausmaß der Epidemie. In unserem Fall kommen auf tausend erkrankte Personen dreitausend neue Ansteckungen binnen der nächsten achtundvierzig Stunden. Das klingt nicht nach viel, aber rechnen Sie das mal mit dem Faktor hundert oder tausend hoch, dann kommen Sie in astronomische Dimensionen. Daran können Sie ermessen, wie gefährlich diese Seuche ist. Bei Pocken liegt der Wert übrigens noch höher, nämlich bei drei, bei Polio sogar bei vier bis sechs.«

»Gilt nicht das Grippevirus als eines der gefährlichsten überhaupt, weil es sich ständig verändert?«

»Das ist genau der Punkt. Auch wenn wir die Gründe für erhöhte Mutationsraten bei Influenzaviren kennen und feststellen, warum diese genetischen Veränderungen auftreten, so ist es doch fast unmöglich, daraus Vorhersagen abzuleiten. Das führt dazu, dass aus einfachen Epidemien häufig Pandemien werden. Ein klassisches Beispiel ist die Spanische Grippe, die zwischen 1918 und 1920 einige Millionen Todesopfer forderte. Offizielle Quellen sprechen von fünfundzwanzig, inoffizielle von bis zu fünfzig Millionen Toten. Das ist durchaus vergleichbar mit der Pest von 1347, die damals ein Drittel der europäischen Bevölkerung dahingerafft hat. Das Schweinegrippevirus A/H1N1 ist übrigens ein Subtyp genau dieser Spanischen Grippe und damit ein äußerst gefährlicher Kandidat. Doch zum Glück konnte ein Pharmakonzern, dessen Namen ich aus rechtlichen Gründen hier nicht nennen darf, ein Gegenmittel entwickeln, das bereits in großem Maßstab hergestellt wird, so dass es zu keinerlei Engpässen bei den Gesundheitsämtern kommen dürfte. Das ist ein riesengroßes Glück, da sich die bisherigen Virenstämme gegen den gängigen Impfstoff als resistent erwiesen haben. Ich kann nur jedem Zuschauer dringend raten: Gehen Sie zu Ihrem Hausarzt, lassen Sie sich impfen, und empfehlen Sie diesen Schritt auch Ihren Freunden, Bekannten und Familienangehörigen. Je eher wir diese Krankheit im Keim ersticken, desto besser.«

»Herr Professor Grubinger, ich danke Ihnen für dieses Gespräch.«

Ben schaltete den Receiver aus und den DVD-Player an. Dann nahm er die Silberscheibe aus der Hülle und legte sie ein.

»Komische Sache, oder?«

»Was meinst du?«
Er zögerte. »Ich weiß nicht genau, wie ich das beschreiben soll. Fandest du es nicht komisch, wie er reagierte, als er zu diesem speziellen Erreger befragt wurde? Als stünde da noch jemand im Hintergrund, der erst sein Okay geben müsse. Und ist es nicht ein riesengroßer Zufall, dass zu dem Zeitpunkt, an dem die Epidemie ausbricht, bereits das Gegenmittel vorhanden ist? Normalerweise dauert es Wochen oder Monate, bis ein Impfstoff freigegeben wird. Da sind zig Durchläufe und Testverfahren nötig.« Er drückte den DVD-Player auf Start. »Und noch etwas irritiert mich. Es mag ein Zufall sein, aber diese Sache mit Rotterdam will mir einfach nicht aus dem Kopf. Ein Virus, das so gefährlich ist, dass die amerikanische Regierung um Nachrichtensperre bittet? Und plötzlich, aus heiterem Himmel, bricht irgendwo eine neuartige, tödliche Krankheit aus?«
»Kein Grund, paranoid zu werden.« Magda strich ihm über den Rücken. »Ist bestimmt nur ein Zufall. Wenn es dich beruhigt, kann ich deinen Vater ja mal fragen. Ich habe morgen wieder Schicht an der Uniklinik. Wäre das okay?«
Ben nickte. »Aber sag ihm nicht, dass das von mir kommt. Er hält mich sonst für verrückt.«
»Das tut er eh schon«, sagte sie lachend. »Aber ich werde so tun, als wäre ich diejenige, die sich Sorgen macht, wenn dich das beruhigt. Er hält uns Frauen sowieso alle für hysterisch. Und jetzt leg los mit deinem *Wicker Man*. Ich will endlich wissen, was es mit diesem Heidenkult auf sich hat.«

5

Am nächsten Tag …

Es war kurz nach vier, als Magda in der Uniklinik eintraf. Sie drückte ihren Ausweis gegen die Stempeluhr, meldete sich beim Pförtner, zog sich schnell um und betrat dann den Aufzug, der sie nach oben brachte. Die Stationen für stationäre Behandlungen lagen im siebzehnten Stock des Bettenhauses; von dort hatte man einen phantastischen Blick über die Stadt. Richtung Nordosten waren der Dom und der Fernsehturm zu sehen, an schönen Tagen konnte man sogar bis hinüber zur Eifel und zum Hohen Venn blicken. Bens Vater, Professor Sebastian Eigel, war leitender Oberarzt in der Poliklinik für Strahlentherapie und eine absolute Koryphäe auf seinem Gebiet. Er betreute das sogenannte Cyberknife, eine Vorrichtung zur hochpräzisen strahlentherapeutischen Behandlung von Tumoren und Metastasen im Kopf- und Halsbereich. Mit ihm konnten auch Eingriffe an Lunge, Leber und Rückenmark vorgenommen werden. Das Cyberknife-System war eine revolutionäre Erfindung im Bereich der Medizin: ein leichtes und kompaktes Bestrahlungsgerät, das an einem Roboterarm befestigt war und jede Bewegung des Patienten im Sub-Millimeterbereich verfolgen und ausgleichen konnte, weswegen man auf belastende Kopf- oder Körperbefestigungen verzichten konnte. Der Operationsraum erinnerte an die Brücke eines Raumschiffs aus Star Trek und war mit Sicherheit ebenso teuer. Ein quadratischer weißer Raum mit einer runden Deckenbeleuchtung, die wie ein riesiges Auge wirkte. In der Mitte stand die Liege, daneben befand sich das Herzstück der Anlage: der Computerarm. Voll ausgefahren gute drei Meter hoch, mit einer Hülle aus weißem Kunststoff und einem Kopf, der an das Alien aus dem gleichnamigen Kinofilm erinnerte. Obwohl Magda wusste, dass dieses Gerät eine großartige Erfindung war, lief ihr bei seinem Anblick jedes Mal ein kleiner Schauer über den Rücken. Hätte man den Arm nicht irgendwie sympathischer gestalten können? In warmen Farben und mit einem Gesicht, das einen nicht gleich vor Angst zusammenzucken ließ? So ein nettes kleines Robotergesicht wie bei Wall-E. Niemand hätte Angst, von Wall-E behandelt zu werden, oder? Wenn das Gerät dann noch während der Behandlung beruhigende Laute ausstieß, würde sich sogar Magda probehalber auf die Behandlungsliege legen. Aber niemand außer ihr schien sich über solche Details Gedanken zu machen. Effizient musste so ein Apparat sein, präzise, ergonomisch und effektiv. Und vor allem musste er die enormen Kosten wieder hereinholen, weswegen er rund um die Uhr in Betrieb war. Bens Vater war einer der wenigen, die dieses Gerät bedienen konnten. Seine Arbeit entsprach mehr der eines Programmierers als eines Arztes, aber natürlich konnte er, wenn es darauf ankam, auch selbst operieren. Als Magda ihn eines Tages gefragt hatte, ob er eventuell einen Job für sie hätte, hatte er ihr überraschend einen Platz in seiner Abteilung angeboten. Klar, Magda war keine ausgebildete Krankenschwester, aber sie konnte gut mit Leuten umgehen, und in Anwesenheit eines hübschen Mädchens trauten sich die wenigsten, sich von ihren Ängsten und Bedenken runterziehen zu lassen. Magda war unkompliziert, lachte gerne und brachte mit ihrer offenen Art Schwung in den Laden. Auch wenn Professor Eigel es nicht gerne sah, wenn sie allzu sexy herumlief.

Als sie den Fahrstuhl verließ, rannte sie Kurt über den Weg. Der Chef des Pflegeteams schob einen Wagen mit sterilen Bandagen vor sich her und schien augenscheinlich bester Laune zu sein. Als sein Blick zu ihr herüberwanderte, erschien ein Lächeln auf seinem Gesicht. »Hallo Magda, schön, dich zu sehen. Na, wie sieht's aus, nettes Wochenende gehabt?«
»Ist leider schon wieder viel zu lange her«, antwortete sie. »Aber ja, es war schön. Ich war mit Ben auf dem Ritterfest in Satzvey. Schon mal davon gehört?«
»Gehört? Ich war sogar selbst schon dort. Nette Location. Sehr pittoresk. Ich wusste gar nicht, dass du dich so fürs Mittelalter interessierst.«
»Tue ich eigentlich auch nicht. Ben war mit seinem Verein da. Sie haben ein paar Schaukämpfe veranstaltet und wurden dabei vom WDR gefilmt. Der Beitrag müsste diesen Freitag auf Sendung gehen. Wenn du Lust hast, schicke ich dir mal einen Link.«
»Das würde mich freuen. Bei mir war es auch sehr schön. Ich habe Veronika einen Antrag gemacht, und stell dir vor, sie hat angenommen.«
Magda riss die Augen auf. »Du heiratest?«
»Am 31. Oktober. Halloween. Ein Termin, den man sich gut merken kann, wie ich finde.«
»Aber das ist ja großartig. Ich freue mich so für dich.« Sie umarmte ihn und drückte ihm einen Kuss auf die Wange. Sie mochte Kurt, er war immer nett zu ihr gewesen.
»Wieso denn jetzt auf einmal?«, fragte sie. »Ich dachte, ihr hattet beschlossen, weiterhin in wilder Ehe zu leben. Wie lange seid ihr jetzt schon zusammen?«
»Fünfzehn Jahre. Der Witz ist, solange alle Welt von uns erwartet hat, dass wir heiraten, hatten wir keine Lust darauf. Aber

jetzt, wo der Druck weg ist, können wir tun und lassen, was wir wollen. Außerdem gibt es ja einen freudigen Anlass …«

»Sag nicht, dass Vero schwanger ist.«

Auf Kurts Gesicht erschien ein breites Grinsen.

»Aber ich dachte, ihr könntet keine …«

»Dachten wir ja auch. Offiziell bin ich ja ein Blindgänger. Zeugungsunfähig, angeblich angeboren. Aber plötzlich ist es passiert. Einfach so, aus heiterem Himmel.«

»Und du bist wirklich sicher, dass du der Vater bist?«, fragte Magda mit einem Grinsen. Die Frage war nicht ernst gemeint. Jeder, der Kurt und Vero schon einmal gesehen hatte, wusste, dass sie so etwas wie der Inbegriff des glücklichen Paares waren.

»Na, hör mal, ich …«

»War doch nur Spaß.« Magda knuffte Kurt in die Rippen. »Ehrlich, ich freue mich riesig. Ich hoffe, ihr lasst es ordentlich krachen.«

»Na und ob. Es wird eine große Party geben, und die ganze Abteilung ist eingeladen.« Er kam näher und flüsterte: »Ob ich unseren lieben Chef dazu einlade, weiß ich allerdings noch nicht. Der hat noch den Nerv und kommt. Andererseits, wenn er rausbekommt, dass er als Einziger nicht eingeladen wurde, ist das auch blöd. Warum muss nur immer alles so kompliziert sein?« Er zuckte zurück. »Wenn man vom Teufel spricht …«

Die Fahrstuhltür war aufgegangen, und heraus kam Professor Eigel. Wie immer mit Tunnelblick und wie immer in Eile. Er wollte gerade kommentarlos an ihnen vorbei ins Chefarztzimmer stürmen, als Magda ihn ansprach.

»Herr Professor?«

Bens Vater hatte ihr schon oft das Du angeboten, aber Magda fand das irgendwie unpassend.

Sebastian Eigel umgab eine Aura von Kälte und Unnahbarkeit, die es ihr unmöglich machte, mit ihm vertraut zu werden. Ob das der Grund war, warum seine Frau sich von ihm getrennt hatte? Offiziell waren sie wohl noch verheiratet, doch man hörte, dass sie inzwischen mit einem anderen zusammen war und bald die Scheidung einreichen wollte. Nach Bens Auszug hatte sich sein Vater nur noch mehr in seine Arbeit vergraben. Den beiden war es so ergangen wie vielen Eltern, die jahrelang für Heim und Kinder gelebt hatten und irgendwann feststellen mussten, dass sie sich auf dem Weg aus den Augen verloren hatten.

Magda konnte nur hoffen, dass ihre Eltern nicht dieses Schicksal traf. Immerhin hatten sie eine Arbeit, die sie verband. Sie waren als Immobilienmakler tätig und teilten sich sogar ein Büro. Das schweißte zusammen. Magda wusste nicht, ob sie eine Trennung verkraften würde.

»Hallo, Professor Eigel.«

Bens Vater zuckte zusammen, blieb stehen und sah sich irritiert um. Dann huschte ein Lächeln über sein Gesicht.

»Oh, hallo Magda. Schön, dich zu sehen. Ich wusste gar nicht, dass du heute kommst.«

»Es ist Dienstagnachmittag.«

»Wir haben Dienstag? Ach ja. Wo war ich nur mit meinen Gedanken?« Er strich über seine Stirn.

Magda fand, dass er nicht gut aussah. Müde und überarbeitet. Er trug ein paar Patientenakten auf einem Klemmbrett unter dem Arm, vermutlich um weitere Behandlungsabläufe zu planen. Ganz obenauf sah sie das Krankenblatt von Dominik Krause, dem Jungen in Zimmer 7 a. Sie deutete darauf. »Alles okay mit Dominik?«

Sie mochte den Jungen. Ein munteres, aufgewecktes Kerlchen

mit einem üblen Tumor im Nackenbereich, der sehr nah ans Rückenmark heranreichte.

»Was? Oh ja, der Eingriff ist sehr gut verlaufen. Wir werden im Lauf der Woche noch zweimal bestrahlen, dann dürfte er auf einem guten Weg sein. Ich werde nachher mal bei ihm vorbeischauen. Möchtest du mich begleiten?«

»Klar, gerne.« Sie überlegte kurz, dann fragte sie: »Dürfte ich Sie mal kurz etwas fragen?«

Kurt, der die ganze Zeit danebengestanden hatte, räusperte sich. »Ich mache mich dann mal wieder an die Arbeit. Kommst du anschließend zu mir ins Pflegezimmer? Ich sage dir dann, was heute für dich ansteht.«

»Klar, mache ich. Bis gleich dann.«

»Bis gleich.«

Der Professor sah sie über den Rand seiner Halbbrille hinweg an.

»Über was wolltest du denn mit mir sprechen?«

»Ach, es geht um Ben.«

»Was hat mein nichtsnutziger Sohn denn wieder angestellt?«

»Gar nichts, im Gegenteil. Er war gestern in der Schule richtig gut. Wir haben gerade in Biologie das Thema Viren, und das scheint ihn sehr zu beschäftigen.«

»So? Na, da ist er nicht der Einzige. Komm doch rüber in mein Zimmer, da können wir besser plaudern. Ich bin allerdings ziemlich in Eile, wenn du dich also kurzfassen könntest ...?«

»Natürlich. Ist auch wirklich nur eine Kleinigkeit.«

Eigel bat sie in sein Zimmer, ging an seinen Platz und machte sich an der Schublade seines Schreibtisches zu schaffen.

»Viren also?«

»Es ist wegen dieser Nachrichten, die gestern im Fernsehen zu sehen waren. Ich muss gestehen, ich habe nicht besonders gut

geschlafen. Ich dachte mir, ich frage Sie heute mal, wo ich doch sowieso in der Klinik bin.«
»Und was genau willst du wissen?«
»Na ja. Ob das Virus gefährlich ist, ob man sich impfen lassen sollte und wie groß die Gefahr ist, dass es zu uns nach Deutschland kommt. Die Antworten gestern im Fernsehen waren etwas verwirrend. Ben behauptet, dieser Professor Grubinger habe etwas zu verbergen. Er vermutet, dass es etwas mit der Sache in Rotterdam zu tun haben könnte.«
Professor Eigels Reaktion war verblüffend. Sie hätte damit gerechnet, dass er das Thema einfach abtun würde, doch stattdessen richtete er sich auf und warf ihr einen schwer zu deutenden Blick zu. Er schwieg einen Moment, dann erhob er sich und schloss die Tür.
»Was wisst ihr über das Virus?«
»Gar nichts, das ist ja der Punkt. Ich dachte deswegen, ich frage Sie mal, was Sie davon halten.«
»Nun, es kursieren zurzeit eine Menge Gerüchte darüber. Die Faktenlage ist unklar, aber es scheint tatsächlich einige Parallelen zu geben zwischen dem Rotterdam-Virus und dem Phänotyp, der in Tschechien gefunden wurde. Ich habe heute Morgen mit einigen Kollegen gesprochen, die allesamt der Meinung waren, dass das Thema heruntergespielt wird.«
»Dann hatte Ben mit seinem Verdacht also recht. Na, der wird ausflippen, wenn ich ihm das erzähle. Wenn das Virus so gefährlich ist, wäre es dann nicht wirklich ratsam, sich impfen zu lassen?«
»Nein.« Eigel klang auf einmal unnatürlich schrill. Er schien es selbst zu bemerken und senkte seine Stimme. »Nein.«
»Warum nicht? Immerhin scheint es doch schon einen wirksamen Impfschutz zu geben.«

»Dieser Impfstoff ...« Der Professor warf einen kurzen Blick zur Tür, als befürchtete er, belauscht zu werden. »Es sind wohl einige Dokumente im Umlauf, die den Verdacht nähren, dass nicht alles mit rechten Dingen zugegangen ist. Dokumente, die ein schlechtes Licht auf unsere Pharmakonzerne werfen. Ich an eurer Stelle würde erst mal abwarten, wie sich die Dinge entwickeln.«

»Aber warum? Ich dachte, das Mittel sei ausgiebig getestet worden. Immerhin wird es doch schon in großem Maßstab verabreicht.«

Eigel schwieg einen Moment, dann stand er auf. »Ich habe dir schon mehr gesagt, als ich eigentlich dürfte. Belassen wir es einstweilen dabei. Tut mir leid, wenn ich dich verängstigt haben sollte, aber ich kann euch nur einen Rat geben. Seid wachsam, verfolgt die Nachrichten und lasst euch nicht impfen. Das ist alles, was ich im Moment dazu sagen kann. So, und jetzt muss ich zurück an die Arbeit. Richte Ben einen schönen Gruß aus, wenn du ihn siehst. Vielleicht können wir am Wochenende ja mal was zusammen unternehmen.«

»Ja, das wäre schön.«

Magda beobachtete, wie der Professor den Raum verließ. Irgendetwas an der Art, wie er misstrauisch nach links und rechts spähte, gefiel ihr nicht.

6

Die Tage vergingen.

Magda und Ben mussten sich voll in die Schule reinhängen, denn die ersten Klausuren standen an, und der Stoff war nicht von Pappe. Besonders Mathe und Physik machten Ben zu schaffen. Potenzen mit rationalen Exponenten, Teilchenbewegung, Wellenmodell und Quantenphysik – nichts für Zartbesaitete. Zum Glück hatte er Magda, die ihm in vielen Bereichen Hilfestellung leistete. Was die Schule betraf, war Magda ein typisches Mädchen. Nirgendwo richtig schlecht, nirgendwo ein Überflieger. Sie kannte sich in allen Fächern einigermaßen aus, ohne große Begeisterung für einen bestimmten Themenbereich zu hegen. Was sie besaß – und das einte sie mit ihren Geschlechtsgenossinnen –, war Fleiß. Sie hatte kein Problem damit, auch für Fächer zu lernen, die sie eigentlich überhaupt nicht interessierten. Ganz anders Ben, für den der Erfolg von vielen schwer zu kalkulierenden Faktoren abhing. Zum einen natürlich das Fach selbst. Geschichte, Ethik und Biologie konnten ihn begeistern, vorausgesetzt, das Thema interessierte ihn. Dann war natürlich entscheidend, welchen Lehrer sie gerade hatten. Greipel war eine Schlaftablette, aber in Französisch hatten sie seit kurzem eine junge und hübsche Elsässerin, die in Ben eine ungeahnte Faszination für diese Sprache entfacht hatte. Sehr zum Missfallen von Magda, die tierisch eifersüchtig war, ihre Rolle aber dennoch recht cool spielte. Er wagte nicht, sie damit zu necken, denn Magda wäre imstande, den Spieß umzudrehen und ihn am ausgestreckten Arm verhungern zu lassen. Außerdem liebte er sie viel zu sehr, um ihr wirklich weh zu tun. Er war dazu übergegangen, von Madame Arnaud nur Schlechtes zu berichten: dass sie an den Fingernägeln knabberte, dass ihre Handtasche abgewetzt aussah und dass sie ein ziemlicher Messie zu sein schien. Alles Dinge, die von Magda mit einem knappen, sachlichen Nicken zur Kenntnis genommen wurden.

So vergingen die Tage. Die Angst vor der Grippeepidemie trat zusehends in den Hintergrund. Bis zu dem Moment, als sie erneut aufflammte.

In Dortmund waren drei Fälle amtlich geworden, in Hamburg erhärtete sich der Verdacht, dass ein Mann an dem tödlichen H1N1-Erreger verstorben war, und auch in München hatte man das Virus gefunden. Plötzlich schien es in den Medien kein anderes Thema mehr zu geben. Viren, Seuchen, Epidemien, wohin man nur blickte. Eine Welle der Angst erfasste das Land. Die Arztpraxen, Kliniken und Gesundheitsämter kamen mit dem Impfen kaum noch nach, und das, obwohl es etliche Stimmen gab, die vor dem Serum warnten. Ben erzählte Magda von einem Schreiben, das in einer Zeitungsredaktion aufgetaucht war und in dem ein Schweizer Virologe ausdrücklich vor einer Freigabe des Mittels warnte.

»Sieh dir das an«, sagte er, als sie wieder einmal zusammensaßen. Ben schob ihr einen Zeitungsartikel über den Abendbrottisch und tippte mit dem Finger darauf. »Das ist echt beängstigend. Lies mal den ersten Abschnitt.«

Magda zog den Stadtanzeiger zu sich herüber und überflog die Zeilen.

Als sie zu Ende gelesen hatte, hob sie den Kopf. »Wer ist denn dieser Dr. med. Karl Freihofer?«

»Eine echte Koryphäe auf seinem Gebiet. Ich habe ihn mal gegoogelt und seitenweise Einträge über ihn gefunden. Chefvirologe an der Universität Zürich. Er war ein hohes Tier bei der WHO, der World Health Organization«, sagte Ben.

»Wieso *war?* Ist er gestorben?«

»Das nicht, aber verschwunden. Interessanterweise kurz nachdem er dieses Papier veröffentlicht hat. Ich weiß, du wirst mich jetzt wieder für paranoid halten, aber ich werde das Gefühl nicht los, dass hier irgendein Zusammenhang besteht.«

»Da teilst du offensichtlich die Meinung des Kommentators.«

»Wieso?«

Sie tippte mit dem Finger auf die Zeitung. »Der Fall Freihofer muss im Zusammenhang mit den jüngsten Vorfällen in Rotterdam und Prag gesehen werden und deutet auf einen Skandal hin, wie er in der Geschichte der Medizin bislang einzigartig ist.«

»Was, wo? Lass mal sehen.« Ben riss die Zeitung an sich und überflog den Artikel.

»Lies laut vor«, sagte Magda.

»Nicht wenige Stimmen sehen einen Zusammenhang zwischen dem künstlich entwickelten Virus und dem Ausbruch der Krankheit in der Tschechischen Republik«, sagte Ben. »Trotz Nachrichtensperre sickern immer wieder Informationen durch, nach denen das Killervirus in Rotterdam identisch mit dem in Prag sein soll. Wie es dorthin gelangt ist und wie es überhaupt aus den Sicherheitslabors der niederländischen Universität ausbrechen konnte, ist bislang ungeklärt.«

Er hob den Kopf. »Das ist ja ein Ding.«

»Lies nur, es geht noch weiter«, sagte Magda.

»Doch es gibt noch einen weiteren Grund zur Sorge. Wie von Professor Freihofer bereits erwähnt, führt das Impfserum in

manchen Fällen zu einer allgemeinen Gereiztheit und Unausgeglichenheit, die in eine Abneigung gegenüber dem anderen Geschlecht mündet. Noch ist nicht bewiesen, ob diese Fälle tatsächlich mit der Impfung in Zusammenhang stehen, aber bereits jetzt wird in Fachkreisen bezweifelt, dass der Wirkstoff ausreichend getestet wurde. Demgegenüber wies das Pharmaunternehmen Lind & Bruckner, das den Wirkstoff FLU-VACC produziert, die Vorwürfe entschieden zurück. Hier würde im Angesicht einer drohenden Pandemie mit Kanonen auf Spatzen geschossen, so Vorstandsvorsitzender Christopher Answorth gegenüber dem Nachrichtensender CNN. Es sei kontraproduktiv, wenn die Medien Angst schürten, anstatt jeden einzelnen Bürger dieses Landes von der Notwendigkeit dieser Impfung zu überzeugen, so Answorth.
Um fehlenden Absatz braucht sich das Unternehmen aber keine Sorgen zu machen. Die Impfungen laufen auf Hochtouren. Bereits eine Million Bürger haben sich impfen lassen, und die Zahl steigt täglich. Währenddessen greift die Krankheit weiter um sich. Neue Verdachtsmomente konzentrieren sich auf den Raum Köln, Bonn und Düsseldorf, wo es wegen der hohen Bevölkerungsdichte zu einem starken Anstieg der Infektionen kommen dürfte. Auch in anderen Ländern wurde bereits höchste Alarmstufe gegeben. So wurden jetzt auch erste Fälle in Italien, Spanien und Frankreich bestätigt.«
Ben ließ die Zeitung sinken. »Ich habe da ein ganz mieses Gefühl.«
»Meinst du, ich nicht? Gestern habe ich erfahren, dass Frau Bleicher nächste Woche nicht kommen wird. Angeblich ein leichter Infekt, aber wer weiß …«
»Die Musiklehrerin?«
Magda nickte.

»Ich muss dringend mit meinem Vater reden«, sagte Ben. »Zu dumm, dass er Tag und Nacht in der Klinik ist. Inzwischen denke ich, dass es das Beste wäre, wenn wir uns auch impfen ließen. Wenn die Krankheit schon so nah ist, sollten wir dringend etwas unternehmen.«

»Aber er hat uns davon abgeraten …«

»Trotzdem. Wenn das Virus schon so nah ist, lasse ich mich lieber impfen. Vergiss nicht, es braucht eine Weile, bis es anfängt zu wirken.«

»Und die Nebenwirkungen?«

»Glaubst du im Ernst, dass ich dich jemals hassen könnte? Vielleicht waren das Einzelfälle. Vielleicht waren die Kerle schon früher schlecht auf ihre Frauen zu sprechen, und das Serum hat nur verstärkt, was sowieso schon vorhanden war. Und vergiss nicht, was da steht: Noch ist nichts bewiesen. Also ehrlich gesagt, das Risiko gehe ich ein. Aber wenn es dich beruhigt, rufe ich Vater gleich mal an.«

»Hier, nimm mein Handy. Die Nummer ist eingespeichert.«

Ben griff nach dem iPhone und blickte hilflos auf das glänzende Display.

»Wo soll ich denn da …?«

»Warte, ich mache das für dich.« Magda tippte ein paarmal auf die Glasfläche und hielt ihm das Telefon hin.

Am anderen Ende war nur ein Tuten zu hören.

7

Am nächsten Tag fehlte nicht nur Frau Bleicher, auch Herr Greipel und Madame Arnaud hatten sich krankgemeldet. Und sie waren nicht die Einzigen. Auch unter den Schülern gab es etliche, die zu Hause bleiben und das Bett hüten mussten. Keine Frage: Das Virus war bei ihnen angekommen, und es verschonte niemanden. In der dritten Stunde kam der Direktor in Begleitung einer Dame vom Gesundheitsamt in ihr Klassenzimmer. Die Frau – eine kleine energische Person mit kurzgeschnittenen Haaren – machte sie mit einfachen Vorsichtsmaßnahmen und Verhaltensregeln vertraut und empfahl ihnen allen zum Abschluss, sich unbedingt impfen zu lassen.

Am Nachmittag gingen Magda und Ben zusammen in Richtung Uniklinik. Ben hatte seinen Vater immer noch nicht erreicht, weder über seine Festnetz-, noch über seine Büro- oder Handynummer. Professor Eigel sei außer Haus, hieß es, aber er würde ab sechzehn Uhr zurückerwartet. Jetzt war es kurz vor fünf.

Das Gebäude des Bettenhauses ragte drohend in den grauen Himmel. Vor zwei Tagen hatte der Herbst Einzug gehalten. Die Schönwetterperiode war erst einmal vorbei, und von Westen zogen dunkle Regenwolken heran. Ein stürmischer Wind fegte durch die Straßen und riss die Blätter von den Bäumen.

»Meinst du, er ist da?«, fragte Magda, als sie von der Gleueler Straße aus an der Psychiatrie vorbei in Richtung Bettenhaus gingen. Das Cyberknife-Gebäude lag direkt vor ihnen.

»Keine Ahnung. Ich wundere mich allerdings, dass er sich nie zurückgemeldet hat. Ich verstehe ja, wenn er gerade im Stress ist und nicht an den Apparat kann, aber er wird doch wohl ab und zu mal seine Mailbox abhören.«

»Vielleicht ist er selbst dafür zu überarbeitet. Na, wir werden es ja sehen. Da drüben ist es schon.«

Die Dame am Empfangstisch sah sie groß an.

»Dr. Eigel? Nein, tut mir leid, der ist auf einem Kongress. Er wird nicht vor übermorgen zurückerwartet.«

»Aber heute Morgen hieß es noch, er wäre ab sechzehn Uhr wieder im Haus.«

»Wer sind Sie denn, wenn ich fragen darf?«

»Benedikt Eigel, sein Sohn.«

»Einen Moment, bitte.« Die Rezeptionistin griff nach dem Telefon und wählte eine Nummer. Sie sprach mit gesenkter Stimme und legte nach einer Weile wieder auf. »Es kommt gleich jemand. Wenn Sie bitte so lange dort drüben Platz nehmen würden?«

Ben und Magda warfen sich vielsagende Blicke zu, dann setzten sie sich neben den Getränkeautomaten. Ben ergriff Magdas Hand und drückte sie. Sie fühlte sich eiskalt an. Es dauerte nicht lang, bis ein Arzt im weißen Kittel erschien und sich umsah.

Es war Dr. Steffens, Assistenzarzt beim Cyberknife. Als er sie erblickte, zuckte ein Lächeln über sein sorgenvolles Gesicht.

»Magda? Was machen Sie denn hier, Sie haben doch heute keinen Dienst.«

»Wir haben eine Frage. Ben, das ist Dr. Steffens.«

»Ben?« Die Augen des Mannes flackerten. »Ben Eigel?«

»Stimmt. Professor Eigel ist mein Vater. Wissen Sie, wo wir ihn finden könnten? Wir müssen dringend mit ihm sprechen.«

»Das dürfte etwas schwierig werden. Kommen Sie, lassen Sie uns nach draußen gehen.« Er führte sie beide auf den Parkplatz, wo sie ungestört reden konnten.
»Es tut mir furchtbar leid, Ihnen das sagen zu müssen, aber Ihr Vater ist momentan nicht zu sprechen, für niemanden.«
»Aber wieso? Was ist passiert ...?«
»Er ist schwer erkrankt. Er wird zurzeit unter Beobachtung gehalten und rund um die Uhr betreut.«
»Etwa die Grippe?«
Steffens nickte.
»Wie geht es ihm? Ist es ernst?«
Der junge Arzt blickte sich um, als habe er Angst, belauscht zu werden. Dann sagte er: »Es ist ernst, aber er wird es schaffen. Machen Sie sich keine Sorgen.«
»Ist er hier? Hier auf dem Gelände? Ich möchte sofort zu ihm. Können Sie das bewerkstelligen? Es ist wichtig, ich muss ihn unbedingt etwas fragen. Es geht um etwas, über das er mit Magda gesprochen hat.«
Dr. Steffens schüttelte den Kopf. »Tut mir leid, das geht leider nicht. Er steht unter strenger Quarantäne.«
»Aber ich bin sein Sohn, verdammt noch mal ...«
»Das ist in diesem Fall unerheblich. Die Vorschriften sind ganz eindeutig: kein Besuch von Quarantänepatienten. Sobald es ihm bessergeht und die Isolation aufgehoben wird, werden wir Sie natürlich sofort informieren. Vielleicht kann ich Ihnen ja weiterhelfen. Um was geht es? Ist es ein medizinisches Problem?«
Ben sah Magda eine Weile ratlos an, dann sagte er: »Hm, ja. Es geht um die Impfung.«
Steffens hob eine Braue. »Sind Sie denn noch nicht geimpft?«
»Nein, bisher noch nicht«, sagte Magda. »Bens Vater riet uns

davon ab. Na ja, und nachdem wir heute Morgen etliche Krankheitsfälle hatten, dachten wir ...«

»Als Angestellte der Klinik müssten Sie aber doch längst geimpft sein, das ist Vorschrift. Ach nein, ich vergaß ... Sie sind ja nur aushilfsweise bei uns tätig. Also in diesem Fall kann ich Ihnen nur raten, das schleunigst nachzuholen. Das Notfallzentrum drüben im Hauptgebäude hat noch geöffnet. Kommen Sie, ich begleite Sie ...«

»Aber mein Vater meinte, der Impfstoff sei gefährlich, deswegen haben wir es so lange vor uns hergeschoben.«

»Gefährlich?« Steffens runzelte die Stirn. »Reden Sie von dieser Freihofer-Studie? Aber die ist doch längst überholt. Ein neuer Test hat ergeben, dass keinerlei Gefahr droht. Sie können sich also bedenkenlos impfen lassen. Kommen Sie.«

Steffens führte sie hinüber zum Hauptgebäude, wo auf großen Tafeln das Wort GRIPPEIMPFUNG zu lesen stand. Er lieferte sie ab, verabschiedete sich von ihnen und versicherte noch einmal, dass er Ben sofort informieren würde, sobald man etwas Neues über seinen Vater wüsste.

Die Krankenschwester an der Rezeption bat sie, einen Zettel auszufüllen und dann im Wartesaal Platz zu nehmen. Der Raum war brechend voll. Vor ihnen warteten sechzig bis siebzig Personen, und das waren noch längst nicht alle. Immer mehr Leute strömten nach ihnen in den Saal. Zum Glück ging es zügig voran. Am anderen Ende des Saals waren fünf Tische aufgebaut, an denen Mitarbeiter des Krankenhauses saßen und im Akkord arbeiteten, um dem Andrang Herr zu werden. Sie überflogen die Zettel, stellten Fragen und jagten jedem eine Spritze in den Arm.

»Meinst du, wir tun das Richtige?« Ben war immer noch er-

schüttert über die Nachricht von seinem Dad. »Meinst du, wir sollen das Risiko wirklich eingehen?«
Magda nickte entschlossen: »Unbedingt, ja. Du hast Dr. Steffens doch gehört, das Serum ist sicher. Ich verstehe, dass du Angst hast, aber glaube mir: Das geht jedem von uns so. Die Sache mit der Pandemie hat uns alle kalt erwischt.«
Ben nickte. »Zu blöd, dass wir nicht mehr mit meinem Vater sprechen konnten. Ich hätte zu gerne gewusst, was er gemeint hat.«
»Möglich, dass wir das nie erfahren werden«, sagte Magda. »Möglich, dass es auch gar nicht mehr wichtig ist. Du hast Steffens ja gehört, die neuen Tests konnten alle Bedenken zerstreuen. Und sieh selbst, wohin die Skepsis deines Vaters ihn gebracht hat. Hätte er sich impfen lassen, läge er jetzt nicht in Quarantäne.«
»Vermutlich hast du recht«, sagte Ben nachdenklich. »Aber es ist schon komisch. Gestern war ich derjenige, der auf die Impfung gedrängt hat, heute du. Ich weiß auch nicht, warum ich heute zögere …«
»Hauptsache, wir machen es. Sieh nur, du bist gleich dran. Bist du bereit?«
»Mehr oder weniger.«
»Na, dann los.«
Die Angestellte vom Gesundheitsamt sah sichtlich mitgenommen aus. Vermutlich tat sie schon seit Stunden nichts anderes, als Leuten wie Ben Nadeln in den Arm zu jagen. Ohne ihn eines Blickes zu würdigen, streckte sie die Hand aus und nahm seinen Zettel im Empfang. Sie überflog die Angaben, dann griff sie neben sich in einen Pappkarton und nahm eine versiegelte Spritze heraus. »Bitte mal den Oberarm frei machen.«
Ben öffnete sein Hemd, zog sein T-Shirt aus und hielt ihr die

rechte Schulter hin. Sie träufelte etwas Äther auf einen Wattebausch, rieb über den Deltamuskel, dann riss sie die Verpackung der Spritze auf, drückte, bis keine Luft mehr in dem Glaskörper war, und stach ihm in den Oberarm. Danach klebte sie noch ein Pflaster darauf und bat ihn, sich wieder anzuziehen.

»Der Impfschutz wird in ein bis zwei Wochen aktiv sein. Meiden Sie bis dahin größere Menschenansammlungen, waschen und desinfizieren Sie häufig die Hände, fassen Sie sich nicht ins Gesicht, und wenn Sie niesen müssen, bitte in die Armbeuge. Das wär's. Der Nächste, bitte.«

Ben stand auf und ging in Richtung Ausgang. Dort, wo die Nadel in den Muskel eingedrungen war, spürte er einen dumpfen Schmerz. Er glaubte zu fühlen, wie das Serum seinen Körper durchströmte. Kurz vor der Tür blieb er stehen, drehte sich um und wartete auf Magda. Sie zwinkerte ihm zu und öffnete dann ihre Bluse. Ben versuchte zu lächeln, doch es fiel ihm schwer. Er konnte sich nicht helfen, aber er hatte das Gefühl, einen riesengroßen Fehler begangen zu haben.

8

Zwei Wochen später

Der Monat September zeigte sich zum Ende hin noch einmal von seiner schönsten Seite. Spätsommerliche Temperaturen und ein strahlend blauer Himmel lockten die Menschen zu Tausenden nach draußen. Vorbei das graue Wetter und der Regen, vorbei aber auch die Angst vor der großen Pandemie. Die Krankheit war weitergezogen – zuerst in den Norden und Osten Europas, später dann nach Nord- und Südamerika, wo es zu einigen hundert Todesfällen gekommen war. Im Großen und Ganzen waren sie noch einmal mit einem blauen Auge davongekommen. Dank einer lückenlosen und globalen Versorgung mit Impfstoff war man überall auf das Eintreffen der Krankheitserreger vorbereitet und konnte größeren Schaden von der Bevölkerung abwenden. Ärmere Länder, die sich das Medikament nicht leisten konnten, wurden großzügig beschenkt und mit Hilfslieferungen aus den Industrieländern versorgt. Zwar kursierte das Virus noch immer in einigen Teilen der Welt, doch der große Ansturm war überstanden.

Bens Vater war wieder zu Hause, musste aber noch für einige Zeit das Bett hüten. Die Krankheit hatte ihn schwer mitgenommen. Er war abgemagert, blass und kraftlos, und Ben hatte sich entschieden, ihn für einige Zeit zu pflegen und zu versorgen. Immerhin ging es ihm schon wieder so gut, dass Ben nicht mehr rund um die Uhr nach ihm sehen musste und sich einen Nachmittag freinehmen konnte.

Alle Kassen des Müngersdorfer Stadionbads waren besetzt.

Kein Wunder, schließlich war es als einziges Freibad außerhalb der Saison noch geöffnet. Überall hatten sich Schlangen gebildet, doch die Menschen hatten trotzdem gute Laune. Sie lachten und plauderten, und niemand dachte daran, wie gedrückt die Stimmung vor zwei Wochen noch war.

Magda und Ben zahlten, gingen durch die Absperrung und steuerten die große Wiese links des Fünfzig-Meter-Beckens an. Dort hatten sie sich mit einigen Freunden aus der Jahrgangsstufe verabredet. Es roch nach Chlor, Sonnenöl und Pommes, und die Luft war erfüllt vom Kreischen und Lachen der Kinder.

»He, hier rüber, ihr Turteltäubchen. Wo wollt ihr denn hin?«

Konrad hatte seine Hand erhoben und winkte ihnen zu. Neben ihm lag Martin, der seinen blassen Bauch in die Sonne hielt und versuchte, wenigstens ein bisschen Bräune abzubekommen. Allerdings wurde er dabei nur rot. Magda drückte Ben einen schnellen Kuss auf die Lippen und eilte zu ihren Freundinnen, die neben den Jungs ihr eigenes Lager aufgeschlagen hatten.

»Setz dich, Alter, mach's dir bequem«, sagte Konrad und zog sein Badetuch etwas beiseite, damit Ben noch Platz fand. »Schau mal, wir haben sogar eine Kühlbox dabei. Dreimal darfst du raten, was drin ist.« Ben hob den Deckel an und erblickte zwei Sixpacks Grafenwalder.

»Ihr seid ja nicht ganz dicht«, sagte er grinsend. »Wer soll die denn alle trinken?«

»Martin, Jonas, Lukas, Oskar, du und ich. Und ich bin sicher, die Mädels wollen auch noch was abhaben, oder?«

»Worauf du einen lassen kannst«, sagte Judith lachend. »Wenn du glaubst, wir trinken nur Coke-Zero, hast du dich geschnitten.« Der Kommentar wurde von fröhlichem Gekicher begleitet.

»Da siehst du's, Alter. Komm schon, setz dich hin und nimm dir was zu trinken.«
»Langsam, langsam«, sagte Ben. »Lass mich erst mal ankommen und mich ausziehen. Alles andere kommt danach.«
Als er sein Hemd auszog, erntete er bewundernde Rufe von der Mädchenfraktion. Er war ziemlich gut trainiert und fand, dass sich sein Body durchaus sehen lassen konnte. Trotzdem war er froh, dass er seine Badehose schon zu Hause angezogen hatte. Noch mehr Seufzen und Schmachten wäre ihm peinlich gewesen.
Als er stehen blieb, blickten alle fragend zu ihm auf.
»Mir ist warm«, sagte er. »Ich hab Bock, ins Wasser zu gehen. Zehnmeterbrett. Wer kommt mit?«

Am Fuße des Sprungturms hatte sich bereits eine kleine Schlange gebildet. Etwa fünfzehn Leute warteten darauf, vom Bademeister durchgewunken zu werden. Das Zehnmeterbrett sollte gleich geöffnet werden. Für viele eine willkommene Gelegenheit, ihre Künste vorzuführen. Hauptsächlich Jungs, die ihren Freundinnen imponieren wollten, aber es standen auch zwei Mädchen in der Schlange, die zusammen mit ihren Freunden springen wollten.
Ben spürte das leichte Kribbeln der Vorfreude. Er war jahrelang bei den Turmspringern gewesen und hatte die Scheu vor der Höhe mittlerweile überwunden. Trotzdem erfüllte ihn der Gedanke mit Stolz, dass Magda ihm dabei zusah, wenn er mit einem Kopfsprung, Salto oder Auerbach ins Wasser eintauchte. Sie liebte diesen Nervenkitzel, das wusste er. Es bestand immer die Gefahr, dass etwas schiefging. Ein wenig rechts oder links der optimalen Eintauchposition, ein bisschen rücken- oder bauchlastig – und schon bekam man blaue Flecken. Aber

daran war Ben nicht zuletzt dank seines Mittelaltervereins ja nun wirklich gewöhnt. Turmspringen war ein Sport für Adrenalinjunkies, deshalb hatte Ben auch irgendwann damit aufgehört. Seit er mit Magda zusammen war, setzte er seine Prioritäten anders. Doch wenn die Sonne schien und die Zuschauerinnen hübsch waren, stach ihn von Zeit zu Zeit doch der Hafer.

»Okay, Turm ist offen, ihr könnt hoch«, rief der Bademeister. »Aber benehmt euch anständig. Keine Drängeleien.« Er nahm das Absperrungsschild weg und ließ sie durch. Es begann ein großes Gerenne und Geschiebe, als die Jugendlichen nach oben stürmten.

Außer Ben waren noch Jonas und Oskar mit von der Partie, die anderen wollten sich das Spektakel lieber vom Beckenrand aus ansehen. Ben nahm immer zwei Stufen auf einmal und schnaufte nicht schlecht, als er die oberste Plattform erreichte. Vor ihm waren bereits einige schneller gewesen und warteten darauf, dass sie an die Reihe kamen. Sie standen rechts und links am Geländer aufgereiht und ließen die Mitte für den Springer frei. Ben und seine Freunde gehörten zu den Letzten, die es bis oben auf die Plattform geschafft hatten. Der Rest musste auf der Treppe warten.

»Geile Aussicht, oder?« Jonas blickte über die Becken, Liegestufen und Bäume hinüber zum Fußballstadion. Die Menschen unten am Beckenrand wirkten unendlich weit weg. Ben entdeckte Magda in ihrem pinkfarbenen Bikini und winkte ihr zu. Sie hob die Hand und winkte zurück. Er wollte ihr noch eine Kusshand zuwerfen, als plötzlich vorne an der Spitze des Sprungturms ein Streit ausbrach.

»Ich hab gesagt, du sollst springen, du Idiot.«

»Und ich habe dir gesagt, dass ich dich vorlasse. Spring doch selbst, wenn du es so eilig hast. Ich werde noch ein bisschen hier stehen und mir die Sache von oben ansehen.«

Die beiden, die da miteinander stritten, waren ein Junge und ein Mädchen, beide etwas jünger als Ben. Es war offensichtlich, dass sie nicht zusammengehörten.

»Du kannst hier nicht stehen bleiben, du verstopfst alles. Der Turm ist nur für Springer. Also spring endlich oder mach, dass du wieder runterkommst. Die anderen wollen auch endlich ran.«

Ben runzelte die Stirn. Die da so keifte, war ein junges Mädchen von vielleicht vierzehn oder fünfzehn Jahren. Sie trug einen dunkelblauen Speedo-Badeanzug und hatte ihre braunen Locken zu einem Pferdeschwanz zusammengebunden. Ihr Gesicht war rot vor Zorn, als sie auf die Antwort des Jungen wartete.

»Nerv nicht rum, Kleine. Wenn du's so eilig hast, spring du doch.« Der Junge verschränkte seine Arme vor der Brust und feixte seinen Kumpels zu. Es war offensichtlich, dass er Angst hatte zu springen, sich aber vor seinen Freunden keine Blöße geben wollte.

»Wen nennst du hier Kleine, du blöder Arsch? Ich gebe dir gleich einen Tritt in deinen Hintern.«

»Na, na, na, jetzt mal ruhig.« Ben wurde es zu dumm. Während die beiden sich stritten, wurde die Schlange, die nach oben drängte, immer länger. Ben schob sich an den anderen vorbei und ging nach vorne zu den beiden Streithähnen.

»Könnt ihr euren Streit nicht woanders austragen? Wir warten hier alle darauf, dass wir springen können.«

»Na also, das sage ich doch«, keifte das Mädchen. »Spring endlich.«

Für einen Moment sah es so aus, als wollte der Junge den Streit fortsetzen, dann knickte er ein. »Ich trau mich nicht«, sagte er und senkte den Kopf. Sein Gesicht bekam die Farbe einer Tomate.

Ben lächelte. »Macht doch nichts, das ging mir am Anfang auch so. Am besten, du stellst dich da hinten hin und wartest, bis alle durch sind, dann kannst du wieder runtersteigen. Und du …«, und damit wandte er sich an das Mädchen, »du darfst jetzt als Erste springen. Also los.«

Das Mädchen sah ihn aus blutunterlaufenen Augen an. Ihre Hände waren zu Fäusten geballt. »Wer hat dich denn zum Anführer ernannt, hä? Habe ich dich gebeten, dich hier einzumischen? Geh mal schön wieder nach hinten, wo du hergekommen bist, und warte, bis du dran bist. Ich kläre das hier schon allein.«

»Jetzt hör mal …« Ben trat einen Schritt auf das Mädchen zu, spürte aber im selben Augenblick ihre Faust im Magen. Ihm blieb die Luft weg. Sie hatte so schnell zugeschlagen, dass ihm nicht mal mehr Zeit blieb, die Bauchmuskeln anzuspannen. »Und was dich betrifft, du blöder Arsch …«, und damit wandte sie sich wieder dem verängstigten Jungen zu, »… ich habe gesagt, spring.« Mit diesen Worten versetzte sie dem Burschen einen Stoß, dass er über die Kante taumelte. Wild mit den Armen rudernd, stand er da, einen Ausdruck des Entsetzens in seinem Gesicht.

Dann fiel er.

Ben hörte die Leute schreien und wankte zur Kante. Er sah, wie sich der Junge mehrfach überschlug und dann mit einem markerschütternden Knall bäuchlings aufs Wasser klatschte. Er hatte Bauchklatscher vom Dreimeterbrett erlebt, bei denen man sich fühlte, als wäre man gegen eine Wand gelaufen. Dies hier war schlimmer. Mit Schaudern sah er, dass der Junge reglos auf dem Wasser trieb. Ben zögerte keine Sekunde. Er ließ sich vornüberkippen und tauchte mit einem präzisen Kopfsprung neben ihm ein. Die plötzliche Kälte war wie ein Schock. Der Wasserdruck presste ihm die Luft aus der Lunge und ließ seine Ohren dröhnen. Er schlug ein paarmal mit den Beinen, dann war er wieder oben. Prustend und spritzend durchbrach er die Oberfläche. Der Junge lag immer noch reglos mit dem Gesicht auf dem Wasser. Keiner der Zuschauer rührte sich. Alle standen am Beckenrand und gafften.

Ben packte den Jungen und drehte ihn auf den Rücken. Er merkte sofort, dass mit ihm etwas nicht stimmte. Das Gesicht war blau verfärbt, und er atmete nicht. Dann sah er, dass neben ihm etwas im Wasser trieb. Vor Entsetzen vergaß er beinahe zu atmen. Die Bauchdecke des Jungen war aufgeplatzt, und graue Darmschlingen quollen daraus hervor. Erstaunlicherweise blutete es kaum.

Jetzt sahen es auch die anderen.

Frauen schrien, Männer stöhnten vor Entsetzen. Ein Kind fing an zu weinen.

»Ein Arzt. Ein Arzt. Schnell, wir brauchen dringend einen Arzt.« Der Ruf verbreitete sich wie ein Lauffeuer durch das Stadion. Jetzt sprangen auch andere Leute ins Wasser und halfen dabei, den Jungen aus dem Becken zu schaffen.

Ben schaute nach oben. Über ihm, an der Kante des Sprungturms, stand das Mädchen und blickte mit versteinertem Ausdruck auf ihn herab.

9

»Name?«
»Benedikt Eigel.«
»Wohnhaft in …?«
Ben gab seine Adresse an. Er sah zwar nicht ein, warum er das alles noch mal wiederholen musste – immerhin stand es doch in seinem Personalausweis –, aber er spielte das Spiel mit, um den Vorgang nicht unnötig zu verzögern.
Er war immer noch traumatisiert von dem Unfall im Schwimmbad. Das Bild, wie der Junge in der Luft stand und mit den Armen ruderte, hatte sich tief in sein Gedächtnis gebrannt. Vielleicht hätte er ihn noch retten können, wenn er schnell genug reagiert hätte. Aber zu dem Zeitpunkt hatte er ja noch mit den Folgen des Magenhiebs zu kämpfen gehabt. Was war nur in dieses Mädchen gefahren? Sie war wie von Sinnen gewesen.
»Herr Eigel?« Die Kriminalbeamtin sah ihn erwartungsvoll an.
»Ja?«
»Ich hatte Sie gefragt, ob Sie einen von beiden kannten.«
»Ich … nein. Der Junge und das Mädchen waren mir völlig unbekannt. Ich glaube auch nicht, dass sie einander kannten.« Er blickte über den Tisch zu dem Beamten, der die Aussage in seine Schreibmaschine hämmerte. »Wird er überleben?«
Der Polizist wiegte den Kopf. »Vermutlich ja. Die Verletzung ist schwer, aber dank Ihres beherzten Eingreifens ist er nicht

ertrunken.« Er lehnte sich zurück. »Herr Eigel, der Grund, warum ich Sie hier ins Polizeirevier gebeten habe, ist, weil ich wissen möchte, ob Ihnen irgendetwas Ungewöhnliches aufgefallen ist. Ich meine, ehe es zu dem Zwischenfall kam. Haben Sie bemerkt, ob zwischen den beiden schon vorher Streit geherrscht hat? Manchmal kündigen sich solche Ereignisse ja an.«

Ben überlegte, schüttelte dann aber den Kopf. »Nein«, sagte er. »Die beiden standen vor mir in der Schlange. Mir ist nichts aufgefallen.«

»Sie hatten also nicht den Eindruck, dass sie schon vorher Streit hatten?«

»So genau kann ich das nicht sagen. Aber nein. Sie standen hintereinander. Der Junge mit seinen Freunden vorne, das Mädchen hinter ihm. Sie hatten keinen Kontakt zueinander.«

»Hm. Und der Streit entzündete sich daran, dass der Junge nicht springen wollte?«

»Stimmt. Wissen Sie, ich war lange im Turmspringerverein, ich habe einen Blick dafür, wer springt und wer nicht. Bei dem Jungen war mir klar, dass er kneifen würde. Er wollte sich vor seinen Kumpels nur keine Blöße geben.«

»Aber er hat das Mädchen nicht daran gehindert, selbst zu springen, oder?«

»Im Gegenteil. Er ist gleich zur Seite gegangen und hat sie vorgelassen.«

»Und Sie sind sicher, dass er sie nicht provoziert hat? Mit Worten oder Gesten?«

»Nein, überhaupt nicht. Normales Gequatsche. Nichts, bei dem ich sagen würde, dass es unterhalb der Gürtellinie war. Warum fragen Sie?«

»Nun, es ist höchst ungewöhnlich, dass die Aggressionen vom

Mädchen ausgingen. Offenbar hat sie sich ja völlig grundlos aufgeregt.«

»Mir ist ihr Verhalten ein Rätsel …«

»Nicht nur Ihnen, Herr Eigel, nicht nur Ihnen.«

Ben runzelte die Stirn. »Wie meinen Sie das?«

Der Kriminalbeamte lehnte sich zurück und legte die Fingerspitzen aufeinander. »Sehen Sie, laut soziologischen Studien geht die Gewalt fast immer von Männern aus. Zumindest bisher. In den letzten Jahren hat sich da ein kleiner Wandel vollzogen. Eine aktuelle Erhebung des Innenministeriums hat ergeben, dass immer mehr Frauen gegen ihre Partner handgreiflich werden. Gab es 2005 noch knappe fünfhundert weibliche Tatverdächtige, stieg ihre Zahl 2009 auf eintausendfünfhundert. Mittlerweile liegt sie bei etwa zweitausend. Das Bundeskriminalamt verzeichnet eine steigende Tendenz von Fällen, in denen Frauen vorsätzliche leichte Körperverletzungen verüben – also zum Beispiel mit einem Gegenstand nach jemandem werfen, Tritte austeilen und so. Besonders bei Jugendlichen ist die Quote auffallend. Laut Kriminalstatistik stiegen die von Mädchen begangenen Gewalttaten in den vergangenen zwanzig Jahren um fünfzig Prozent. Jedes fünfte Körperverletzungsdelikt, das im Vorjahr von vierzehn- bis achtzehnjährigen Jugendlichen begangen wurde, geht auf das Konto eines Mädchens. Und das sind nur die zur Anzeige gebrachten Delikte. Die Dunkelziffer dürfte sehr viel höher sein.«

»Ist doch okay«, sagte Ben. »Die Chicas lassen sich halt nicht mehr die Butter vom Brot nehmen.«

»Mag sein«, sagte der Beamte. »Ich bin zwar grundsätzlich gegen Gewalt, aber dass Frauen selbstbewusster werden, ist tendenziell begrüßenswert. Doch was wir seit einer knappen Woche erleben, sprengt alle Statistiken. Glauben Sie mir, das heute war kein Einzelfall. Allein gestern hatte ich zehn ähnliche Fälle, heute sind Sie bereits der vierte. Das Merkwürdige: Die Aggressivität geht ausnahmslos von Frauen aus – oder von Mädchen, wie in Ihrem Fall. Sie schlagen aus heiterem Himmel zu, ohne Grund, ohne Anlass. Als wäre es ihnen gerade so in den Sinn gekommen. Darum habe ich Sie auch so ausgiebig nach den Umständen befragt. In keinem der von mir betreuten Fälle kam es zu einer Provokation. Und wir sind hier in Nordrhein-Westfalen keine Ausnahme. Ich verfolge online die Meldungen des Bundesnachrichtendienstes. Stündlich kommen mehr Fälle herein. In Baden-Württemberg, Bayern, Hamburg, Rheinland-Pfalz, suchen Sie sich was aus.«

»Vielleicht das Wetter«, sagte Ben. »Viele Leute werden nervös und angespannt, wenn draußen die Sonne scheint und sie in ihren Büros hocken müssen …«

»Ihre Kandidatin war im Freibad, vergessen Sie das nicht.«

»Auch wieder wahr. Vielleicht Sonnenflecken. Störungen im Magnetfeld. Vollmond.«

»Interessante Theorie, aber … nein. Das Verhalten deckt sich mit keiner unserer Statistiken. Es muss etwas anderes sein. Wir werden die Sache weiterverfolgen. Einstweilen möchte ich mich für Ihre Mithilfe bedanken, Herr Eigel. Es ist schön, zu beobachten, dass es auch unter jungen Leuten noch so etwas wie Zivilcourage gibt.« Er stand auf und ging Richtung Tür. »Ich hoffe, dass Sie ungeachtet dieses Vorfalles noch einen schönen Tag haben. Trösten Sie sich mit dem Gedanken, dass Sie einem Menschen das Leben gerettet haben. Würde mich nicht wundern, wenn die Eltern des Jungen sich noch persönlich bei Ihnen bedanken werden. Bitte halten Sie sich die nächsten Tage zu unserer Verfügung, falls ich noch weitere Fragen an Sie habe.«

»Ist doch selbstverständlich.« Ben stand ebenfalls auf, überlegte kurz und fragte dann: »Was hat denn das Mädchen zu dem Vorfall gesagt?«

Der Beamte zuckte die Schultern. »Sie hat sich bei der Vernehmung als sehr kooperativ gezeigt und alle Fragen bereitwillig beantwortet. Sie sagte, sie könne sich kaum noch an den Vorfall erinnern. Sie wisse nur noch, dass sie ohne jeden Grund plötzlich schrecklich wütend geworden sei. Was dann geschehen sei, daran erinnere sie sich nur noch nebelhaft.«

»Was wird mit ihr geschehen?«

»Das weiß ich nicht. Es wird sicher zu einer Anklage wegen Körperverletzung kommen, aber da sie noch minderjährig ist, wird die Strafe entsprechend mild ausfallen. Sozialstunden oder Jugendarrest. In jedem Fall wird es zu einer Schadensersatzforderung kommen, aber das braucht nicht Ihre Sorge zu sein. Sie haben sich vorbildlich verhalten. Auf Wiedersehen.« Er öffnete die Tür und reichte Ben zum Abschied die Hand.

Draußen vor dem Vernehmungszimmer wurde Ben von Magda und den anderen empfangen. »Na, wie war's? Was hat er dich gefragt? Nun erzähl schon.«

Wortlos steuerte Ben auf den Ausgang zu. Es war stickig hier drin. Er brauchte dringend frische Luft.

Irgendetwas ging vor, das spürte er bis ins Mark. Ein Verdacht schwelte in ihm, doch der war zu schrecklich, um ihn laut auszusprechen.

Vor der Tür drehte er sich um. »Wie spät ist es?«

»Halb sechs, wieso?«

Er zwinkerte in den Nachmittagshimmel. Die Geräusche der Stadt klangen unverändert. Das Rauschen des Verkehrs, die Stimmen vorübergehender Passanten – alles wie gewohnt. Und doch glaubte er eine nervöse Anspannung hinter allem zu hören. Aggressives Beschleunigen und Abbremsen, vereinzelt Hupen, die Stimmen eine Nuance zu hoch. Vermutlich nur eine Täuschung. Oder seine angespannten Nerven.

»Nehmt es mir nicht übel, Leute, aber ich würde gern nach Hause gehen. Mir reicht es für heute. Ich will nur noch duschen, die Füße hochlegen und den Tag möglichst schnell vergessen.«

»Ist das dein Ernst?« Martin zog enttäuscht die Mundwinkel nach unten. »Ich dachte, wir gehen noch einen trinken. Du wolltest uns doch erzählen, was da drinnen gelaufen ist. He, komm, Alter, lass uns nicht hängen.«

»Morgen wieder, okay? Ich verspreche, ich werde euch alles haarklein erzählen. Aber nicht heute. Kommst du mit, Magda, oder willst du noch mit den anderen um die Häuser ziehen?«

Magda überlegte eine Weile, dann entschied sie sich, Ben zu begleiten. Sie müsse noch ihren Blog und ihren Facebook-Account pflegen, sagte sie. Und überhaupt hätten ihre Socialmedia-Aktivitäten in letzter Zeit etwas gelitten, wofür sie heute Abend sicher noch ein paar Stunden brauchen würde.

Ben lächelte. Auch wenn er nichts mit diesem neumodischen Krimskrams anfangen konnte, freute er sich doch, dass er den Abend nicht allein verbringen musste. Er hatte dieses Gefühl einer unbestimmbaren Bedrohung, die sich wie eine Schlinge um seinen Hals zog und die ihn einfach nicht losließ. Er ergriff Magdas Hand und drückte sie. Wie klein und zart sie sich anfühlte.

»Komm«, sagte er. »Lass uns gehen.«

10

Ben stellte die Tüte ab und fummelte in den Tiefen seiner Bermudas nach seinem Hausschlüssel. Als er ihn nicht fand, fragte er: »Schließt du kurz auf? Ich trage die Einkäufe hoch.«
Magda nahm ihren Schlüssel, öffnete die Tür und schaltete das Licht im Treppenhaus an. Im Schein der Lampe wirkte sie müde. »Sicher, dass ich nichts nehmen soll?«
»Ich bekomm das schon hin«, sagte Ben. »Lauf einfach vor und mach uns die Tür auf.«
Im Aldi war vorhin die Hölle los gewesen. Drängelnde, ungeduldige Menschen, nervige Kinder, aggressive Rentner und dazu Kassenangestellte, die in Windeseile die Waren über den Scanner zogen, ohne abzuwarten, bis der Vorgänger seine Sachen eingepackt hatte. Auch hier hatte Ben wieder dieses unbestimmte Gefühl gehabt, dass die Stimmung angespannter als sonst war. Aber wie gesagt: Er konnte sich täuschen.
Oben angekommen, verstauten sie die Frischwaren erst einmal im Kühlschrank, stellten die Getränke hinten in die Waschküche und gingen dann ihrer Wege. Magda in die Küche, um etwas für sie zum Abendessen zu machen, Ben unter die Dusche, um den Schmutz und die Erinnerung an diesen fürchterlichen Tag abzuwaschen. Als er eine Viertelstunde später aus dem Bad kam und sich zu Magda an den Küchentisch setzte, ging es ihm schon wieder etwas besser. Sie redeten nicht viel, aßen schweigend und warfen sich hin und wieder verstohlene Blicke zu. Ben spürte, dass irgendetwas nicht in Ordnung war,

doch es fiel ihm schwer, das Wort zu ergreifen. Irgendwann hielt er es nicht mehr aus.

»Ist irgendetwas? Du bist so schweigsam.«

»Du doch auch.«

»Ja, weil mir so viel durch den Kopf geht. Die Sache heute lässt mir einfach keine Ruhe.«

»Willst du darüber reden?«

Er überlegte kurz, schüttelte dann aber den Kopf. »Du weißt ja, was passiert ist. Da gibt es nicht viel zu reden.«

»Worüber beklagst du dich dann?«

»Ich ...« Er wusste nicht, was er dazu sagen sollte. Sie hatte ja recht. Ihm war nicht danach, mit ihr über die Vorfälle zu sprechen, also brauchte er ihr keine Vorwürfe zu machen. Magdas große Stärke war, dass sie ihn so stehenlassen konnte, wie er war. Sie versuchte nicht, ihn zu verbiegen, ihn zu etwas zu formen, was er nicht war.

»Bitte entschuldige«, sagte er.

»Du brauchst dich nicht zu entschuldigen. Es ist gut so, wie es ist. Wenn du mit mir reden willst, ich bin drüben in meinem Zimmer.« Sie berührte ihn kurz an der Schulter und verließ dann die Küche.

Ben blickte ihr hinterher. Da war es wieder, diese Art von Gereiztheit, die er heute schon den ganzen Tag über verspürt hatte. Kein Kuss, keine Zärtlichkeit. Als hätte sie sich innerlich von ihm distanziert. Nein, ermahnte er sich, das bildest du dir nur ein. Versuch nicht, jedes Wort auf die Goldwaage zu legen. Jeder hat mal einen schlechten Tag, heute hatten wir beide einen. Morgen ist sicher alles wieder gut.

Mit diesem beruhigenden Gedanken stand er auf, räumte den Abendbrottisch ab und schlurfte Richtung Fernseher. Er wollte heute keinen Film anschauen. Nur mal so durchs Programm zappen und sehen, ob etwas Interessantes lief. Irgendein Dünnbrettbohrerprogramm, so richtig schön ohne Anspruch. Dazu eine Flasche Reissdorf und ein paar Erdnüsse. Vielleicht schaffte er es ja nebenher, ein paar von seinen alten Langspielplatten zu digitalisieren. Ben gehörte zu den wenigen, die immer noch darauf schworen, dass der Sound einer Zwölf-Zoll-Langspielplatte den einer CD oder MP3-Datei um Längen schlug. Wichtig war natürlich, dass sie gut gepflegt wurde und nicht knackste. Das bedeutete, niemals mit den Fingern drauftappen und bloß nicht mit Nassreinigersystemen anfangen. Das mochte am Anfang beeindruckend klingen, später bekam man die kleinen Kristalle nie wieder aus den Rillen heraus. Das Equipment, um den analog erzeugten Ton digital umzuwandeln, hatte er sich von einem Kumpel geliehen, der es ihm auch angeschlossen hatte.

Was Technik betraf, war Ben ein echter Noob. Als sein Kassetten-Walkman vor einigen Monaten seinen Geist aufgegeben hatte, musste er sich notgedrungen und zähneknirschend einen MP3-Player kaufen. Black Sabbath, Rainbow, Dio, Fleetwood Mac, Thin Lizzy, Lou Reed, die Ramones, der frühe David Bowie und natürlich die Pogues. Das Konvertieren würde viel Arbeit machen, aber wenigstens konnte er dann seine Lieblingsscheiben auch mal bei Freunden über die Anlage laufen lassen.

Während er den Fernseher anschaltete, spitzte Ben die Ohren. Von nebenan drang das Klappern der Tastatur. Magda war schon eifrig dabei, zu socializen. Sie führte einen Blog, in dem sie über alles plauderte, was ihr so durch den Kopf ging, und der inzwischen weit über tausend Abonnenten besaß. Ein Heer von Lesern folgte ihr, wenn sie über Bücher, Filme, Mode oder Beauty schwadronierte, und holte sich Tipps und Lebensberatung. Seit neuestem besaß Magda sogar einen kleinen Camcorder, mit dem sie Videos von sich aufnahm. *Vloggen* nannte sich das in der Fachsprache und war in der Szene total angesagt. Ben hatte keine Ahnung, wie man ohne Punkt und Komma fünfzehn Minuten reden konnte, aber Magda gelang das problemlos. Es war witzig, originell und besaß einen hohen Unterhaltungswert.

Er ließ sich in seinen Lieblingssessel fallen, führte die Flasche an seinen Mund und nahm einen Schluck. Im Fernsehen redeten sie schon wieder über Grippe. Och nö, dachte er und griff entnervt nach der Steuerung. Das Thema war doch durch, wieso fingen die jetzt schon wieder damit an? Wie es aussah, war diesmal der Impfstoff in den Fokus gerückt. Lustlos schaltete er das Gerät lauter.

»… haben es hier mit einem Skandal zu tun, dessen Auswirkungen noch gar nicht absehbar sind«, sagte ein Mann mittleren Alters, der von der Moderatorin des *Heute-Journals* interviewt wurde. Er schien einer Kommission anzugehören, deren Aufgabe es war, die Vorfälle in Prag aufzuklären.

»Es ist mittlerweile unbestreitbar, dass das Reaper-Virus, wie es unsere amerikanischen Kollegen so nett getauft haben, tatsächlich identisch mit dem in Rotterdam entwickelten Krankheitserreger ist und dass dieses Virus – und jetzt bitte ich Sie, sich das einmal vorzustellen –, dass dieses Virus von einem Pharmakonzern in Auftrag gegeben wurde. Es wurde designt und produziert, und zwar zu einem einzigen Zweck: um den Markt für ein spezielles Mittel zu öffnen.«

»Herr Dr. Martinez, bedeutet das, wir haben es mit einer neuen Dimension von Wirtschaftskriminalität zu tun?«

»In der Tat. Uns liegen Unterlagen vor, die klipp und klar bestätigen, dass das Virus von der Firma Lind & Bruckner in

Auftrag gegeben wurde und dass es über höchst dubiose Kanäle nach Tschechien gelangt ist.« Er legte seine Hand auf einige Papiere, die allesamt einen höchst amtlichen Eindruck machten. »Unsere Kommission ist zu dem Urteil gelangt, dass die Firma in dunkle Machenschaften verwickelt und für den Tod vieler hundert Menschen verantwortlich ist. Sie hat das Virus entwickelt, um ihr neues Mittel in Umlauf zu bringen und ihm zu einem guten Verkaufsstart zu verhelfen. Dabei haben die Verantwortlichen offensichtlich unterschätzt, welche Aggressivität dieser Erreger an den Tag legt und mit welcher Heftigkeit der Ausbruch der Krankheit erfolgte. Da die Produktion des Serums jedoch schon weit fortgeschritten war, konnte es binnen weniger Tage in schier unbegrenztem Umfang hergestellt werden – was ein großes Glück war. Wir hätten es sonst mit einer Pandemie vom Ausmaß der Hongkong-Grippe 1968 oder der Russischen Grippe 1977 zu tun bekommen.« Dr. Martinez lehnte sich zurück. »Ich will gar nicht wissen, wie viel Geld der Konzern mit diesem Coup verdient hat, aber es dürften Milliarden gewesen sein. Geld, das bereits in irgendwelche dubiosen Kanäle abgeflossen ist. Wir haben uns in Absprache mit dem Robert-Koch-Institut an die Bundeszentrale für gesundheitliche Aufklärung sowie an den Bundesgerichtshof in Karlsruhe gewandt und werden die Behörden bei der lückenlosen Aufklärung dieses Falles unterstützen. Ob es für die Firma danach noch eine Zukunft geben wird, ist fraglich.«

Die Kommentatorin nickte. »Dr. Martinez, ich danke Ihnen für das Gespräch.« Sie blickte wieder in die Kamera. »Vorstandsmitglied Christopher Answorth wurde heute am Münchner Flughafen bei dem Versuch, sich ins Ausland abzusetzen, gefasst und in Gewahrsam genommen. Gerade in diesen Minuten wird er zu den Vorfällen befragt. Ich schalte jetzt zu meinem Kollegen Ulrich Friedrichsen nach Genf. Ulrich, was geht dort vor sich?«

Die Kommentatorin drehte sich zur Projektionswand, auf der ein Mann mit einem Schnurrbart und einem Mikrofon in der Hand zu sehen war. Hinter ihm erhob sich eine Fassade aus Glas und Stahl, die von einer Flut von Blaulicht erhellt wurde.

»Ich befinde mich hier vor der Firmenzentrale von Lind & Bruckner, einem der größten Pharmakonzerne der Schweiz und Europas«, begann der Reporter und klang dabei recht aufgeregt. »In ebendiesen Minuten hat sich hinter mir die Kriminalbehörde des Kantons Genf Zugang verschafft, um Unterlagen, Dokumente und Computer der Firma sicherzustellen und auszuwerten. Es besteht dringender Tatverdacht einer kriminellen Handlung, deshalb wurden alle Mitarbeiter angewiesen, ihre Häuser nicht zu verlassen. Der Vorgang dürfte noch bis tief in die Nacht andauern, aber selbst ohne das genaue Endergebnis zu kennen, dürfte jetzt schon klar sein, dass es sich um den größten Wirtschaftsskandal der Schweizer Geschichte handelt. Bisher kann ich noch nicht mehr sagen, aber ich werde mich wieder bei Ihnen melden, sobald neue Informationen vorliegen. Und damit zurück ins Studio.«

»Vielen Dank, Ulrich Friedrichsen«, sagte die Moderatorin und wandte sich wieder den Zuschauern zu. »Doch nicht nur die Vergangenheit beschäftigt die Ermittler, auch die Zukunft wirft etliche Fragen auf. Wurde das Virus tatsächlich bewusst freigesetzt, ist die Krankheit besiegt, und welche Folgen könnte die Impfung für die Betroffenen haben? Zugeschaltet aus Zürich ist jetzt der Virologe und langjährige Freund des kürzlich verschwundenen Forschers Dr. Karl Freihofer, Dr. Stefan Gisler. Herr Dr. Gisler, Sie haben lange Zeit mit Ihrem Freund und Kollegen Dr. Freihofer zusammengearbeitet und kennen seine Studien wie kein Zweiter. Können Sie uns etwas über das von ihm verfasste Schriftstück sagen? Was meinte er, als er schrieb, es würde nur einen Monat dauern, um uns Menschen zurück in die Steinzeit zu katapultieren? In meinen Ohren klingt es nach einer sensationsheischenden Übertreibung.«

»Keineswegs.« Gisler rückte seine Brille zurecht. »In Anbetracht der jüngsten Erkenntnisse müssen wir Freihofers Worte sogar als prophetisch bezeichnen.«

»Können Sie das näher erläutern?«

»Nun, es dürfte mittlerweile als gesichert gelten, dass Freihofers Verschwinden einen kriminellen Hintergrund hat. Er wurde aus dem Verkehr gezogen, weil er für einige Personen in oberen Etagen zur Bedrohung wurde. Was wir gerade erleben, ist nur ein Vorgeschmack dessen, was uns die nächsten Wochen und Monate erwarten wird.«

»Sie sprechen von den gewalttätigen Übergriffen, die wir bereits zu Beginn dieser Sendung erwähnten?«

Gisler nickte. »Die zunehmende Aggressivität, besonders in den großen Metropolen, bereitet uns Sorgen. Nachdem Lind & Bruckner mit einer Reihe manipulierter Tests versucht hat, Freihofers Studien zu nivellieren, sind wir seit einer knappen Woche damit beschäftigt, die Tests noch einmal neu durchzuführen. Mit erschreckenden Ergebnissen, wie ich betonen möchte. Es ist genau so, wie mein Freund und Kollege es in seinem Papier beschrieben hat. Der Impfstoff löst tatsächlich Mutationen an den gentechnisch manipulierten Virenstämmen aus. Mutationen, die im menschlichen Organismus ein verheerendes seelisches Ungleichgewicht erzeugen.«

»Was genau meinen Sie damit?«

»Ich spreche von Hass. Grundlosem, abgrundtiefem Hass, besonders gegenüber dem anderen Geschlecht. Wir wissen noch nicht, wie wir mit dieser neuen Bedrohung umgehen sollen. Das Virus befällt bestimmte Regionen des Gehirns und führt dort zu posttraumatischen Belastungsstörungen. Sehen Sie, Erlebnisse, die mit großer Angst oder Schrecken verbunden sind, hinterlassen in bestimmten Regionen des Gehirns so etwas wie einen Fingerabdruck. Sie brennen sich regelrecht ein und führen dazu, dass der Betroffene das Ereignis wie bei einem Horrorfilm wieder und wieder erlebt. Verantwortlich dafür sind sogenannte Stresshormone, die in lebensbedrohlichen Situationen ausgeschüttet werden. Es findet eine körperliche Veränderung statt, die sich mit neuartigen Messmethoden wie der Magnet-Enzephalographie nachweisen lässt. Diese Veränderungen bleiben so lange im Gehirn, bis das Trauma aufgearbeitet und überwunden wurde. Das Sprichwort »Die Zeit heilt alle Wunden« trifft also nur bedingt zu. Etwas Ähnliches erleben wir hier, nur, dass es nicht von einem traumatischen Erlebnis, sondern von einem Virus ausgelöst wurde.«

»Bedeutet das jetzt also, dass wir die Krise noch nicht überwunden haben?«

»Überwunden?« Gisler stieß ein kleines hysterisches Lachen aus. »Ich fürchte, wir befinden uns erst am Anfang.«

Ben drehte seinen Kopf. »Magda? Komm mal her, das solltest du dir ansehen.«

Er lauschte, doch es kam keine Antwort.

»Magda?«

Immer noch nichts.

Ben stand auf und ging in Richtung ihres Zimmers.

11

Er klopfte an die Tür, dann öffnete er sie ein Stück weit und blickte durch den Spalt. »Magda?«

Seine Freundin schien ihn gar nicht zu bemerken. Sie saß an ihrem iBook und starrte wie gebannt auf den Monitor.

Ben klopfte noch einmal, diesmal lauter. »Magda?«

Sie zuckte zusammen und drehte sich um. Ihr Gesicht wirkte im Schein des Monitors seltsam angespannt. Irgendwie unnatürlich. Eine Weile starrte sie ihn an wie einen Fremden, dann entspannten sich ihre Züge. »Ach, du bist's.«

»Ja, wer denn sonst?« Er trat näher. »Ich wollte dir etwas zeigen. Es läuft gerade im Fernsehen.«

»Was Wichtiges?«

Ben erzählte ihr von der Sendung, doch sie schien nicht richtig zuzuhören. Sie wirkte müde und abwesend.

»Ist alles in Ordnung bei dir?«

Sie öffnete den Mund, doch es kam kein Laut hervor. Dann sackte sie wieder in sich zusammen. »Nein, nicht wirklich«, sagte sie. »Um ehrlich zu sein, ich bin total durch den Wind. Als wäre ich gar nicht hier.«

»Kein Wunder bei der Luft hier drin. Hast du etwas dagegen, wenn ich das Fenster öffne?«

»Nein, mach nur.«

Er trat ans Fenster und riss es weit auf. Ein Schwall kühler Luft wehte herein und strich über seine Haut. Draußen war es bereits dunkel. Die Lichter der Stadt schimmerten durch die

Nacht. Eine Weile stand er so da und lauschte. Es war auffallend ruhig. Kaum Motorengeräusche, nicht eine einzige Stimme. Seltsam. Normalerweise saßen die Leute um diese Zeit in den Gärten oder auf ihren Balkonen. Dann drang Gelächter durch die laue Spätsommernacht, man hörte das Klirren von Gläsern und Musik, manchmal auch ein Martinshorn. Aber nicht heute. Heute herrschte eine Stimmung, als befände sich die Stadt in einem Zustand nervöser Erwartung. Alle Muskeln angespannt, wie ein Tier, das sich zum Sprung bereitmachte.

Er drehte sich um. »Erzähl weiter«, sagte er und kehrte zu Magda zurück. Er zog einen Stuhl heran und nahm darauf Platz. Als er ihre Hand berühren wollte, zog sie sie zurück.

»Ich weiß nicht, wie ich es erklären soll«, sagte sie. »In meinem Kopf geht es drunter und drüber.«

»Verstehe ich. Mir geht's genauso«, sagte Ben. »Es war einfach ein harter Tag.«

Sie schüttelte den Kopf. »Das ist es nicht.«

»Wieso? Was dann?«

»Du weißt doch, dass ich diesen Blog betreibe. Bücher, Mode, Schmuck, Beauty. All das, womit du nichts anfangen kannst …«

»Mit Büchern kann ich sehr wohl was anfangen.«

»Ja, mit Science Fiction und Fantasy …«

»… und Horror …«

»… ja, und Horror.« Ein Lächeln huschte über ihr Gesicht. »Das meine ich nicht. Ich meine Romane über Liebe, Sex, Beziehungen, Verwicklungen. Krimis, Mord und Totschlag, Chick lit – Dinge aus dem realen Leben eben.«

»Frauenromane.«

Für einen kurzen Moment sah sie ihn wütend an, dann entspannten sich ihre Züge. »Ja, du hast recht«, sagte sie. »Männer verirren sich so gut wie nie auf meine Seite. Heute gab's allerdings ein paar Ausnahmen. Na egal. Ich poste, wie mir der Schnabel gewachsen ist, und quatsche in die Kamera. Sobald alles hochgeladen ist, können mir die Leute Fragen in der Kommentarfunktion stellen. Normalerweise sind alle unheimlich nett. Ich bekomme Feedback, wir diskutieren ein bisschen, die Leserinnen kommen mit Anregungen und so weiter.«

»Normalerweise?«

Magda drehte den Laptop, so dass er besser sehen konnte. Zuerst verstand er nicht, was sie ihm zeigen wollte, doch dann stutzte er. »Zweihundertdreiundsiebzig Zuschriften?«

»Und das Ding ist gerade mal eine Stunde alt. Der Bericht über den Vorfall heute im Schwimmbad.«

»Ist das normal, dass du so viele Zuschriften bekommst?«

Sie schüttelte den Kopf. »Ach was. Zwanzig, dreißig. Wenn ich einen Bestseller bespreche, gibt's auch mal mehr. Fünfundsechzig Kommentare waren bisher mein absoluter Rekord. Dabei ging es um einen Bericht in der FAZ, in dem sich ein Autor über Mädchen wie mich aufgeregt hat, die gerne posten und die Welt da draußen an ihren Gedanken teilhaben lassen.«

»Und dieser hier?«

»Lies.«

Ben beugte sich vor und kniff die Augen zusammen. Er hatte seit etwa einem Jahr Probleme mit der Schärfe in Nahbereich. Wahrscheinlich sollte er sich mal eine Brille anschaffen.

»Soll ich dir vorlesen?« Ein kleines Schmunzeln stahl sich auf Magdas Gesicht. Wenigstens sah sie ihn nicht mehr so böse an. »Ich sage dir schon lange, dass du dir eine Brille zulegen sollst. Du wirst langsam blind wie ein Maulwurf.«

Er räusperte sich. »Das ist nur der Bildschirm. Ich hasse es, an Monitoren zu lesen, da sind die Kontraste immer so hart …«

»Schon gut.« Sie zog den Rechner zu sich herüber und fing an, einige der Kommentare zu lesen.

»Der hier zum Beispiel, von Melanie L. Sie schreibt: Ich kann das Mädchen auf dem Turm verstehen. Wenn der Kerl mir blöd gekommen wäre, hätte ich ihn auch runtergestoßen. Ich weiß gar nicht, was mit mir los ist, aber heute bin ich von den Kerlen nur genervt. Auch meinem Freund könnte ich dauernd an die Gurgel gehen.« Sie fuhr mit dem Finger ein paar Einträge runter. »Oder der hier, von Carola. Ich kenne Carola gut, sie schreibt regelmäßig auf meinem Blog und ist eigentlich eine Nette. Sie schreibt: Kennst du das, wenn man vor lauter Hass gar nicht mehr klar denken kann? Ich schalte den Fernseher an und sehe diese Typen, die über uns und unsere Welt bestimmen, als wären wir ihr Spielzeug. Männer, die bereit sind, ganze Länder den Bach runtergehen zu lassen, weil sie glauben, sie müssten auch noch den letzten Cent aus Großmutters Sparbuch rausquetschen. Denen ist doch scheißegal, was nach ihnen kommt, Hauptsache, sie können in ihrer achtzylindrigen Dreckskarre mit zweihundert Stundenkilometern über die Autobahn jagen und jeden, der langsamer fährt, mit ihrer Lichthupe in den Graben scheuchen. Aufhängen würde ich diese Bagage, abknallen, öffentlich verbrennen, als Abschreckung für alle Nachahmer.« Sie scrollte noch ein bisschen runter. »Ich habe dir ja erzählt, dass sich heute auch ein paar Exemplare deines Geschlechtes gemeldet haben. Florian S. zum Beispiel: Mir ist heute etwas Ähnliches passiert, schreibt er. Ich war im Supermarkt und habe an der Kasse gewartet, da fährt mir jemand von hinten mit dem Einkaufswagen brutal in die Fersen. Ich wäre vor Schmerzen beinahe umgekippt. Als ich mich umdrehe, steht da eine Frau mit zornrotem Gesicht und schreit mich an, ich solle mich gefälligst mit dem Zahlen beeilen, sie hätte schließlich nicht den ganzen Tag Zeit. Als ich ihr sage, dass die Kassiererin den Herrn vor mir ja noch nicht mal bedient hat, kommt sie nach vorne und will mir eine verpassen. Zum Glück war einer von der Security da und hat sich die Alte gegriffen; ich weiß nicht, was sonst passiert wäre. Du hättest mal sehen sollen, wie die mit dem Typen gestritten hat. Sie hat gekreischt und geflucht, dass ich dachte, sie würde gleich einen Herzinfarkt kriegen. Echt gruselig.« Magda seufzte. »Und so weiter und so fort. Wie gesagt, zweihundertdreiundsiebzig Einträge. Schau mal, da ist schon wieder einer. Von einer gewissen Coco93: Hilf mir, Magda. Ich kann nicht mehr. Ich habe das Gefühl, mein Schädel zerspringt. Ich habe so eine Wut im Bauch, dass ich gar nicht mehr klar denken kann. Und dabei weiß ich noch nicht mal, auf wen und warum. Da ist nur diese Wut, und sie wird immer stärker.«

»Kennst du diese Coco?«

Magda schüttelte den Kopf. »Bis auf ein paar Ausnahmen sind das wildfremde Menschen, die mir da schreiben. Aber ich denke, du verstehst jetzt, warum ich vorhin so geplättet war, oder?«

»Allerdings. Das ist wirklich beängstigend. In den Nachrichten war es auch nicht besser. Zunehmende Aggressivität, gewalttätige Übergriffe, mutierte Virenstämme. Ich hatte dich gerufen, aber im Nachhinein denke ich, vielleicht war es besser, dass du das nicht gesehen hast.«

Magda stand auf und schlang ihre Arme um Ben. »Was passiert nur mit uns?«

»Ich weiß es nicht«, flüsterte er. »Ich kann es dir nicht sagen. Aber eines weiß ich sicher: Solange wir uns haben, wird uns nichts geschehen.«

Sie blickte ihm tief in die Augen, dann drückte sie ihren Kopf an seine Brust und hielt ihn lange Zeit umschlungen.

12

Sie schliefen in dieser Nacht zweimal miteinander und beide Male so, als gäbe es kein Morgen. Ihre Umarmungen, Liebkosungen und Höhepunkte hatten etwas Verzweifeltes. Wie zwei Schiffbrüchige, die sich aneinanderklammerten, während um sie herum das Meer brauste und tobte. Danach war Ben in einen unruhigen Schlaf gefallen, aus dem er irgendwann in den frühen Morgenstunden erwachte. Er glaubte, Schreie gehört zu haben, wusste aber nicht, ob er das nur geträumt hatte.
Müde wankte er zur Toilette, entleerte seine Blase und schlurfte wieder zurück ins Bett. Er war noch nicht angekommen, als er erneut Schreie hörte. Kein Zweifel, irgendwo war ein schrecklicher Streit im Gange.
Er trat ans Fenster und blickte hinaus. Fern am Horizont war bereits ein erster zarter Silberstreif zu sehen. Dic meisten Häuser lagen noch im Dunklen, doch gegenüber, auf der anderen Seite des begrünten Innenhofes, brannte Licht. Hinter den Fenstern im dritten Stock konnte Ben die Umrisse zweier Personen ausmachen. Ein Mann und eine Frau, die, wie es schien, furchtbaren Zoff miteinander hatten. Während der Mann nur dastand und fassungslos die Schultern hängen ließ, lief die Frau vor ihm auf und ab und gestikulierte heftig dabei. Sie schien sich über irgendetwas maßlos aufzuregen. Sie warf die Arme in die Luft und drohte ihm mit der geballten Faust. Ihre wütenden Rufe waren selbst durch die geschlossenen Fenster zu hören. Immer wieder attackierte sie ihn, schlug auf ihn ein und

schrie, als sei bei ihr eine Sicherung durchgebrannt. Der Mann wich zurück. So weit, bis er schließlich auf der linken Seite der Wohnung angekommen war. Ringsherum flammten Lichter auf. Die Nachbarn schienen endlich etwas mitbekommen zu haben. Im unteren Stock ging ein Fenster auf, und eine Männerstimme brüllte: »Ruhe!«

Der Frau war das egal. Sie drang weiter auf den Mann ein und schlug und keifte. In diesem Moment hob der Mann seinen Arm. Etwas Großes, Schweres befand sich in seiner Hand. Ein Krug oder eine Flasche vielleicht. Er holte aus und schlug zu. Der Schlag war bis zu ihrer Wohnung zu hören. Ein trockener, dumpfer Schlag. Die Frau verstummte, hielt in der Bewegung inne und kippte dann zur Seite weg. Der Mann beugte sich zu ihr nach unten und schlug wieder zu. Zweimal, dreimal, viermal. Bei jedem Schlag zog sich Bens Magen zusammen. Er war so erschrocken, dass er nicht wusste, was er fühlen oder denken sollte. Dann sah er, wie der Mann aufstand, seine Hände an einem Lappen abwischte und ins Nebenzimmer ging.

In diesem Moment wälzte sich Magda stöhnend zur Seite, und Ben war für einen Moment abgelenkt. Als er sich wieder dem Haus zuwandte, war die Wohnung dunkel und der Mann nicht mehr zu sehen. Auch in den anderen Wohnungen verloschen die Lichter wieder.

Ben stand da und versuchte, Ordnung in seine fiebrigen Gedanken zu bringen. Er rieb sich die Augen. Hatte er etwa einen Mord beobachtet? Wenn ja, warum reagierte niemand? Er spitzte die Ohren, aber es erklang weder ein Martinshorn, noch war ein Blaulicht zu sehen. Gewiss, er hätte selbst zum Hörer greifen und die Polizei anrufen können, aber konnte er wirklich sicher sein, dass er die Szene nicht falsch gedeutet hatte?

Er blieb noch am Fenster stehen und lauschte in die Nacht hinaus. Als nichts geschah, ging er wieder zu Bett. Es dauerte jedoch eine Weile, ehe er wieder einschlafen konnte.

Als er die Augen aufschlug, war es bereits helllichter Tag. Die Sonne schien durch die ungeputzten Scheiben und warf einen hellen Fleck auf den Boden. Gott, war er müde. Er fühlte sich wie gerädert. Kein Wunder, nach der unruhigen Nacht. Wo war überhaupt Magda, wollte sie ihn nicht wecken? Erschrocken fuhr er auf. Plötzlich fiel ihm wieder ein, dass er heute ja gar nicht zur Schule musste. Es war Sonntag, und er konnte im Bett bleiben, solange er wollte. Stöhnend ließ er sich zurück auf sein Kissen sinken. Was für eine Nacht! Die Erinnerungen waren wenig angenehm. Unruhig wälzte er sich hin und her, dann stand er auf.

Magda war in der Küche und klapperte mit Kochutensilien herum. Gähnend ging er in Richtung Klo. Als er fertig war, schlurfte er ins Bad und schöpfte sich ein paar Hände voll Wasser ins Gesicht. Sein Spiegelbild offenbarte erste Falten unter den Augen. Rasieren könntest du dich auch mal wieder, dachte er. Und was die Haare betrifft, darüber mache ich mir morgen Gedanken. Er band die dunklen Locken mit einem Gummi zusammen, putzte seine Zähne und ging dann in die Küche.

»Morgen, mein Schatz. Na, gut geschlafen?« Er blickte sich um. »Nanu, noch kein Kaffee?«

Magda stand immer noch an der Spüle und machte den Abwasch. Bisher hatte sie kein Wort gesagt.

»Na, ist ja nicht so schlimm, dann mach ich uns eben welchen.« Er schaltete den Wasserkocher ein, füllte Kaffee in einen Filter und goss dreimal auf.

»Möchtest du auch eine Tasse? Ich mache dir einen, wenn du

magst. Ein kleiner Schluck Milch und einen Löffel Zucker, wie immer?« Er schob ihr die Tasse rüber, doch sie reagierte nicht. Wusch einfach weiter ab, ohne ein Wort zu sagen. War sie sauer auf ihn? Aber wieso? Und warum redete sie nicht mit ihm?
»Warte, ich helfe dir«, sagte er, schnappte sich das Handtuch und wollte gerade zu ihr hinübergehen, als sie sich plötzlich umdrehte. Wie angewurzelt blieb Ben stehen. Er sah in ihr Gesicht und erstarrte. In ihrem Blick lag ein hasserfülltes Funkeln. Ihre Augen waren wie zugefrorene Gletscherseen: eisig, blau und von abgrundtiefer Kälte. Zwischen ihren Brauen lag eine steile Falte, wie er sie noch nie bei ihr gesehen hatte. Er wollte etwas sagen, doch es ging nicht. Irgendetwas stimmte nicht. Er brachte kein einziges Wort heraus, nur ein dumpfes Stöhnen. Er blickte an sich herunter und sah, dass etwas in seinem Bauch steckte. Schwarzer Griff, grauer Stahl – sein Brotmesser. Magdas Hand hielt noch immer den Griff umklammert. Als wäre die Klinge mit ihr verwachsen.
Entsetzt starrte Ben auf das Blut, das aus der Wunde sickerte. Ein gleißender Schmerz breitete sich in seiner Bauchgegend aus. Es war ein Gefühl, als würde ihm jemand einen glühenden Schürhaken im Leib herumdrehen.
Er wankte zurück. Der Schmerz wurde während der Bewegung so intensiv, dass er glaubte, sich übergeben zu müssen. Magda ließ das Messer los. Die Klinge steckte in seiner linken Seite, etwa vier Zentimeter über dem Hüftknochen. Hinten trat sie wieder heraus, was den Blutverlust zusätzlich erhöhte. Er fühlte sich wie ein Schmetterling, den man mit einer Nadel durchbohrt hatte. Sein weißes T-Shirt sah aus wie ein abstraktes Kunstwerk. Erste Tropfen platschten auf den Boden. Er war völlig fassungslos.
»Warum … hast du das … getan?«

Magda stand immer noch da und starrte ihn nur an. Der eisige Ausdruck war verschwunden, stattdessen lag Furcht in ihrem Blick. Ehe er noch etwas sagen konnte, drehte sie sich um und rannte zur Tür hinaus.
»Magda …!« Ben streckte die Hand aus, musste sich dann aber am Küchentisch abstützen. Ihm war schwindelig. Seine Beine wollten ihn nicht mehr tragen. Um ein Haar hätte er das Gleichgewicht verloren und dabei die Kaffeekanne mitgerissen. Der Schmerz vernebelte seine Sinne, seine Gedanken flackerten wie Flammen im Wind. Hatte Magda ihn umbringen wollen? Nein, es war bestimmt nur ein Unfall. Er hatte sie erschreckt, das Messer war in ihrer Hand, und er war hineingelaufen. Zufall. Oder nicht? Sie hatte keinen Finger krummgemacht, um ihm zu helfen. Wohin war sie verschwunden? Oh Gott, diese Schmerzen. Woher bekam er Hilfe? Er war schwer verletzt, das spürte er. Er benötigte einen Arzt. Dringend.
Das Klinikum.
Sein Vater.
Er schwankte zum Telefon, drückte die Kurzwahltaste und wartete. »Komm schon, komm schon«, murmelte er, während sich die Tropfen auf dem Boden zu einer Pfütze vereinten.
Nach einer gefühlten Unendlichkeit meldete sich eine automatische Stimme: »Hallo. Sie sind verbunden mit dem Anschluss der Universitätsklinik Köln. Leider sind zurzeit alle Leitungen besetzt. Bitte warten Sie, bis Sie mit dem nächsten Ansprechpartner verbunden werden, oder versuchen Sie es zu einem späteren Zeitpunkt noch einmal.«
»Scheiße«, keuchte Ben, legte auf und wählte die Mobilnummer.
»Hallo, dies ist der Anschluss von Dr. Sebastian Eigel. Leider bin ich momentan nicht erreichbar. Sie können mir aber nach

dem Signalton eine Nachricht hinterlassen. Ich rufe Sie dann zum nächstmöglichen Zeitpunkt zurück.«

»Hallo ... hier ist Ben. Ich ... ach, verdammt, das hat doch keinen Zweck ...« Er legte auf. Die Klinikzentrale war belegt, sein Vater nicht erreichbar. Was sollte er tun? Den Notarzt anrufen? Aber dann fiel ihm Stefan ein. Dr. Stefan Cornelius war Unfallchirurg und seit vielen Jahren einer der besten Freunde der Familie. Ein ziemlich cooler Typ. Himmel, wo hatte er nur seine Handynummer? Ah, da, unter Cornelius. Er drückte die Wähltaste.

»Bitte«, flehte er. »Geh ran, bitt...«

Es knackte, und eine junge Frauenstimme meldete sich. »Hallo?«

Ben stutzte. »Wo ... bin ich da?«

»Apparat von Dr. Cornelius. Was wollen Sie?«

»Ich ... mein Name ist Eigel. Ben Eigel. Ich bin ... ein guter Freund von Stef... von Dr. Cornelius. Ist er zu sprechen?«

»Nein, ausgeschlossen. Hier geht es drunter und drüber. Wenn Sie ihn sprechen wollen, müssen Sie später noch einmal ...«

»Bitte legen Sie nicht auf. Ich wurde verwundet. Ich brauche dringend ärztliche Hilfe.«

Eine kurze Pause. »Schwer verletzt?«

»Geht so«, sagte Ben. »Ein Stich mit dem Messer in den Bauch.« Vor seinem geistigen Auge sah er Magda, wie sie das Messer hielt.

»Starke Blutung?«

»Also mir langt's. Können Sie jemanden schicken, der mich ...«

»Keine Chance. Sie müssen allein zusehen, wie Sie zu uns kommen. Welche Farbe hat das Blut?«

Er blickte an sich hinab. »Dunkel. Schwarz. Die Klinge steckt immer noch drin.«

»Auf keinen Fall rausziehen«, sagte die Frau. »Stecken lassen und an der Einstichstelle ein paarmal mit Mull oder einer sauberen Socke umwickeln. Durch das Herausziehen können weitere Gefäße verletzt werden, was die Blutung nur verstärkt. Versuchen Sie, zu uns zu kommen; wir können dann versuchen, Sie wieder zusammenzuflicken. Und auf keinen Fall ohnmächtig werden, haben Sie verstanden? Dabei könnten Sie sich noch stärker verletzen. Werden Sie das schaffen?«
»Muss ich ja wohl«, stöhnte Ben. »Was ist denn bei Ihnen los, dass Sie mir keinen Krankenwagen schicken können?«
»Fragen Sie nicht.« *Klick.*
Die Leitung war tot.
Ben wankte ins Bad und zum Arzneischrank. Jeder Schritt war die pure Hölle. Tatsächlich, da waren Mullbinden. Rasch holte er eine davon heraus, packte sie aus und rollte sie ab. Dann befestigte er das Ende am Schaft des Messers, führte die Binde nach hinten und wickelte sie um das andere Ende der Klinge. Immer vor und zurück, wie bei einer Acht. Mehr als einmal wurde ihm schwarz vor Augen. Er achtete darauf, dass der Verband auch genügend Druck ausübte. Der Schmerz ließ ihn nach Luft schnappen.
Endlich hatte er es geschafft. Die Blutung war gestoppt und die Klinge fixiert. Ob er wohl ein Schmerzmittel nehmen durfte? Aspirin? Nein, das wirkte blutverdünnend. Ibuprofen vielleicht?
»Scheiß drauf«, murmelte er. »Wenn ich schon verrecke, dann soll es wenigstens nicht weh tun.«
Er riss die Packung auf, warf sich zwei Vierhunderter Ibus rein, dann steckte er noch einige davon in seine Hosentasche. Sicher ist sicher, dachte er und griff nach seinem Schlüssel.

13

Als Ben das Haus verließ, stach ihm die Sonne in die Augen. Er hörte die Haustür hinter sich ins Schloss fallen und wankte auf die Straße hinaus. Seine Bewegungen waren langsam und unkoordiniert, so als habe er zu viel getrunken. Vielleicht war die doppelte Dosis Ibuprofen doch ein bisschen stark gewesen. Er sah sich um. Irgendwie hatte er gehofft, Magda zu sehen, doch sie war fort. Hatte ihn zum Sterben einfach zurückgelassen. Sein benebeltes Hirn teilte ihm mit, dass es für einen Sonntagmorgen ungewöhnlich ruhig war. Kein Mensch unterwegs, die Straßen wie leergefegt. Seine Wohnung lag im vierten Stock und besaß doppelt verglaste Fenster, die den Lärm auf ein Minimum reduzierten; deshalb wunderte er sich immer, wie viel auf den Straßen los war, wenn er das Haus verließ.

Aber nicht heute.

Köln wirkte wie eine Geisterstadt. Keine Passanten, keine Fahrradfahrer, keine Autos. Nicht mal Glockenläuten, wie sonst um diese Zeit.

Köln war die Stadt der Kirchen. Einhundertzweiundneunzig gab es im Stadtgebiet, allein zwölf davon waren große, romanische Kloster- und Stiftskirchen. Mehr als an jedem anderen Ort der Welt. Ben, der mit Religionen eigentlich wenig am Hut hatte, kam nicht umhin, die Stille und Ausdruckskraft romanischer Kirchen zu bewundern. Sie strahlten etwas aus, was nur schwer in Worte zu fassen war. Ruhe, Gelassenheit und eine gewisse Erdgebundenheit. Ganz anders als der Dom, der mit seinen aufstrebenden Türmen und Zinnen ein tragisches Symbol menschlicher Selbstüberschätzung und Vermessenheit war. Wenn schon beten, dann in einer romanischen Kirche. Das hatte wenigstens Stil.

Ben ertastete das Messer. Der Schmerz war noch da, aber er verbarg sich hinter einem Schleier aus dumpfer Taubheit. Wie ein eingesperrtes Raubtier.

Ja, dachte er, so könnte es gehen. Wenn er vorsichtig genug war, konnte er sein Fahrrad nehmen und die zwei Kilometer zur Uniklinik radeln.

Er ging über den Hinterhof zum Fahrradständer und öffnete das Schloss. Sein Mountainbike war zwar nicht das modernste, aber es war gut gepflegt. Es hatte ihn noch nie im Stich gelassen. Wenn es jetzt noch einmal durchhielt, würde es zur Feier des Tages einen neuen Sattel spendiert bekommen.

Stöhnend hob er sein Bein über die Stange. Die Bewegung raubte ihm schier den Atem. Okay, jetzt nur nicht übertreiben. Er atmete ein paarmal tief durch. Nicht ohnmächtig werden, hatte sie gesagt. Nur nicht ohnmächtig werden!

Nach einer Weile ließ der Schmerz nach, und er fühlte sich gewappnet für einen zweiten Versuch. Diesmal ging es besser, er musste nur den Druck mit dem rechten Bein ausüben und das linke zum Schwungholen benutzen. Nicht optimal, aber besser, als mangels Geschwindigkeit umzukippen. Hoch die Füße und treten. Er fuhr. Schwankend zwar, aber er hatte die Balance gefunden und fuhr. Langsam und vorsichtig eierte er durch das Hoftor hinaus auf die Straße.

Die Stille war bedrückend.

Erneut ging ihm Magda durch den Sinn. Was war nur in sie gefahren? Wieder redete er sich ein, dass er sie erschreckt haben musste. Sein Fehler, dass er sich angeschlichen hatte. Man las ja immer wieder von Unglücksfällen, die passierten, weil jemand von hinten leise herantrat. Panik konnte zu Schreckreaktionen führen. Aber hatte er nicht die ganze Zeit mit ihr geredet? Und wie passte dieser eisige, tödliche Blick dazu? Sie hatte ihm nicht geholfen, als er blutend vor ihr stand, keinen Finger krumm gemacht, seine Schmerzen zu lindern. Mach dir nichts vor, dachte er kopfschüttelnd. Sie wollte dich töten. Sie wollte, dass du stirbst.

Er atmete schwer.

Das Radfahren war anstrengender als vermutet.

Irgendetwas lief hier gehörig aus dem Ruder. Er musste an die Fernsehsendungen denken, an das Gespräch mit Magda, die Blogeinträge und den Vorfall in der Nacht.

Mit Schrecken dachte er daran, was er heute noch alles erfahren musste.

Er war etwa einen halben Kilometer gefahren, als neben ihm aus einer Seitenstraße ein Polizeiauto herausgeschossen kam und mit quietschenden Reifen und eingeschaltetem Blaulicht auf ihn zudonnerte. Es gelang ihm gerade noch, den Lenker herumzureißen und auf den Bordstein auszuweichen. Das Fahrzeug raste ungebremst weiter und blies ihm eine Wolke aus Staub und Abgasen ins Gesicht.

»Willst du mich umbringen oder was?«, brüllte Ben, bereute seinen Ausbruch jedoch gleich wieder. Jede Anstrengung wurde sofort von unerträglichen Schmerzen quittiert. Ruhig, ermahnte er sich. Keine Energie verschwenden, es ist noch ein gutes Stück bis zur Klinik. Wenn er sich jetzt verausgabte, würde er es nie schaffen. Trotzdem musste der Fahrer ein komplett Wahnsinniger sein.

»Brauchst dich nicht extra zu bemühen, wenn du mich erledigen willst, das hat vor dir schon jemand anderer versucht«,

murmelte Ben. »Aber du hättest mich wenigstens mitnehmen können, du blöder Arsch.«
Schwitzend und mit zusammengebissenen Zähnen radelte er weiter.

Er war einen knappen Kilometer weit gekommen, als er eine Rauchsäule bemerkte. Eines der Gebäude an der Ecke Lindenthalgürtel / Dürenerstraße stand in Flammen. Wie es aussah, hatte das Feuer bereits die erste und zweite Etage erfasst. Ein Pulk aufgebrachter Menschen stand davor, dazwischen Polizeifahrzeuge, Feuerwehr und Notarztwagen. Die Beamten hatten alle Hände voll zu tun, die tobende Menschenmenge zurückzudrängen und das Feuer unter Kontrolle zu bringen. Wütende Schreie drangen bis zu Ben herüber, während er langsam näher radelte. Er versuchte zu erkennen, was los war, als plötzlich eine Frau das Führerhaus eines Feuerwehrfahrzeugs erklomm, mit den Armen wedelte und zu schreien anfing. »Stürmt die Fahrzeuge! Hindert sie daran, das Feuer zu löschen, macht Kleinholz aus ihnen.« Sie reckte ihre Hand in die Höhe. »Nieder mit der Männerherrschaft!«
Als hätte man ein Streichholz in eine Pfütze aus Benzin geworfen, stürzten sich die Frauen auf die Beamten, schlugen und traten sie und hinderten sie an der Ausübung ihrer Rettungsmission. Schüsse fielen, und Schreie ertönten, als die aufgebrachte Horde über die Einsatzkräfte herfiel.
Ben zog die Bremsen und wäre beinahe gestürzt. Er konnte kaum glauben, was er da sah. Bilder, wie er sie sonst nur aus dem Fernsehen kannte. Mit Schrecken erkannte er, dass sich noch Menschen im Haus befanden. *Männer*, korrigierte er sich. Eingeschlossen wie die Ratten, standen sie auf den Balkonen und mussten hilflos mit ansehen, wie die Rettungsmann-

schaft niedergemacht wurde. Dann ging es gegen die Fahrzeuge. Hunderte aufgebrachter Frauen stemmten sich unter das Löschfahrzeug, wuchteten es auf die Seite und ließen es auf den Notarztwagen krachen, der direkt danebenstand. Dann waren die Polizeifahrzeuge dran.

Ben starrte mit offenem Mund auf die unwirkliche Szenerie. War das echt, oder träumte er nur? Es waren Bilder wie bei einem Bürgerkrieg. Die Angst der Personen in den oberen Stockwerken war nicht gespielt. Jetzt sprangen die Flammen auf die oberen Etagen über. Die Hitze war mörderisch. Selbst auf die Entfernung konnte Ben die Kraft des Feuers spüren. Plötzlich stieg einer der Unglücklichen auf die Brüstung und sprang in die Tiefe. Ben sah ihn fallen und in den Flammen verschwinden.

Dann sprang noch einer.

Und noch einer.

Ohne Netz und Sprungtuch schlugen sie auf den harten Beton auf. Das Brechen ihrer Knochen wurde mit begeistertem Johlen quittiert. Ben wurde übel.

Das war kein Traum. Das war Realität. Blutige, grausame Realität.

So schnell es seine Verletzung zuließ, wich er zurück und bog in eine der Seitenstraßen ab. Hoffentlich hatte ihn niemand gesehen. Er musste versuchen, das Klinikum über Nebenwege zu erreichen. Zum Glück kannte er sich hier gut aus. Nur weg von dieser Horde kreischender Furien und ihrem abgrundtiefen Hass.

Die Spuren des Wahnsinns waren überall zu erkennen. Türen standen offen, Fensterscheiben waren zersprungen, Möbel lagen auf der Straße. Die Welt stand am Rande einer Katastrophe – oder sie war schon mittendrin.

Sein Bauch meldete sich zurück. Die Wirkung der Ibus schien bereits nachzulassen. Er griff in seine Tasche, warf eine dritte Pille ein und zerkaute sie ohne Wasser. Es schmeckte bitter und widerwärtig, aber es war die einzige Möglichkeit für ihn, den Rest des Weges zu schaffen.

Hinter der nächsten Biegung tauchte bereits das mehrstöckige Gebäude auf. Die Klinik für Unfallchirurgie lag auf der südöstlichen Seite. Ben musste einen kleinen Umweg in Kauf nehmen. Er fuhr über die Gleueler Straße und bog dann die nächste rechts ab. Schon von weitem konnte er sehen, dass die Einfahrt zur Klinik mit Autos zugestellt war. Dutzende von Fahrzeugen standen da, es ging weder vor noch zurück. Es wurde gehupt, gedrängelt und geflucht, aber nichts rührte sich. Die Straße war einfach zu schmal. Ben wich auf den Bordstein aus, schlingerte und konnte gerade noch abbremsen, ehe er umkippte. Mit beiden Händen fing er sich ab, doch der Verband löste sich, und die Wunde fing wieder an zu bluten. Er schleppte sich die letzten Meter bis zum Eingang. Dort hatte sich eine riesige Menschentraube gebildet. Die Türen waren verschlossen und wurden von schwarz uniformierten Sicherheitsleuten streng bewacht.

Ben ließ sein Rad ins Gebüsch fallen und wankte auf den Eingang zu. Nur noch ein paar Meter ...

»He, du da. Hinten anstellen.« Ein feister Kerl mit Halbglatze und einer Prellung an der Stirn trat ihm in den Weg. Seine linke Gesichtshälfte war geschwollen und verfärbt. Ben beachtete ihn gar nicht, sondern versuchte, an ihm vorbeizukommen. Er wusste, dass es nur noch wenige Momente dauern würde, bis der Schmerz und der Blutverlust ihn endgültig ohnmächtig werden ließen.

Die Pranke auf seiner Schulter riss ihn herum. »Junge, ich habe gesagt, du sollst dich hinten anstellen. Wir warten hier alle auf Behand… Heilige Scheiße …« Der Kerl verstummte. Sein Blick war auf das Messer in Bens Bauch gerichtet. »Ist es das, wonach es aussieht?«

»Ich … fürchte … ja.« Ben lächelte gequält. »Kleines Souvenir von meiner … Freundin.«

»Verdammt.« Der Kerl runzelte die Stirn, dann hob er den Kopf und sagte: »Komm mit.« Er machte eine Drehung und bahnte sich seinen Weg durch die Warteschlange. »Leute, macht mal Platz. Wir haben hier einen Notfall.«

»Ich bin auch ein Notfall«, grunzte ein Typ mit blutender Nase. »Was glaubst du eigentlich, wer du bist, dass du dich hier vordrängelst?«

»Schau dir den Jungen an und dann sag mir, wer hier der Notfall ist. Kommt schon, Leute, wir haben hier einen Schwerverletzten. Macht den Weg frei.« Er legte seinen Arm um Ben und begleitete ihn nach vorne.

Die Männer wichen auseinander. Viele hatten Prellungen, Schnittverletzungen oder Stauchungen, aber keinen hatte es so schwer erwischt wie Ben.

Die Wachen vor der Tür verstellten ihnen den Weg. »Halt. Wer bist du, und was willst du?«

»Mein Name ist … Ben Eigel, ich bin ein Freund von Dr. … Cornelius.« Er nahm die Hände von seiner Verletzung.

Der Wachmann betrachtete Einstich und Austrittswunde und nickte dann grimmig. »Wir haben eigentlich Befehl, niemanden mehr reinzulassen, aber ich denke, bei dir werden wir wohl eine Ausnahme machen. Sieht übel aus.« Er öffnete die Tür einen Spalt. »Mach, dass du reinkommst, Junge, schnell.«

»Und was ist mit uns?«, rief einer aus der Menge.

»Ihr kommt dran, wenn wieder Plätze frei sind. Im Moment

ist alles belegt. Seht zu, dass ihr nach Hause geht und eure Blessuren irgendwie selbst verarztet. Wir können im Moment nichts für euch tun.«
Die Tür fiel hinter Ben ins Schloss, und der Rest des Gesprächs blieb ihm verborgen. Er sah sich um. Vor ihm erstreckte sich ein Gang, in dem Dutzende von Bahren mit Schwerverletzten lagen. Gebrochene Arme und Beine, Stichverletzungen, Verbrennungen – alles, was man sich nur vorstellen konnte. Es roch nach Blut und Desinfektionsmitteln. Über allem erklang das Stöhnen und Keuchen verzweifelter Menschen. Ein Arzthelfer stürmte aus einem der Zimmer, sein Kittel war mit Blut beschmiert. Als er Ben sah, stutzte er. »He, du«, rief er. »Was machst du hier, wie bist du hier reingekommen?«
»Die Wachen haben mich … reingelassen.« Das Reden fiel ihm immer schwerer. Er hatte fast keine Luft mehr. »Mein Name ist … Ben Eigel. Ich bin ein Freund von … Dr. Cornelius. Ist er hier?«
Der Mann sah für einen Moment unentschlossen aus, doch als er das Messer sah, lenkte er ein. »Dr. Cornelius ist momentan nicht zu sprechen. Wir haben ein paar echt heftige Fälle reinbekommen. Ich weiß nicht, wann er sich um dich kümmern kann, jedenfalls werde ich ihm ausrichten, dass du hier bist. In der Zwischenzeit müssen wir dich stabilisieren. Betten haben wir keine mehr frei, aber irgendwo müsste noch ein Wagen herumstehen. Warte, ich bin gleich wieder da. Brauchst du noch etwas gegen die Schmerzen?«
Ben nickte und stützte sich an der Wand ab. Der Arzthelfer verschwand und kam kurz darauf mit einem Rollwagen wieder.
»Hier. Am besten auf die rechte Seite legen. Ja, so ist es gut. Die Arme nach vorne, damit sie die Klinge nicht berühren.«
»Wieso … ist hier so wenig … Personal?«

Der junge Mann zuckte die Schultern. »Der Großteil der Schwestern ist abgehauen. Wir arbeiten hier momentan nur noch zu siebt.« Er zog eine Spritze auf und stach sie Ben in den Arm. »Das dürfte die Schmerzen für eine Weile vertreiben. Es war gut, das Messer stecken zu lassen.«

»Eine Arzthelferin hat es mir geraten.«

»Eine Frau?« Er sah Ben groß an. »Hat sie dir ihren Namen genannt?«

Ben schüttelte den Kopf.

Der Mann nickte traurig. »Egal. Sie hat dir damit vermutlich das Leben gerettet. Ich lasse dich jetzt eine Weile schlafen und werde das Ding nachher entfernen. Hab keine Angst, du bist jetzt in guten Händen.«

»Ich … ich habe … Dinge auf dem Weg hierher gesehen. Schlimme Dinge …«

»Ich weiß.« Der Mann nickte betrübt. »Schlaf jetzt und denk nicht mehr daran. Es wird alles gut.«

Mit diesen Worten drehte er sich um und ging. Ben sah, wie er am Ende des Ganges verschwand, dann fielen ihm die Augen zu.

14

»Magda …«

Ben schlug die Augen auf. Es war dunkel. Weder in seinem Zimmer noch im Flur oder in den angrenzenden Räumen brannte Licht. Das Zimmer sah anders aus.

Wo bin ich, dachte er. Das ist doch nicht meine Wohnung. Ach nein, er war ja im Krankenhaus. Durch das Fenster auf der rechten Seite schien ein silbriger Streif. Mondlicht, dachte er und sah sich um.

Er war nicht allein. Überall um ihn herum standen Feldbetten, auf denen Patienten lagen. Der Geruch von Desinfektionsmitteln war allgegenwärtig, doch darüber lag ein anderer Geruch, der ihn irritierte und den er nicht zuordnen konnte.

Er versuchte, sich aufzurichten, kippte aber sofort wieder nach hinten. Der scharfe Schmerz ließ ihn japsen wie einen Hund. Ein paarmal schnappte er nach Luft, dann versuchte er, seine Gedanken zu sortieren. Er war in der Unfallchirurgie, so viel war klar. Aber seit wann? Und wie viel Uhr war es?

Er blickte an sich herab und bemerkte erleichtert, dass das Messer verschwunden war. Stattdessen steckte sein Oberkörper in mehreren Lagen frischer Mullbinden. Die Operation schien erfolgreich verlaufen zu sein. Er war überraschend klar im Kopf. Die Wirkung des Schmerzmittels schien seit einiger Zeit abgeklungen zu sein.

Wenn er nur wüsste, wie lange er schon hier lag. Sein Mund fühlte sich schrecklich trocken an. So, als hätte er seit Tagen

nichts getrunken. Hunger hatte er auch, aber das war jetzt nicht so wichtig. Erst mal musste er seinen Durst stillen.
Wieder richtete er sich auf, diesmal vorsichtiger. Er presste die Hand auf seinen Bauch und schwenkte seine Beine über den Rand der Liege. Statt seines Hemdes hatte er einen Baumwollkittel an, aber seine Hose war immer noch dieselbe; sie sah aus, als wäre er in einen Eimer mit dunkler Farbe gefallen.
Mühsam bahnte er sich seinen Weg zwischen den Betten hindurch. Langsam kehrten seine Erinnerungen zurück. Magda, das brennende Haus, die vielen Verletzten, der Arzthelfer.
Wer hatte ihn operiert? Stefan? Wenn ja, dann musste er sich unbedingt bei ihm bedanken. Das war ja wohl das mindeste.
Er verließ das Zimmer und wankte auf den Gang hinaus. Dabei stieß er mit dem Fuß gegen ein Hindernis. Er unterdrückte einen Fluch und versuchte, die Dunkelheit mit den Augen zu durchdringen. Wieso lag hier so viel Gerümpel herum? Vor ihm war ein umgekippter Stuhl, direkt dahinter lag ein Regal quer im Raum, noch weiter hinten ein aufgerissener Wandschrank. Er stieg über den Stuhl und betrat ein Zimmer, neben dem das Schild WC hing. Ben hielt seinen Kopf über das Waschbecken und drehte den Hahn auf. Mit gierigen Schlucken löschte er seinen Durst, dann ging er weiter.
»Hallo?«
Keine Antwort. Wieso brannte hier nirgendwo Licht?
Er betätigte ein paar Schalter, doch nichts passierte. Langsam und vorsichtig tastete er sich weiter. Er hielt seine Nase in die Luft. Plötzlich hatte er wieder diesen Geruch in der Nase. Was war das? Roch irgendwie muffig. Er öffnete die nächstbeste Tür und zuckte zurück. Hier war der Gestank besonders schlimm. Es war stockfinster in dem Zimmer, aber er hatte das Gefühl, dass vor ihm in der Dunkelheit irgendetwas verweste.

Mit einem Anflug von Panik setzte er seinen Weg fort. Der Boden war mit Müll und Unrat übersät. Überall aufgerissene Verpackungen, Schachteln, Medikamentenboxen und Aufbewahrungsbehälter für Spritzen.

An der nächsten Biegung blieb er stehen. Am Ende des Ganges brannte ein Licht. Vorsichtig einen Fuß vor den anderen setzend, durchquerte er den Gang und erreichte die offenstehende Tür.

Im Schein einer einzelnen Kerze saß ein Mann an einem Schreibtisch. Sein Körper gebeugt, den Kopf auf der Tischplatte, schlief er tief und fest. Ben überlegte einen Moment, ob er ihn wecken sollte, und kam dann zu dem Schluss, dass er dringend Antworten brauchte.

Laut hörbar klopfte er gegen den Türrahmen. »Hallo?«

Der Mann stieß ein Stöhnen aus, drehte den Kopf und blinzelte ihn verschlafen an. Plötzlich zuckte er hoch, seine Augen vor Schreck weit aufgerissen. Er sah aus, als habe er ein Gespenst gesehen.

»Wer … wer … sind Sie? Was wollen Sie?«

»Bitte entschuldigen Sie, dass ich hier so einfach reinplatze, aber Sie scheinen der Einzige zu sein, der noch hier ist«, sagte Ben. »Ich frage mich, was hier passiert ist, der Müll und so …« Er hielt inne. »Moment mal. Ich kenne Sie doch. Sie sind doch derjenige, der mich bei meiner Ankunft in Empfang genommen hat. Das war … tja, wann eigentlich? Vielleicht können Sie mir ein paar Informationen geben, ich stehe nämlich ziemlich auf dem Schlauch.«

Der andere glotzte ihn immer noch groß an.

Ben betrachtete den Mann. Dunkle Ringe unter den Augen, verstrubbeltes und ungewaschenes Haar, Dreitagebart.

»Können Sie sich nicht an mich erinnern?« Da ihm nichts Besseres einfiel, deutete er auf seinen Bauch. »Der Typ mit dem Messer.«

»Das … Messer.« Die Augen des Mannes wurden noch ein Stückchen größer. Plötzlich huschte ein Ausdruck des Erinnerns über sein Gesicht. »Ja«, sagte er. »Jetzt fällt es mir wieder ein. Aber das ist doch unmöglich.«

»Was? Was ist unmöglich?«

»Du müsstest eigentlich tot sein.«

Ben verstand nur Bahnhof.

Anstatt weiterzureden, griff der Kerl in die Schreibtischschublade, holte eine kleine Flasche heraus, setzte sie an die Lippen und nahm einen Schluck. »Ach herrje, wo bleiben meine Manieren? Auch einen Schluck?« Er hielt Ben die Flasche hin, doch der schüttelte nur den Kopf.

»Nein? Ist vielleicht auch besser so, bei der Verletzung. Ethanol mit Wasser sollte man nur zu sich nehmen, wenn man in guter körperlicher Verfassung ist. Und selbst dann nur in Maßen.« Er setzte die Flasche an und ließ das Zeug nur so in sich hineinlaufen. Nach Luft schnappend, drehte er den Verschluss wieder drauf und ließ die Flasche in der Schublade verschwinden. »Hast du Hunger? Hier, ich habe leider nur Brot und Butter. Setz dich und iss etwas. Du siehst aus wie ausgekotzt.«

Ben ließ sich nicht zweimal bitten. Wie ein Verhungerter stürzte er sich auf das Brot, stellte aber schnell fest, dass ihm das nicht gut bekam, und ließ es lieber sein. Bei einer Bauchwunde sollte man vermutlich erst mal keine schwere Kost essen. Das angebotene Wasser nahm er aber gerne. Der Mann sah ihn verwundert an.

»Ich hoffe, du nimmst mir das nicht übel, aber ich erlebe es nicht oft, dass ein Toter ins Leben zurückkehrt.«

»Ein Toter? Was soll das Gerede?« Ben gab ihm die Flasche

zurück. Der Typ hatte offensichtlich ziemlich einen an der Waffel. »Sie haben mich doch selbst auf den Rollwagen gelegt und mir ein Beruhigungsmittel gegeben, erinnern Sie sich nicht? Sie werden mich dann vermutlich irgendwann ins Behandlungszimmer geschoben haben.«

»Wenn du dich da mal nicht täuschst«, sagte der Mann. »Etwa eine halbe Stunde nachdem du hier eingetroffen bist, haben die Leute draußen den Laden hier gestürmt. Da kam dieser Kleinlaster auf den Hof gefahren, in dem lauter schwerbewaffnete Kerle saßen. Sie sprangen raus und lieferten sich ein kurzes Feuergefecht mit den Wachen, ehe sie die Türen eintraten und alles plünderten, was ihnen unter die Finger kam. Medikamente, Verbandsmaterial, Werkzeuge, Geräte – einfach alles. Als die Leute draußen merkten, was vorging, stürmten sie hinterher und griffen sich, was noch übrig war. Meine Kollegen flohen, nur ich blieb noch hier und hielt die Stellung. Warum, weiß ich eigentlich selbst nicht so genau. Vermutlich, weil ich hoffte, dass bald die versprochene Hilfe eintrifft, aber …«

»Moment mal«, sagte Ben, dem es langsam mulmig wurde. »Sie tun so, als läge das alles schon ewig zurück. Welchen Tag haben wir denn heute?«

»Mittwoch. Oder ist es schon Donnerstag?« Er blickte zu seinem Wandkalender hinüber.

»Mitt…?« Ben blieb der Mund offen stehen. »Aber das ist doch vollkommen unmöglich. Das hieße ja, ich hätte drei Tage da drüben in dem Zimmer gelegen.«

»Hast du auch, ja. Um ehrlich zu sein, ich hielt dich für tot. Deswegen habe ich dich zu den anderen geschoben.«

»Zu den anderen?« Jetzt fühlte er sich wirklich elend.

»Na, zu den Toten! Ist dir denn nicht aufgefallen, dass niemand in dem Zimmer lebte?«

Ben stöhnte. Deshalb war es in dem Zimmer so still gewesen. Er hatte sich schon gewundert, warum er niemanden hatte schnarchen hören. Und dann dieser Geruch …

»Die Leichtverletzten konnten wir nach Hause schicken, die schweren Fälle … nun ja.« Der Mann zuckte die Schultern. »Wir hatten keine Medikamente, kein Werkzeug und kein Verbandsmaterial mehr. Die meisten hatten Gott sei Dank einen schnellen Tod. Ich habe sie in die vorderen Zimmer gelegt, in der Hoffnung, dass bald jemand kommt, um sie zu bestatten.«

»Und was ist mit dem Rest? Was ist mit Dr. Cornelius, meinem Vater, all den anderen?«

»Getötet, geflohen, gefangen – wer weiß? Junge, du ahnst ja gar nicht, was da draußen los ist. Es herrscht Krieg.«

»Krieg? Mit wem?«

Der Mann sah ihn mit schrägem Blick an, in seinen Augen eine Mischung aus Mitleid und Belustigung. »Na, mit den Frauen natürlich, was denkst du denn? Hast du gar nichts mitbekommen?« Er schüttelte den Kopf. »Wer hat dir diesen Stich versetzt, hm?«

»Meine …« Er stockte. Wieder sah er Magda vor sich, das Messer in der Hand.

»Na, siehst du«, sagte der Assistenzarzt. »Die Zeitungen waren voll davon. Fernsehen, Radio, Nachrichten – kein anderes Thema. Allerdings ist es in den letzten Stunden verdächtig still geworden da draußen. So als hätten sie den Rundfunk- und Fernsehbetrieb eingestellt. Die Welt, wie wir sie kennen, gibt es nicht mehr. Das System ist zusammengebrochen. Es ist ein einziges Chaos da draußen. Ich würde dich ja einladen zu bleiben, aber ich kann dich hier nicht versorgen. Meine Vorräte reichen gerade so für die nächsten Tage. Am besten, du versuchst, dich irgendwie nach Hause durchzuschlagen.«

»Jetzt, mitten in der Nacht?«
»Na klar. Ist sicherer als am Tag, wenn die Banden unterwegs sind. Man hört jetzt immer häufiger von Plünderungen. Sieh zu, dass du dir ein paar Nahrungsmittel verschaffst, und dann verschanze dich. Besorg dir eine Waffe. Du weißt ja: Noch wichtiger als Nahrungsmittel ist eine Waffe. Ach ja, und wenn du irgendwo auf Militär triffst, sag ihnen, dass wir hier im Krankenhaus dringend auf Hilfslieferungen angewiesen sind.«
Ben nickte, was sollte er auch anderes tun? Er stand auf. Er musste mit eigenen Augen sehen, was da draußen los war.
Eine Frage hatte er aber doch noch. »Meine Verletzung«, sagte er und deutete auf den Verband. »Sie sagten, Sie hielten mich für tot …«
»Ich habe keinen Puls mehr gefühlt. Du hast nicht mehr geatmet. Zu meiner Schande muss ich aber gestehen, dass ich mich in der Eile wohl geirrt habe.«
»Wenn Sie das Messer nicht herausoperiert haben und auch keiner Ihrer Kollegen – wer war es dann?«
Der junge Mann sah ihn mit einem schwer zu deutenden Blick an, dann zuckte er die Schultern. »Kann ich dir nicht sagen. Vielleicht ein Engel?«

15

Die Nacht war sternenklar. Ein leiser Wind säuselte um die Häuser und führte den Geruch von Rauch und Asche mit sich. Nirgendwo brannte Licht. Die gesamte Straßenbeleuchtung war ausgefallen, ebenso das Licht in den Häusern. Wie schwarze Rechtecke ragten die Bauwerke in den nächtlichen Himmel. Irgendwo am Horizont glomm ein orangefarbener Schein. Vermutlich ein brennendes Gebäude.

Ben suchte den Eingangsbereich der Klinik ab, bis er sein Fahrrad entdeckte. Ein Schutzblech war verbogen und der Lenker verdreht, ansonsten schien es den Ansturm der Plünderer gut überstanden zu haben. Er setzte sich auf den Sattel und wollte gerade das Licht einschalten, als er sich eines Besseren besann. Nicht nötig, Aufmerksamkeit zu erregen. Der Mond schien hell genug, außerdem kannte er den Weg. Vorsichtig, seine Wunde schonend, trat er in die Pedale und radelte los.

Bereits hinter der nächsten Straßenecke war er dankbar für den hellen Mondschein. Die Straße war von kreuz und quer stehenden Autos blockiert. Manche mitten auf der Fahrbahn, manche in Einfahrten oder auf dem Bürgersteig. Immer wieder musste er ausweichen und absteigen. Am Lindenthalgürtel wurde es besser, so dass er wieder ungehindert fahren konnte. Vor ihm in der Dunkelheit tauchte eine defekte Straßenbahn auf. Leblos wie ein gestrandeter Wal stand sie auf der Kreuzung, die Scheiben blind im silbernen Mondlicht, die Türen wie zu einem stummen Schrei aufgerissen. Schaudernd fuhr er weiter. Im Dunkel des dahinterliegenden Stadtwalds sah Ben ein Lagerfeuer flackern. Zuckende Gestalten tanzten davor hin und her und wiegten sich in der Musik, als würden sie tanzen. Er hörte das Klirren von Glas und rauhes Gelächter. Die Szene hatte etwas Gespenstisches.

Wie lange, seit das Virus ausgebrochen war? Drei Tage? Vier? Das konnte doch nicht stimmen. War es möglich, dass eine ganze Stadt in so kurzer Zeit derartig ins Chaos stürzen konnte?

Er musste dringend nach Hause und herausfinden, was geschehen war. Er musste seinen Vater finden und Magdas Eltern aufsuchen. Sie hatten ein Recht, zu erfahren, was vorgefallen war. Vielleicht gelang es ihm sogar, ein klärendes Wort mit Magda zu sprechen. Nicht, dass er sie wegen des Vorfalls weniger liebte, aber er hätte doch gerne gewusst, was sie so auf die Palme gebracht hatte.

Eine Viertelstunde später erreichte er seine Straße. Auch hier hatte der Kampf gewütet. Mülltonnen lagen umgestoßen auf dem Bürgersteig, Autos waren beschädigt und Parkuhren zerstört worden. Ben hatte zwar den Eindruck, dass es diesen Stadtteil weniger schlimm erwischt hatte, trotzdem war der Anblick verheerend. Ob auch seine Wohnung zerstört und geplündert worden war? Eigentlich besaß er nichts von Wert, ausgenommen vielleicht seine LP-Sammlung und den Plattenspieler. Aber wer konnte damit schon etwas anfangen? Dann schon eher den Fernseher. War zwar noch ein alter Flimmerkasten mit Röhrentechnologie, aber dafür groß. Nun, er würde sich morgen ein Bild vom Ausmaß der Zerstörung machen. Heute wollte er nur noch schlafen.

Er stellte sein Rad im Hinterhof ab, schloss die Tür auf und stieg das stockdunkle Treppenhaus empor. Oben angekommen, atmete er erleichtert auf. Die Tür war verschlossen. Keine Anzeichen eines gewaltsamen Eindringens. Er trat ein, sperrte hinter sich wieder zu, nahm noch einen großen Schluck Wasser und krachte dann halb ohnmächtig ins Bett.

Als Ben erwachte, war es bereits Mittag. Er zwinkerte in die Helligkeit. Sein Radiowecker funktionierte nicht mehr, dafür aber seine Armbanduhr; es war halb eins. Aber welcher Tag? Wie lange hatte er geschlafen?

Er stand auf, ging in die Küche und öffnete den Kühlschrank. Ein schaler Geruch stieg ihm in die Nase. Die Milch konnte er vergessen, aber Butter, Wurst und Käse sahen noch einigermaßen essbar aus. Er holte etwas Brot aus der Box, nahm ein Messer und das Frühstücksbrett und aß vorsichtig eine Scheibe Brot. Diesmal spielte sein Magen mit, und er aß noch eine zweite. Zum Genießen blieb keine Zeit, er musste sich ein Bild von der Lage machen. Bei der Gelegenheit konnte er auch gleich mal in Vaters Haus nach dem Rechten sehen. Seine Etagenwohnung war verschont worden, aber das musste nicht unbedingt auf ein alleinstehendes Haus in bester Lage zutreffen. Und er musste die Alarmanlage überprüfen. Ach nein, die funktionierte ja nicht. Ohne Strom ging gar nichts.

Er blickte nach draußen. Die Sonne schien durch einen milchigen Wolkenschleier.

Rasch trank er noch einen letzten Schluck und testete am Lichtschalter, ob nicht doch zufällig der Strom wieder da war. Nix, nada, niente. Er konnte noch nicht mal Radio hören, weil er keine Batterien hatte. In seinem Kopf nahm eine Einkaufsliste Gestalt an. Neben Batterien benötigte er auch Lebensmittel. Am besten Konserven, die schmeckten zwar nicht, waren aber wenigstens haltbar. Und Brot. Knäckebrot, auch das war haltbarer als normales Brot. Wasser schien es momentan ja noch zu geben, daher konnte er auf den Einkauf von Getränken verzichten. Sicherheitshalber ging er aber noch mal ins Bad und ließ einen Putzeimer und seine Gießkanne voll Wasser laufen, dann nahm er seinen Geldbeutel und verließ die Wohnung.

Er hatte gerade die Hälfte des Treppenhauses hinter sich, als er ein Zischen hörte.

»Pst, Sie da. Kommen Sie mal her.«

Ben blieb wie angewurzelt stehen und zwinkerte in die Dunkelheit. Eine der Türen stand einen Spalt weit offen. Daraus lugte ein Mann hervor. Es war Herr Reimers, der Rentner aus dem Dritten.

Herr Reimers lebte seit Jahren allein und gehörte zu der Art Mensch, die ihre Augen und Ohren überall hatten. Eine ideale Quelle für Neuigkeiten und Informationen. Ben mochte ihn. Ein kleiner Mann mit eingefallenen Wangen, weinroter Nase und einem silbergrauen Haarkranz, dessen flinke Bewegungen Ben irgendwie an ein Eichhörnchen erinnerten. Früher war er beim WDR gewesen, als Auslandskorrespondent, wie Ben gehört hatte, aber jetzt genoss er schon seit einigen Jahren seinen Ruhestand. Kaum hatte er Ben erblickt, riss er die Tür weiter auf, sah sich rechts und links um und winkte ihn dann zu sich heran.

»He, Sie da, Eigel, Sie habe ich ja seit Ewigkeiten nicht gesehen. Wo wollen Sie denn hin?«

»Ich muss Besorgungen machen, außerdem will ich meinen Vater besuchen. Wieso, soll ich Ihnen was mitbringen?«

»Besorgungen?« Reimers stieß ein kleines Kichern aus. »Na, da wünsche ich Ihnen viel Glück. Dürfte gar nicht so einfach werden.«

»Wieso?«
»Haben Sie denn nicht gehört? Die Bundeswehr hat die Standorte Köln, Frankfurt und München geräumt. Kam vorhin übers Radio. Sie sagen, die Lage sei außer Kontrolle geraten. Treten einfach den Rückzug an, diese feigen Hunde, und überlassen uns unserem Schicksal. Ungeheuerlich, oder? Wissen Sie, was das bedeutet?«
»Keine Ahnung.«
»Chaos, mein Junge, Chaos. Da fragt man sich, wofür man eigentlich sein Leben lang Steuern bezahlt hat. Aber mir war klar, dass dieses Land irgendwann vor die Hunde gehen würde.« Er blickte misstrauisch hinauf zu Bens Wohnung. »Wo ist denn Ihre … Ihre …«
Ben wusste gleich, wen er meinte. »Magda? Hat mich verlassen. Sie hat mir ein Messer zwischen die Rippen gesetzt. Sehen Sie?« Er hob sein T-Shirt und präsentierte seinen Verband.
»Sapperlot«, stieß Reimers aus. Mehr fiel ihm auf die Schnelle nicht ein.
»Ich war die letzten Tage in der Klinik, deshalb habe ich auch nichts mitbekommen. Wie sieht's denn da draußen aus? Gibt es viele Verletzte?«
»Verletzte?« Reimers machte ein Geräusch wie ein pfeifender Teekessel. »Tote, mein Junge, Tote. Tausende. Sie ahnen ja gar nicht, was sich hier die letzten Tage abgespielt hat. Deutschland ist ein Schlachtfeld, besonders die Großstädte. Nichts funktioniert mehr. Strom, Gas, der städtische Nahverkehr, alles zusammengebrochen. Die Leute, die sich haben impfen lassen – und das sind die meisten –, liefern sich ununterbrochen Straßenschlachten. Die anderen …«, er zuckte die Schultern. »Am Virus gestorben oder geflohen. Weiß keiner so genau. Für uns hier in den Städten sieht die Lage nicht rosig aus. Im-

merhin haben wir noch Wasser, die Frage ist nur, wie lange noch?«

»Und die Frauen?«

»Weg. Genau wie Ihre Magda. Verlassen die Städte, wie man hört.« Er lächelte mitfühlend. »Ich weiß, wie Ihnen zumute sein muss, mein Junge. War selbst lange genug verheiratet. Sie beide waren doch ein Herz und eine Seele, oder?«

Ben schluckte. Er hatte plötzlich einen Kloß im Hals.

»Da sehen Sie's. Wenn sogar so ein Mädel, das Sie wirklich liebhatte, zum Messer greift, dann können Sie sich vorstellen, was woanders los war. Vermutlich werden wir das volle Ausmaß der Katastrophe erst in ein paar Monaten erfahren. Bis dahin heißt es: Augen zu und durch.«

»Hat man gehört, wie es in anderen Teilen der Welt aussieht? Was ist mit Frankreich, England, Spanien? Was mit Asien, Nord- und Südamerika, Afrika?«

»Junge, glauben Sie, das würde man uns sagen? Ich denke mal, die wissen es selbst nicht so genau. Allerdings habe ich gehört, dass es großzügige Spenden in die Entwicklungsländer gegeben hat.«

»Großzügig.« Ben stieß ein zynisches Lachen aus.

»Sie sagen es, mein Junge«, sagte Reimers. »Diese Drecksäcke. Züchten einfach ein Supervirus und spielen sich dann noch als Wohltäter auf. Die Kacke ist gerade richtig am Dampfen. Es ist ein kleines Wunder, dass wir überhaupt noch Nachrichten empfangen. Die Rundfunkanstalten haben sich zusammengeschlossen und strahlen rund um die Uhr Sondermeldungen aus. Anscheinend erhalten sie ihren Strom über Generatoren, aber wie lange die noch funktionieren, ist fraglich.« Er ließ den Kopf sinken, und seine Stimme wurde leiser. »Es ist der Tag des Jüngsten Gerichts, mein Junge. Wenn es stimmt, dass sich das Militär aus den Städten zurückzieht, sind Plünderungen und Vandalismus Tür und Tor geöffnet, dann bleibt hier kein Stein mehr auf dem anderen. Wenn das geschieht, schlägt die Stunde der Warlords. Denken Sie an meine Worte. Ich bin weit genug in der Welt herumgekommen. Ich weiß, wie so etwas abläuft. Die Großen fressen die Kleinen. Wer sich nicht verteidigen kann, hat schon verloren. Wer jetzt eine Waffe hat, ist klar im Vorteil.« Er seufzte. »Was ich Ihnen damit sagen wollte: Seien Sie vorsichtig, wenn Sie da rausgehen. Das ist nicht mehr die Welt, die Sie kannten. Das ist ein Dschungel, und in diesem Dschungel regiert das Recht des Stärkeren. Ich wollte bloß, dass Sie das wissen. Ach ja, und wenn Sie wirklich einen Laden finden, der noch aufhat, kaufen Sie mir eine Flasche Schnaps. Egal welchen. Ich tausche ihn gegen Konserven, davon habe ich nämlich reichlich im Haus. Alte Gewohnheit, verstehen Sie?« Ein kleines Lächeln stahl sich auf sein Gesicht, als er Ben entließ und ihm im Treppenhaus hinterherblickte.

16

Das Haus seines Vaters lag etwas nach hinten versetzt und war von der Straße durch eine drei Meter hohe Buchsbaumhecke abgeschirmt. Ein würfelförmiger Neubau, entworfen von irgendeinem Stararchitekten, der wie ein Fremdkörper aus der parkähnlichen Gartenanlage herausragte. Das Gebäude verfügte über breite Glasfronten, die von innen über steuerbare Rollos verdunkelt werden konnten.

Ben hatte das Haus noch nie gemocht. Es wirkte kühl, abweisend; aus diesem Grund war er auch ausgezogen, als sein Vater die Eigentumswohnung in der Innenstadt gekauft hatte. Nachdem Mum auch nicht mehr hier wohnte, stand das Haus die meiste Zeit leer. Selbst sein Vater verbrachte hier kaum Zeit. Eigentlich kam er nur zum Übernachten und an Wochenenden, wenn er keinen Dienst hatte. Warum er den Bunker nicht schon längst verkauft hatte, war Ben ein Rätsel, aber vermutlich hing es damit zusammen, dass seine Eltern das Haus gemeinsam konzipiert und gebaut hatten und dass viele Erinnerungen damit verbunden waren. Ben konnte es nicht beschwören, aber er meinte zu spüren, dass sein Vater seine Mutter immer noch liebte. Selbst nach den zwei Jahren, die sie nun mittlerweile getrennt waren. Normalerweise wäre er gar nicht hierhergekommen, aber nachdem der Assistent an der Klinik ihm berichtet hatte, dass dort niemand mehr arbeitete, erschien es ihm als die beste Chance, seinen Vater zu finden. Und tatsächlich: Vor der Garage stand der schwarze SLK.

Er stieg vom Sattel, schob das Rad in die Einfahrt, ging zur Haustür und drückte die Klingel. Natürlich funktionierte sie nicht, aber er durfte die Hoffnung nicht aufgeben.
Die Videokamera über seinem Kopf glotzte ausdruckslos wie ein totes Fischauge. Ben hämmerte mit der Faust gegen die Tür. »Dad, ich bin's. Mach auf!« Er wartete und versuchte es dann noch einmal. Als sich nichts rührte, fummelte er in seiner Tasche und zog seinen Haustürschlüssel heraus. Obwohl er hier nicht mehr wohnte, bestand sein Vater darauf, dass er jederzeit ins Haus konnte. Er steckte den Schlüssel ins Schloss, drehte ihn herum und öffnete die Tür.
Im Haus war es still. Kein Laut. Weder das Ticken einer Uhr noch das sanfte Säuseln einer Klimaanlage. Es war dunkel, und die Luft war stickig. Fast wie in einer Gruft. Die Rollos waren heruntergelassen und tauchten die Räume in ein sanftes Halbdunkel. Wie es aussah, war auch hier nicht eingebrochen worden. Ben fiel ein Stein vom Herzen. Er trat in die Mitte des zweistöckigen Wohnraums und rief: »Dad, bist du da? Ich bin's, Ben! Ich habe dein Auto draußen gesehen. Komm mal runter, ich muss mir dit reden.«
Nichts. Die Schlafzimmer lagen im ersten Stock. Dass sein Vater noch schlief, glaubte Ben eigentlich nicht. Sebastian war ein Frühaufsteher. Sechs Uhr raus, elf Uhr ins Bett. Ein echter Workaholic. Vermutlich war er doch noch in der Klinik. Aber warum hatte er sein Auto hier stehenlassen? War ja eigentlich auch egal. Ben würde hier einfach nach dem Rechten sehen, seinem Vater eine Nachricht hinterlassen und anschließend ins Krankenhaus fahren. Dann konnte er wenigstens nachsehen, ob die Hilfslieferungen inzwischen eingetroffen waren.
Der kurze Blick durch die Küche war ernüchternd: keine Konserven, wenig Brot, das meiste davon schimmelig, weder Wurst

noch Käse. Typisch. Immerhin war die Schnapsbar gut bestückt. Vater würde sicher eine oder zwei Flaschen entbehren können. Ben nahm eine Flasche Whisky für Herrn Reimers aus dem Schrank, steckte sie in seinen Rucksack und betrat dann die Treppe, die in den ersten Stock hinaufführte. Oben angekommen, hielt er seine Nase in die Höhe. Irgendetwas roch hier brenzlig. Nicht die Art von Gestank, den verschmorte Stromleitungen erzeugen. Eher der Geruch von Zündhölzchen oder Schwarzpulver. Ben fühlte sich an Silvesterfeuerwerk erinnert. An lange Abende mit Knallfröschen und selbstgebauten Raketenautos. Aber wo sollte ein solcher Geruch herkommen? Vermutlich stand irgendwo ein Fenster offen, und er zog von draußen herein.

Ben untersuchte einige der Räume, fand alles zu seiner Zufriedenheit und wollte schon gehen, als er vor Vaters Arbeitszimmer stehen blieb. Hier war der Geruch am stärksten. Durch den schmalen Türspalt drang ein penetranter Gestank nach erkaltetem Feuerwerk. Ben stieß die Tür auf und blieb einen Moment wie angewurzelt stehen. Sein Vater saß am Tisch, vor sich eine Flasche Whisky, daneben ein Glas und eine kleine Karaffe mit Wasser. Sein Kopf lag auf der Tischplatte, die Augen weit aufgerissen. In seiner Hand hielt er einen Gegenstand, der bei Ben die schlimmsten Befürchtungen auslöste: eine Pistole.

Es dauerte einen Moment, bis Ben die Kraft fand, zu seinem Vater zu gehen und ihn zu berühren. Die Haut war eiskalt.

»Oh Gott, nein. Bitte nicht. Nicht das.«

Ben versuchte, den Körper anzuheben, bemerkte dann aber, dass die linke Gesichtshälfte in einer Lache aus Blut lag.

»Bitte, lieber Himmel, lass das nicht wahr sein. Vater, sag doch etwas. Sprich zu mir, bitte!«

Aus den leblosen Augen seines Gegenübers löste sich eine einzelne Träne und rann seitlich die Nase hinab.
Ben stieß ein entsetztes Stöhnen aus. Seine Beine versagten ihm den Dienst. Hätte nicht zufällig direkt neben ihm ein zweiter Stuhl gestanden, er wäre rücklings auf dem Parkettboden gelandet. Die Erkenntnis traf ihn mit der Wucht eines Vorschlaghammers. Nach Atem ringend, fasste er sich an die Brust. Sein Vater war tot, hingerichtet durch eigene Hand. Wie es schien, lag er hier schon seit einigen Stunden. Bens Blick wanderte über den Tisch und blieb an der Flasche hängen. Ein 74er Macallan. Vaters wertvollster Whisky.
Sebastians tote Augen waren starr auf ein Foto gerichtet, das ihn, Mama und Ben an Bord ihrer Yacht vor der korsischen Küste zeigte. Ein Bild aus besseren Tagen. Daneben lag ein Blatt Papier, auf dem einige Zeilen zu lesen standen. Ben hob den Arm leicht an und zog das Blatt darunter hervor.

Liebste Veronika, lieber Ben,
wenn ihr das hier lest, werde ich bereits tot sein. Ich weiß, ihr werdet es nicht verstehen, aber ich konnte nicht anders. Alles, woran ich jemals geglaubt, wofür ich jemals gekämpft habe, hat sich ins Gegenteil verkehrt. Wir, die wir uns auf die Fahnen geschrieben haben, den Menschen Gutes zu tun, sie zu heilen und das Leben lebenswert zu machen, haben uns eines Verbrechens schuldig gemacht, für das es keine Worte gibt. Auch wenn ich selbst keine Schuld an dem Vorfall trage, so fühle ich mich doch mit verantwortlich.
Die Welt, wie wir sie kennen, wird untergehen. Nichts kann das noch verhindern. Wir haben die Büchse der Pandora geöffnet, und herausgekommen ist ein Fluch, der uns alle vom Erdball fegen wird.

Ich will nicht warten, bis es so weit ist. Ich war mein Leben lang unabhängig und will auch jetzt den Zeitpunkt meines Todes selbst bestimmen. Es mag auf euch so wirken, als wolle ich mich vor der Verantwortung drücken, aber bitte glaubt mir, so ist es nicht gemeint. Veronika, du lebst glücklich mit einem neuen Mann, und obwohl ich dich immer noch liebe, wünsche ich euch beiden alles erdenklich Gute. Ben, du brauchst mich ebenfalls nicht mehr. Du bist erwachsen geworden, hast ein eigenes Leben, eine großartige Freundin, was könntest du von jemandem wie mir noch lernen? Wozu also weiterleben? Behaltet unser kleines Glück in guter Erinnerung. Es wird lange dauern, bis es wieder so etwas wie Familien geben wird.

Euer euch liebender Sebastian

PS. Lieber Ben, solltest du mich zuerst finden, nimm die Pistole an dich, du wirst sie brauchen. Munition findest du im roten Aktenschrank in der untersten Schublade. Auch wenn es dir im Moment schwerfällt, bitte glaube mir, der Tag wird kommen, da wirst du mir dafür dankbar sein.

Mit Tränen in den Augen ließ Ben den Brief sinken. Er fühlte sich leer, ausgebrannt und gleichzeitig so wütend. Alle hatten ihn verlassen. Erst Magda und jetzt auch noch sein Vater. An wen konnte er sich noch wenden? Mutter war weg. Er konnte nicht mal mit Bestimmtheit sagen, wo sie gerade steckte. Ihr Beruf zwang sie dazu, ständig auf Achse zu sein. Die Telefone funktionierten nicht mehr, ebenso wenig wie E-Mail, Facebook, Skype oder SMS. In einer Welt, in der alles von elektronischer Kommunikation abhing, war es auf einen Schlag erschreckend still geworden. Von einem Tag auf den anderen war er allein. Niemand, der ihm Trost und Zuspruch geben konnte.

Es war alles so unwirklich, so surreal. Als wäre er in einem bösen Traum gefangen. Als habe Gott sich einen bösen Scherz mit ihm erlaubt.
Voller Widerwillen betrachtete er die Pistole. Der vernickelte Stahl schimmerte wie der Panzer eines todbringenden Insekts. Sollte er sie wirklich an sich nehmen? Was sollte er damit anfangen? Er verspürte einen instinktiven Widerwillen. Dieses Ding hatte das Leben seines Vaters ausgelöscht. Sein Blut klebte daran, und doch war es sein Wunsch gewesen, Ben solle die Pistole an sich nehmen. Wusste er überhaupt, was er ihm damit aufzwang?
Ben griff nach der Pistole und hielt sie hoch. Sie war erstaunlich schwer. Er streckte die Arme aus, wie er es in Dutzenden Filmen gesehen hatte, visierte das gerahmte Foto auf der gegenüberliegenden Seite des Zimmers an und tippte leicht auf den Abzug. Ein Knall ertönte. Ein Schuss löste sich aus dem Lauf und ließ die Waffe in seiner Hand zurückschnellen. Der Laut war so ohrenbetäubend, dass Ben die Waffe vor lauter Schreck beinahe fallen ließ. Dabei kam er versehentlich ein zweites Mal an den Abzug. Wieder löste sich ein Schuss. Diesmal traf er die Vase in der Ecke, die sich in einer Wolke aus Staub und Keramikteilchen auflöste.
»Himmelherrgott noch mal!« Fluchend legte Ben die Waffe zurück auf den Tisch. Er atmete ein paarmal tief durch, dann nahm er die Pistole vorsichtig wieder in die Hand. Rechts oberhalb des Grifffeldes war ein kleiner Hebel, den drückte er nach vorne. Der Abzug war jetzt blockiert. Eine Zeitlang starrte er finster auf die Waffe, dann steckte er sie ein und ging hinüber zum Schrank, wo die Munition aufbewahrt wurde. Er hasste Schusswaffen, aber er hatte die Schnauze voll, immer nur das Opfer zu sein. Ab jetzt konnte er sich wenigstens verteidigen.

17

Bis Ben seinen Vater im Garten beerdigt und das Haus abgeschlossen hatte, war es bereits später Nachmittag. Keuchend und mit Schmerzen in der Brust verrichtete er die letzten Arbeiten. Dann vergrub er den Schlüssel unter den Wurzeln einer alten Kiefer, dicht neben dem Grab, und ging zu seinem Fahrrad zurück. Er war sicher, dass er nie wieder hierher zurückkehren würde.

Für einen kurzen Moment spielte er mit dem Gedanken, das Auto zu nehmen, doch was sollte er mit so einer Protzkiste? Nicht nur, dass er damit überall auffallen würde, woher sollte er den Sprit nehmen? Zapfsäulen waren elektrisch betrieben. Genau wie alles andere funktionierten auch sie nicht mehr.

Mit seinem Rucksack voller Proviant und der Flasche Whisky für Reimers machte er sich auf den Heimweg. Er nahm den Weg am Stadtwald entlang, die Aachener Straße hinunter. Er war verblüfft, wie wenig hier los war. Die Stadt wirkte wie ausgestorben. Als hätten sich alle in ihre Wohnungen verkrochen.

Die menschliche Natur war doch sonderbar. Wegen nichtiger und belangloser Kleinigkeiten konnten sich die Leute tierisch aufregen; sobald es jedoch ernst wurde, verzogen sie sich wie kleine Tiere in ihre Löcher. Vermutlich ein Überbleibsel aus frühester Urzeit, als die Menschen zitternd und bibbernd in Erdlöcher oder hohle Bäume geschlüpft waren, wenn draußen ein Gewitter tobte oder ein Raubtier vorüberzog. Augen zu

und durch – immer noch das sicherste Rezept gegen jede Form von Unheil.
Ein merkwürdiges Gefühl überkam ihn. Gewiss, in seinem Bauch war immer noch dieser giftige Knoten aus Wut und Trauer, aber sein Kopf fühlte sich trotzdem seltsam leicht an. Eine Empfindung, die weder von Alkohol noch von Schmerzmitteln herrühren konnte, sondern einer tiefen – um nicht zu sagen, grundlegenden – Erkenntnis entsprang: Was immer geschehen war, was immer noch geschehen würde, es hatte auch etwas Gutes. Ein Ende war gleichzeitig auch ein Anfang. So war es schon immer gewesen, seit Anbeginn der Zeit. Es schien, als hätte die Natur diesen Vorgang als etwas Notwendiges, ja geradezu Wünschenswertes in ihr System eingebaut. Nur dem Tod wohnten die Kräfte eines Neubeginns inne. Nur wenn Altes ging, konnte Neues nachkommen. So schrecklich es für die Betroffenen auch sein mochte, so erfüllten sie doch mit ihrem Sterben einen letzten wichtigen Zweck: Sie gaben den Weg frei für die, die nach ihnen kommen würden. Wären sie alle unsterblich, würde es keine Veränderung geben, keine Entwicklung. Nur Stillstand.
Der Crash war notwendig, damit das System wieder rebootet werden konnte. Früher hatte es große Kriege gegeben oder Naturkatastrophen, heute gab es andere Gefahren: Umweltschäden, Atomunfälle, künstliche Viren, die Liste war lang. Und war nicht schon in der Bibel von einer Sintflut die Rede gewesen, von einem Neubeginn, verbunden mit der Hoffnung auf eine bessere Welt?
Ben hatte keine Ahnung, wohin diese Katastrophe sie führen würde, aber immerhin lag ein kleiner Trost in dem Gedanken, dass es irgendwie weitergehen würde.
Er wechselte an der Kreuzung Maarweg die Straßenseite und

wollte gerade weiterfahren, als er das Klirren von Glas hörte. Ein dreckiges Lachen zerriss die Stille. Es kam aus einem der Supermärkte, deren Scheiben eingeschlagen und deren Warensortiment zur Plünderung freigegeben waren. Ben konnte im Inneren die Schemen mehrerer Personen erkennen, eine davon augenscheinlich recht klein. Da er keinen Stress wollte, trat er in die Pedale. Er war schon fast vorbeigeradelt, als er plötzlich eine Stimme hörte.

»Hilfe, Hilfe. Bitte, hilf mir.« Es war eine junge Stimme, wie die eines Kindes.

Ben hielt an. Sein Bedarf an Greueln war für heute eigentlich gedeckt. Andererseits konnte er den Hilferuf nicht ignorieren. Irgendwo klirrte etwas, dann ertönte ein erstickter Schrei.

Er stellte den Rucksack ab und betrat den Laden.

Im Dämmerlicht sah er eine Gruppe von Jugendlichen mit Knüppeln und Äxten in der Hand. Sie waren ungefähr in seinem Alter und machten einen ziemlich wilden Eindruck.

Eingekesselt und in die Ecke gedrängt wie ein wildes Tier, stand ein kleiner Junge von vielleicht zehn oder elf Jahren. In seinen Augen leuchtete Panik. An seiner Schläfe befand sich eine frische Platzwunde, aus der Blut sickerte. Sein langes blondes Haar stand verfilzt in alle Richtungen, seine Kleidung starrte vor Schmutz. In seinen Armen hielt er ein paar Packungen Zwieback, Mehl, Zucker sowie einige Konserven. Eine der Dosen fiel herunter und landete scheppernd auf dem Boden.

»Was ist hier los?«

Die Angreifer fuhren herum.

Der größte von ihnen, ein Bursche mit kurzrasierten Haaren und einem Nasenpiercing, trat auf Ben zu. »Wer bist du denn? Mach, dass du wegkommst.«

»Ich hörte einen Hilferuf, drum dachte ich, ich sehe mal nach.«
»Hier gibt's nichts zu glotzen. Hast du nicht gehört, du sollst verschwinden.«
Ben ignorierte ihn und wandte sich an den anderen Jungen. »Bei dir alles in Ordnung, Kleiner?«
»Ich ... ich wollte nur ein bisschen Verpflegung fürs Kloster holen«, stammelte er.
»Stehlen wollte er«, erwiderte der Große. »Ist einfach in unseren Laden gekommen und hat sich bedient.« Er schlug dem Kleinen auf die Finger, worauf dieser mit schmerzvollem Jaulen seine Beute fallen ließ. Die Demonstration unverhohlener Gewalt erschreckte Ben.
»Euer Laden?« Er presste die Lippen aufeinander. »Wenn du der Besitzer dieses Supermarktes bist, kannst du das doch bestimmt beweisen. Ausweis, oder so?«
Die Brauen des Kerls rutschten ein Stück zusammen, was ihn noch dümmer aussehen ließ. »Versuchst du, witzig zu sein?«
Ben hob die Hände. »Ich will keinen Streit. Ich weiß nicht, was hier los ist, und es geht mich auch nichts an, aber ich fände es gut, wenn ihr den Kleinen jetzt gehen lasst. Wie ich das sehe, scheint der rechtmäßige Besitzer dieses Ladens gerade nicht hier zu sein, so dass die Sachen eigentlich jedem gehören. Oder keinem, wie man's nimmt.« Er zuckte die Schultern. »Ich würde also vorschlagen, ihr lasst ihn mit den paar Sachen abziehen, und gut ist's. Ihr habt doch selbst noch genug. Hier, ich zahle auch dafür.« Er zog sein Portemonnaie aus der Hosentasche. »Was wird das kosten, zwanzig Euro? Ich gebe euch fünfzig. Ich lege sie hier auf den Boden, seht ihr? So, und nun lasst den Kleinen gehen.«
Der Anführer blickte auf das Geld, dann stieß er ein hämisches Lachen aus. »Fünfzig Euro für die paar Lebensmittel? Das ist

ja mächtig großzügig. Da ist doch bestimmt ein Trick dahinter.«
»Kein Trick, ehrlich. Das Geld gehört euch, nehmt es.«
Hinter der flachen Stirn des Anführers arbeitete es. Seine Gedanken schienen wie Bleikugeln durch die Gehirnwindungen zu kullern. Plötzlich erhellte ein Grinsen sein dämliches Gesicht. »Scheinst ja mächtig reich zu sein. Wenn du so viel Kohle hast, kannst du uns ja auch den Rest geben.« Er ließ die Axt in seiner Hand auf und ab wippen und kam auf Ben zu. »Zeig mal: Wie viel hast du denn noch?«
»Das ist alles, was ich dir geben kann, sorry. Also was ist, haben wir einen Deal?«
»*Haben wir einen Deal?* Du redest wie eine verdammte Schwuchtel. Kohle her, du Arsch, oder ich ziehe dir das Fell über die Ohren.« Er hob die Axt.
»He, komm, Karl, lass ihn doch laufen, ihn und den anderen«, sagte einer aus der Gruppe. »Fuffzig Mücken ist doch nicht schlecht.«
»Natürlich ist es das nicht«, sagte der, den sie Karl nannten. »Tatsache ist: Es ist viel zu gut. Wenn einer so mit Geld um sich schmeißt, dann hat er garantiert noch mehr davon. Vielleicht ist das einer von diesen neureichen Vorstadtfuzzis, die glauben, die Welt würde ihnen gehören, nur weil sie über einen Haufen Kohle verfügen. Ist das so? Bist du so einer? Ist dein Vater vielleicht Banker oder Chefarzt? Einer von denen, die uns die Scheiße hier eingebrockt haben? Deine Klamotten sehen zwar ziemlich abgewetzt aus, aber für Uhren habe ich ein Auge. Das Ding, das du da am Arm hast, ist 'ne Automatik. Schweizer Uhrwerk, oder? Kostenpunkt Minimum fünfhundert.«
Ben wich ein Stück zurück. Er spürte, dass ihm die Optionen

ausgingen. Verzweifelt überlegte er, was er noch sagen konnte, doch ihm wollte einfach nichts einfallen.
Der Typ entblößte eine Reihe schlecht geputzter Zähne. »Ich kann Menschen ziemlich gut einschätzen, das konnte ich schon immer. Und ich weiß, dass du eine feige Sau bist, die mir gleich wimmernd ihr Hab und Gut geben wird. Also mach den Rucksack auf und lass mich mal sehen, was drin ist.« Drohend kam er näher.
Im selben Moment lag die Pistole in Bens Hand, die Mündung auf die Brust des Angreifers gerichtet.
»Keinen Schritt weiter.«
Der Kerl blieb stehen. Ein Ausdruck von Verblüffung lag auf seinem Gesicht, dann kehrte das überhebliche Grinsen zurück. »Ich lach mir'n Ast, der Typ hat 'ne Knarre. Das ist doch bestimmt 'n Fake. Softair, oder? Ich habe diese Dinger schon gesehen. Damit kannst du mich nicht reinlegen.«
Ben entsicherte die Waffe.
In den Augen des Angreifers flackerten für einen kurzen Moment Zweifel auf. »Du schießt nicht«, sagte er. »Nicht du. Du bist ein Waschlappen. Woher sollte ein Typ wie du auch an eine echte Waffe kommen? Siehst du diese Axt hier? Die ist echt. Willst du mal spüren, wie echt?« Er machte einen Schritt nach vorn, hob den Arm und schlug zu.
Ben sah die Klinge wie in Zeitlupe wenige Zentimeter von seinen Fingern entfernt durch die Luft sausen und hörte, wie sie mit einem markerschütternden Krachen auf den Betonboden traf. In diesem Moment spürte er einen heftigen Schlag in der Hand. Sein Arm wurde zurückgerissen. Karl flog wie von einer unsichtbaren Faust getroffen durch die Luft. Als er landete, taumelte er und kippte rücklings auf den Boden. Der Geruch von Schießpulver stieg Ben in die Nase. Er sah, wie sich

auf der Brust des Angreifers ein roter Fleck ausbreitete. Aus der Mündung der Pistole stieg dünner Rauch auf.
Karl gab ein letztes Röcheln von sich und sackte dann in sich zusammen. Speicheltröpfchen bildeten roten Schaum vor seinem Mund.
»Großer Gott«, flüsterte einer der Burschen. »Ich … ich glaube, der hat wirklich geschossen.«
Ben richtete die Waffe auf ihn. Es war, als hätte die Pistole die Kontrolle über seine Hand übernommen.
In den Augen seines Gegenübers flackerte Panik auf.
»He … ich … ist ja schon gut.« Der Junge hob die Hände und rutschte ein Stück zurück. »Nur keine Aufregung. Wir ziehen ab, nicht wahr, Jungs? Der Laden gehört dir.« Er stand auf und wankte in Richtung Tür.
Der Lauf der Waffe folgte ihm.
»Kommt, Jungs. Lasst uns hier verschwinden.«
»Was ist mit Karl?«
»Scheiß auf Karl. Der Typ hat ihm ins Herz geschossen. Mitten ins Herz. Hast du gehört? Er ist tot, Arschloch. Du hast einen Menschen auf dem Gewissen. Ich hoffe, du fühlst dich jetzt besser. Du mit deiner Dreckswaffe.«
Ben richtete die Waffe auf einen Punkt zwischen den Augen des Jungen, woraufhin dieser zusammen mit seinen Spießgesellen das Weite suchte. So schnell sie ihre Füße trugen, rannten sie Richtung Kreuzung und verschwanden um die Straßenecke.
Ben wartete noch einem Moment, dann ließ er seinen Arm sinken. Die Waffe war schwer wie Blei. Er öffnete seine tauben Finger und hörte, wie die Pistole auf den Boden polterte.
Der kleine Junge kam näher. Mit einem kurzen Blick auf Karl konstatierte er: »Der rührt sich nicht mehr. Sauberer Schuss.«

Ben war unfähig, zu antworten. Er stand nur da und starrte auf den Toten.

Der kleine Junge blickte zu ihm auf. Nach einem kurzen Zögern ergriff er seine Hand. »Danke. Ich weiß nicht, wie die Sache ausgegangen wäre, wenn du nicht gekommen wärst. Du hast mir das Leben gerettet.«

Die großen braunen Rehaugen schienen auf eine Antwort zu warten, doch Ben war unfähig, zu sprechen, geschweige denn, einen klaren Gedanken zu fassen. Du hast einen Menschen auf dem Gewissen, die Worte hallten in seinem Gedächtnis nach. Er ist tot, Arschloch.

»Lass dich davon nicht runterziehen«, sagte der Junge mit überraschend selbstsicherer Stimme. »Nicht du bist schuld, er selbst war es. Die Stadt ist voll von Typen wie ihm. Kerle, die glauben, sie könnten tun und lassen, was sie wollen – jetzt, wo es niemanden mehr gibt, der das Gesetz vertritt. Wie die Maden kommen sie aus ihren Löchern gekrochen und rauben und stehlen, als würde das alles ihnen gehören.« Er sah Ben erwartungsvoll an. »Wie heißt du?«

»Ben.«

»Freut mich, dich kennenzulernen, Ben. Ich bin Malte. Ich komme von dem Kloster da drüben. Das Kloster zum Heiligen Bonifazius.«

Nur mit Anstrengung gelang es Ben, seinen Blick von dem Toten zu lösen. Er fühlte sich müde, ausgelaugt.

»Kloster?«

»Eigentlich ein Jugendheim«, sagte Malte. »Es war früher mal ein Kloster, jetzt sind wir da untergebracht. Ist ganz hübsch. Wir dürfen sogar den alten Klostergarten bepflanzen. Willst du mitkommen und es dir ansehen? Es ist gar nicht weit. Oder hast du irgendwo jemanden, der auf dich wartet?«

Bens Kopf bewegte sich wie in Zeitlupe hin und her. Er fühlte sich so leer, so taub. Wie ein abgestorbener Baum.
»Das Kloster«, murmelte er. »Es liegt drüben beim Kanal, habe ich recht?«
Der Junge nickte eifrig.
»Kennst du die Hütte im Wald? Bei den beiden Steinfiguren?«
»Du meinst da, wo die Pärchen immer zum Knutschen hingehen? Klar kenne ich die. Ist doch allgemein bekannt.« Er grinste.
Die komische kleine Waldarbeiterhütte galt als Geheimtreffpunkt für Liebespaare, doch offenbar war sie nicht so geheim, wie Ben gehofft hatte. Dort hatten Magda und er ihren ersten langen Zungenkuss ausgetauscht. Sie hatten Musik gehört und Bier getrunken. Die Erinnerung daran schien so weit weg – fast wie aus einem anderen Leben.
»Dann ist es also abgemacht«, sagte Malte. »Du kommst mit. Hier, vergiss deine Pistole nicht.« Er hob sie auf und reichte sie Ben. Als Ben jedoch keine Anstalten machte, sie zu nehmen, zog Malte ein Taschentuch aus seiner Hose, wickelte sie ein und steckte sie in seinen Beutel. »Macht nichts, ich verwahre sie für dich. Könnte vielleicht noch nützlich sein. Komm jetzt! Es ist besser, wir verschwinden, ehe die Typen mit Verstärkung wiederkommen. Ich hol nur noch schnell mein Zeug, dann können wir los. Hattest du nicht auch einen Rucksack? Ah, da liegt er ja. Den nehmen wir natürlich mit. Und dein Fahrrad auch. Oh Mann, die anderen werden Augen machen, wenn ich dich mitbringe. Wir sind eine richtig coole Gang, weißt du? Nicht solche Proleten wie die eben. Wir nehmen nur, was wir brauchen. Wir bauen sogar eigenes Gemüse an. Klar, den Neulingen fällt es immer etwas schwer, sich an den Tagesrhythmus zu gewöhnen. Halb sechs aufstehen und so. Auch die Gebete

sind nicht jedermanns Sache. Aber man gewöhnt sich daran, und irgendwann ist es ganz normal. Wie sieht's bei dir aus: Glaubst du an Gott?«

Ben zuckte zusammen, als wäre er aus einem Halbschlaf erwacht. »Was?«, fragte er. »Was hast du gefragt?«

»Ob du an Gott glaubst?«

Ben runzelte die Stirn und dachte nach. Vor einer knappen Woche hätte er die Frage mit einem klaren Nein beantwortet. Jetzt war er da nicht mehr so sicher.

»Ich ... ich kann es dir nicht sagen«, antwortete er wahrheitsgemäß. »Ehrlich gesagt, weiß ich nicht, was ich überhaupt noch glauben soll.«

»Macht nichts«, sagte Malte. »Gott glaubt an dich, das ist die Hauptsache. Bist du bereit? Gut, dann folge mir.« Und mit einem festen Druck seiner kleinen Hand zog er Ben hinter sich her.

18

Die Reihe der Frauen, die aus der Stadt hinauszogen, schien endlos. Frau hinter Frau hinter Frau. Wie eine Perlenkette aus Sack und Asche. Manche traurig mit hängendem Kopf, andere trotzig das Kinn erhoben, viele unübersehbar wütend, mit gebeugtem Rücken und geballten Fäusten. In Reihen marschierten sie die geteerte Landstraße entlang. Ein Zug, wie es ihn seit siebzig Jahren nicht gegeben hatte. Seit Ende des Zweiten Weltkrieges, als die großen Flüchtlingsströme aus den ehemaligen Ostgebieten die Straßen verstopften. Tausende und Abertausende von Frauen, die ihre Heimat verließen, um ein neues Leben zu beginnen.

Magda ließ ihren Rucksack auf die andere Schulter rutschen und folgte dem Zug mit langsamen, gleichmäßigen Schritten. Neben ihr ging eine Frau, die einen Einkaufswagen vor sich herschob. Er war bis oben hin gefüllt mit Wasserkanistern, Proviant, Kleidung, Wäsche sowie einer Menge persönlicher Habseligkeiten wie Bücher, Geschirr, Fotoalben und gerahmte Bilder. Besonders Schuhe schienen es der Frau angetan zu haben. Schuhe in allen Farben und Formen. Flache Ballerinas aus Stoff, geschnürte Stiefeletten aus braunem, gegerbtem Leder sowie verschiedenfarbige Pumps aus lackiertem Leder und mit unterschiedlich hohen Absätzen. Insgesamt zwanzig oder dreißig Paare. Der Wagen war schwer und blieb an jedem noch so kleinen Hindernis hängen. Die Frau war durchgeschwitzt, ächzte und stöhnte. Magda konnte sehen, dass sie völlig dehydriert war. Irgendwann drehte sie sich um und zog den Wagen hinter sich her, doch schneller wurde sie dadurch auch nicht. Schon bald hatte Magda die Frau hinter sich gelassen.

Immer weiter wand sich die Perlenkette hinaus in die Ebene. Die Vorstadt lag hinter ihnen. Sie zogen jetzt über offenes Land. Getreidefelder, Zuckerrüben, hin und wieder ein Gehöft, das war alles. Links, in einiger Entfernung, war ein Kirchturm zu sehen. Möglicherweise Blatzheim oder Nörvenich, so genau konnte Magda das ohne Karte nicht beurteilen. Sie hoffte, dass vorne jemand war, der sich hier auskannte und verhinderte, dass sie in eine von Männern verteidigte Ortschaft gerieten. Angeblich gab es in westlicher Richtung ein Refugium, das als sicher erachtet wurde und wo sie in Ruhe und ungestört leben konnten. Von einem See war die Rede. Einem Berg innerhalb des Sees und von weit ausladenden, fruchtbaren Hängen, auf denen Tiere gehalten und Feldfrüchte angebaut werden konnten. Das klang fast zu schön, um wahr zu sein. Magda hoffte, dass es nicht nur eine Geschichte war, um die Moral zu festigen. Doch selbst wenn es nur ein frommes Märchen war, so gab es doch keine Alternative für die Frauen. Die Städte waren nicht länger ihr Zuhause. Nach dem, was vorgefallen war, was sie ihren Männern angetan hatten, konnten sie unmöglich dort bleiben. Der Raum war zu begrenzt, um zwei rivalisierenden Gruppen Nahrung und Unterschlupf zu gewähren. Als der Ruf laut geworden war, hinaus aufs Land zu ziehen und dort eine neue Existenz aufzubauen, hatte es für Magda kein Halten mehr gegeben. In Windeseile hatte sie ihre Sachen gepackt, alles hinter sich gelassen und binnen einer einzigen Stunde ein neues Leben begonnen. Die Entschlossenheit dazu kam aus ihrem Inneren. Sie wusste selbst nicht, wie sie es beschreiben sollte, aber es war etwas, das sie unerbittlich antrieb. Ein innerer Mechanismus, oder besser noch eine Kraft, von der sie vorher noch nicht mal geahnt hatte, dass sie existierte, und die dafür sorgte, dass sie jedes Leid ertrug, jede Strapaze überstand und keinen Gedanken an das Zurückliegende verschwendete. Und das stimmte nicht nur im wörtlichen, sondern auch im übertragenen Sinn. Häuser, Orte, Plätze lagen genauso hinter ihr wie Menschen, Begegnungen und Erlebnisse. Es war ein vollkommener Schnitt mit ihrem vergangenen Leben – ohne jede Ausnahme – und hatte unbestreitbar etwas mit den chemischen und biologischen Veränderungen in ihrem Körper zu tun. Was sie selbst niemals für möglich gehalten hätte, war tatsächlich eingetreten. Sie war binnen weniger Tage eine andere geworden. Ein neuer Mensch, eine fremde Magda.

Doch dadurch, dass es allen anderen um sie herum ebenso erging, fühlte sie sich nicht wie ein Außenseiter. Im Gegenteil. Sie war Teil einer Gemeinschaft geworden. Einer neuen Gemeinschaft. Einer Vereinigung von Frauen, die ihr Heil und ihre Zukunft fernab der Männer in einem neuen Land suchten. Mit eigenen Regeln, eigenen Gesetzen und einer eigenen Kultur.

Magda hob den Kopf und schärfte den Blick. Vor ihr, etwa zweihundert Meter voraus, hatte sich ein kleiner Menschenauflauf gebildet. Es mochten so um die zwanzig, dreißig Frauen sein, die im Halbkreis unter einer Linde standen und lautstark miteinander redeten. Irgendetwas schien passiert zu sein. Magda sah einen Handkarren seitlich im Graben liegen, der gesamte Inhalt rundherum im Gras verteilt.

Als sie näher kam, hörte sie laute Stimmen. Die versammelten Frauen schienen sich über irgendetwas furchtbar aufzuregen.

»… unverantwortlich, in ihrem Zustand mit einem solch schweren Karren loszuziehen«, wehten Gesprächsfetzen zu ihr herüber. »Warum hat ihr denn niemand geholfen?«

»Niemand hat bemerkt, dass sie schwanger ist«, erwiderte eine andere Frau. »Die Habseligkeiten haben wir doch im Nu aufgesammelt. Von mir aus übernehme ich einen Teil der Strecke. Das Problem sind die vorzeitigen Wehen. Ich habe keine Erfahrung im Kinderkriegen.«

»Kennt sich hier jemand mit Geburtshilfe aus?«, rief eine der Frauen. »Wir benötigen eine Hebamme.«

Magda schob sich nach vorne. Unter dem Baum stand eine junge Frau, die Hände gegen den Stamm gestützt. Ihr Gesicht war schweißüberströmt. Magda trat näher. »Ich habe bis vor kurzem als Praktikantin in einem Krankenhaus gearbeitet«, sagte sie. »Dabei habe ich auch einige Wochen in der Geburtsstation verbracht.«

»Dann kannst du unserer Schwester vielleicht helfen.« Die Frau, die da sprach, war eine hochgewachsene Mittvierzigerin mit dunkelroten Haaren, die sie zu einem Pferdeschwanz zusammengebunden trug. Sie nahm Magda bei der Hand und führte sie hinüber zu der jungen Frau.

»Hallo, mein Name ist Magda. Ich habe gehört, dass dein Baby kommt. Vielleicht kann ich dir helfen.«

»Ja?«

»Nun ... möglicherweise. Weißt du, so schwierig ist das gar nicht. Babys kommen jeden Tag zur Welt. Es ist die natürlichste Sache, die man sich vorstellen kann.«

»Ehrlich?« In den Augen der jungen Frau leuchtete ein Hoffnungsschimmer. Magda betrachtete sie. Sie war älter als sie selbst, vielleicht zwanzig oder einundzwanzig, aber ihre Angst ließ sie wie ein junges Mädchen erscheinen.

Sie nickte. »Wenn ich darf, würde ich dich gerne untersuchen, um festzustellen, wie weit du schon bist. Wie ist dein Name?«

»Helen.«

»Hallo Helen, ich heiße Magda«, sagte sie. »Wie stark sind die Wehen?«
»Ziemlich heftig …«
»Wie oft? Hast du mal gezählt?«
»Ich … ich weiß nicht genau. Alle zwei bis drei Minuten, glaube ich.«
»Ist die Fruchtblase schon geplatzt?«
Das Mädchen nickte verschämt.
»Gut. Das heißt, du bist bereits in der Austreibungsphase. Jetzt dauert es nicht mehr lange, bis du dein Baby im Arm halten kannst. Darf ich dich abtasten?«
Wieder ein Nicken.
Magda führte einige routinierte Handgriffe durch und stellte fest, dass der Gebärmutterhals stark verkürzt und der Muttermund vollständig geöffnet war. Das Kind befand sich in Schädellage, mit dem Gesicht in Richtung Steißbein. »Alles in Ordnung«, sagte Magda erleichtert. »Dein Baby hat bereits seine optimale Startposition eingenommen.«
Sie stellte ihren Rucksack ab und öffnete eine der Seitentaschen.
»Was machst du da?«, fragte die Frau mit den roten Haaren.
»Ich hole nur etwas Desinfektionsmittel und Bindfaden.«
»Sollte sie sich nicht besser hinlegen?«
Magda schüttelte den Kopf. »Wenn es für Helen okay ist, kann sie gern stehen bleiben. Die Schwerkraft unterstützt den Geburtsvorgang und erleichtert die Austreibung. Aber ihr könntet ihr einen Gefallen tun, wenn ihr euch umdreht. Der Stress ist für sie auch so schon groß genug. Und wenn jemand eine saubere, trockene Decke hat, wäre das eine große Hilfe.«
Im Nu hatte sie alles vorbereitet. Helen hatte in der Zwischenzeit zwei weitere Wehen gehabt und wirkte merklich ange-

schlagen. Magda legte ihr beruhigend die Hand auf die Stirn. »Es dauert nicht mehr lange«, sagte sie. »Nur noch ein paar Minuten. Wirst du durchhalten?«

»Ich ... schaffe das schon«, stieß Helen zwischen ihren zusammengebissenen Zähnen hervor. »Wenn es nur nicht so verdammt weh tun würde.«

»Versuch es mal mit flacher Atmung. Hecheln, wie ein Hund, verstehst du? Und wenn ich sage, pressen, dann presst du. Stell dir dabei vor, wie dein Baby zur Welt kommt.«

»Wird es nicht fallen, wenn ich im Stehen presse?«

»Keine Sorge, ich nehme es in Empfang. Sag mir einfach Bescheid, wenn die nächste Wehe kommt, ja?«

»Ich glaube ... es ... ist schon ... so weit.«

»Gut. Ich zähle bis drei, dann presst du. Eins, zwei, drei. Los.«

Helen schloss die Augen und presste, was das Zeug hielt.

»Ja, sehr gut«, rief Magda. »Stell dir vor, wie der Kopf rauskommt. Weiter, weiter. Und jetzt aufhören zu pressen und atmen.«

Helen rang nach Luft.

»Du machst das klasse. Das Köpfchen ist schon ganz nah. Ich kann bereits die Haare sehen. Beim nächsten Mal wird es rauskommen. Bist du bereit?«

Helen nickte.

»Gut, dann los. Eins, zwei, drei.«

Es war tatsächlich, wie Magda es vorhergesagt hatte. Das Köpfchen kam, und Magda unterstützte den Geburtsvorgang, indem sie den Körper des Babys um neunzig Grad drehte, damit die Schultern besser durchs Becken passten. Dann ermutigte sie Helen, weiterhin kräftig zu pressen, und nach drei erneuten Wehen war das Neugeborene da. Kaum lag es in Magdas Armen, gab es ein jämmerliches, kleines Quäken von sich.

Magda untersuchte es gewissenhaft, entfernte Schleimreste aus dem Mund und prüfte, ob es richtig atmete. »Es ist ein Mädchen«, sagte sie. »Es geht ihr gut. Möchtest du sie halten?«

»Oh ja, gerne«, sagte Helen.

»Leg dich am besten hier auf die Decke. Dann kannst du die Kleine halten, während ich mich um den Rest kümmere, einverstanden?«

Magda half ihr, sich hinzulegen, stützte ihren Oberkörper mit einigen Gepäckstücken und zeigte ihr, wie man ein Baby an die Brust legte. Dann kümmerte sie sich um die Nachgeburt, prüfte, dass auch wirklich alles vollständig war, und durchtrennte die Nabelschnur. Als sie das junge Glück sah, musste sie lächeln. Sie hoffte, dass man ihr die Erleichterung nicht allzu sehr anmerkte. Dies war schließlich die erste Geburt gewesen, die sie allein bewerkstelligt hatte. Die anderen Frauen hatten sich wieder umgedreht und beglückwünschten die junge Mutter.

Die rothaarige Frau lächelte. »Weißt du schon, wie sie heißen soll?«

»Ich werde sie Silvana nennen«, sagte Helen. »Meine Großmutter hieß so. Der Name hat mir immer gefallen.«

»Silvana. Ein schöner Name. Sie wird bestimmt zu einer besonderen Frau heranwachsen. Auf jeden Fall gebührt ihr die Ehre, die erste Schwester zu sein, die frei unter ihresgleichen geboren wurde. Und du, Magda, hast das hervorragend gemacht. Würdest du uns gerne in die Wildnis begleiten und als Heilerin bei uns bleiben?«

Magda spürte, dass dies einer dieser Momente war, an die man sich später noch zurückerinnern würde. Momente, die ein ganzes Leben verändern und beeinflussen konnten. Sie nickte. »Ja, das möchte ich.«

Teil 2

Wer das Schwert nimmt,
der soll durch das Schwert
umkommen.

We Can Do It
Tod den Hexen!
COORDINATING

19

65 Jahre später …

Das Gesicht, das ihr aus dem Spiegel entgegenblickte, war alt. Alt, faltig und grau. Schneeweiße Haare, Tränensäcke, ein schmaler Mund. Runzeln umspannten ihre Augen wie das Netz einer Spinne. Es war das Gesicht einer Frau, die viel gesehen hatte. Einzig ihre Augen schimmerten klug und grau. Wie die einer Katze, die viele Winter erlebt hatte.
Zu viele, dachte Magda.
Die Jahrzehnte waren wie Herbstlaub an ihr vorübergeflogen und hatten neben schrecklichen und wundervollen Augenblicken auch eine tiefe Müdigkeit zurückgelassen. Sie trachtete danach, ins Land des Vergessens abzutauchen. Schlafen, ewig schlafen, das würde ihr gefallen. Aber noch war es nicht so weit. Noch wurde sie gebraucht. Das Schicksal meinte es nicht gut mit einer alten Frau, die sich Ruhe und Frieden wünschte.
Die Streitmacht war von Glânmor in Richtung der alten Stadt gezogen. Ihr Ziel war es, den Inquisitor niederzuwerfen und die Herrschaft der Männer zu beenden. Gwen war mit dabei. Sie hatte sich während ihrer Reise in einen Mann namens Logan verliebt und war losgezogen, um ihn aus den Händen der Heiligen Lanze zu befreien. Allein die Vorstellung, sie könne es tatsächlich schaffen, war so absurd, dass es etwas zutiefst Berührendes hatte. Nichts war romantischer als aussichtslose Liebe. Und doch: War sie wirklich aussichtslos? Hatten nicht auch Juna und David für ihre Liebe gekämpft und am Ende gewonnen?

Magda schoss ein fundamentaler Gedanke durch den Sinn. Die einzige Kraft im Universum, die tatsächlich in der Lage war, Berge zu versetzen, war die Liebe. Die echte, die starke, die unverfälschte Liebe. Es war eine Kraft, die nicht nur Menschen untereinander verspürten. Jedes Lebewesen kannte sie, vielleicht sogar unbelebte Materie. Wenn Ei und Samenzelle sich anzogen oder zwei Wassertropfen eine Vereinigung eingingen, war das dann nicht auch Liebe?

Magda musste schmunzeln.

Auch sie hatte einst geliebt. Einen jungen Mann. Groß, hager, dunkelhaarig. Hin und wieder trug er eine Brille, aber nur, wenn er las und das Licht schlecht war. Bei den Göttinnen, wie hatte sie diesen Mann verehrt. Er war der eine, mit dem sie ihr Leben verbringen wollte. Bis zu dem Augenblick, als sie ihm ein Messer in die Seite gerammt und ihn blutend und sterbend auf dem Küchenboden zurückgelassen hatte. Über sechzig Jahre war das jetzt her. Der Anblick hatte sich wie ein glühendes Eisen in ihre Seele gebrannt. Dieser Blick. Diese verständnislosen, traurigen Augen. Wie die eines verwundeten Tieres …

Ein Klappern erklang aus dem Raum nebenan. Zoe stand in der Tür. Ihre Augen blickten sorgenvoll. »Alles in Ordnung, Herrin? Geht es dir gut?«

Zoe war die Kammerzofe der ehemaligen Hohepriesterin Arkana, und genau wie diese war sie bei Ratsherrin Edana in Ungnade gefallen. Magda hatte sich ihrer angenommen und ihr Arbeit und ein Dach über dem Kopf angeboten.

Zoe trat näher und legte ihren Arm um die oberste Heilerin. »Ich habe ein Seufzen gehört.«

»Aber ja, wieso auch nicht?« Magda wischte über ihr Gesicht. Ihre Augen ließen sie immer öfter im Stich. Scharf sehen konnten sie nicht mehr, aber dafür umso reichlicher Tränen produzieren. Welcher Sinn lag darin?

»Ich war nur kurz in Gedanken«, sagte sie. »Die bevorstehende Reise, das Packen und Abschiednehmen.« Sie schüttelte den Kopf. »Weißt du, es ist schon seltsam. Damals verließen die Frauen die Städte, um ihr eigenes Leben zu führen. Wir wollten nie wieder etwas mit Männern zu tun haben. Heute kehren wir zurück, um das zurückzuerobern, was wir damals freiwillig aufgegeben haben. Ich frage mich, ob das ein sinnvoller Schritt ist ...«

Der sorgenvolle Ausdruck auf Zoes Gesicht blieb bestehen. »Du weißt, was ich von deinem Entschluss halte. Du solltest dich nicht einer solchen Strapaze aussetzen. Die Anstrengung ist einfach zu groß. Was willst du überhaupt vorne bei den kämpfenden Truppen? Du könntest stürzen und dir etwas brechen, du könntest krank werden, oder ...«

»Ich kenne die Risiken«, sagte Magda schroff. »Ich bin die oberste Heilerin, hast du das vergessen?«

»Natürlich nicht, Herrin, ich wollte nur ...«

»Mach dir keine Sorgen. Jeder anderen Frau in meinem Alter hätte ich genau den gleichen Ratschlag gegeben. Bleib da, ruh dich aus, geh keine Risiken ein. Alles sehr vernünftig.« Sie lächelte. »Das Problem ist nur, dass ich noch nie vernünftig war. Gute Ratschläge hatten bei mir nie eine Chance, zumindest, wenn sie meine Person betrafen. Sobald ich mir etwas in den Kopf setze, gibt es kein Zurück mehr. Dann können mich keine zehn Pferde davon abhalten. Du ahnst gar nicht, wie viele Leute mich deswegen schon verflucht haben. Doch die meisten von ihnen haben ihre guten Ratschläge bereits mit ins Grab genommen, während ich immer noch auf beiden Beinen stehe.« Magda legte ihre Haarbürste und ihren Armreif in die

Schatulle und verschloss diese. »Weißt du, es hat etwas mit dem zu tun, über das wir vor ein paar Tagen gesprochen haben. Du erinnerst dich: als ich dich aus deiner Gefangenschaft befreit habe und wir oben vom Tempelberg aus den Abmarsch der Brigantinnen beobachteten.«

»Die Karte?«

»Ganz recht. Aber mehr noch der Brief. Die Erwähnung des Klosters und der Hütte in Verbindung mit diesem Namen …«

»Ben.«

Magda nickte. »Weißt du, ich kannte mal einen Mann, der diesen Namen trug und auf den die Beschreibung zutrifft. Eigentlich hieß er Benedikt, aber wir beide fanden den Namen so scheußlich, dass wir nur Ben sagten. Er war ein wilder Kerl, der seine Freizeit gerne auf irgendwelchen Ritterturnieren verbrachte.«

»Ritterturniere? Was ist denn das?«

»Waffenspiele. Mit Schwertern, Äxten und so. So ähnlich, wie es heutzutage bei den Clans üblich ist. Damals war alles natürlich viel harmloser. Man verwendete stumpfe Waffen, aber es war ein Kampfsport, und Ben war ziemlich gut.«

»Warum sollte jemand Gefallen daran finden, so zu tun, als würde er den anderen verletzen wollen. Der Sinn erschließt sich mir nicht …«

»Ich glaube, es war die Sehnsucht nach dem einfachen Leben. Es waren ja nicht nur die Kämpfe, es war das Drumherum. Das Leben in Zelten oder Hütten, das Tragen handgefertigter Kleidung, das Essen einfacher Nahrung. Dazu Musik, Tanzen, Lachen. Du musst wissen, unsere Welt war damals bestimmt von Wohlstand und Technik. Es gab Computer, Fernseher, Radios und Handys. Wenn wir Hunger hatten, schoben wir ein fertiges Menü in eine Vorrichtung, drückten auf einen Knopf, und

schon fünf Minuten später gab es etwas zu essen. Die Wäsche kam in Waschmaschinen; wenn wir irgendwohin wollten, setzten wir uns in Autos; und wenn wir nicht einschlafen konnten, warfen wir eine Pille ein. Für jeden Lebensbereich war gesorgt, wir mussten uns nie wirklich Gedanken ums Überleben machen. Nur darüber, wie wir das Fett wieder abtrainierten, das wir durch unseren Bewegungsmangel ansammelten.« Sie lächelte. »Trotzdem waren die Menschen nicht glücklicher. Der Wohlstand hatte auch seine Kehrseite. Alles wurde immer schneller und hektischer. Niemand arbeitete noch mit den Händen. Morgens gingen die Leute ins Büro, setzten sich auf ihre Stühle und blieben dort, bis die Essensglocke klingelte oder es Zeit war, nach Hause zu gehen und den Fernseher anzuschalten. Stell dir vor, es gab Menschen, die in Hochhäusern arbeiteten und nie das Tageslicht zu sehen bekamen. Morgens, wenn die Sonne aufging, verschwanden sie in ihren künstlich beleuchteten Höhlen; abends, wenn sie unterging, kamen sie wieder heraus. Sie lebten in einer von Menschen erdachten und geformten Welt. Einer Welt, in der es keine Zufälle, keine Abwechslung und kein Abenteuer gab. Gewiss, alles war sicher – aber es war auch langweilig. Ein Tag wie der andere. Eintönig, kalt und steril. Kein Wunder, dass es manche Menschen zurück zum einfachen Leben zog. Aber jetzt bin ich schon wieder ins Plaudern geraten. Hör bloß nicht auf mich, ich rede schon wie ein altes Waschweib.«
Doch Zoe schien zu gefallen, was sie da erzählte. Sie warf Magda einen belustigten Blick zu. »Um ehrlich zu sein, ich habe Schwierigkeiten, mir vorzustellen, dass du jemals als Zofe verkleidet in einem Zelt gelebt haben sollst.«
Magda lachte. »Ich? Bei den Göttinnen, bewahre. Ich konnte mit dem Kram nichts anfangen. Rauhe, kratzige Leinengewän-

der, geflochtene Ledersandalen und Hautcreme aus Schweineschmalz mit Lavendelextrakt. Nein danke. Du hättest mich damals sehen sollen. Ich war jung, hübsch und modern. Ich trug Kleider von Donna Karan New York und Dolce & Gabbana, Handtaschen von Armani und Calvin Klein, und ich wäre nie auf die Idee gekommen, das Haus ohne mein iPhone zu verlassen.« Sie schmunzelte. »Ist das nicht komisch? So viele Dinge habe ich vergessen, aber nicht die Markennamen.«

»Mir sagt das alles nichts …«

»Wie sollte es auch? Es war lange vor deiner Zeit und hat absolut keine Bedeutung für unser heutiges Leben. Aber damals schien es für mich die ganze Welt zu sein.« Sie schüttelte den Kopf. »Da kannst du mal sehen, wie vernebelt unsere Köpfe waren. Hauptsache, kaufen, kaufen, kaufen. Nur nicht darüber nachdenken, was mit der Welt geschah. So lange, bis sie uns um die Ohren geflogen ist …«

Zoe schwieg. Dann sagte sie: »Und ich kann dich wirklich nicht davon abhalten, in die alte Stadt zu reisen?«

»Wirklich nicht, nein.«

»Na schön. Aber dann werde ich dich begleiten. Alleine kommst du ja nicht mal durch die Verbotene Zone. Und versuche nicht, mich davon abzuhalten. Ich kann nämlich genauso starrsinnig sein wie du.«

»Ich habe vermutet, dass du das sagen wirst.« Magda lächelte. »Und weißt du was? Ich freue mich über deine Begleitung. Du bist ein gutes Mädchen. Arkana hatte wirklich ein glückliches Händchen, als sie dich als Zofe ausgewählt hat. Ich frage mich, wie es ihr jetzt wohl geht, so allein im Wald. Vielleicht bietet sich die Möglichkeit, sie noch einmal zu sehen. Ich würde gerne noch einmal mit ihr reden, ehe ich in den Wald der Göttinnen einkehre.«

20

Der alte Mann führte seinen Esel durch das dichte Unterholz. Er fegte mit seinem Stab Efeu und Brombeerranken beiseite und suchte weiter nach dem verlorenen Pfad. Die Natur besaß große Kraft; unaufhaltsam holte sie sich alles wieder zurück. Früher war hier mal ein Park gewesen. Ein Ort, an dem Kinder spielten, Mütter mit ihren Kinderwägen die Wege entlangpatrouillierten und Hundebesitzer ihre Lieblinge mit Bällchen über die Wiesen scheuchten. Heute galt diese Gegend als Niemandsland. Ein Urwald aus Buchen, Kastanien, Erlen und Eichen, zwischen denen Büsche und Unterholz emporschossen und um Tageslicht stritten. Man musste sich schon gut auskennen, um hier nicht die Orientierung zu verlieren.

Benedikt, der diesen Weg schon viele hundert Male gegangen war, musste trotz seiner guten Ortskenntnisse immer wieder anhalten und nach Spuren und Wegzeichen suchen. Manchmal kam es ihm so vor, als würde der Wald seine Gestalt verändern. Als würden Bäume die Position verändern, Wege verschwinden und an anderer Stelle wieder auftauchen. Gewiss, sein Augenlicht war nicht mehr das beste. Es fiel ihm schwer, im immerwährenden Zwielicht unter den Zweigen ausreichend zu sehen. Trotzdem war das kein ausreichender Grund, warum an Orten, die früher kahl gewesen waren, plötzlich Farne und Brennnesseln in die Höhe schossen und ihm den Weg versperrten. Der Wald trieb sein Spiel mit ihm. Er hatte seinen Spaß daran, den armen Abt hierhin und dorthin zu scheuchen, nur um ihm hinterher klarzumachen, dass er im Kreis gelaufen war. Benedikt war der Gedanke gekommen, beim nächsten Mal einen Farbtopf mitzunehmen und die Bäume zu markieren, aber schnell musste er einsehen, dass das Unsinn war. Er würde damit nur seine Freunde gefährden, die irgendwo vor ihm in der alten Waldhütte lebten und auf seinen Schutz und seine Diskretion vertrauten. Ein bisschen Verlaufen schadete nichts. So konnte er wenigstens sicher sein, dass er nicht verfolgt wurde.

Er kniff die Augen zusammen.

Vor ihm, zwischen den Zweigen einer jungen Birke, sah er ein Glitzern. Auch glaubte er, Wasser plätschern zu hören. Hoffnung keimte in ihm auf. Wenn es das war, wofür er es hielt, wusste er wieder, wo er war.

Mit Stockschlägen bahnte er sich seinen Weg durch das herbstlich gefärbte Laub. Sein treuer Esel folgte ihm brav. Diogenes war die Ruhe auf vier Hufen. Selbstgenügsam, bescheiden und wie alle Exemplare seiner Art mit einem ausgeprägten Dickkopf gesegnet. Manchmal, wenn er ihn ansah, war Benedikt überzeugt, dass hinter der grauen Stirn ein ziemlich wacher Verstand tickte. Ein Verstand, der es locker mit dem einen oder anderen Klosterbruder aufnehmen konnte. Dann war er traurig, dass Diogenes nicht sprechen und ihm erzählen konnte, was ihn beschäftigte. Es wäre bestimmt interessant, zu erfahren, über was ein Esel sich so Gedanken machte.

Noch ein paar Meter, und sie traten ins Licht. Benedikt atmete tief ein. Er hatte den Kanal gefunden.

Ruhig und friedlich lag das Gewässer im Sonnenlicht. Es sah aus wie gemalt: Umrahmt von einem breiten Gürtel aus vertrocknetem Schilf, glitzerte ein etwa fünfhundert Meter langer Wasserstreifen, über dessen Oberfläche Dutzende von Libel-

len tanzten. Gelbliches Sonnenlicht schimmerte auf dem Wasser, und im vertrocknenden Laub säuselte der Wind.
Was für ein herrlicher Herbsttag, vielleicht der letzte in diesem Jahr. Der Oktober war beinahe vorbei, und der November stand vor der Tür. Die dunkle Jahreszeit würde Kälte, Regen und Stille bringen. Allerdings brachte sie auch Kerzen, Lieder und Geschichten am Kaminfeuer. Und sie brachte das Weihnachtsfest, das seit jeher einen Höhepunkt im kirchlichen Jahr darstellte. Doch ob es dieses Jahr stattfinden würde, blieb abzuwarten. Dunkle Nachrichten waren an Benedikts Ohr gedrungen. Nachrichten vom Krieg.
Benedikt riss sich von dem Anblick los und setzte seinen Weg fort.
Die Hütte lag nur wenige Gehminuten von der Stelle entfernt, an der Benedikt auf den Kanal gestoßen war. Eine unscheinbare, von Efeu und wildem Wein überwucherte Waldarbeiterhütte. Sie stand hier, solange er sich erinnern konnte. Früher hatten er und Magda sich hier heimlich getroffen, hatten gepichelt und Zigaretten gequalmt. So lange, bis ihnen aufgefallen war, dass Küsse eigentlich viel besser schmeckten. Nach allem, was sich verändert hatte, war es unfassbar, dass diese Hütte immer noch stand. Schließlich bestand sie nur aus Holz, Nägeln und ein paar Bahnen Teerpappe. Viele Häuser in der Stadt waren inzwischen eingestürzt, und die waren wesentlich stabiler gebaut. Allerdings war die Hütte auch niemals mutwillig in Brand gesetzt oder mit Sprengstoff in die Luft gejagt worden. Sie war viel zu abgelegen und unbekannt, als dass sich irgendjemand dafür interessiert hätte. Außerdem hatte Benedikt über die Jahre hinweg etliches daran repariert und instand gesetzt. Neue Fenster, neue Türscharniere, ein neues Dach. Irgendwann hatte er eines seiner beiden heißgeliebten Grammopho-

ne aus dem Kloster hierhergebracht, damit er, wenn ihm nach Ruhe und Entspannung zumute war, Musik hören konnte. Er musste lächeln, wenn er sich an seinen ersten Versuch erinnerte, herkömmliche Vinyllangspielplatten auf diesem Grammophon abzuspielen. Nicht nur, dass die Musik schrecklich klang, die Nadel hatte auch in Minuten seine Platte zerstört. Eine Grammophonnadel ist nicht nur zehnmal dicker als die eines herkömmlichen Plattenspielers, obendrein ist ihr Auflagedruck um beinahe das Hundertfache höher. Auf einem echten, alten Grammophon dürfen ausschließlich Schellackplatten abgespielt werden, und die waren vor der Katastrophe schon eine Rarität. Es hatte ihn Jahre intensiver Suche gekostet, um in den Ruinen der alten Stadt die letzten Exemplare aufzutreiben. Zusammengesucht aus wohlhabenden Häusern, deren meist ältere Besitzer längst tot oder geflohen waren. Was er gefunden hatte, war ausschließlich Klassik: Symphonien, Opernarien, Chormusik. Ein ziemlicher Unterschied zu der Musik, die er damals gehört hatte. Aber was sollte er machen? Ohne Strom funktionierten die normalen Abspielgeräte nun mal nicht. Und über die Jahre war ihm die klassische Musik sehr ans Herz gewachsen.

Ja, ihn verbanden viele Erinnerungen mit dieser Hütte. Sie waren beide älter geworden, sie und er, aber noch stand sie, genau wie er. Wenn er irgendwann nicht mehr war, würde auch sie dann zerfallen und ihre Geheimnisse mit ins Grab nehmen?

»Arkana? Claudius? Seid ihr da? Ich bin's, Ben.«

Beinahe umgehend ging die Tür auf, und Arkana trat heraus. Wie immer sah sie wunderschön aus. Die blonden Haare hochgesteckt, das dunkle Kleid mit Bändern durchwirkt. Er konnte erkennen, dass sie gearbeitet hatte, denn ihre Haut war gerötet, und ihre Stirn glänzte.

Sie ging ihm entgegen und nahm ihn in den Arm. Sie tat es vorsichtig, denn sie wusste, dass er immer noch unter der Verletzung litt, die ihm Amon beigebracht hatte. Die Knochen wuchsen im Alter nun mal langsamer zusammen.
»Ben. Wie schön, dass du gekommen bist. Ich hatte dich nicht erwartet.«
Benedikt hauchte ihr einen Kuss auf die Wange. Ein zarter Lavendelduft stieg ihm in die Nase.
»Ich freue mich, dich zu sehen, Arkana. Hier, ich habe Proviant und Decken für euch mitgebracht. Die Tage werden kürzer, und in den Nächten könnte es kalt werden. Wo ist Claudius?«
»Er ist unterwegs, auf der Jagd. Dürfte aber nicht mehr lange dauern. Ich freue mich auch, dich zu sehen. Wie geht es dir? Hättest du uns doch eine Brieftaube geschickt, dann hätte ich etwas vorbereiten können. Aber ich kann dir einen Tee anbieten, wenn du möchtest.«
»Gerne. Komm, ich helfe dir, den Esel abzuladen.«
»Kommt nicht in Frage. Du hast schon den weiten Weg auf dich genommen, da kann ich ruhig das Abladen und Füttern übernehmen. Am besten setzt du dich schon mal rein und machst es dir gemütlich. Die Kanne steht auf dem Herd, Tassen und etwas Gebäck findest du im Regal. Du weißt ja, wo alles ist. Bediene dich ruhig, ich bin gleich wieder bei dir.« Mit sanftem Druck schob sie ihn ins Haus, dann wandte sie sich dem Esel zu, um die Satteltaschen abzuladen.
Benedikt trat ein und ließ seinen Blick schweifen. Wie sehr sich seine alte Hütte verändert hatte. Klar, die Regale, das Bett und der Tisch waren noch dieselben, aber überall waren neue Elemente hinzugekommen. Wandteppiche, Kerzen, hier und da ein paar Götterstatuen. Arkana hatte frische Blumen ans

Fenster gestellt und Lavendel zum Trocknen aufgehängt. Am augenfälligsten aber waren die Veränderungen in der Kochnische. Neben dem alten, gusseisernen Herd, der gleichzeitig Ofen und Kamin war, hatten Claudius und Arkana eine neue Holzplatte eingezogen, die als Arbeitstisch diente. Etliche Dosen und Gefäße mit Gewürzen standen dort, und auf dem Holz lag ein Klumpen frisch angesetzten Brotteigs. Benedikt musste lächeln. Arkana hatte ihm erzählt, dass sie zwei linke Hände besäße, wenn es ums Kochen ging, doch offensichtlich hatte sie in der kurzen Zeit einiges dazugelernt. Vielleicht war es ja auch Claudius, der hier den Kochlöffel schwang?

Wie auf ein Stichwort kehrte sie mit vollen Händen in die Hütte zurück. »Da bin ich wieder«, sagte sie. »Hast du dir schon Tee und Kekse genommen? Nicht? Die habe ich selbst gemacht. Sie sind durchaus essbar.«

Benedikt lachte. »Das glaube ich dir. Ich bin nur noch nicht dazu gekommen, weil ich euer Haus bewundern musste. Es ist unglaublich, was du aus der alten Hütte gemacht hast. Da spürt man eben doch die liebevolle Hand einer Frau. Wenn ich könnte, würde ich sofort hier einziehen.«

Arkana lächelte und schenkte ihm eine Tasse Tee ein. Dann begann sie, die Taschen auszupacken. Bei jedem Stück, sei es nun Käse, Schinken oder Gebäck, stieß sie kleine Freudenschreie aus. Ben wusste, dass sie es brauchen konnten. Gewiss, Claudius konnte jagen und Fallen stellen, aber ohne Bens regelmäßige Lieferungen würden die beiden kaum überleben. Gedankenverloren nippte er an seiner Tasse und sah Arkana dabei zu, wie sie die Lebensmittel und Haushaltswaren verstaute. Warum konnte es nicht immer so sein? Warum lagen die Geschlechter im Krieg miteinander, wo sie sich doch so vieles zu geben hatten? Und gerade jetzt, wo die Zeichen auf ein Ende der Katastrophe hindeuteten, wurde der Konflikt wieder schärfer.

»Was hört man eigentlich aus der Stadt«, fragte Arkana, als habe sie seine Gedanken erraten. »Irgendwelche Neuigkeiten, von denen wir wissen sollten?«

»Allerdings.« Ben nickte düster. »Das war mit ein Grund für meinen Besuch. Ich habe unangenehme Nachrichten vom Inquisitor. Wie es aussieht, wird er ...« Er hielt inne.

Er hatte draußen vor der Tür eine Bewegung bemerkt. Da war jemand. Arkana hatte es ebenfalls gesehen. Sie wischte ihre Hände ab und ging dem Neuankömmling entgegen.

21

Benedikts Augen weiteten sich vor Freude, als er den Besucher erkannte. »Claudius.«

»Ben.« Der stämmige Mann ließ das Bündel erlegter Kaninchen zu Boden fallen, kam auf ihn zu und umarmte ihn. Ein Lächeln ließ das unrasierte Gesicht erstrahlen. »Wie schön, dass du gekommen bist. Ich sah deinen alten Graubart da stehen und dachte mir gleich, dass du es bist. Wie geht es dir, mein alter Freund? Immer noch die Zügel fest in der Hand?«

»Ich wünschte, es wäre so«, sagte Benedikt. »Tatsächlich fühle ich mich, als müsste ich bald meinem Schöpfer gegenübertreten. Mit jedem Tag, der verstreicht, wird mir bewusster, dass meine Zeit abläuft.«

Claudius klopfte ihm auf den Rücken und lachte. »Was redest du da? Du wirst noch viele Winter erleben. Du kannst doch jetzt nicht gehen. Jetzt, wo die Dinge anfangen, sich zum Besseren zu wenden. Wir sind frei, Benedikt, frei, das zu tun, was wir wollen. Endlich haben wir wieder eine Chance auf ein normales Leben.« Er schenkte sich ebenfalls einen Tee ein. »Es ist so gut, dass du gekommen bist. Meine Ernte war besonders reich. Als ob die Kaninchen gerochen hätten, dass heute Besuch kommt. Arkana, fang schon mal an, Gemüse zu schneiden und den Schmortopf aufs Feuer zu stellen. Ist noch ein bisschen was von dem Wein da? Wir werden ein Festmahl für unseren Gast veranstalten.« Er zog sein Messer und fing an, den Kaninchen das Fell abzuziehen. Er ging dabei so schnell und geschickt vor, dass man glauben konnte, er habe in seinem Leben nie etwas anderes gemacht. Dabei plauderten sie über dies und das. Alltägliches, das in den Ohren von Ben wie Musik klang. Wenn nur die Nachrichten, die er mitbrachte, nicht so düster wären. Aber er brachte es nicht übers Herz, seinen Freund zu unterbrechen, hatte er doch gerade einen richtigen Höhenflug.

»Männer und Frauen können endlich wieder zusammenleben«, sagte Claudius. »Eine Vorstellung, die das Herz erfreut, oder? Natürlich wird es hart werden, nicht alle heißen die Veränderung willkommen. Es wird Widerstand geben, vielleicht sogar Krieg, aber wie heißt es schon in den alten Geschichten? Kurz vor Tagesanbruch ist die Nacht am dunkelsten, sagt man nicht so?«

»So sagt man«, murmelte Benedikt, der die gute Stimmung seines Freundes nur ungern trübte. Doch jetzt war die Zeit gekommen, offen zu sprechen. Was er zu sagen hatte, duldete keinen Aufschub.

»Im Moment sieht es leider so aus, als wäre die Nacht noch nicht zu Ende. Es wird von Tag zu Tag schlimmer. Ich war gerade dabei, deiner Frau von den Neuigkeiten zu berichten.«

»Was für Neuigkeiten?« Claudius schnitt den Kaninchen den Bauch auf und entfernte die Innereien. Er legte sie in einen Topf, den Arkana ihm hingestellt hatte. Von der Klinge seines Messers tropfte Blut.

»Ich rede von den Truppen, die zu uns unterwegs sind«, sagte Benedikt. »Die Brigantinnen haben sich vor zwei Tagen auf den Weg gemacht. Edana führt das Heer durch die Grenzlande genau auf uns zu. Späher berichten, dass sie bereits die Verbotene Zone durchquert haben und nur noch einen Tagesmarsch vor den Außenbezirken stehen. Ihre Zahl soll riesig sein.

Schätzungen gehen von siebenhundert bis tausend Kriegerinnen aus. Ihr Ziel ist es, die alte Stadt zu erobern. Genauer gesagt, die schwarze Kathedrale. Edana ist fest entschlossen, das Bollwerk einzunehmen und den Inquisitor von seinem Thron zu stürzen. Danach will sie die verbliebenen Mitglieder der Heiligen Lanze davonjagen und die Stadt unter ihre Kontrolle bringen.«

»Das ist doch nichts Neues«, sagte Claudius. »Zoe, Arkanas Dienerin, versorgt uns regelmäßig mit Informationen. Sie wohnt jetzt bei der obersten Heilerin, war aber so klug, die Brieftauben mitzunehmen.«

»Dann seid ihr auf dem Laufenden?«, fragte Benedikt verwundert.

»Allerdings. Und ehrlich gesagt, ich bin nicht traurig über die Entwicklung. Es wird höchste Zeit, dass jemand diesem Mann Einhalt gebietet. Schade, dass es nicht ohne Blutvergießen ablaufen wird, aber Veränderungen sind immer schmerzhaft. Wir können nur hoffen, dass es nicht allzu vielen das Leben kosten wird.« Er lächelte grimmig. »Und was uns betrifft: Nur weil hier alles etwas einfacher ist, sind wir noch lange keine Hinterwäldler. Informationen sind das halbe Leben.«

Ben fiel ein Stein vom Herzen. Er hatte vermutet, seine Freunde würden aus allen Wolken fallen. »Das beruhigt mich«, sagte er. »Aber wisst ihr auch von der Falle, die der Inquisitor den Brigantinnen stellen will?«

Claudius runzelte die Stirn. »Was für eine Falle?«

Aha, das wussten sie also nicht. Benedikt zögerte einen Moment.

»Ich weiß nicht, wie ich anfangen soll. Was ich zu sagen habe, steht auf ziemlich tönernen Füßen. Meine Information ist nicht gerade das, was man als gesichert bezeichnen kann. Andererseits ist sie auch wieder zu beunruhigend, um sie unter den Teppich zu kehren.«

»Du sprichst in Rätseln, mein alter Freund. Warum redest du nicht einfach frei von der Leber weg?«

»Das Problem ist, dass ich euch leider keine genauen Angaben machen kann«, sagte Ben mit leiser Stimme. »Ich weiß nicht genau, wann, ich weiß auch nicht, wie oder wo. Alles, was ich habe, sind ein paar Gerüchte, und selbst die sind nur sehr vage. Allerdings stammen sie aus einer Quelle, die ich für einigermaßen vertrauenswürdig erachte.«

»Nämlich?«

»Direkt vom Feind.«

Claudius zog seine Stirn in Falten.

»Wie ihr wisst, bin ich seit dem Vorfall mit Juna und David beim Inquisitor in Ungnade gefallen. Er misstraut mir, konnte mir jedoch nie etwas nachweisen. Ich darf die Geschäfte im Kloster kommissarisch weiterführen, allerdings ohne rechtliche Handlungsgewalt. Sämtliche Entscheidungen muss ich schriftlich vorlegen und von ihm absegnen lassen, was – wie ihr euch vorstellen könnt – den Tagesablauf erheblich erschwert. Obendrein hat er mir zwei seiner Leute zur Seite gestellt, die alles, was ich sage und tue, an ihn weitertragen. Dass ich heute überhaupt bei euch sein kann, verdanke ich meinem treuen Torwächter Eckmund. Er hat mich rausgeschmuggelt und ihnen erzählt, ich hätte mich zur Klausur in meine Privaträume zurückgezogen, wo ich nicht gestört werden dürfe.« Er strich mit seiner Hand über die Stirn. »Ihr seht, die Dinge stehen nicht gerade zum Besten. Doch ich will mich nicht beklagen. Ich habe gehört, anderswo sei es noch viel schlimmer. Jedenfalls konnte ich diese beiden Abgesandten dabei belauschen, wie sie sich drüber unterhielten, was in der Stadt gerade passiere. Offenbar ist es Marcus Capistranus gelungen, die Clans auf seine Seite zu ziehen und für seine Sache zu gewinnen. Wie ihr vielleicht wisst, hat es einen Wechsel an der Spitze der Clans gegeben.«

»Ist uns zu Ohren gekommen, ja«, sagte Arkana. »Die Information stammt von Gwen, der ehemaligen Lebensgefährtin meiner Tochter. Sie geriet bei einem Geheimunternehmen in der Nähe der alten Stadt in Gefangenschaft und lebte eine Weile als Sklavin in einem Clan. Just zu dem Zeitpunkt, als dort der Machtwechsel stattfand. Wie man hört, hat der Sohn des ehemaligen Warlords Alexander seinen eigenen Vater ermordet und sich selbst an die Spitze gesetzt.«

»Cedric, ja. Ein durchtriebener, machtbesessener Schwächling«, sagte Benedikt angewidert. »Er bewundert den Inquisitor abgöttisch, und so war es für diesen ein Leichtes, den Jungen für seine Zwecke einzuspannen. Die Clans stehen damit jetzt faktisch unter dem Befehl des Inquisitors.«

»Trotzdem wird ihm das nichts nützen«, warf Claudius ein. »Die Brigantinnen sind ihnen zahlenmäßig ebenbürtig und darüber hinaus wesentlich besser trainiert. Auf offenem Feld wären die Clans ihnen hoffnungslos unterlegen.«

Benedikt nickte. »Das weiß natürlich auch der Inquisitor. Deshalb will er die Armee der Frauen ins Innere der Stadt locken. Dort, so hofft er, wird die ungewohnte Umgebung seinen Truppen zum Vorteil gereichen.«

»Mag sein«, sagte Claudius. »Doch damit erreicht er höchstens eine Pattsituation. Edana ist nicht so dumm, dass sie ihre Truppen zerstreut und sie kopflos durch die halbe Stadt rennen lässt. Sie wird geschlossen in Richtung schwarzer Kathedrale vorrücken, um den Inquisitor dort mit einem mächtigen Schlag zu vernichten. Edana ist nicht die Frau, die wegen ein

paar hundert getöteter Männer oder Frauen den Rückzug antritt.«
»Ihr geht es ums Ganze«, sagte Arkana. »Sie will die endgültige Vernichtung des Inquisitors und seines Schreckensregimes. Und dabei ist ihr jedes Mittel recht.«
»Dann stimmt es also.« Benedikt nickte versonnen. »Es wird ein schrecklicher Feldzug werden. Der Winter steht vor der Tür, und wir haben jetzt schon kaum noch Medikamente übrig. Decken, Betten und Kissen sind Mangelware, von Nahrungsmitteln ganz zu schweigen. Seit die Frauen die Landernten ausgesetzt haben, sind wir vollkommen auf uns gestellt. Wenn erst Kälte, Dunkelheit und Verzweiflung über uns hereinbrechen, bange ich um unser aller Leben.«
»Das ist wahr«, sagte Claudius, der das Ausnehmen des Kaninchens unterbrochen hatte und ihn aufmerksam ansah. »Trotzdem werde ich das Gefühl nicht los, dass das noch nicht alles war, was du uns sagen wolltest. Was ist denn nun das große Geheimnis, das dich so belastet?«
Ben zögerte. Claudius konnte man nichts vormachen. Doch was er gehört hatte, war äußerst schwammig. Bisher konnte er sich auf gesicherte Fakten stützen: Botschaften aus der Stadt, Berichte von Spähern, Briefe, Anordnungen, die Aussagen von Arkana und Claudius. Doch was jetzt kam, war nur Hörensagen, nein, sogar weniger als das. Ein Lied, das die Spatzen von den Dächern pfiffen, ein feines Wispern im Gras, das Rascheln von Blättern im Herbstwind.
»Es geht um eine Falle«, sagte er endlich. »Eine Falle, die alles zunichtemachen könnte.«
»Was? Wovon redet du?«
»Ich glaube, dass der Inquisitor an einem perfiden Plan brütet, um die Streitmacht der Frauen mit einem Schlag zu vernichten

und dann in ihre Ländereien einzumarschieren. Ich habe keine Ahnung, wie er das anstellen will, doch es muss etwas Schreckliches sein.«

»Wie kommst du darauf?«, fragte Claudius. »Was genau hast du gehört?«

»Nicht viel, das ist es eben«, erwiderte Ben. »Ich konnte nur undeutlich verstehen, wovon die beiden Abgesandten sprachen, denn sie unterhielten sich leise, und ich durfte mich nicht verraten. Es ging um irgendeinen Hinterhalt, so viel war klar, aber was das genau sein sollte, verrieten sie nicht. Was mich stutzig machte – ja geradezu alarmierte –, war die Art, wie sie darüber sprachen. Voller Sorge. Ja, es schien, als hätten sie geradezu Angst davor und wagten nicht, laut darüber zu sprechen. Benedikt, sagte ich mir, das ist etwas, was über deine Fähigkeiten hinausgeht. Etwas, worüber du dich mit deinen Freunden austauschen musst. Ich traue diesem Mann vieles zu, auch das Schlimmste. Nur war ich bisher der Meinung, dass wir schon alle Niederträchtigkeiten zu sehen bekommen hätten.«

Arkana runzelte die Stirn. »Was kann schlimmer sein als die Überfälle, die Morde und die Plünderungen?«

»Eben. Genau das ist es, was mir so zu schaffen macht. Wenn selbst seine engsten Vertrauten Angst haben, dann muss es etwas Schreckliches sein. Hier bin ich also, in der Hoffnung, dass wir dieses Rätsel gemeinsam lösen können.«

»Das ist das erste Mal, dass ich davon höre«, sagte Arkana. »Zoe weiß nichts von einer Falle, da bin ich sicher, ebenso wenig wie die oberste Heilerin. Sie vertraut Zoe und teilt alle ihre Geheimnisse mit ihr. Laut ihrer letzten Botschaft wollte sie zusammen mit Zoe zur Front aufbrechen und die Brigantinnen unterstützen. Sie ist eine weise alte Frau, die das nicht täte, wenn sie wüsste, dass dort eine Falle auf sie wartet.«

»Dann müssen wir sie warnen«, sagte Benedikt. »Es ist ja nicht so, dass ich Partei ergreifen will, aber die Frauen sollten wenigstens wissen, dass der Inquisitor etwas gegen sie im Schilde führt.«

»Und wovor genau willst du sie warnen?« Claudius hob seinen Kopf. Er hatte jetzt seit einiger Zeit geschwiegen. »Es könnte sonst was sein. Vage Andeutungen werden eine Frau wie Edana nicht von ihrem Vorhaben abhalten können.«

»Das stimmt«, gab Benedikt zu. »Aber irgendetwas müssen wir tun. Wir dürfen nicht hier herumsitzen und die Hände in den Schoß legen, während die Frauen ins Ungewisse marschieren. Wir brauchen mehr Informationen.«

Arkana sah ihn zweifelnd an. »Wenn man dich so hört, könnte man auf den Gedanken kommen, dass du dir einen Sieg der Frauen wünschst. Bitte versteh mich nicht falsch, aber ich finde das etwas verwunderlich, nach dem, was du erlebt hast.«

»Du meinst, meine kleine Begegnung mit dem Küchenmesser?« Ben strich über seine Narbe. »Nein, das liegt lange zurück. Ich trage den Frauen nichts nach, ich habe meinen Frieden mit ihnen gemacht. In all den vergangenen Jahrzehnten wollten sie nur in Ruhe und Frieden gelassen werden. Dieser erneute Krieg geht ganz allein auf die Rechnung des Inquisitors. Er muss gestoppt werden, das ist es, wovon alles abhängt.«

»Dann bist du der Meinung, dass nach dem Sieg der Frauen alles besser werden wird?«

»Ich weiß nicht«, sagte Ben. »Ich hoffe es. Ich bete dafür. Schlimmer kann es jedenfalls nicht mehr werden. Oder?«

Er blickte Arkana an, aber sie schwieg. Claudius sagte ebenfalls nichts, sondern zeichnete stattdessen mit seinem Messer Kringel ins Erdreich. Sein Mund war zu einem schmalen Strich gezogen. »In einem Punkt gebe ich dir recht«, sagte er. »Wir brauchen mehr Informationen. Es gibt etwas, was ich tun könnte, nur habe ich mich davor bisher immer gescheut.« Er warf Arkana einen bedeutungsvollen Blick zu. »Ich weiß, dass meine Frau nichts von dem Plan hält, aber ich glaube, dass der Moment jetzt gekommen ist.«

Arkana schwieg. Ben meinte jedoch zu sehen, dass sie eine Spur blasser geworden war.

»Was für ein Plan?«, fragte er.

»Ein riskanter Plan, den ich schon eine ganze Weile vor mir herschiebe. Deine Warnung, Ben, hat mir gezeigt, dass es Zeit ist, ihn in Angriff zu nehmen. Ich hoffe, dass es nicht bereits zu spät ist.« Er tastete nach Arkanas Hand, doch sie zog sie fort. Sie schien zu wissen, wovon ihr Mann redete.

»Bitte, Schatz, lass es mich doch wenigstens versuchen.«

»Du wirst dabei sterben, und du weißt es«, flüsterte sie.

»Die Möglichkeit besteht, aber ich muss es trotzdem versuchen. Ich bin nicht mehr der Jüngste. Ich habe mein Leben gelebt. Es ist Zeit, dass ich etwas von dem, was ich erhalten habe, zurückgeben kann. Wenn das der Preis des Friedens ist, so bin ich gerne bereit, ihn zu zahlen ...«

Arkana stieß ein Schnauben aus. »Männer! Ihr wollt euch immer ein Denkmal setzen, oder? Ihr braucht die große Bühne, das Schauspiel. Wenn schon sterben, dann mit einem großen Knall, ist das eure Devise? Mach dir doch nichts vor, Claudius: Es wird keinen Frieden geben, so oder so. Dein Opfer ist sinnlos.«

Ben schaute verständnislos zwischen den beiden hin und her. »Um was geht es? Wovon sprecht ihr da? Wäre einer von euch bitte mal so freundlich, mich darüber aufzuklären?«

»Der Inquisitor ist mein Freund, jedenfalls war er das mal«, entgegnete Claudius.

»Das weiß ich«, entgegnete Ben.

»Wir waren damals wie Brüder. Als er von meinem vermeintlichen Tod erfuhr, war er völlig von Sinnen. Er hat geraubt, gemordet und gebrandschatzt. Er hat die Frauen gejagt, um sie für meinen Tod zu bestrafen. So lange, bis er selbst in einen Hinterhalt geriet, bei dem er beinahe das Leben verlor. Ich war es, der ihn aus dem brennenden Haus gerettet hat, doch da war er schon nicht mehr in der Lage, zu erkennen, wer ihn befreit hatte. Er faselte etwas von einem flammenden Engel mit Flügeln aus Gold. Wenn ich heute zu ihm gehe, ihm alles erzähle und ihn bitte, die Friedensfahne zu hissen, hat er vielleicht ein Einsehen.«

Das war es, wovon Claudius redete. Endlich verstand Ben. Und er verstand auch, warum Arkana so erregt war.

»Das glaubst du doch selbst nicht«, stieß sie hervor. »Dieser Krieg ist längst über den Zustand eines privaten Rachefeldzuges hinaus. Mag sein, dass du einst der Auslöser für den Konflikt gewesen bist, aber heute geht es um handfeste politische Interessen. In den Augen des Inquisitors können die Männer nur überleben, wenn die Frauen besiegt und versklavt sind. Daran wirst auch du mit deiner rührseligen Rettungsgeschichte nichts ändern.«

»Und doch ist das der Weg, den ich gehen muss. Wenn ich ihn schon nicht umstimmen kann, so kann ich doch wenigstens versuchen, herauszufinden, was es mit dieser Falle auf sich hat.«

»Und du glaubst, er wird dir das so einfach erzählen?« Arkana schüttelte den Kopf. »Du bist naiv, weißt du das? Kommst einfach so aus dem Wald marschiert und meinst, du und Marcus Capistranus, ihr wärt immer noch die besten Freunde. Er wird dich für einen Spion halten, eine Marionette, eine Strohpuppe.

Nie im Leben wird er dich in seine Pläne einweihen.« Arkana schwieg einen Moment, und der harte Ausdruck in ihrem Gesicht verschwand. »Gibt es denn keinen Weg, um dich davon abzubringen? Ben, bitte sprich du mit ihm. Versuche, ihm ein wenig Verstand einzureden. Vielleicht hört er auf einen Mann mehr als auf eine dumme alte Frau.«

Benedikt konnte sehen, dass sie mit ihrer Fassung rang. Er wusste nicht, was er sagen sollte, darum schwieg er lieber.

Arkanas Blick wurde kühl. »Ach, so ist das? Es ist also bereits beschlossene Sache? Dann weiß ich nicht, warum ich hier überhaupt noch sitze. Ihr habt eure Entscheidung ja bereits getroffen. Geh zu deinem Freund, Claudius, und lass dich massakrieren. Wenn ich ohnehin keinen Einfluss auf deine Entscheidung nehmen kann, lass mich aus dem Spiel. Errichte dein kleines Götzenstandbild, aber glaube nicht, dass ich nur eine einzige Träne davor vergießen werde. Ich habe lange genug allein gelebt, um zu wissen, dass ich es wieder schaffen kann. Und falls du doch noch zur Besinnung kommen solltest, du weißt ja, wo du mich findest.« Mit diesen Worten drehte sie sich um, betrat die Hütte und knallte die Tür hinter sich zu.

Benedikt presste die Lippen zusammen. Er fühlte das schlechte Gewissen in sich nagen; immerhin war es seine Schuld, dass die beiden jetzt Streit hatten.

»Es tut mir leid«, sagte er. »Ich wollte das nicht ...«

»Das hat nichts mit dir zu tun«, sagte Claudius. »Die Entscheidung stand ohnehin schon lange im Raum. Mit tut es leid, dass du Zeuge dieser Auseinandersetzung geworden bist. Einem guten Freund hätte ich das gerne erspart.«

Benedikt legte ihm die Hand auf die Schulter. »Das ist es doch, was Freundschaft ausmacht. Übrigens glaube ich, dass Arkana falschliegt. Obwohl du ein hohes Risiko auf dich nimmst, könnte dein Besuch durchaus etwas bewirken. Ich kenne Marcus Capistranus gut genug. Ich weiß, dass du noch immer einen Platz in seinem Herzen hast. Wenn einer es schaffen könnte, diesen Konflikt abzuwenden, dann du. Ich werde dich begleiten …«

»Nein«, sagte Claudius entschieden. »Das ist eine Sache zwischen ihm und mir. Er war einst mein bester Freund. Ich bin es ihm schuldig, dass ich ihm allein gegenübertrete.«

»Bist du sicher?«

»So sicher, wie man nur irgendwie sein kann, wenn man seinem Scharfrichter gegenübertritt«, sagte Claudius mit schiefem Grinsen.

Benedikt überlegte einen Moment, dann griff er in seine Tasche. »Dann tu mir wenigstens den Gefallen und geh nicht schutzlos. Ich möchte, dass du es nimmst. Verwahre es gut und benutze es nur im Notfall. Es hat mir viele Male das Leben gerettet.«

Er reichte Claudius einen in schmutzige Lappen gehüllten Gegenstand. Als sein Freund sah, was sich darin befand, hob er erstaunt die Brauen.

»Eine Pistole?«

»Sie gehörte einst meinem Vater«, sagte Ben und schluckte. Er spürte, dass die alten Wunden immer noch nicht verheilt waren. »Er nahm sich damit das Leben. Auch ich habe damit getötet, allerdings nur ein Mal. Diese Waffe ist der Grund, dass ich zum Glauben gefunden habe. Aber das ist eine lange Geschichte, die ich dir ein andermal erzählen will. Jetzt ist erst mal wichtig, dass die Pistole deinem Schutz dient. Wirst du sie nehmen?«

Claudius betrachtete die Waffe, als wäre sie mehr als nur ein Stück Metall. Dann schüttelte er den Kopf. »Ich kann sie nicht annehmen«, sagte er. »Sie ist viel zu wertvoll. Mein Gott, dein Vater …«

»Es ist eine Pistole, Claudius. Nicht mehr und nicht weniger. Wenn sie dabei hilft, dein Leben zu retten, ist sie den Einsatz wert.«

Benedikt sah, dass Claudius hin- und hergerissen war. »Bitte«, sagte er mit Nachdruck. »Um unserer Freundschaft willen.«

»Na gut«, sagte Claudius. »Und danke. Danke für dein Vertrauen. Ich werde sie dir heil zurückbringen, versprochen.«

»Sieh nur zu, dass du wieder heil zurückkommst. Das ist alles, was ich mir wünsche. Das ist alles, wofür ich bete.«

22

Das Zelt war mit sieben Frauen restlos überbelegt. Es maß etwa drei auf drei Meter und war knapp zwei Meter hoch. Standardgröße für Militärzelte. Bei all den Rüstungen, Waffen und Gepäck blieb kaum noch Raum zum Schlafen.

Gwen hatte sich in einen entlegenen Winkel verdrückt und versuchte, zwischen all den Satteltaschen, Speeren und Schilden ein kleines Plätzchen zu finden, wo sie ihre Habseligkeiten ausbreiten und eine Schlafstelle einrichten konnte. Mit etwas Schieben und Rücken gelang es ihr, eine Handbreit Boden frei zu machen, die gerade noch ausreichte, um eine Decke auszubreiten und Füchschens Schlafkorb hinzustellen. Der kleinen Katze schienen die Hektik und die Enge nichts auszumachen. Sie rollte sich ein, schloss die Augen und war von der einen auf die andere Sekunde eingeschlafen.

Gwen strich ihr gedankenvoll über den Kopf. Dann stand sie auf und gesellte sich zu den anderen, die draußen vor dem Zelt auf sie warteten.

Myriel drehte sich zu ihr um und warf ihr einen belustigten Blick zu. »Na, hast du noch einen Platz gefunden?«

»Es geht schon«, sagte Gwen. »Ich musste ein bisschen umräumen; ich hoffe, das stört euch nicht.«

»Solange du deine Katze dazu bringst, dass sie ihr Geschäft nicht auf unseren Waffenröcken verrichtet, ist alles in Ordnung. Katzenpisse geht nie wieder raus.«

»Keine Sorge«, entgegnete Gwen mit entwaffnendem Lächeln.

»Füchschen ist stubenrein. Und wenn doch etwas passiert, setze ich sie raus, abgemacht?«

»Du wirst so lange schrubben, bis alles nach Rosenöl duftet.«

»Versprochen.« Sie grinste.

»Wieso hast du das Viech überhaupt mitgenommen? Ein Heerlager ist nichts für Katzen.«

»Sag das nicht«, sagte eine der Frauen, deren Namen Gwen gleich wieder vergessen hatte. Eine Schwarzhaarige mit markanten Tätowierungen entlang der Schultern. »Wir können sie immer noch auf den Grill legen.«

»Füchschen hat mir das Leben gerettet«, sagte Gwen. »Ich werde jede einen Kopf kürzer machen, die ihr etwas antut. Niemand vergreift sich an meiner Katze, merkt euch das.«

»Ist ja schon gut«, lenkte die Schwarzhaarige ein. »Man wird ja wohl noch einen Witz machen dürfen.«

»Warum hat man dich überhaupt bei uns einquartiert?«, wollte Myriel wissen. »Die Heilerinnen sind doch drüben auf der anderen Seite. Die haben mehr Platz, und der Komfort ist auch höher.«

»Ich habe mich freiwillig zu den Spähern gemeldet«, sagte Gwen. »Ich war bereits in der alten Stadt und kenne ein paar Schleichwege. Außerdem habe ich eine Karte, von der ich glaube, dass sie uns wertvolle Dienste erweisen kann.«

»Was denn für 'ne Karte?«

Gwen griff in ihre Umhängetasche und zog das verbogene Stück Blech heraus, das Logan ihr hinterlassen hatte. Sie konnte es kaum ansehen, ohne dass ihr dabei Tränen in die Augen stiegen.

»Was ist das?«, fragte Myriel.

»Sieht aus wie'n verbeulter Topfdeckel«, spottete die Schwarzhaarige. Gwen entschied, sie nicht zu mögen.

»Wenn ihr genauer hinschaut, werdet ihr erkennen, dass es eine Karte ist«, sagte sie. »Hier auf der Oberfläche sind Straßen und Stadtteile eingeritzt. Was aber noch viel wichtiger ist: Man kann erkennen, wo die Heilige Lanze ihre Straßensperren errichtet hat. Wenn wir es schlau anstellen, können wir in die Stadt eindringen, ohne dass uns jemand bemerkt.«

»Und sie dann von hinten niedermachen. Sehr gute Idee«, sagte Myriel. »Woher hast du das Ding?«

»Gefunden«, log Gwen, in der Hoffnung, das heikle Thema umschiffen zu können. Doch sie hatte die Rechnung ohne die Schwarzhaarige gemacht. Aus irgendeinem Grund schien die blöde Kuh etwas gegen sie zu haben.

»Sie hat's von einem Kerl. Ich kenne eine, die eine kennt, die in Alcmona stationiert war. Sie hat mir die Geschichte erzählt. Sie stand oben auf der Wehrmauer, als zwei Leute auf einem Pferd angeritten kamen, hart verfolgt von einem Fahrzeug der Heiligen Lanze. Sie wollte schon das Tor öffnen, als sie sah, dass der Hintere der beiden ein Kerl war. Sie beschloss daraufhin, die Tore erst mal verschlossen zu halten und den Alarm auszulösen. Willst du weitererzählen?« Sie bedachte Gwen mit einem höhnischen Grinsen.

»Ich wäre dir dankbar, wenn du deine Klappe halten könntest«, sagte Gwen. »Was in Alcmona passiert ist, geht niemanden etwas an.«

»Klar geht es uns was an«, sagte die Schwarzhaarige. »Die anderen müssen doch wissen, mit wem sie hier ihr Zelt teilen. Kommt schließlich nicht alle Tage vor, dass wir jemanden vom anderen Ufer bei uns haben.« Das Grinsen wurde noch eine Spur breiter.

»Halt den Mund, Ludmilla«, sagte Myriel. »Du bist geschmacklos.«

Ludmilla, das war also der Name der Schwarzhaarigen. Gwen nickte grimmig. Es war immer gut, zu wissen, wie jemand hieß, ehe man ihm die Zähne in den Hals rammte.
»Ich bin nicht *vom anderen Ufer*«, stieß Gwen aus. »Was ist das überhaupt für ein dummer Spruch? Habe ich noch nie zuvor gehört.«
»Das soll heißen, meine Süße, dass du auf Kerle stehst – auf Kahlköpfe, Bartträger, Schmerbäuche, nenn sie, wie du willst.«
»Ist das wahr, du stehst auf Männer?«, mischte sich jetzt auch noch eine Dritte ein. »Wie krank ist das denn?«
Ohnmächtig vor Zorn stand Gwen da, den Kopf gesenkt, die Hände zu Fäusten geballt. Die Ereignisse der letzten Wochen rollten wie eine Woge über sie hinweg. Ihre Entführung, der Sklavenmarkt, Cedrics Verrat, die Flucht aus der Stadt und der Moment, als Logan, von einer Kugel getroffen, vom Pferd gesunken war. Wenn sie die Augen schloss, konnte sie immer noch das Zischen der Kugeln hören …
»Hört endlich auf und lasst sie in Ruhe«, sagte Myriel. »Seht ihr nicht, dass euer Geschwätz ihr weh tut? Gwens Privatleben geht euch nichts an, also haltet euch raus.«
»Uns raushalten? Es ist unser gutes Recht, zu erfahren, wem wir unser Leben anvertrauen. Schon vergessen, wir gehören zur Speerspitze der Brigantinnen. Wir müssen uns aufeinander verlassen können. Eine jede von uns muss ihr Leben in die Hände ihrer Schwester legen können. Wir kennen einander seit Jahren und können uns blindlings aufeinander verlassen. Sie jedoch ist eine Außenseiterin. Wie sollen wir ihr vertrauen?«
»Indem ihr es einfach mal versucht«, sagte Myriel. »Habt ihr schon vergessen, mit wem sie früher zusammen war? Ihr alle kennt Juna und wisst, welch hohen Ehrenkodex sie hatte. Also hört auf mit dem blöden Gerede vom anderen Ufer.«

»Und du hör mir auf mit Juna«, sagte Ludmilla. »Die war doch genauso schräg drauf. Ist mit diesem Mönch geflohen, einem Bücherwurm. Ich habe ihn mit eigenen Augen gesehen, wie er in seinem Käfig saß. Was für ein erbärmliches Würstchen. Dass Juna sich in einen wie den verliebt hat, lässt meiner Meinung nach tief blicken.«

»Und dennoch hat sie uns zum großartigsten Sieg in der Geschichte der freien Lande verholfen, schon vergessen?«, entgegnete Myriel. »Du solltest hin und wieder mal versuchen, die Menschen nicht nach ihrem Äußeren zu beurteilen, dann wärst du vielleicht auch nicht so verdammt misstrauisch.«

Die Schwarzhaarige schnaubte. »Was Menschen betrifft, bin ich lieber vorsichtig. Besser so, als später mit durchschnittener Kehle irgendwo im Wald zu liegen. Wer sagt uns denn, dass diese Karte, oder was immer Gwen da besitzt, keine Fälschung ist? Ein Trick, um uns in die Irre zu locken. Wer sagt uns, dass die Männer sie nicht umgekrempelt und für ihre Zwecke missbraucht haben? Sie war lange genug bei ihnen. In der Zeit konnte alles Mögliche geschehen. Ach ja, und dann noch etwas.« Sie verschränkte die Arme vor der Brust. »Was geschah wirklich mit Kendra, Mordra und den anderen? Wir alle kennen die Geschichten von den Bleichen. Aber es fällt mir schwer, zu glauben, dass diese gestandenen Kämpferinnen gestorben sein sollen, während dieses Flittchen überlebt hat. Da ist doch etwas oberfaul ...«

Jetzt reichte es Gwen. Ohne ein Wort zu verlieren, stürzte sie sich auf Ludmilla, packte sie am Hals und riss sie zu Boden. Mit einem überraschten Keuchen landete sie auf der harten Erde, Gwen auf ihr drauf wie eine tollwütige Katze. Für einen kurzen Moment war die Kriegerin zu überrascht, um etwas zu unternehmen, doch dann gelang es ihr, sich aus Gwens Würgegriff zu befreien und zurückzuschlagen. Der erste Hieb traf Gwen an der Schläfe, der zweite auf die Nase. Sterne explodierten. Es gab ein hässliches Knacken, und Gwen spürte, wie es ihr warm übers Gesicht lief. Doch so hart die Gegenschläge auch sein mochten, sie ließ nicht los, sondern drückte ihre Widersacherin weiter zu Boden. Die Welt um sie herum verblasste. Die Schläge, die Schreie – alles verschwand hinter einem blutroten Vorhang. In ihr war nur Wut. Die Wut, sitzengelassen worden zu sein. Die Wut, eine Liebe gefunden und gleich wieder verloren zu haben, und die Wut über die Dummheit und das Gespött der Leute. Sie würde nicht aufgeben. Sollte die Welt doch in Flammen aufgehen, sie würde Logan suchen und ihn retten. Und wenn es das Letzte war, was sie tat.

Gwen spürte, wie sie von Armen gepackt und weggezerrt wurde. Sie fühlte Hiebe, dann lag sie mit dem Gesicht auf der Erde. Staub drang ihr in den Mund, brachte sie zum Spucken. Als sie sich aufrichtete, war eine riesige Menschentraube um sie versammelt. Ludmilla hockte fluchend und nach Luft ringend am einen Ende des Kreises, Gwen am anderen. Dazwischen standen zwei Frauen, die sie vorher noch nicht gesehen hatte. Sie waren in voller Rüstung. Ihre Blicke drückten Verachtung aus.

»Bist du die Heilerin Gwen?«

»Wer will das wissen?« Gwen tupfte vorsichtig mit einem Zipfel ihres Hemdes das Blut von ihrer Nase. Es tat höllisch weh. Vermutlich war sie gebrochen.

»Die Ratsvorsitzende will dich sprechen. Wir haben Befehl, dich zu ihr zu bringen.«

»Edana?«

»So ist es.«

»Wann?«

»Jetzt sofort.« Die Brigantin betrachtete sie missbilligend. »Was war hier los?«
»Nur eine kleine Auseinandersetzung«, sprang Myriel helfend ein. »Nichts von Bedeutung.«
»Hm.« Die Wache schien nicht überzeugt, ließ die Sache aber einstweilen auf sich beruhen. »Wie dem auch sei, du solltest dich zuerst reinigen und dir frische Sachen anziehen. Beeil dich, wir warten hier so lange auf dich.«
Gwen rappelte sich auf und klopfte den Staub von ihrer Hose. Auch Ludmilla war inzwischen wieder auf den Beinen. Ihre Augen funkelten vor Wut. »Glaub nicht, dass das schon vorbei ist, Heilerin. Das letzte Wort in dieser Sache ist noch nicht gesprochen. Beim nächsten Mal wird dir niemand zur Seite stehen, das verspreche ich dir.«

23

Zur selben Zeit im Clan vom steinernen Turm …

Gunnar ließ den Schmiedehammer auf den glühenden Eisenrohling niedersausen und prüfte die Wirkung. Er nickte grimmig. Das Metall hatte genau die richtige Temperatur. Nicht zu heiß und nicht zu kalt. War es zu heiß, bestand die Gefahr, dass es sich von allein verbog; war es dagegen zu kalt, ließ es sich nur schlecht formen. Der Trick war, es genau so lange in der Esse zu lassen, bis es plastisch wurde. So ähnlich wie Ton, nur heißer.

Gunnar hatte vor, ein besonderes Schwert zu schmieden. Leicht, zäh und scharf. Eines, wie er es vor zehn Jahren schon einmal geschmiedet hatte. Die Frage war, ob er es noch einmal so hinbekommen würde. Seine Kunstfertigkeit hatte mit den Jahren nachgelassen. Er war nicht mehr so jung und kräftig, und auch sein Augenlicht war damals besser. Nicht zu vergessen seine ruhige Hand. Das Schmiedehandwerk war nichts für alte Männer. Jeder, der etwas anderes behauptete, log.

Wieder und wieder schlug er auf den Rohling ein. Das Metall war weich und ließ sich gut formen. Funken sprühten, der Geruch von Hitze stach ihm in die Nase. Obwohl seine Augen brannten, konnte er sie einfach nicht abwenden. Nichts war vergleichbar mit dem Anblick glühenden Stahls. Es war, als blickte man in einen leuchtend roten Abgrund. Gunnar hob den Rohling in die Höhe und prüfte das Ergebnis. Nicht schlecht. Konnte besser sein, aber für den Anfang war es in

Ordnung. Er legte das Stück zurück in die Esse und wandte seine Aufmerksamkeit dem zweiten Rohling zu. Er war deutlich dunkler und ein wenig leichter als der erste. Das lag an den Kohlenstoffteilchen, mit denen er angereichert war; sie sorgten dafür, dass das Metall spröder und härter wurde. Eine Klinge aus diesem Material würde nie stumpf werden. Allerdings würde sie bei der nächstbesten Gelegenheit brechen, weshalb man sie mit dem weichen Stahl von vorhin kombinieren musste. In hauchdünnen Schichten übereinandergelegt, ergaben die beiden Metallsorten eine Klinge, wie sie nur noch selten zu finden war. Logan hatte so eine besessen, und Dachs würde auch eine bekommen. Der Junge war alt genug, um den Wert eines solchen Stückes bemessen zu können. Und wer konnte schon ahnen, wie lange Gunnar noch in der Lage war, so etwas zu schmieden.

Dachs saß nebenan auf der Werkstattmauer und beobachtete grüblerisch jeden Handgriff seines Vaters. Er war von Geburt an stumm. Seit Logan und Gwen fort waren, hatte es in diesem Haus kein Gelächter mehr gegeben. Zwei Wochen waren seitdem vergangen, und kein Sterbenswörtchen über ihren Verbleib. Es schien, als hätten sich die beiden in Luft aufgelöst. Gerüchte über feindliche Armeen, die von Südwesten näher rückten und auf ihrem Weg in die alte Stadt bereits die Verbotene Zone durchquert hatten, waren an Gunnars Ohr gedrungen. Cedric, der neue Warlord, hatte seine Zelte abgebrochen und sein Hauptquartier zum Inquisitor verlagert, von wo aus er den Aufmarsch der Clankrieger besser koordinieren konnte. Seitdem hatten die Chaoten in der Vorstadt das Ruder übernommen, aber im Grunde seines Herzens war Gunnar froh, dass die falsche Schlange fort war. Cedric stand im Verdacht, seinen Vater ermordet und sich selbst an dessen Stelle gesetzt zu haben. Außerdem hielt der Schmied es für möglich, dass er etwas mit dem Verschwinden Logans zu tun hatte. Er konnte es nicht beschwören, aber das dumpfe Gefühl in seiner Magengegend verhieß nichts Gutes.

Gunnar hatte seit Tagen nicht mehr gut geschlafen. Mit einem Ohr lauschend, lag er jede Nacht da, horchte in die Dunkelheit und hoffte, ein vertrautes Geräusch oder eine geliebte Stimme zu hören. Aber da war nichts. Nur das übliche Grölen und Lachen der Clanbrüder, die mit besoffenem Kopf nachts in den Häuserschluchten randalierten und gegen Autowracks und Mülltonnen trampelten. Mit jedem Tag, der verstrich, wurde die Chance kleiner, dass Logan zurückkehrte.

Auch Dachs litt unter dem Verschwinden seines Bruders. Blass war er geworden, mager und ausgezehrt. Der Schmied hatte versucht, ihn bei Laune zu halten, aber er erwischte Dachs immer wieder dabei, wie er oben auf dem Dachfirst hockte und in die Richtung starrte, in die Logan an jenem schicksalsschweren Morgen vor zwei Wochen verschwunden war.

Gunnar dünnte den Kohlenstoffstahl mit ein paar zusätzlichen Schlägen aus, dann ließ er seinen Arm sinken. Sein Handgelenk schmerzte. Müde stellte er den Hammer in die Ecke und ging zu Dachs hinüber.

»Nun mach nicht so ein Gesicht«, sagte er und streichelte dem Jungen über den Kopf. »Mir fehlt er ja auch. Aber was soll ich machen? Alles stehen und liegen lassen und ihn suchen? Wir wissen ja noch nicht mal, wo er steckt. Es wäre, als suchten wir eine Nadel im Heuhaufen.«

Dachs formte den Namen *Glânmor* mit den Fingern – die Hauptstadt der Frauen. Dann malte er noch ein Fragezeichen in die Luft.

»Ja, wenn wir das nur mit Gewissheit wüssten«, sagte der

Schmied nachdenklich. »Ich glaube, ich würde ernsthaft überlegen, ob ich nicht hinreiten und mit den Frauen verhandeln sollte. Aber selbst wenn er dort wäre, wir können doch nicht einfach bis vor ihre Tür reiten und fragen, ob sie uns reinlassen. Wir kämen nicht mal in die Nähe der Stadt.« Er schüttelte den Kopf.

Dachs kauerte einen Moment reglos auf der Mauer, die Stirn tief in Falten gezogen. Es dauerte eine Weile, dann bewegte er wieder seine Finger.

»Eine andere Möglichkeit? Wovon sprichst du?«, fragte Gunnar.

Cedric.

»Cedric? Ich verstehe nicht ...« Der Schmied kniff die Augen zusammen.

Frag Cedric.

»Du meinst, wir sollten ... nein, das kommt überhaupt nicht in Frage.«

Warum nicht? Wenn einer etwas über Logans Verbleib weiß, dann er.

»Ausgeschlossen. Cedric hasst Logan. Seit dieser ihm während der Sklavenauktion Gwen vor der Nase weggeschnappt hat, hat er ihn zu seinem Todfeind erklärt. Erinnerst du dich nicht, wie er hier eingedrungen ist und dich niedergeschlagen hat?«

Egal.

»Das ist nicht egal. Es stimmt schon: Er könnte etwas wissen, aber ihn zu fragen ist viel zu riskant. Cedric ist jetzt eine hochgestellte Persönlichkeit. Als rechte Hand des Inquisitors genießt er jetzt alle Privilegien eines Warlords. Wenn ihm der Sinn danach steht, könnte er jederzeit hier reinmarschieren und uns den Laden dichtmachen. Auf keinen Fall will ich ihn provozieren.«

Na und? Wir müssen Logan finden. Er ist in Gefahr.
»Du scheinst deinen Bruder nicht besonders gut zu kennen«, sagte Gunnar. »Ich habe noch keinen erlebt, dessen Instinkte so gut ausgeprägt sind wie seine. Ich bin sicher, dass er Gwen gerettet hat und bald wieder bei uns ist.«
Und warum ist er dann noch nicht zurück? Warum hat er uns keine Nachricht zukommen lassen?
»Vielleicht wurde er aufgehalten, keine Ahnung.« Gunnar spuckte ins Feuer. »Was wir hier tun, ist sinnlos. Dieses Spekulieren bringt nichts. Ich weiß genauso viel wie du, und das ist praktisch nichts.«
Deshalb müssen wir an Informationen kommen. Wenn du nicht mitkommen willst, reise ich eben allein in die Stadt.
»So weit kommt's noch. Ohne meine Erlaubnis gehst du nirgendwohin. Du wirst schön hierbleiben und deine Arbeit erledigen. So, und jetzt Schluss mit dem Thema. Ich muss das Schwert weiter bearbeiten. Wenn du dich nützlich machen willst, lauf zu Mayering und besorge uns ein paar Kartoffeln und Tomaten; wir haben fast nichts mehr im Haus.« Er dachte einen Moment nach, dann musste er lächeln. »Zu dumm, dass Gwen nicht mehr hier ist. Ich muss gestehen, ich vermisse ihr gutes Essen. Und ihre Gesellschaft vermisse ich auch.«
Dachs reagierte nicht. Dumpf brütend hockte er auf der Mauer und starrte in die Ferne. Der arme Junge konnte einem leidtun. Aber was sollte Gunnar machen, ihm waren die Hände gebunden. Es gab keine andere Möglichkeit, als zu warten und das Beste zu hoffen.
Er presste die Lippen zusammen und fuhr fort, den Stahl mit seinem Hammer zu bearbeiten.

24

Zur selben Zeit an einem anderen Ort …

Logan erwachte aus einem Meer von blutrotem Nebel. Er fühlte sich, als habe ihn jemand gegen eine Mauer gehämmert. Sein Kopf glühte, seine Schulter war taub vor Schmerzen. Er musste eingeschlafen sein. Vermutlich, während er versucht hatte, den Stein zu lockern.

Der Stein!

Hektisch tastete er über den Boden und atmete erleichtert auf, als er ein klingelndes Geräusch vernahm. Den Göttern sei Dank, der Löffel war noch da. Rasch steckte er ihn ein. Er brauchte ihn, wenn er hier herauskommen wollte.

Ein Blick in die Runde zeigte ihm, dass im Kerker alles unverändert war. Die Wachen hatten seiner Zelle den Namen *Höllenloch* verpasst, und das war keinesfalls übertrieben. Es gab noch andere Zellen hier unten, aber seine war bei weitem die schlimmste. Der widerwärtigste und dreckigste Ort, den Logan jemals gesehen hatte – und er war schon in so manchem Dreckloch gewesen. Das Mauerwerk war grob und starrte vor Dreck und Ruß. Wasser tropfte von dem Tonnengewölbe auf ihn herab. Überall waren Pfützen, in denen sich im Schein der Fackeln fahl schimmerndes Moos spiegelte. Es stank nach Fäulnis und Verwesung, und die Luft war geschwängert von Feuchtigkeit und Keimen.

Er hatte schon überlegt, ob dieses Verlies unter der schwarzen Kathedrale lag, doch das hielt er mittlerweile für ausgeschlos-

sen. Dem groben Mauerwerk nach zu urteilen, musste es sich um ein städtisches Gebäude handeln. Logan tippte auf den alten Wasserturm im Süden der Stadt. Obwohl er ihn nie zuvor mit eigenen Augen gesehen hatte, kannte er die Geschichten, die sich um dieses Gemäuer rankten. Angeblich war es nur den schlimmsten Verbrechern vorbehalten; Mördern, Ketzern und Widersachern des Inquisitors. Es galt als ausbruchssicher und uneinnehmbar.
Kein Ort, um alt zu werden.
Wie viele Tage war es jetzt her, dass Cedric ihn vom Pferd geschossen hatte? Zehn? Zwanzig? Er wusste es nicht. Nach den endlosen und qualvollen Nächten voller Fieberträume war ihm jegliche Orientierung abhandengekommen. Nicht nur räumlich, vor allem zeitlich. Hier gab es kein Fenster und kein Luftloch. Nicht mal einen Schacht, durch den ein Strahl Tageslicht nach unten dringen konnte. Immerwährende Nacht umschloss ihn, notdürftig erhellt von einigen kränklich glimmenden Fackeln. Auch gab es niemanden, mit dem er sich hätte unterhalten können. Die benachbarten Zellen standen allesamt leer. Er war hier so weit entfernt von allem, dass er genauso gut auf einem fernen Planeten sein konnte. Dieser Ort diente nur einem einzigen Zweck: einsam zu sterben.
Doch seine Entführer hielten ihn am Leben.
Sie gaben ihm zu essen und zu trinken, sie ließen die Türen und Schließmechanismen kontrollieren, und hin und wieder kam sogar ein Doktor vorbei, um nach seiner Verletzung zu sehen. Mehr als in der Wunde herumzustochern und ihm eine stinkende Salbe draufzuschmieren, brachte dieser Quacksalber zwar nicht zustande, aber immerhin. Die Wunde schien trotz dieser Rosskur tatsächlich zu verheilen.
Logan litt hin und wieder immer noch unter Fieberschüben.

Die bitteren Blätter, die der Medicus ihm verabreichte, senkten die Temperatur zwar ein wenig, aber dafür hatte er danach Magenkrämpfe. Sein rechter Arm fühlte sich merkwürdig an, ganz kalt und taub. Logan konnte ihn kaum mehr als ein paar Zentimeter heben, und es fiel ihm schwer, die Hand zu bewegen. Ein bisschen die Finger spreizen, das ging gerade noch, aber schon wenn er versuchte, eine Faust zu bilden, schoss glühendes Metall seinen Arm hinauf. Dabei gab es wirklich ein paar Leute, denen er liebend gern seine Rechte ins Gesicht gehämmert hätte. Allen voran Cedric, diesem Verräter und Vatermörder. Was gäbe er darum, die feige Schlange in die Finger zu bekommen. Tatsache war allerdings, dass Cedric sich seit seiner Einkerkerung nicht hatte blicken lassen. Vermutlich wartete er ab, bis Logan so geschwächt war, dass er gefahrlos näher kommen konnte. Irgendwann würde er die Treppen hinuntersteigen und nach seinem Lieblingsgefangenen sehen.
Aber Logan hatte vor, ihm einen Strich durch die Rechnung zu machen. Er hatte eine Schwachstelle entdeckt. Das immerfort heruntertropfende Wasser war zwar eine Qual, aber es hatte den Mörtel zwischen den buckeligen Bodenplatten stellenweise weich werden lassen. Am weichsten war er dort, wo die Steinquader ein Loch einfassten. Eine kreisrunde, stinkende Öffnung im Boden, unter der beständig Wasser hindurchrauschte und wo die Gefangenen ihre Notdurft verrichteten. Logan hatte die Öffnung trotz großen Widerwillens gewissenhaft inspiziert und war zu der Erkenntnis gelangt, dass sie selbst zwar zu klein war, um hindurchzukriechen, der Kanal darunter aber durchaus einen einzelnen Mann aufnehmen konnte. Zumal sich die umliegenden Steine durch den weichen Mörtel gelockert hatten. Wenn es überhaupt eine Möglichkeit zur Flucht gab, dann hier.

Logan sah sich um. Keine Wache in Sicht. Er kramte in seiner Tasche und holte den Löffel wieder heraus. Das Metall war nicht besonders stabil, aber für den Mörtel reichte es aus. In den zurückliegenden Tagen war es ihm gelungen, einen der Steine komplett freizulegen und den zweiten daneben zu lockern. Allerdings waren die Steine so passgenau verfugt, dass sie nicht ohne erheblichen Kraftaufwand herauszuheben waren. Es gehörte einiges an Geschicklichkeit dazu, sie aus ihrer Verankerung zu lösen. Logans Plan war, die Steine so zu präparieren, dass er sie zu einem bestimmten Zeitpunkt alle auf einen Schlag entfernen und durch die Kanalisation in die Freiheit entschwinden konnte. Er würde dafür drei oder vier Tage benötigen, aber wenn nichts Unvorhergesehenes dazwischenkam, hatte er eine reelle Chance. Die Aussicht, Gwen wiederzusehen, verlieh ihm Kraft und Ausdauer.

Er lächelte in der Dunkelheit.

Wann immer er die Augen schloss und sich ihr Gesicht ins Gedächtnis rief, wurde sein Herz von Wärme erfüllt. Sie begleitete ihn bei allem, was er tat und dachte. Er konnte ihr Lachen hören, ihr Reden, er konnte hören, wie sie sang, fluchte oder nur einfach still vor sich hin murmelte. Wann immer er es zuließ, war sie bei ihm. Dann erfüllte ihn eine Sehnsucht, die ihn schier zerriss. All sein Denken, Fühlen und Sehnen drängten danach, sie wiederzusehen, sie in die Arme zu schließen und festzuhalten. Niemals, nicht in seinen kühnsten Träumen, hätte er sich vorstellen können, jemals so intensiv zu empfinden. Wenn das Liebe war, so war es die Hölle. Oder das Paradies!

Beharrlich kratzte er mit dem Löffel im Putz herum. Das weiße Material löste sich in feinen Krümeln, die sofort mit dem abfließenden Wasser fortgeschwemmt wurden. Zum Glück war das Gurgeln laut genug, um die Kratzgeräusche zu übertönen. Nur noch ein paar Minuten, dann hatte er den Stein so weit, dass er ihn herausheben konnte. Er wackelte bereits. Wie schon bei dem Exemplar davor kam jetzt der schwierigste Moment. Die Steine waren schwer, etwa zehn Kilo, und durch die Feuchtigkeit extrem glatt und schlüpfrig. Ein weiteres Problem war die Tatsache, dass es nur wenige Ansatzpunkte gab, an denen er zupacken konnte. Wenn er einen von den Brocken fallen oder – schlimmer noch – versehentlich im Loch verschwinden ließ, wäre er geliefert. Es war ungeheuer wichtig, dass er den Stein heraushob, ihn reinigte und dann so wieder einsetzte, dass er sich nicht mehr verkeilte. Der Rest war Kinderkram. Ein bisschen Dreck in die Ritzen schmieren, den Löffel verschwinden lassen und fertig.

Er hob den Kopf. Er hatte ein Geräusch gehört. Die Wachen? Er lauschte.

Nein, vermutlich nur eine Ratte. Von den Viechern gab es hier unten mehr als genug. Normalerweise hatte er nichts gegen Ratten. Daheim in der Vorstadt waren sie eine wichtige Nahrungsquelle gewesen, aber diese hier jagten ihm Schauer über den Rücken. Sie waren doppelt so dick und deutlich aggressiver als die heimischen Exemplare. Außerdem waren sie bleich, als ob sie sich von irgendwelchen aufgedunsenen Leichen tief unten in der Kanalisation ernährten. Logan dachte an die Kreaturen, die an Gwen herumgenagt hatten, und schauderte.

Er musste raus hier, und zwar so schnell wie möglich.

25

Gwen folgte den Wachen zum Zelt der Heerführerin. Das Lager schien seit ihrem letzten Patrouillengang noch einmal gewachsen zu sein. Unter dem sternenklaren Nachthimmel waren Hunderte von Feuern zu sehen, die sich bis in weite Ferne erstreckten. Die Zelte standen so dicht, dass sie mit ihren schiefen Spitzen, den Wimpeln, Bannern und Stangen wie eine kleine Stadt wirkten. Um die Feuer herum saßen Frauen, aßen, tranken und unterhielten sich leise. Der Geruch von Gebratenem hing in der Luft.

Obwohl alles ruhig war, spürte Gwen die Anspannung. Viele Frauen zogen zum ersten Mal in die Schlacht. Der Kampf bei der Raffinerie war nur ein erster Vorgeschmack gewesen; dies hier war etwas völlig anderes. Die oberste Kriegsherrin Edana, die seit der Flucht Arkanas jetzt auch noch zusätzlich das Amt der Hohepriesterin bekleidete, hatte jede Frau mit einer halbwegs abgeschlossenen Militärausbildung eingezogen und unter Waffen gestellt. Das schloss selbst die jungen Mädchen mit ein, die erst kürzlich für die Brigantinnen rekrutiert worden waren. Gwen konnte sehen, wie sie vor ihren Zelten hockten, miteinander redeten und hin und wieder unsicher kicherten. Von allen Anwesenden taten Gwen diese jungen Frauen am meisten leid. Sie hatten noch nichts vom Leben gehabt, hatten keine Ahnung, was sie erwartete, und mussten doch schon hinaus in die Welt ziehen und ihr Leben für etwas riskieren, das sie nicht mal im Ansatz verstanden. Kanonenfutter im

Dienste einer Herrscherin, die in ihnen nicht mehr als Figuren auf einem Spielfeld sah. Was war nur mit Edana geschehen, dass sie so kaltherzig geworden war? Hatte es etwas mit der Verbitterung über den Tod ihrer Tochter zu tun, oder war es die Angst vor gesellschaftlichen Umwälzungen?

Vielleicht beides.

Viele Menschen reagierten mit Angst auf Veränderung, manche sogar mit Wut. Edana ging es um Macht, und dafür war ihr jedes Mittel recht.

Die Wachen steuerten auf das Tempelzelt in der Mitte des Lagers zu. Dutzende schwerbewaffneter Brigantinnen lagerten hier und bewachten den Eingang. Nicht mal eine Maus wäre unbemerkt an ihnen vorbeigekommen. Im Gegensatz zum Zelt des Heerführers, das gleich danebenstand, diente das Tempelzelt ausschließlich religiösen Zwecken. Hier konnten die Kriegerinnen beten, und hier hielt Edana regelmäßig Andacht.

Als sie eintrafen, stellte sich ihnen eine stämmige Frau mittleren Alters in den Weg. »Halt. Wer da?«

Auf ihrem Schild prangte ein Abbild der Göttin Borbeth, der Strahlenden, mit dem Symbol des Turms, der das Tor zur Anderswelt verkörperte.

»Wir bringen Gwen, die Heilerin. Ratsherrin Edana hat nach ihr verlangt.«

Die Frau blickte Gwen misstrauisch an, dann sagte sie: »Wartet hier. Ich werde fragen, ob sie sie empfängt.«

Sie verschwand im Zelt und kam kurz darauf wieder. Als sie den Vorhang zur Seite zog, fiel ein heller Schein vor Gwens Füße. »Soll reinkommen.«

Die Atmosphäre war überwältigend. Inmitten des kreisrunden Zeltes stand ein Schrein, der rundherum von Kerzen und Öllampen beleuchtet wurde. Dünne Rauchschleier wogten in der

Höhe und erfüllten das Zelt mit dem Duft von Räucherwerk. Im Zentrum des Schreins ragten drei hölzerne Abbilder empor: die Göttinnen Ambeth, Wilbeth und Borbeth. Mit dem Feuer zu ihren Füßen wirkten sie bedrohlich und unnahbar. Votivgaben und Opferschalen mit dem Blut geschlachteter Tiere erflehten ihren göttlichen Segen. Als Gwen sah, dass der Innenraum mit wertvollen Teppichen ausgelegt war, zog sie sicherheitshalber die Schuhe aus.

Die Ratsherrin kniete vor dem Schrein, die Hände über ihrem Kopf gefaltet und augenscheinlich tief im Gebet versunken. Als Gwen sich leise räusperte, drehte sie anmutig den Kopf, stand auf und strich ihr Kleid glatt.

»Ich grüße dich, Heilerin. Es freut mich, dass du meiner Einladung gefolgt bist.« Sie deutete auf ein Lager aus Kissen am linken Rand des Zeltes. »Tritt näher und leiste mir Gesellschaft. Es gibt da etwas, über das ich mit dir reden muss.«

Misstrauisch trat Gwen näher. Was sollte dieses freundliche Getue? Sie und die Ratsherrin hatten sich noch nie gut verstanden. Weder jetzt noch damals, als sie wie eine Furie in Gwens Haus eingedrungen war und Juna zur Rede stellen wollte. Danach waren sie sich noch einmal begegnet, als Gwen nach ihrer gescheiterten Mission aus der alten Stadt zurückgekehrt und von der Ratsvorsitzenden ins Kreuzverhör genommen worden war. Die Aktion hatte sich als kompletter Fehlschlag erwiesen. Edana schien Gwen die Geschichte ihrer Rettung nicht abzukaufen, was wenig verwunderlich war, denn Gwen hatte bei ihrer Schilderung große Teile weggelassen. Zum Beispiel, dass sie Logan liebte und sich nur seinetwillen freiwillig gemeldet hatte.

»Setz dich, mach es dir bequem. Möchtest du ein Glas Wein? Ich hätte auch Met oder Saft hier.«

»Nichts, danke.«
Edana nickte, schenkte sich selbst ein Glas Wein ein und nahm gegenüber von Gwen in den Polstern Platz.
»Hast du gehört, dass Magdalena uns mit ihrer Anwesenheit beehren will? Ich habe vorhin die Nachricht erhalten, dass sie auf dem Weg zu uns ist. Kannst du dir das vorstellen, eine Frau in ihrem Alter? Ich wünschte, sie würde zu Hause bleiben und sich schonen.«
Gwen zog die Brauen zusammen. »Was will sie denn hier?«
»Frag mich was Leichteres. Magdalena war schon immer unberechenbar. Vermutlich will sie mir auf die Finger schauen oder sich anderweitig einmischen. Soll sie ruhig, wir haben nichts zu verbergen.« Sie sah Gwen prüfend an. »Und du? Ich hörte von einer Auseinandersetzung vorhin?«
»Nichts von Bedeutung«, erwiderte Gwen. »Die Zelte sind eng, da kommt es schon mal vor, dass man sich zu nah auf die Pelle rückt. Ich werde damit fertig.«
Edana nickte. »Ich finde es sehr mutig von dir, dass du dich freiwillig gemeldet hast. Vor allem, wenn man bedenkt, was du schon alles durchlitten hast. Ich vermute, die Auseinandersetzung drehte sich um das Thema Männer?«
Gwens Gesicht blieb ausdruckslos.
Um Edanas Mund spielte ein ironisches Lächeln. »Willst du mir davon erzählen?«
»Ihr habt die Berichte gelesen. Ich habe alles, was sich zugetragen hat, wahrheitsgemäß zu Papier bringen lassen.«
»Trotzdem sind einige Fragen unbeantwortet geblieben.« Edanas Blick wurde kühl. »Es geht um das, was zwischen den Zeilen steht. Zum Beispiel über dein Verhältnis zu dem jungen Mann, der während der Rettungsaktion angeschossen und abtransportiert wurde.«

»Ich weiß nicht, wovon Ihr redet …«

»Versuch nicht, mich hinters Licht zu führen, Gwen, ich weiß Bescheid. Es wäre besser, du kooperierst, ansonsten sehe ich mich gezwungen, dich nach Glânmor zurückzuschicken. Möchtest du es darauf ankommen lassen?« Sie warf ihr einen eisigen Blick zu. Dann, von der einen auf die andere Sekunde, erschien wieder dieses unverbindliche Lächeln auf ihrem Gesicht. »Versteh mich nicht falsch. Es geht mir nicht darum, mich in deine persönlichen Belange einzumischen, aber ich will verstehen, warum du wieder in die alte Stadt zurückwillst. Was ist der Grund, dass du dich diesem Risiko aussetzt? Und dann noch bei den Sucherinnen. Zunächst dachte ich, es hätte etwas mit deinem schlechten Gewissen zu tun. Wegen Mordra, Kendra oder Josepha, die dort unten in der Kanalisation vermutlich ein grausames Ende gefunden haben. Doch irgendwann kam mir der Verdacht, dass deine Beweggründe andere sein könnten. Hat es etwas mit deiner Gefangenschaft zu tun? Wenn ja, so muss ich es wissen. Ich muss sicher sein, dass du kein Sicherheitsrisiko darstellst.«

»Ein Sicherheitsrisiko, ich?« Gwen lachte laut auf. »Glaubt mir, Herrin, von mir habt Ihr am allerwenigsten zu befürchten.«

»Dann überzeuge mich. Sag mir die Wahrheit. Wenn es etwas mit diesem Mann zu tun hat, könnte dich das in einen Konflikt treiben. Einen Konflikt zwischen den Bewohnern dieser Stadt und unserer.«

»Das ist absurd.«

»Nein, Gwen. Absurd ist die Tatsache, dass du dich in einen Mann verliebt hast und mir weismachen willst, du würdest diesen Spürtrupp um deiner Gefährtinnen willen begleiten. Solange du mich in diesem Punkt belügst, kann ich dir die

Fortsetzung dieser Mission leider nicht gestatten. Ich muss davon ausgehen, dass du dich mit dem Feind verbünden und ihm wichtige Informationen anvertrauen könntest.«

»So etwas würde ich niemals tun.«

»Dann überzeuge mich. Erzähl mir, was wirklich vorgefallen ist und warum du zurück in die Stadt willst. Wer ist dieser Mann? Warum willst du für ihn dein Leben aufs Spiel setzen, und warum wurde er von Mitgliedern seiner eigenen Gattung gefangen genommen und abgeführt? Erzähl es mir, und ich werde mir die Sache vielleicht noch einmal überlegen. Das ist ein einmaliges Angebot. Nimm es an oder lasse es bleiben. Aber eines sage ich dir: Wenn ich das Gefühl habe, dass du mich verarschst, wirst du dich morgen früh im ersten Transport zurück nach Glânmor wiederfinden.«

Gwen starrte verbittert zu Boden. Wie leicht sie doch zu durchschauen gewesen war. Lächerlich, zu glauben, sie könnte eine Verhörexpertin wie Edana lange belügen. Wenn sie Logan wiedersehen wollte, musste sie auf die Forderung der Ratsherrin eingehen.

»Einverstanden«, sagte sie zögernd. »Es sieht so aus, als wäre ich eine höchst mittelmäßige Lügnerin. Mir scheint, ich bin in allem nur Mittelmaß. Eine mittelmäßige Heilerin, eine mittelmäßige Kriegerin und Liebhaberin. Warum die Göttinnen ausgerechnet mir das Leben geschenkt haben, wird mir immer ein Rätsel bleiben. Aber es ist nun mal so, wie es ist, und ich muss den Weg weitergehen. Ich werde Euch erzählen, was vorgefallen ist, auch wenn ich nicht sicher bin, dass Euch die Wahrheit schmecken wird. Sei's drum. Ihr wolltet einen Vertrauensbeweis, hier ist er.« Mit einer vorsichtigen Bewegung griff sie in ihre Tasche, zog das verbogene Blech heraus und legte es auf den Tisch.

26

Am nächsten Morgen …

Gunnar erwachte mit heftigen Kopfschmerzen. Sein Rücken war vom Nacken bis hinunter zum Steißbein eine einzige Verspannung. Die Mitte seiner Matratze bestand aus einer tiefen Kuhle, in die er hineinrutschte, egal, wie er sich auch hinlegte. Höchste Zeit, das Stroh zu erneuern, aber irgendwie kam er nicht dazu. Ständig waren Kunden da, um neue Bestellungen in Auftrag zu geben, und Dachs war nicht in der Lage, die Matratzen neu zu stopfen. Gunnar hatte ihn einmal mit dem Auspolstern ihrer Schlafstätten beauftragt und danach seinen ersten Bandscheibenvorfall erlitten. Eigentlich sollte er einen Polsterer damit beauftragen, dann konnte er auch sichergehen, dass nicht irgendein billiges Füllmaterial, sondern richtiges Rosshaar verwendet wurde. Das kostete zwar eine Stange Geld, aber dafür war es auch saumäßig bequem.

Steif und ungelenk schwenkte er seine Beine aus dem Bett, stützte sich mit den Händen ab und stand auf. Ein hässliches Knacken erinnerte ihn daran, die Idee mit dem Polsterer nicht auf die lange Bank zu schieben. In seinem Alter konnte er sich weitere Rückenbeschwerden einfach nicht leisten.

Er schlüpfte in seine zerschlissenen Pantoffeln, schlurfte Richtung Toilette, entleerte seine Blase und spülte mit dem danebenstehenden Wassereimer nach. Dann stieg er die Treppe hinunter und ging in die Küche.

Der Herd war noch kalt, Tee gab's auch noch keinen. Normalerweise war Dachs immer vor ihm wach. Es war seine Aufga-

be, die ersten Scheite in den Herd zu schieben, Wasser aufzusetzen und einen Tee zu brühen. Kräutertee, Brennnessel- oder Hagebuttentee, ab und zu eine Tasse Kaffee. Wobei das, was heute als Kaffee angeboten wurde, kaum noch etwas mit dem zu tun hatte, was früher getrunken wurde. Es war mehr eine Art Wurzelsud aus Zichorie und verschiedenen Getreidesorten und schmeckte eigentlich beschissen.
Aber Hauptsache, es war heiß!
Gunnar rieb seinen Nacken. Also entweder war Dachs schon außer Haus und trieb sich irgendwo herum, oder er schlief noch. Beide Möglichkeiten waren nicht akzeptabel. »Dachs, wo steckst du? Ich brauche dich hier unten in der Küche!«
Keine Antwort.
Natürlich nicht, Dachs war ja stumm. Aber er konnte antworten, indem er mit etwas Hartem auf Holz oder Metall hämmerte.
»Dachs!«
Nichts.
Trieb sich vermutlich doch irgendwo herum. Na, hoffentlich vergaß er nicht, dass er einkaufen musste, sonst würde Gunnar ihm das Fell über die Ohren ziehen.
Mit einem Schulterzucken warf er ein paar Scheite in den Herd, stopfte getrocknetes Laub dazu und entflammte es mit seinem Feuerzeug. Ein Erbstück seines Vaters, das ihn, genau wie seine Uhr, noch nie im Stich gelassen hatte. Er hütete es wie einen Schatz, obwohl es schwer war, dafür heute noch geeignetes Benzin zu finden.
Er wartete, bis das Wasser kochte, brühte seinen Tee auf und setzte sich dann mit einer Tasse und einem trockenen Stück Brot an den Küchentisch.

Es ging auf zehn zu, als ihm auffiel, dass Dachs immer noch nicht zurück war. Er war so versunken in seine Arbeit, dass er gar nicht mehr darauf geachtet hatte. Er legte den Hammer weg, wischte seine Hände ab und lauschte ins Haus.

»Dachs? Steckst du hier irgendwo, Junge?«

Die Stille war so erdrückend, dass es ihm den Atem raubte. Dachs war noch niemals so lange weggeblieben. Nicht, ohne sich vorher zu verabschieden.

»Ich finde das nicht lustig, Dachs. Wehe, du liegst immer noch im Bett, dann kannst du dich auf eine Abreibung gefasst machen.« Er polterte die Treppenstufen empor, machte eine Halbdrehung am Treppenabsatz und ging in Richtung von Dachs' Zimmer. Eigentlich war es das Zimmer beider Jungs, aber Logan war ja nicht mehr da …

Er beschleunigte seine Schritte. Mit Schwung riss er die Tür auf und blickte hinein. Im Sonnenschein tanzten die Staubteilchen. Der Alkoven stand offen, das Bett war gemacht. Keine Spur von dem Jungen. Auf dem Stuhl lag keine Kleidung, die Schuhe waren ebenfalls weg. Einen Moment lang stand Gunnar wie angewurzelt da, dann traf ihn die Erkenntnis mit der Wucht eines Vorschlaghammers. Nein, das konnte doch nicht sein Ernst sein. Das würde er ihm nicht antun.

Gunnar eilte durchs Zimmer und riss die Schränke auf. Er wollte sehen, ob noch andere Sachen fehlten. Dabei fiel sein Blick auf eine Stelle, die immer staubig war. Und die Staubschicht enthielt eine eindeutige Botschaft.

Er erkannte zwei Gebäude, die durch einen Pfeil miteinander verbunden waren. Einen steinernen Turm und eine Kathedrale. Klarer konnte man es nicht ausdrücken. Dachs war weg, und er hatte seinem Vater beschrieben, wohin er gegangen war.

Der Schmied presste die Lippen zusammen. Mit versiertem

Blick überflog er den Inhalt des Schrankes. Eine Hose fehlte, zwei Hemden, ein Paar Schuhe und der Rucksack. Gunnar verfluchte sich, dass er Dachs' Gemütsregung gestern nicht ernster genommen hatte. Er strich über seine Stirn.
Was für ein Tag war heute? Dienstag, Mittwoch? Ja, Mittwoch. Wenn er sich recht erinnerte, war das der Tag, an dem der Warentransport in die alte Stadt aufbrach. Werkstoffbestellungen, Lebensmittel, aber auch Postsendungen und andere Dinge. Manchmal wurden auch Reisende mitgenommen, aber nur gegen Bares.
Gunnar schüttelte den Kopf. Vor seinem geistigen Auge entstand ein beunruhigendes Bild. Dachs, eingekeilt zwischen Teilen aus rostigem Metall, Kisten mit Kartoffeln, Postsäcken und Farbeimern. Was, wenn er entdeckt würde? Gunnar kannte die Fahrer. Primitive, unfreundliche Kerle, die für ein paar Nickel ihr Leben aufs Spiel setzten. Mit blinden Passagieren machten sie kurzen Prozess. Entweder man zahlte, oder man bekam eine Klinge zwischen die Rippen. Im günstigsten Fall wurde man an Ort und Stelle ausgesetzt oder als Sklave verkauft.
Gunnar zögerte keine Sekunde.
In aller Eile stopfte er das Nötigste in einen Jutebeutel, zog feste Schuhe, eine dunkle Hose und seine Lederjacke an und ging hinunter zum Waffenschrank. Ohne lange zu überlegen, nahm er einen Dolch, ein Bastardschwert und einen Morgenstern und legte sie auf den Tisch. Dann wappnete er sich mit ledernen Schulterpolstern, Armschienen und Beinprotektoren. Wenn es zu einer bewaffneten Auseinandersetzung kam, wollte er vorbereitet sein. Genau wie Logan war Gunnar früher Arenakämpfer gewesen; allerdings hatte er es nie so weit gebracht wie sein Sohn. Immerhin hatte er mit ihm trainieren

und ihm ein paar wichtige Tipps mit auf den Weg geben können. Aber Schnelligkeit, Cleverness und das Gefühl für das richtige Timing, das war etwas, das Logan in die Wiege gelegt worden war.
Er beendete seine Vorbereitungen, packte noch ein paar Lebensmittel ein und verließ dann das Haus. Er verriegelte die Haustür und ging hinüber zum Stall, wo Liesel in ihrem Pferch stand.
Liesel war einer von zwei Kaltblütern in Gunnars Besitz. Eine mächtige Stute mit schwarzem Fell und brauner Mähne. Sein anderes Pferd Halla war mit Logan unterwegs. Gunnar setzte die Tiere ein, um schwere Gegenstände wie Eisenbahnschwellen für die Schmiede herbeizuschaffen. Fürs Reiten waren sie nur bedingt geeignet, aber es war immer noch besser, als zu Fuß zu laufen. Rasch hatte er Liesel gesattelt und aufgezäumt. Dann verteilte er sein Gepäck auf die beiden Satteltaschen, öffnete den Verschlag und führte das schwere Ross nach draußen.
Der Himmel hatte sich von Westen her zugezogen, und dunkle Wolken fegten heran. Gut möglich, dass es heute noch Regen geben würde. Der Spätsommer schien sich vorerst verabschiedet zu haben.
Gunnar vergewisserte sich, dass er nichts vergessen hatte, dann schwang er sich in den Sattel und ritt los.

27

Die Pistole lag kalt und schwer in seiner Hand. Vernickelter Stahl, schwarzes geriffeltes Griffbrett und eine Aufschrift an der Seite: Heckler & Koch GmbH, Oberndorf. Das Magazin umfasste fünfzehn Patronen Kaliber neun Millimeter. Kleine messingfarbene Hülsen, die aufgereiht vor ihm auf dem Tisch standen. Benedikt hatte ihm drei Schachteln Munition dagelassen. Seine letzten.

Claudius saß draußen vor der Hütte und nutzte die verbleibende Zeit, um sich mit der Waffe vertraut zu machen. Er prüfte Schließfeder, Magazinhalter, Hahn und Schlagbolzen, dann betätigte er den Abzug. Selbst im ungeladenen Zustand verströmte die Waffe eine Aura des Bösen.

Er kannte Benedikt schon seit vielen Jahren. Sie waren sich im Kloster begegnet, damals, als Claudius noch zur Heiligen Lanze gehört hatte. Sie waren rasch Freunde geworden, denn Ben war ein Mann mit Lebenserfahrung, Klugheit und Humor. Mit ihm konnte man sowohl lachen als auch philosophieren, und er hatte stets ein offenes Ohr für die Sorgen anderer. Rückblickend betrachtet, war er der beste Freund, den Claudius je gehabt hatte. Besser und zuverlässiger noch als Marcus Capistranus, mit dem er zwar mehr Zeit verbracht hatte, der ihm aber irgendwann fremd geworden war. Wie es wohl sein würde, ihm jetzt, nach so vielen Jahren, wieder gegenüberzutreten?

Arkana stand im Türrahmen und beobachtete ihn beim Reinigen der Waffe.

»Du bist also immer noch fest entschlossen?«
»Das bin ich«, sagte er. »Es ist meine Pflicht.«
»Deine Pflicht, soso.« Arkana schürzte die Lippen. Das tat sie immer, wenn sie anderer Meinung war.
Er arbeitete weiter, in der Erwartung, gleich eine Standpauke zu hören. Doch stattdessen verfolgte sie schweigend seine Arbeit. Es dauerte eine ganze Weile, ehe sie wieder sprach.
»Ich mag Ben«, sagte sie.
»Ich mag ihn auch, deswegen habe ich …«
Sie hob die Hand. »Ich mag ihn wirklich. Aber ich glaube nicht, dass du verstehst, was er dir mit dieser Waffe sagen wollte.«
Claudius blickte auf. »Was meinst du damit?«
Arkana trat aus dem Haus und setzte sich auf den umgekippten Baumstamm neben der Tür. »Ben ist ein kluger Mann, ein Stratege. Gewiss, er ist alt, aber sein Verstand arbeitet immer noch sehr scharf. Diese Pistole … warum, glaubst du, hat er sie dir dagelassen?«
Claudius zuckte die Schultern. »Um mich zu verteidigen, mich gegen Angreifer zur Wehr zu setzen. Das hat er jedenfalls gesagt.«
»Das hat er gesagt, ich weiß. Aber was hat er gemeint?« Sie sah ihn prüfend an.
Er unterbrach seine Arbeit. »Ich habe das Gefühl, dass du es mir gleich verraten wirst …«
»Diese Waffe ist ein Symbol. Durch sie fand Ben zum Glauben.«
»Und?«
»Hast du dich nie gefragt, warum sie immer noch in seinem Besitz ist? Obwohl er dem Töten abgeschworen hat, konnte er sich niemals davon trennen. Sie hat ihn sein ganzes Leben lang begleitet. Und jetzt überlässt er sie dir.«

»Ich verstehe immer noch nicht …«

»Es ist nicht schwer zu verstehen, wenn man sich auf die Wahrheit einlassen will, Claudius. Du sollst diese Waffe reinwaschen. Und zwar mit Blut. Mit dem Blut des Inquisitors.«

»Was?«

»Dein Freund Benedikt möchte, dass du die Aufgabe vollendest, zu der er nicht in der Lage ist.«

»Das ist doch Unsinn …«

Sie lachte. »Ihr Männer seht manchmal den Wald vor lauter Bäumen nicht. Ben hat einen Eid geschworen. Er hat geschworen, nie wieder zu töten. Du hingegen hast diesen Schwur nicht geleistet. Im Gegensatz zu dir weiß Ben, dass zur Vermeidung des Krieges kein Weg daran vorbeiführt, als den Inquisitor zu töten. Es ist der einzige Weg, diesen Konflikt zu beenden und der Welt Frieden und Gerechtigkeit wiederzugeben. Da er es selbst nicht tun kann, überträgt er dir diese Aufgabe. Du bist sein Werkzeug, sein langer Arm.« Sie lächelte traurig. »Es tut mir leid, es dir in dieser Deutlichkeit sagen zu müssen, aber scheinbar bist du so versessen darauf, Gutes zu tun, dass du nicht in der Lage bist, die Wahrheit zu erkennen.«

Claudius presste die Lippen aufeinander. Es tat weh, was sie sagte. Noch nie, während all der Jahre, die sie zusammen waren, hatte sie so mit ihm geredet. Warum jetzt, so kurz vor dem Abschied?

Claudius hatte Marcus Capistranus einst das Leben gerettet. Wäre er nicht gewesen, wäre die Geschichte anders verlaufen. Jetzt drohte ein Krieg, und jeder musste Position beziehen. Ob er es nun eingestehen wollte oder nicht, er war mitverantwortlich für die Vorgänge, die um sie herum passierten. Vermutlich war das der Grund, warum er unbedingt mit Capistranus sprechen wollte.

Seine Wut verbergend, sagte er: »Wenn ich dich recht verstehe, fragst du mich, ob ich in der Lage wäre, Marcus Capistranus das Leben zu nehmen? Ob ich fähig wäre, meinen ehemaligen Freund zu töten. Ist es das, was du mich fragen willst?«
»Darauf läuft es hinaus.«
Er starrte auf die Pistole. Die Waffe erschien ihm auf einmal ungeheuer schwer. »Ich sage es dir ganz ehrlich: Ich weiß es nicht. Anscheinend bin ich ja nicht mal in der Lage, zu erkennen, dass alle Welt mich manipulieren will. Doch eines weiß ich: Ich werde nicht einfach losziehen und jemanden umbringen, dem ich einst Freundschaft geschworen habe. Ich werde ihm eine Chance geben, mir seine Beweggründe zu erklären. Und ich werde ihn daran erinnern, dass auch er mir damals Freundschaft geschworen hat. Was bleibt uns denn noch in der Welt, wenn wir uns nicht mal mehr auf uns selbst und unser Wort verlassen können?« Er starrte noch eine Weile auf die Pistole, dann legte er sie zur Seite und bedeckte sie mit einem Tuch.
Arkana sagte nichts. Sie sah nur zu ihm hinüber, ein trauriges Lächeln auf ihren Lippen. Plötzlich streckte sie ihre Hand aus.
»Komm zu mir.«
»Warum?«
»Weil ich dich gerne bei mir haben möchte.«
Zögernd stand er auf, ergriff ihre Hand und setzte sich neben sie auf den Baumstamm. Ihre Augen waren wie zwei tiefe, klare Bergseen. Er sah sie an und spürte, wie das Eis zu schmelzen begann.
»Ich liebe dich«, flüsterte sie. »Das habe ich immer getan.«
»Ich dich auch«, sagte er. »Seit dem Augenblick, als wir uns zum ersten Mal begegnet sind.«
Arkana lächelte. »Ich hatte damals einen Speer in der Hand, die Spitze auf dich gerichtet.«

»Ich hätte mir keinen schöneren Tod vorstellen können. Ich habe dir in die Augen gesehen, und es war um mich geschehen. Als du mich bei dir aufgenommen hast, war es, als wären meine Gebete erhört worden.«
»Dann hast du es nicht bereut, zwanzig Jahre deines Lebens eingesperrt an meiner Seite verbringen zu müssen?«
»Niemals.« Er überlegte kurz, dann sagte er: »Das Komische ist, ich habe mich nie eingesperrt gefühlt. Bis zu dem Moment, als meine erwachsene Tochter vor mir stand und mich mit einem Messer bedrohte. Da fühlte ich mich zum ersten Mal richtig alt. Schlagartig wurde mir bewusst, dass sich die Welt weitergedreht hatte, ohne dass ich daran teilnahm. Ich saß in einem Käfig, einem goldenen zwar, aber dennoch in einem Käfig. Verstehe mich nicht falsch, ich bereue nichts. Ich hätte weiter in deiner Gesellschaft hoch oben im Tempel wohnen können, aber es wäre nicht mehr dasselbe gewesen. Die Begegnung mit Juna hat mir gezeigt, dass es außer dir noch andere Menschen gibt, denen ich etwas bedeute. Und sei es nur, dass sie wütend auf mich sein können.« Er lächelte traurig. »Du kennst doch das alte Sprichwort: Kein Mensch ist eine Insel? Aber genau das war ich. Eingesperrt hoch oben in einem Tempel. Ich wusste, dass die Zeit des Verkriechens vorüber war. Ich hatte das Bedürfnis, wieder etwas zu bewegen, der Geschichte eine andere Richtung zu geben. Gutes zu bewirken, wie du eben so treffend bemerktest. Ich möchte, dass die Menschen, die ich liebe, ein besseres Leben führen können. Dass sie die Angst verlieren und sich auf das freuen, was vor ihnen liegt. Dafür bin ich bereit, zu sterben.«
Arkana versank einen Moment in Gedanken, dann sagte sie: »Dann musst du es tun. Vermutlich würde ich genauso handeln, wenn ich an deiner Stelle wäre.« Sie drückte seine Hand.

»Die letzten zwanzig Jahre waren die schönsten meines Lebens«, sagte er. »Es war mehr, als ich mir jemals erträumt hatte. Ich danke den Göttinnen dafür, dass sie uns diese Chance gegeben haben, und ich werde unser Schicksal annehmen, wie auch immer es ausfallen wird.«

»Und genau dafür liebe ich dich«, sagte sie und strich ihm über die Haare.

Er sah ihr in die Augen, dann küsste er sie inniglich.

28

Die Medizintasche auf der einen Seite, Bogen und Köcher auf der anderen, folgte Gwen den anderen Sucherinnen in geduckter Haltung durch das Trümmerfeld. Hohes Gras, Brennnesseln und Brombeergestrüpp machten das Vorwärtskommen schwierig. Ringsumher ragten Ruinen in die grauen Regenwolken empor. Zerstörte und überwucherte Gebäude, die bei Sonnenschein vielleicht pittoresk aussehen mochten, bei diesem Wetter jedoch düster und bedrohlich erschienen.

Missmutig blickte sie hinauf in den Himmel. Soeben waren die ersten Tropfen gefallen. Es sah so aus, als würden es nicht die letzten sein. Ein Windstoß fegte durch die Bäume und riss die Blätter mit sich. Laub wurde hochgewirbelt und verteilte sich als gelbes Schneegestöber auf der anderen Straßenseite.

Myriel hatte einen Weg gewählt, der parallel zur Hauptstraße verlief und auf einen Platz mündete, von wo aus die Straßensperre zu sehen sein müsste. Ihr Auftrag lautete, die Sperre zu umgehen und eventuelle Einheiten auszuschalten. Was immer sie taten, es musste lautlos und schnell geschehen. Auf keinen Fall durfte es dazu kommen, dass die Wachen noch eine Warnmeldung abgeben konnten.

Der Auftrag diente dazu, der Armee der Frauen ungehinderten Zugang zum Stadtzentrum zu ermöglichen. Außerdem konnte bei der Gelegenheit der Wahrheitsgehalt von Gwens Karte überprüft werden. Viele – allen voran Ludmilla – hielten das Blech für eine Fälschung. Sie waren der Meinung, dass es

irreführende Informationen enthielt und nur dazu diente, die Frauen in eine Falle zu locken. Seit Gwen den Schutz der Ratsherrin genoss, traute Ludmilla sich nicht mehr an sie heran, was jedoch nichts daran änderte, dass sie Gwen mit Missachtung straften. Viele taten das. Gwen bewegte sich in einer Grauzone zwischen Neugier und Ablehnung. Das Gerücht, dass sie nach einem Mann suchte, hatte sich wie ein Lauffeuer durch das Lager verbreitet und überall für hitzige Diskussionen gesorgt. Männer galten als roh, primitiv und dumm. Gerade mal fähig, eine Keule zu halten und damit auf andere einzuschlagen. Wie konnte man sich nur in einen von ihnen verlieben? Aber sie war nicht die Erste. Juna war es so ergangen, Arkana und jetzt ihr. Die Verbindung zwischen Mutter, Tochter und Gefährtin war unübersehbar. Handelte es sich um eine Krankheit? War sie ansteckend? Zwar hatte niemals eine solche Krankheit nachgewiesen werden können, aber das hieß ja nicht, dass es sie nicht gab. Deshalb waren die meisten doch lieber vorsichtig und hielten Abstand.
Gwen war das egal. Ihr Ziel war es, Logan zu finden. Nur das zählte. Außerdem hatte sie Füchschen, das reichte ihr an Gesellschaft.

Vor ihnen endete die zugewucherte Straße und öffnete sich zu einem weiten Rund. Zwischen Buchen, Platanen und hüfthohen Brennnesseln stand ein verrostetes Schild. Gwen verglich den Namen mit der Abschrift ihrer Karte und nickte zufrieden.
»Wie sieht's aus?« Myriel blickte über ihre Schulter.
»Wir sind richtig«, flüsterte Gwen und deutete auf ihre Abschrift des Plans. »Das ist der Leiblplatz. Die Barriere müsste sich etwa hundertfünfzig Meter rechts von uns befinden. Dort, wo das X ist, in Richtung des Lindenthalgürtels.«

Ihre Anführerin nickte grimmig. »Gut. Waffen bereithalten. Ludmilla, du deckst mit Cara und Ines die gegenüberliegende Straßenseite ab, ich werde mit dem Rest auf der rechten Seite folgen. Fernwaffen erst auf meinen Befehl. Getötet wird nur, wenn ich es sage, verstanden? Um Probleme zu vermeiden, müssen wir immer in Sichtweite bleiben. Alles klar? Dann los.«

Gwen beobachtete, wie die drei Frauen unter Ludmillas Führung die Straßenseite wechselten. Als sie sich ebenfalls in Bewegung setzen wollte, wurde sie von Myriel zurückgehalten. »Nicht du. Als Heilerin brauchen wir dich hinten. Warte, bis ich dir das Zeichen gebe, dann folgst du uns.«

Gwen nickte und beobachtete, wie ihre Anführerin zusammen mit der anderen Kriegerin hinter dem Haus verschwand.

Das schlechte Licht machte es schwierig, Einzelheiten zu erkennen. Der graue Himmel sorgte dafür, dass die Konturen verschwammen. Außerdem verdeckten verrostete Autos die Sicht. Sie konnte sehen, dass die Frauen etwa sechzig Meter weit gekommen waren, als Myriel sich umdrehte und das Zeichen gab. Gwen nahm ihren Mut zusammen und rannte in geduckter Haltung den anderen nach. Hinter einem umgekippten Fahrzeug suchte sie Schutz, wartete einen Moment, dann setzte sie ihren Weg fort. Die Kriegerinnen waren inzwischen weiter vorgedrungen. Als sie auf Myriel und die anderen stieß, waren diese schon fast am vereinbarten Sammelpunkt angelangt. Ihre Anführerin tippte sich an die Nase. Jetzt konnte Gwen es auch riechen. Rauch.

Vorsichtig hob sie den Kopf.

Die Barrikade lag direkt vor ihnen. Ein etwa drei Meter hoher Wall aufeinandergestapelter Fahrzeuge, in dessen Mitte sich ein eisernes Tor von vielleicht zwei Metern Breite befand. Ein kleines Stück weiter stand eine einfache Bretterhütte, aus deren Kamin ein dünner Rauchfaden quoll. Neben dem Tor saß ein einzelner Mann mit einem Gewehr in der Hand. Sein Kopf war vornübergebeugt, die Kapuze weit über den Kopf gezogen. Sein Gesicht lag im Schatten. Gwen wusste nicht, wieso, aber plötzlich schoss ihr der Gedanke durch den Kopf, dass dieser Mann Logan sein konnte. Größe, Körperbau und Haltung stimmten ungefähr überein. Aber so wie er sahen vermutlich hundert andere auch aus. Warum sollte er unbedingt hier Wache schieben? Nein. Bestimmt hatte Cedric ihn an irgendeinem finsteren Ort eingesperrt, von dem es keine Fluchtmöglichkeit gab.

In der Hütte befanden sich weitere Männer. Wie viele, war nicht genau zu erkennen, aber den Waffen und Patronengurten nach zu urteilen, mussten es mindestens zwei sein. Offenbar bereiteten sie gerade eine Mahlzeit zu.

»Was hältst du davon?«, flüsterte Gwen Myriel zu.

Die Anführerin wiegte den Kopf. »Scheinen nicht besonders aufmerksam zu sein. Ich denke, mit einem gezielten Überraschungsangriff könnten wir sie ausschalten. Vermutlich sogar, ohne einen einzigen Tropfen Blut zu vergießen.«

»Das wäre gut.«

»Dann wollen wir es mal versuchen, was meinst du?« Sie winkte Ludmilla auf der anderen Seite der Straße zu und wartete, bis diese das Signal bestätigt und ihre Kriegerinnen instruiert hatte. Dann ging es los.

In einer zangenförmigen Bewegung rannten die Frauen auf den Wall zu, wobei sie darauf achteten, dass keiner der Grenzer entwischen konnte. Die Bewegung war genau abgestimmt. Jahrelanges Training ermöglichte es ihnen, allein mittels Blickkontakt und Handzeichen zu kommunizieren, was den Angriff wie eine gut durchdachte Übung erscheinen ließ. Gwen hatte den Eindruck, einer Meute Jagdhunde bei der Arbeit zuzusehen.

Ludmilla war die Erste, die an der Barrikade eintraf. Gwen war ein Stückchen hinter den anderen zurückgeblieben und sah, wie die Brigantin dem Wachposten ihre Armbrust gegen die Schulter rammte. Der Mann wurde vollkommen überrascht. Er hob seine Hände. Alles deutete darauf hin, dass die Aktion tatsächlich friedlich über die Bühne gehen würde. Doch in diesem Moment hob Ludmilla ohne erkennbaren Grund ihre Armbrust, setzte sie dem Mann an die Stirn und drückte ab. Das Geschoss durchschlug den Schädel und trat an der Rückseite des Kopfes wieder aus. Ein roter Fleck spritzte gegen die Wand. Der Mann stand einen Moment wie gelähmt da, dann kippte er um und landete hintenüber im Dreck. Seine Hände verkrampften sich um das Gewehr. Plötzlich löste sich ein einzelner Schuss.

Alarmiert durch den Knall, stürmten seine Genossen aus der Hütte und griffen an. Mit schreckerfülltem Blick sah Gwen, wie einer der Kerle sein Gewehr hob und auf Myriel anlegte. Ludmilla, die ihre Armbrust schon wieder gespannt hatte, fackelte nicht lange und schoss ihm den Bolzen in den Hals. Wieder spritzte Blut. Der Mann wankte ein paar Meter auf Myriel zu, dann brach er röchelnd zusammen. Noch ehe die anderen Männer wussten, wie ihnen geschah, legten Ludmillas Gefährtinnen auf sie an und töteten sie mit Pfeilen. Das Ganze dauerte keine zehn Sekunden.

Schweigen senkte sich über die Barrikade.

Gwen, die immer noch hinter einem der umgestürzten Fahrzeuge kauerte, erhob sich mühsam. Ihre Beine zitterten, als hätte sie einen Querfeldeinlauf hinter sich.

Myriel stand schweigend inmitten der Toten und sah dabei zu, wie die Kriegerinnen damit begannen, die Leichen zu plündern. Das war das Gesetz der Brigantinnen. Wer einen Mann mit eigenen Händen getötet hatte, durfte Waffen, Schmuck und Kleidung an sich nehmen – solange er den Leichnam unversehrt ließ und ihn anschließend gemäß den Ritualen der drei Göttinnen bestattete. Im Nu waren die Männer entkleidet und lagen nackt und bleich auf der Erde. Der Boden war feucht vom Regen, der jetzt immer heftiger vom Himmel fiel.
Voller Abscheu betrachtete Gwen das Ritual. Die Wachposten waren allesamt in einem furchtbaren Zustand. Blasse Haut, geschwollene Gelenke und hervorstehende Rippen. Ihre ausgemergelten Gesichter zeugten von Hunger. Dunkle Ringe lagen unter den Augen, sie besaßen schlechte Zähne und zeigten allgemeine Anzeichen von Unterernährung. Keine Gegner für ihren trainierten und kampfbereiten Trupp von Brigantinnen. Eine Woge von Mitgefühl überkam sie. Wenn dies ein Sieg war, so jedenfalls keiner, auf den man stolz sein konnte.
Gwens Blick wanderte von den leblosen Körpern hinüber zu Ludmilla. Die Kriegerin stand im Kreise ihrer Genossinnen und schien sehr zufrieden mit sich zu sein. Ihre Armbrust über die Schulter gelegt, zeigte sie, was sie den Männern abgenommen hatte. Ein bisschen Kupfer, ein paar kleine Münzen und ein Haufen verfilzter Klamotten. Wenn überhaupt etwas von Wert dabei war, so waren es die Waffen, doch auch die schienen ihre besten Tage schon lange hinter sich gelassen zu haben.
»Warum hast du das getan?«, fragte Gwen wütend.
Die Kriegerin hob den Kopf und bedachte sie mit einem Blick, der vor Missachtung nur so triefte. »Hast du etwas gesagt?«
»Ich habe dich gefragt, warum du den Mann erschossen hast. Der Befehl lautete: keine Toten.«

»Es war Notwehr«, sagte Ludmilla von oben herab. »Er wollte zur Waffe greifen, da habe ich ihn erledigt. Ganz einfach.«

»Das ist eine Lüge, und das weißt du«, zischte Gwen. »Der Mann war bereit, sich zu ergeben. Du hast ihm deine Waffe an die Stirn gedrückt und einfach gefeuert.«

»Da hast du mehr gesehen als ich«, sagte Ludmilla und blickte beifallheischend zu ihren Genossinnen. »Aber vielleicht war deine Sicht da hinter dem Auto etwas getrübt. Bevor du das nächste Mal Anschuldigungen ausstößt, komm doch lieber ein bisschen näher und kämpfe mit uns, anstatt dich feige zu verkriechen.«

»Das ist …« Gwen trat einen Schritt auf Ludmilla zu, doch Myriel ging sofort dazwischen. »Was geschehen ist, ist geschehen. Gwen hat recht, die Order lautete: Töten nur auf Befehl. Das nächste Mal werde ich dich im Auge behalten, Ludmilla. Trotzdem: Es war ein großer Sieg. Wir haben unsere Aufgabe erfüllt und können Edana sagen, dass die Barriere genommen ist.«

»Ein Sieg?« Gwen konnte nicht glauben, was sie da hörte. »Gegen diese paar halbverhungerten Kreaturen?«

»Ja, ein Sieg«, Myriel wich ihrem Blick aus. »Und jetzt genug geredet. Packt eure Sachen, dann brechen wir auf. Ich möchte so schnell wie möglich wieder ins Trockene.« Gwen wollte noch etwas erwidern, biss sich aber rechtzeitig auf die Lippen. Es hatte ja doch keinen Sinn. Ihr Entschluss aber war nur noch fester geworden. Sie würde Logan finden und dann mit ihm fliehen.

Hier hielt sie nichts mehr.

29

Die zwei Ponys, mit Magda und Zoe auf ihren Rücken, verließen den Wald und trabten die sanft geneigte Straße hinab. Die Spur, die die Streitmacht hinterlassen hatte, war unübersehbar. Flachgetretenes Gras, Pferdedung, hin und wieder Abfall. Der Weg wurde breiter, und auf einmal tauchten die ersten Gebäude auf. Flachbauten und mehrstöckige Wohnhäuser mit spitzen Giebeldächern und kleinen Gärten vor den Eingangstüren. Die meisten Fenster waren herausgebrochen, und Farne und Efeu wucherten aus dem Inneren. Überall ragten Bäume empor, und im Rinnstein wucherte Gras. Die Ponys mussten aufpassen, dass sie nicht über eine der zahlreichen Wurzeln stolperten, die wie fette Schlangen über den zerborstenen Asphalt krochen. Die Stadt war still. Nur das Getrappel der Hufe und das leise Plätschern des Regens waren zu hören.

Magda schwieg. Gebannt beobachtete sie, wie die Straßen und Gebäude an ihr vorüberzogen.

Fünfundsechzig Jahre waren vergangen, seit sie diesen Ort zum letzten Mal betreten hatte. Fünfundsechzig Jahre, in denen sie nicht einen Gedanken an das Zurückliegende verschwendet hatte. Doch jetzt kamen die verschüttet geglaubten Erinnerungen wieder hoch. Obwohl sich die Stadt in dieser Zeit unfassbar verändert hatte, fielen ihr immer noch die Namen ein. Decksteiner Weiher, Militärringstraße, Gleueler Straße. Links waren früher mal ein Altenzentrum und eine Evangelische Kirchengemeinde gewesen, rechts eine Kleingarten-

kolonie. Von den kleinen Holzhäusern war nichts mehr zu sehen, nur Gestrüpp, Unkraut und Schlingpflanzen.
Links tauchte jetzt ein größerer Gebäudekomplex auf. Magda erinnerte sich, dass er früher mal ein Kloster gewesen war. Wenn sie sich nicht täuschte, war hier ein Frauenorden ansässig gewesen – Augustinerinnen oder so. Doch wie alles, was mit ihrem Geschlecht zusammenhing, war auch dieses Gebäude fast vollständig zerstört worden. Ein paar Außenmauern, ein verkohlter Dachstuhl, das war alles, was an das Wirken der wohltätigen Frauengemeinschaft erinnerte.
Sie seufzte.
»Alles in Ordnung mit dir, Herrin?« Zoe zog an den Zügeln und wartete, bis die oberste Heilerin aufgeschlossen hatte.
»Ja, alles in Ordnung«, erwiderte Magda. »Es ist nur … all diese Erinnerungen. Ich hätte nicht geglaubt, dass sie so übermächtig sein würden.«
»Es muss schwer für dich sein, wieder zurückzukehren«, sagte Zoe mitfühlend. »Zu sehen, wie heruntergekommen hier alles ist.«
»Das ist es nicht«, sagte Magda. »Ich wusste ja, dass dies kein Tempelgarten sein würde. Es sind die Namen, ihr Klang.« Sie schüttelte den Kopf. »Ich hätte nie gedacht, dass ich sie noch so im Gedächtnis habe. Die Gebäude, die Straßen, die Seen. Es ist wie mit Gerüchen. Nichts ist so intensiv wie die Erinnerung an einen Klang oder Geruch. In den Seen, an denen wir vorhin vorbeigeritten sind, habe ich schwimmen gelernt. Meine Eltern sind öfter mit mir zum Spazierengehen rausgefahren. Hier gab es früher mal eine Buslinie. Ich besaß aufblasbare Schwimmflügel und durfte im Wasser herumpaddeln. Ich weiß noch, wie schwierig es war, wieder an Land zu kommen, weil die Seitenwände in einem schrägen Winkel abfielen. Die Seen waren

künstlich angelegt worden. Mit schnurgraden Ufern, rechteckigem Grundriss und schräger Böschung. Später, als ich größer war, bin ich noch einmal dort schwimmen gewesen, aber es gefiel mir nicht mehr so gut. Das Wasser war nicht sehr tief – vielleicht zwei Meter –, und der Boden war bedeckt mit Schlamm und ekligen Schlingpflanzen, die einen beim Schwimmen kitzelten.«

Zoe verzog das Gesicht.

»Aber es waren trotzdem herrliche Tage«, sagte Magda. »Wir lagen im Gras, bliesen die Samen von Pusteblumen in die Luft und sahen den Ruderern zu, die mit ihren langen, schlanken Booten über das Wasser fegten.«

»Was ist aus deinen Eltern geworden, hast du sie jemals wiedergesehen?«

»Nein. Ich hörte, sie seien bei Unruhen in Spanien ums Leben gekommen. Sie saßen in einem Flugzeug, das beim Start in Flammen aufging.«

»Das tut mir leid …«

»Immerhin war es ein schneller Tod. Für mich war es viel schwieriger, ich hatte mein Leben noch vor mir und musste mich an die veränderten Umstände anpassen. Wenn ich mir vorstelle, was für ein verwöhntes und eingebildetes Mädchen ich damals gewesen bin …« Sie musste lächeln.

Zoe schwieg, aber Magda konnte ihr an der Nasenspitze ansehen, dass sie versuchte, sich die oberste Heilerin als junges Mädchen vorzustellen. Das Ergebnis war offensichtlich wenig befriedigend.

Magda schmunzelte. »Bemühe dich gar nicht erst. Du würdest es nicht glauben, selbst wenn du es sehen könntest. Leider habe ich keine Fotos aus dieser Zeit. Das ist so ziemlich das Einzige, was ich über die Jahre sehr bedauert habe: keine Fotos zu haben. Niemand hatte das. Aber wahrscheinlich war es gut so. Wir benötigten unsere Kraft für den Neuanfang. Rückwärts zu blicken hätte uns nur gebremst. Doch jetzt bin ich in einem Alter, in dem die Vergangenheit wieder mächtiger wird. Das wird dir auch so gehen, wenn du älter wirst.«

Zoe nickte gedankenversunken. Plötzlich hob sie den Kopf und schnupperte. Dann deutete sie nach vorne. »Sieh nur, Herrin, da drüben.«

Magda kniff die Augen zusammen. Vor ihnen lag ein großer Platz, an dem zwei Straßen Y-förmig aufeinandertrafen. Das Gras war niedergetrampelt, und überall waren Pferdedung und die Reste von Feuerstellen zu erkennen. Aus einigen von ihnen stiegen noch dünne Rauchschleier auf. Ein sicheres Zeichen, dass die Brigantinnen erst vor wenigen Stunden hier ihre Zelte abgebrochen hatten. Der Geruch, der über dem Lager lag, machte die Ponys unruhig.

»Sie spüren, dass die anderen nah sind«, sagte Zoe. »Nicht mehr lange, bis wir sie eingeholt haben.«

»Worauf warten wir dann noch?« Lächelnd ritt sie an Zoe vorbei.

Keine zehn Minuten später zog sie am Zügel. Sie hatte etwas entdeckt. Ein seltsames Gefühl überkam sie. Konnte es sein, dass dies der Ort war? Sie musste sich Gewissheit verschaffen. Langsam und vorsichtig stieg sie ab.

Zoe bemerkte es erst, als sie schon einige Meter weitergeritten war. Mit besorgtem Blick kam sie zurück. »Warum bist du abgestiegen, Herrin? Wir sollten hier nicht anhalten, die Gegend ist nicht geheuer.«

»Diese Gebäude hier …« Magda spürte, wie ihr die Worte im Hals steckenblieben.

Ja, dachte sie. Du hast dich nicht geirrt. Hier hat alles begonnen.
Wie eine Schlafwandlerin ging sie auf den Gebäudekomplex zu. Es war gar nicht so leicht, zwischen all dem Gestrüpp hindurchzukommen. Überall waren Brennnesseln und Brombeeren. Wenn man nicht vorsichtig war, blieb man daran hängen und zerriss sich die Kleidung. Die Häuser waren, bis auf wenige Ausnahmen, vollkommen von der Natur zurückerobert worden. Farne, Efeu, wilder Wein – es hatte etwas von den Geschichten in ihrem alten Märchenbuch. Von Dornröschen in ihrem verwunschenen Schloss.
Eine seltsame Stille lag über der Anlage, nur unterbrochen vom Gezwitscher einiger Vögel. Feuchtigkeit stieg ihr in die Nase, der Geruch nach Moos und Laub. Sie erinnerte sich noch, wie der Verfall begonnen hatte. Nicht nur hier in der Stadt, überall. Ihre Eltern hatten damals einen schönen Garten besessen. Sie wusste noch, wie viel Arbeit es machte, ihn zu pflegen. Wenn man es nur eine Saison lang versäumte, die Hecken zu schneiden, das Unkraut zu jäten und das Gras zu mähen, sah man sich einer wahren Wildnis gegenüber. Die Natur war eine Kraft, gegen die der Mensch permanent ankämpfen musste. Tat er das nicht, wurde er von ihr einfach verschluckt. Zuerst hatte es die Wasserleitungen erwischt. Damals, als der erste harte Winter kam und keine Heizungen mehr funktionierten, platzten sie einfach und verwandelten die Häuser in feuchte Gruben. Die Nässe weichte Stützpfeiler auf, ließ sie vermodern und irgendwann brechen. Durch die undichten Dächer konnten Pflanzensamen eindringen, die den Verfall noch beschleunigten. Schimmelpilze, Moose, Farne und Gräser – nichts war vor ihnen sicher. Dann kamen die Tiere. Ameisen, Kellerasseln, später dann Mäuse, Marder und Igel. In nur

wenigen Jahrzehnten war ein unbewohntes Haus nicht mehr wiederzuerkennen. Ganz zu schweigen von einer Stadt.

Zoe band die beiden Ponys an einer jungen Birke fest und folgte der Heilerin.

»Was sind das für Gebäude, Herrin? Sie sind riesig.«

»Das war früher mal ein Krankenhauskomplex«, erwiderte Magda. »Unzählige Kliniken und Abteilungen. Fast so etwas wie eine eigene Stadt. Und alles im Dienste der Patienten. Hier habe ich gearbeitet.«

»Hattet ihr so viele Kranke?«

»Du vergisst, wie groß die Stadt war. Eine Million Menschen, nicht gerechnet die vielen Kranken, die von außerhalb zu uns kamen. Doch es war alles hochtechnisiert. Als der Strom ausfiel, funktionierte hier nichts mehr.« Magda blickte hinüber zu dem kastenförmigen Hochhaus, dessen freiliegende Etagen über und über von Klettergewächsen überwuchert waren. Auf dem Flachdach wuchsen Bäume. Ein einzelner Sonnenstrahl verirrte sich durch die Wolken und zauberte einen leuchtenden Punkt auf die Flanken des Gebäudes.

Mit einem Mal war alles wieder da: der Tag ihrer Impfung, das Gedränge, die Warnung von Bens Vater. Wenn sie die Augen schloss, konnte sie immer noch das aufgeregte Gemurmel der Menschen hören, das Geräusch der Motoren, das Klappen von Türen. Sie konnte sehen, wie Patienten durch den Park schlenderten oder auf Bänken saßen. Manche lesend, manche in Begleitung von Freunden und Angehörigen. Sie sah, wie das Pflegepersonal die Gebäude wechselte, trat zur Seite, weil ein Rettungsfahrzeug einfahren wollte, und hörte, wie ein Hubschrauber näher kam. Als sie an sich herunterblickte, sah sie, dass sie ihre Kleidung gewechselt hatte. Weiße Leinenschuhe, weiße Hose und weiße Bluse. In der Hand hielt sie ein Klemm-

brett mit den aktuellen Patientendaten sowie einen Stift, um sich Notizen zu machen. Ihre Fingernägel waren wieder einmal quietschbunt lackiert, sehr zum Unwillen von Professor Eigel, der es nicht gerne sah, wenn sein Hilfspersonal zu aufreizend unterwegs war.
»Herrin?«
Magda erschrak. Das Bild verschwand. Stattdessen stand Zoe neben ihr. Ihr Gesicht wirkte besorgt.
»Geht es dir gut? Du siehst aus, als wäre dir schwindelig.«
»Alles gut, Zoe. Ich war nur in Gedanken.«
»Du bist müde, Herrin, die Reise hat dich mitgenommen. Komm, setzen wir uns wieder auf die Ponys und legen das letzte Stück zurück. In nicht einmal einer Stunde wirst du in deinem eigenen Zelt sein und die Füße hochlegen können. Lasst uns aufbrechen. Ich bekomme eine Gänsehaut in diesen Ruinen.«
Magda drückte Zoes Hand. »Einverstanden«, sagte sie. »Lass uns zu den anderen reiten. Mit etwas Glück werden wir dort Gwen wiedersehen.«

30

Gunnar zwinkerte ein paarmal, um besser sehen zu können. In der Ödnis vor ihm war ein Punkt zu sehen. Eben noch klein, schwammig und rund, wurde er rasch breiter und eckiger. Ohne Zweifel ein Fahrzeug. Ein großer Wagen, der von zwei Ochsen gezogen wurde. Die Spuren auf dem vom Regen aufgeweichten Boden ließen in diesem Punkt keine Diskussion aufkommen. Er hatte den Transport gefunden!

Rasch überprüfte er noch einmal den Sitz seiner Waffen. Das Fahrzeug war nur noch einen halben Kilometer entfernt. Die beiden Fahrer würden ihn sicher bald bemerken, wenn sie es nicht schon hatten.

Gunnar blickte durch sein Fernglas und beobachtete sie. Irgendwie kamen sie ihm bekannt vor. Ein großer und ein kleiner, der eine fuhr, der andere hielt Wache. Es war ein bewährtes System, und die Jungs waren gut. Militärkarabiner, Zielfernrohr, kugelsichere Westen. Keine Gegner, an die man sich als Amateur heranwagen sollte. Wer einen solchen Transport überfallen wollte, musste gut vorbereitet sein. Es konnte sonst schnell geschehen, dass er sich mit einer Kugel im Kopf im Staub der Ebene wiederfand.

Gunnar musste jetzt seine nächsten Schritte genau planen. Sein Verhalten hing in erster Linie davon ab, ob Dachs tatsächlich an Bord des Transporters war. Wenn nein, dann hätte er den Ritt umsonst gemacht und durfte seine Suche von neuem beginnen. Wenn ja, gab es wiederum zwei Möglichkeiten. Im günstigsten Fall hatten die Fahrer ihn noch nicht entdeckt. Dann reichten vielleicht ein paar entschuldigende Worte, ein Klaps auf den Hintern sowie einige Nickel als Entschädigung für die Fahrer. Schlimmer war es, wenn sie ihn bereits entdeckt hatten. Dann würde es richtig teuer werden. Fünfzig bis hundert Nickel, je nachdem, was sich die Kerle für einen Gewinn auf dem Sklavenmarkt versprachen.

Der Knall eines Schusses riss ihn aus seinen Überlegungen. Liesel gehörte zum Glück nicht zu den Tieren, die sich davon aus der Fassung bringen ließen, sonst wäre sie jetzt vermutlich durchgegangen.

»He, du da, mach, dass ich deine Hände sehen kann.«

Der Große hatte seine Waffe auf ihn gerichtet.

Gunnar sah keinen Sinn darin, Widerstand zu leisten, und hob seine Hände.

»Wer bist du, und was willst du?«

»Mein Name ist Gunnar, ich bin auf der Suche nach meinem Sohn.«

»Gunnar der Schmied?«

»Ebender.«

Die beiden Männer berieten sich kurz, dann hob der Wachmann seinen Arm und winkte ihm zu. »Komm näher.«

Unauffällig löste Gunnar die Halteschlaufe an seinen Wurfmessern. Er war einer der wenigen, die diese Kunst beherrschten, und wurde deswegen von den meisten unterschätzt. Sie achteten nur auf Gewehre, Bögen, Armbrüste und Pistolen, doch das war ein Fehler. In der Hand eines Mannes, der damit umzugehen verstand, war ein Wurfmesser genauso gefährlich wie eine Schusswaffe. Und Gunnar war ein Meister! Selbst Logan, der ihn in Sachen Schwertkampf und Bogenschießen längst überflügelt hatte, konnte ihm darin nicht das Wasser reichen. Wenn alle Stricke rissen, auf seine Messer konnte er sich immer verlassen.

»Schön die Hände da lassen, wo ich sie sehen kann. So ist's gut.«

Der Mann richtete die Flinte unverwandt auf Gunnars Brust. Er war ein grobschlächtiger Kerl mit zotteligem Bart und sonnengegerbter Haut. Der Fahrer sah keinen Deut besser aus. Ein hässlicher Gnom mit hervorstehenden Zähnen und stechenden Augen, die Gunnar misstrauisch anfunkelten.

»Deinen Sohn suchst du? Wie kommst du darauf, dass wir wüssten, wo er ist?« Er popelte mit dem Fingernagel zwischen den Zähnen herum und spuckte dann auf den Boden.

»Ich habe Grund zu der Annahme, dass er versucht, in die Stadt zu kommen. Ein Pferd hat er nicht genommen, und zu Fuß schafft er es nicht durch die Verbotene Zone …«

»Du meinst, wir hätten einen blinden Passagier an Bord? Na, so weit kommt's noch.« Der Gnom stieß einen Pfiff aus, worauf die beiden Ochsen abrupt stehen blieben.

»Etzel, schau mal nach, ob sich da irgendwo ein ungebetener Gast versteckt.«

Während der Koloss den Kutschbock verließ, um nach hinten zu gehen, übernahm der Fahrer das Gewehr und richtete es auf Gunnar. »Gesetzt den Fall, dein Junior ist wirklich bei uns an Bord, dann wird dich das aber etwas kosten.«

Der Schmied nickte. Ihm war klar gewesen, dass das Gespräch früher oder später bei diesem Thema enden würde.

»Das weiß ich«, sagte er. »Und ich bin bereit, ein angemessenes Entgelt für ihn zu bezahlen.«

»Mmh.« Der Fahrer spähte nach hinten.

Der Große wühlte noch immer zwischen den Blechteilen herum. Sein Gesicht war rot vor Anstrengung. Die Blechteile sahen schwer aus, und der Wagen war nicht eben klein. Er schwitzte, und seine Laune verschlechterte sich zusehends.

»Verdammt noch mal«, fluchte er vor sich hin. »Wenn er wirklich mitgefahren ist, hat er sich aber ziemlich gut versteckt. Ich habe jetzt wirklich alles durchsucht. Bleibt eigentlich nur das Rohr. Aber da passt doch kein …« Er schrie auf und zog seine Hand zurück. »Himmel, Arsch und Zwirn.«

»Was ist los?«

»Da steckt einer drin. Die kleine Ratte hat sich in dem alten Ofenrohr verkrochen. Und sie hat mich gebissen.«

»Lasst mich mit ihm reden«, sagte Gunnar. »Er kennt meine Stimme.«

»Du bleibst, wo du bist«, sagte der Gnom und hob sein Gewehr. »Mit dem kleinen Rotzlöffel werden wir schon fertig, oder?«

»Und ob«, grunzte der Bulle. »Wär doch gelacht, wenn ich den nicht aus diesem Rohr rauskriege …« Er griff nach einer Eisenstange und fing an, auf das Metall einzuschlagen. Der Lärm war ohrenbetäubend.

»Na, wie gefällt dir das? Laut genug, oder soll ich noch ein bisschen lauter?« Wieder hob er das Eisen und schlug zu.

Gunnars Hand fuhr an sein Schwert, doch der Fahrer hob drohend eine Braue. »Das würde ich an deiner Stelle lieber lassen, Schmied. Ich bin sicher, der kleine Rotzlöffel kommt gleich raus.«

Und tatsächlich. Nach zwei weiteren Schlägen gegen das Rohr tauchte ein Kopf auf. Der Ausdruck in Dachs' Gesicht verhieß nichts Gutes. Dann kamen ein Paar Schultern zum Vorschein, Arme, der ganze Rest.

»Hab ich dich«, schrie der Wachmann und packte den Jungen am Kragen. »Ich werde dich lehren, mich zu beißen …« Er hob

seine Hand zum Schlag, doch sein Freund rief: »Lass das, Etzel. Das ist ja noch ein Kind. Wir wollen doch unsere Ware nicht beschädigen. Nicht wahr, Kleiner?«
Dachs funkelte Gunnar wütend an. Seine Augen schienen zu sagen: Hättest du dich nicht eingemischt, wäre alles gutgegangen.
Aber es wäre nicht gutgegangen. Die Kerle hätten ihn irgendwann gefunden, und dann wäre niemand da gewesen, um ihn zu beschützen.
»Lasst meinen Sohn los«, sagte Gunnar mit ruhiger Stimme. »Ich bin bereit, für ihn zu zahlen. Was ist euer Preis?«
»Unser Preis, na, mal sehen.« Der Gnom auf dem Kutschbock machte ein nachdenkliches Gesicht.
Gunnar kannte diesen Ausdruck. Er hatte schon viele zwielichtige Geschäftspartner bedient und wusste, wann ihn einer über den Tisch ziehen wollte.
»Fünfhundert Nickel.«
Gunnar sagte kein Wort. Er saß auf seinem Pferd und lächelte grimmig. Der Preis war dermaßen überzogen, dass es sich nur um einen Scherz handeln konnte. Trotzdem blieb er ruhig. Der schlimmste Fehler beim Verhandeln war, seine Gefühle preiszugeben. Einfach nur lächeln, abwarten, schweigen. Für den Anfang war das immer die beste Option.
»Was ist?«, quäkte der Gnom. »Ich habe fünfhundert gesagt. Willst du ihn oder nicht?«
Gunnar ließ sich noch etwas Zeit, dann sagte er: »Ich will ihn schon, nur nicht um diesen Preis. Du musst geistesgestört sein, wenn du glaubst, dass ich so viel Geld für ihn bezahle. Abgesehen davon: Glaubst du im Ernst, dass ich mit so viel Geld in der Tasche durch die Gegend reite?«
»Keine Ahnung, was du so tust oder nicht. Es interessiert

mich, ehrlich gesagt, einen Scheiß, denn was ich hier vor mir sehe, dürfte den Betrag ungefähr abdecken. Lederwaren, Waffen, nicht zu vergessen dein schönes Pferd ...« Er grinste verschlagen.

»Jetzt hast du mich überzeugt«, sagte Gunnar. »Du bist verrückt. Du weißt genau, dass der Junge nicht so viel wert ist. Was würdest du auf dem Sklavenmarkt für ihn bekommen? Ich schätze mal, so um die hundert.«

»Mehr.«

»Weniger. Ist dir nicht aufgefallen, dass er stumm ist? Er kann nicht sprechen. Welcher Herr würde hundert Nickel für beschädigte Ware ausgeben?«

»Stumm, ehrlich? Habe ich gar nicht bemerkt. Aber das macht nichts, weil ich jemanden habe, der trotzdem für ihn bezahlen wird.«

»Wer?« Gunnar hätte dem Gnom gerne das Dauergrinsen aus dem Gesicht geprügelt.

»Cedric. Der neue Warlord. Ich bin sicher, dass er den Kleinen liebend gerne in die Finger bekommen würde. Und ich bin auch sicher, dass er dafür ein hübsches Sümmchen springenlassen würde.«

Gunnar versuchte, sich nichts anmerken zu lassen, aber es war nicht leicht. Seine Verhandlungsstrategie hatte sich mit einem Schlag in Luft aufgelöst. Die Erwähnung von Cedrics Namen hatte ausgereicht, seine ganzen Pläne über den Haufen zu werfen.

Der Gnom schien zu bemerken, dass er einen Treffer gelandet hatte. Er ließ sein Gewehr sinken und warf stattdessen seinem Kollegen einen bedeutungsvollen Blick zu. »Na, hat's dir auf einmal die Sprache verschlagen?«

Gunnar atmete tief durch, dann hatte er sich wieder unter

Kontrolle. »Wie kommst du darauf, dass Cedric sich für ihn interessieren könnte?«

»Weil er bereits seinen Bruder in Gewahrsam hat.«

»Was sagst du da?«

»Yep.« Der Gnom tippte sich an die Nase. »Ich habe einen Riecher für gute Geschäfte. Als ich vorhin deinen Namen hörte, hat bei mir etwas geklingelt. Ulf, dachte ich mir, da bist du mal auf eine interessante Geschichte gestoßen. Wie es der Zufall so will, bin ich nämlich vor ein paar Tagen in der Stadt unterwegs gewesen, als mir ein Transporter der Heiligen Lanze, der in Richtung Stadtgefängnis fuhr, die Straße versperrt. Du weißt schon, den Hochsicherheitsknast unterhalb vom Wasserturm, da, wo sie die Todeskandidaten und Schwerverbrecher einkerkern. Die Kreuzung war unpassierbar, weil ein Teil der Straße abgesackt war und einzustürzen drohte. Der Transporter steckte fest und musste wieder rausgezogen werden. Er setzt also rückwärts, und es gelingt mir, einen Blick auf die Ladefläche zu erhaschen. Da sitzen ein paar bewaffnete Krieger um einen angeschossenen Jungen herum, der so ein komisches Mal im Gesicht hat. Der Bursche sieht gar nicht gut aus, hat einen riesigen Blutfleck an der Schulter und so. Als ich näher komme, sehe ich, dass er eine Tätowierung im Gesicht trägt. He, rufe ich zu den Kerlen rüber, wen habt ihr denn da? Sieht ja aus wie der frisch gekürte Champion.

Das ist er, antworten sie. Das ist Logan, der Sohn von Gunnar, dem Schmied. Hat sich eines Kapitalverbrechens schuldig gemacht und wird jetzt zur Befragung in den Wasserturm gebracht. Und was hat er angestellt?, frage ich. Da tritt so ein blasser, rothaariger Kerl vor, der die ganze Zeit nur still im Hintergrund gestanden hat, guckt mich an und sagt: Er hat sich mit einer Frau eingelassen.

Das war alles. Mehr hat er nicht gesagt. Als der Laster dann weiterfährt, fiel es mir wie Schuppen von den Augen. Der Kerl, der da gesprochen hatte, war Cedric, der neue Warlord. Der, von dem es heißt, er habe seinen Vater umgebracht. Tja und deswegen glaube ich, dass er durchaus Interesse an dem Kleinen haben könnte. Vielleicht auch an dir.« Er wandte sich feixend an seinen Freund. »Was meinst du, Etzel, sollen wir den Vater auch gleich mitnehmen? Dann hätten wir die ganze Bande beisammen. Ich bin sicher, Cedric würde uns dafür einen noch besseren Preis …«

Weiter kam er nicht.

Es war offensichtlich, dass der Gnom von irgendetwas getroffen worden war. Er stieß ein überraschtes Keuchen aus, ließ sein Gewehr fallen und fing an, hektisch an sich herumzutasten. An der ungeschützten Stelle zwischen Hals und Schlüsselbein steckte etwas Silbriges. Es war flach und nicht besonders groß.

»Scheiße, Etzel, ich glaube, mich hat's erwischt.«

Ehe der Bulle reagieren konnte, lag ein zweites Wurfmesser in Gunnars Hand und sauste durch die Luft. Pfeilgerade und mit unfassbarer Präzision zischte es auf den Mann mit dem Bart zu und bohrte sich in dessen Oberarm. Ein jammervolles Stöhnen erklang, gefolgt von einem metallischen Scheppern. Die Eisenstange glitt ihm aus der kraftlosen Hand und polterte neben Dachs auf die Ladefläche. Der Junge zögerte keine Sekunde. Noch ehe die beiden Transporteure wussten, wie ihnen geschah, hatte er das Gewehr gepackt und richtete es auf die beiden Fahrer.

Gunnar hielt bereits ein drittes Messer zwischen den Fingern. Als er sah, dass es nicht mehr notwendig war, steckte er es wieder ein. »Gib mir das Gewehr, Dachs.«

Mit der Waffe in der Hand wandte er sich an die beiden wütend dreinblickenden Transporteure. »Keine falsche Bewegung jetzt. Wenn ihr leben wollt, solltet ihr genau das tun, was ich euch sage.«
»Was … was hast du vor?«, fragte der Gnom, dem immer noch das Messer im Schlüsselbein steckte.
»Zuerst mal klettert ihr von eurem Wagen runter und legt eure Waffen ab. So ist es gut. Ganz langsam, damit ich genau sehen kann, was ihr tut. Du da, Etzel, etwas mehr Abstand zu deinem Kollegen. Sehr schön. Und jetzt weg vom Wagen. Dachs, geh und sammele die Pistolen und Gewehre ein. Wir werden sie irgendwo verstauen, wo sie sicher sind. Danach sehen wir weiter.«
»Willst du uns bestehlen? Damit kommst du nicht durch«, sagte der Große. Sein Oberarm blutete stark, und er musste die Hand auf die Wunde pressen. »Jedermann kennt unseren Wagen. Wenn du damit irgendwo auftauchst, wird jeder sofort wissen, dass du uns beklaut hast. Glaube mir, unsere Gilde ist auf so etwas nicht gut zu sprechen.«
»Und was sagt eure Gilde zum Thema Menschenraub und Sklavenhandel? Eure Vorgesetzten dürften wenig begeistert sein, wenn das Gerücht die Runde macht, dass ihr Menschen gefangen nehmt und sie verkauft. So etwas ist schlecht fürs Geschäft.«
»Den Jungen durften wir nehmen, das ist unser gutes Recht. Blinde Passagiere müssen ihr Transportgeld durch Eigenwert ausgleichen, so ist das Gesetz.«
»Es sei denn, jemand anderer kommt für die Kosten auf, wobei die Kosten sich nach dem üblichen Marktwert richten«, ergänzte Gunnar. »Und genau das hätte ich getan.« Er schüttelte den Kopf. »Ich kenne eure Gesetze. Vermutlich besser als ihr

selbst. Und ich kann euch versichern, da ist weder von Wucher noch von Kidnapping oder Erpressung die Rede. Wenn ihr wollt, können wir die Angelegenheit gerne im Anschluss mit euren Gildeführern besprechen. Aber zuvor muss ich noch etwas erledigen. Es mag euch nicht bewusst sein, aber ihr habt mir einen unschätzbaren Dienst erwiesen.«

»Was denn für'n Dienst?«, knurrte der Gnom. »Was willst du von uns?«

»Zuerst mal werde ich eure Wunden verarzten. Sie sind nicht lebensgefährlich, können es aber werden, wenn sie nicht gereinigt und verbunden werden. Danach werden wir euch in die alte Stadt begleiten.«

»Ihr … ihr wollt mit uns fahren? Wie soll das gehen? Die Wachen werden euch niemals reinlassen.«

»Lass das mal unsere Sorge sein. Ihr achtet nur darauf, dass bei der Grenzkontrolle nichts schiefgeht. Den Rest übernehmen wir. Bist du bereit, Dachs?«

Sein Sohn sah ihn nur groß an und strahlte.

31

Cedric kauerte hinter einem zerborstenen Betonpfeiler und beobachtete, was sich auf der Straße tat.

Fünf, sechs, sieben.

Sieben berittene Kriegerinnen. Leichte Beute.

Die Hauptmacht der Brigantinnen hatte etwa dreihundert Meter weiter südlich, an einem Ort, der auf der Karte als *Neumarkt* verzeichnet war, Quartier genommen. Sie würden dort vermutlich die Nacht und den folgenden Tag verbringen. Der Ort war gut gewählt. Er bot ideale Bedingungen für eine Armee dieser Stärke: einen großen, zusammenhängenden Platz, mehrere gut zu verteidigende Kreuzungen und eine Menge Bäume, unter denen man Feuerholz sammeln und Zelte aufspannen konnte.

Von hier aus war es nur noch ein guter Kilometer bis zur schwarzen Kathedrale. Hier endeten die großen Straßen, und das labyrinthartige Straßennetz der Altstadt begann. Kleine verwinkelte Gassen, die das Zentrum der kirchlichen Macht wie ein Spinnennetz umschlossen. Nur wenige dieser Gassen waren passierbar, die meisten davon mit Barrikaden und Sperren geschützt, was den Vormarsch erheblich abbremsen würde. Trotzdem war es erstaunlich, dass die Armee überhaupt so weit gekommen war. Offenbar verfügten die Hexen über detaillierte Kenntnisse der Umgebung.

Der Inquisitor war angesichts der Entwicklungen erstaunlich ruhig geblieben. Anstatt einen sofortigen Großangriff zu be-

fehlen, hatte er Cedric und seine Männer aufgefordert, Beobachtungsteams loszuschicken und für ein bisschen Aufregung an den Flanken zu sorgen. Er wollte die Hexen reizen und sie zwingen, ihre Deckung aufzugeben. Offenbar bestand sein Plan darin, sie ins Labyrinth zu locken und sie erst dort anzugreifen. An sich kein schlechter Gedanke, doch es blieb abzuwarten, ob die Heerführerin auf diesen Trick hereinfallen würde. Bisher deutete jedenfalls nichts darauf hin, und so setzten Cedric und seine Männer die Zermürbungstaktik fort.
Er warf einen Blick auf seine Begleiter. Eine handverlesene Gruppe, die ihm auch schon zuvor treu gedient hatte. Ein paar von ihnen, wie Drago und Kronn, waren Söldner; der Rest bestand aus Raufbolden, Dieben und Mördern. Übles Gesindel aus den Gossen des Steinernen Turms. Einige kannte er noch aus seiner Vergangenheit. Rolf, der pockennarbige Säufer, Devin, der Stotterer, Trent, der Irokese, und Falcon, der mit seinen Piercings wie ein wandelndes Eisenwarenlager aussah. Die Stelle über dem Auge, an der Gwen ihm seinen Ring herausgerissen hatte, war nur schlecht verheilt, weshalb er jetzt ziemlich schief aus der Wäsche schaute. Ein bunt zusammengewürfelter Haufen, aber sie waren mutig – und das war alles, was zählte. Verglichen mit ihnen, waren die Männer der Heiligen Lanze allesamt Memmen. Demoralisiert, entkräftet und kaum noch in der Lage, die Versorgung aufrechtzuerhalten. Anstatt ihnen zu helfen, hatten sie sich in ihre Löcher verkrochen und erwarteten ängstlich den Angriff des Frauenheeres. Es gab nur noch wenige Lebensmittel, die Benzinvorräte gingen zur Neige, und auch mit der Munition stand es nicht zum Besten. Angst machte sich breit.
Der Angriff auf die Raffinerie hatte die Truppen doch stärker geschwächt, als es zunächst schien. Nicht nur materiell, son-

dern vor allem psychologisch. Zum ersten Mal hatten die Männer erfahren, was es bedeutete, besiegt zu werden. Sie, die für viele Jahrzehnte den Frauen ihren Willen aufgezwungen hatten, mussten nun einsehen, dass sie sich maßlos überschätzt hatten. Sie waren nicht unverwundbar. Und sie waren schon gar nicht die Herren der Welt, als die sie sich gerne hinstellten. Niemand schien zu wissen, wie sie den Winter überstehen sollten, und alle hofften darauf, dass der Inquisitor ein Wunder vollbringen möge. Es gingen Gerüchte, er plane, den göttlichen Zorn heraufzubeschwören und die fremde Armee vom Antlitz der Erde zu fegen; doch nur wenige waren gottesfürchtig genug, um daran zu glauben. Marcus Capistranus hatte einen Plan, so viel war sicher. Aber ob der ausreichen würde, die trainierten und gut genährten Hexen aufzuhalten, blieb abzuwarten. Fest stand: Wenn sie diesmal keinen Sieg errangen, dann wäre das ihr letzter Winter. Einen weiteren würde es nicht geben.

Cedric wartete, bis die letzte Brigantin an ihm vorübergeritten war, dann hob er die Hand. Seine Männer kauerten hinter den Mauerresten wie Wölfe. In ihren Gesichtern leuchtete Mordlust. Cedric zählte im Geiste bis drei, dann gab er das Zeichen.

*

Edanas Blick wanderte über den Tisch, auf dem eine maßstabsgetreue Karte der Stadt ausgelegt war. Kleine Holzklötzchen symbolisierten Gebäude, farbige Marker die unterschiedlichen Einheiten. Grün für Kavallerie, Gelb für Fußtruppen, Violett für Nachschub. Rote Marker stellten feindliche Truppen dar, doch in Ermangelung besserer Informationen gab es bisher nur wenige davon.

Die Frauen hatten sich gerade auf ihren Stühlen niedergelassen, als eine Leibgardistin mit gesenktem Kopf das Zelt betrat. Edana blickte auf.

»Was willst du? Kannst du nicht sehen, dass wir eine Sitzung abhalten? Komm in einer halben Stunde wieder.«

Die Gardistin war hörbar außer Atem. »Die Anführerin eines Eurer Spähtrupps ist zurückgekehrt«, sagte sie schwer atmend. »Ich glaube, Ihr solltet Euch anhören, was sie zu sagen hat.«

»Wenn es wichtig ist, solltest du sie hereinbitten«, sagte die ehemalige Ratsvorsitzende Noreia, die der Skandal um die Hohepriesterin Arkana und ihre Tochter Juna zum Rücktritt gezwungen hatte. »Auf die paar Minuten kommt es doch nicht an.«

»Na schön«, sagte Edana. »Lass sie eintreten.«

Die Wache kam in Begleitung einer jungen Frau wieder. Ihre Schulter blutete, und in ihrem Gesicht zeichnete sich eine bläuliche Schwellung ab, die auch ihr linkes Auge in Mitleidenschaft gezogen hatte. Als sie die Ratsfrauen versammelt sah, fiel sie auf die Knie.

Edana ging zu ihr und half ihr aufzustehen.

»Sprich, mein Kind. Was ist geschehen?«

»Wir … wir wurden angegriffen«, sagte die Frau. »Ich gehörte einem Spähtrupp an, der die Aufgabe hatte, die Straßen im Süden zu patrouillieren und nach Widerstandsnestern zu suchen. Dabei gerieten wir in einen Hinterhalt.«

»Wer hat euch angegriffen?«

»Clanmitglieder, hohe Herrin. Sie waren wild gekleidet und attackierten uns mit Wurfgeschossen und Pfeilen. Ich selbst bekam einen Bolzen in die Schulter und einen Stein an den Kopf. Es gelang mir gerade noch, mich in Sicherheit zu bringen.«

»Wie viele waren es?«

»Schwer zu sagen. Fünfzehn, zwanzig. Sie waren so gut versteckt, dass wir sie erst gesehen haben, als wir an ihnen vorbei waren. Sie tauchten überall auf: hinter Steinen, in Durchgängen, Fenstern, auf den Dächern. Unsere Pferde waren nicht wendig genug, um auszuweichen. Sie scheuten, einige warfen ihre Reiterinnen ab. Als wir die Kerle verfolgen wollten, flohen sie.«

»Habt ihr Gefangene machen können?«

»Nein, Herrin, dafür kannten sie sich zu gut aus. Als wir die Verfolgung aufnehmen wollten, waren sie bereits fort.«

»Verluste?«

»Vier Verletzte, eine davon schwer. Eines der Pferde hat sich bei der Flucht über das Geröll ein Bein gebrochen. Wir mussten es töten.« Die Kriegerin sah beschämt zu Boden.

Edana nickte. »Gut, ich werde mich darum kümmern. Lass einstweilen deine Wunden verarzten. Ich werde später noch zu euch kommen.«

»Wie Ihr befehlt, Herrin.« Mit einer Verbeugung entfernte sich die junge Frau. Die Wache schloss das Zelt und stellte sich breitbeinig vor den Eingang.

»Ein Angriff«, murmelte Edana wütend. »Schon wieder.«

»Und das in so kurzer Zeit«, sagte Noreia. »Wie es scheint, ist unser Überraschungsmoment dahin.«

»Das war zu erwarten«, sagte Edana. »Wir sind ohnehin schon weiter gekommen, als wir zu hoffen gewagt haben.«

»Was nicht zuletzt Gwens Karte zu verdanken ist.«

Edana wischte das Argument mit einer Handbewegung beiseite. Sie wusste selbst, dass sie Gwen viel zu verdanken hatten, mochte es aber nicht, ständig daran erinnert zu werden.

»Wie viele Patrouillen sind gerade unterwegs?«

»Mit der, die gerade zurückgekehrt ist, drei«, erwiderte Gerda, eine rundliche Frau mit roten Wangen und flachsgelbem Haar. »Soll ich sie zurückbeordern?«

»Im Gegenteil«, sagte Edana. »Es kann nicht angehen, dass ein paar dahergelaufene Barbaren unsere Außenlinien schwächen, während wir hier wie auf dem Präsentierteller sitzen. Lass drei zusätzliche Einheiten aufsatteln und das Gebiet durchkämmen. Und sag ihnen, sie sollen jeden Unterschlupf und jedes mögliche Versteck nach Widerstandsnestern absuchen. Wer sich näher als zweihundert Meter an unserem Lager befindet, wird getötet.«

»Bei allem Respekt, aber glaubt Ihr, das ist die richtige Strategie?«, fragte Noreia. »Diese Anschläge sehen nicht nach den hirnlosen Attacken dahergelaufener Barbaren aus, vielmehr nach einer gezielten Provokation. Das ist die klassische Guerillataktik: zuschlagen, wegrennen, verstecken – und so die feindlichen Kräfte immer weiter zerstreuen. Ich plädiere dafür, das Heer zusammenzuhalten.«

Edana lächelte kühl. »Was glaubst du, was ich vorhabe? Ich bin schon lange genug im militärischen Sektor tätig, um zu wissen, dass Kriege in erster Linie in den Köpfen der Strategen stattfinden. Es ist ein Spiel. Setzt du deinen Stein dahin, setze ich meinen dahin. Wer den Zug seines Gegners voraussieht, gewinnt. Der Inquisitor ist ein erfahrener Mann. Er weiß, dass die Stadt für seine Pläne von Vorteil ist. Obwohl er uns hasst, macht er offenbar nicht den Fehler, uns zu unterschätzen. Ich bin sicher, dass er über jeden unserer Schritte informiert war und dass er uns bewusst so weit hat vorrücken lassen. Natürlich werde ich die Hauptstreitmacht geschlossen beisammenhalten, aber wenn wir unsere Scouts zurückrufen, opfern wir unser Sichtvermögen. Wir agieren praktisch blind. Es wäre für den Inquisitor ein Leichtes, größere Kampfeinheiten dicht an uns vorbeizuführen und uns den Rückzug abzuschneiden. Dieses Risiko dürfen wir auf keinen Fall eingehen.«

»Bei allem Respekt, aber von welchen Kampfeinheiten redet Ihr? Bisher haben wir nur ein paar halbverhungerte Wachposten und Clanmitglieder zu sehen bekommen.«

»Lass dich davon nicht täuschen, Noreia. Die Heilige Lanze ist geschwächt, am Boden ist sie deswegen noch lange nicht. Ich bin sicher, der Inquisitor hat noch ein Ass im Ärmel. Mein Gefühl sagt mir, dass er uns zu unüberlegten Handlungen verleiten will. Das Vergnügen werden wir ihm nicht gönnen. Jedenfalls sollten wir nicht den Fehler begehen, ihn zu unterschätzen. Es ist besser, auf das Schlimmste vorbereitet zu sein, als später eine böse Überraschung zu erleben.«

Noreia ließ den Gedanken eine Weile auf sich wirken und neigte dann respektvoll ihren Kopf. »Vermutlich habt Ihr recht. Wie lautet Euer Befehl?«

»Lass weitere Einheiten aufsitzen und die Straßen durchforsten. Lass jeden töten, der uns zu nahe kommt, aber bring mir auch ein paar Gefangene, damit ich sie verhören kann.«

Edana blickte auf die Karte. »Ich hasse diese Stadt. Ich hasse es, dass man nicht sieht, was sich hinter der nächsten Ecke verbirgt. Diese Enge schmeckt mir nicht. Nicht zu sehen, was auf einen zukommt, ist schwer zu ertragen. Andererseits bleibt uns keine andere Wahl. Wir müssen den Inquisitor hier schlagen, herauslocken können wir ihn auf keinen Fall. Aber so können wir wenigstens sicher sein, dass sich nicht an anderer Stelle neuer Widerstand formiert. Es ist wie Unkraut jäten. Erst wenn man die Pflanze mit Stumpf und Stiel herausgerissen hat, kann sie nicht wieder nachwachsen. Ich will seinen Kopf auf einer Stange sehen, dann werde ich wieder ruhig schlafen können.«

32

Der Inquisitor war ins Gebet vertieft. Um diese Tageszeit tat er das in der nördlich gelegenen Kreuzkapelle, die er nicht nur des besonderen Lichteinfalls wegen schätzte. Hier befand sich das Gerokreuz, das älteste erhaltene Großkruzifix nördlich der Alpen. Die knapp drei Meter hohe Skulptur aus Eichenholz stammte aus der zweiten Hälfte des zehnten Jahrhunderts und bestach durch ihre klare Form und schlichte Symbolik. Hier war kein Handgriff zu viel, kein Pomp, kein Manierismus, kein überflüssiges Detail. Das Leid von Gottes Sohn in seiner schlichtesten und ergreifendsten Form. So, wie es sein sollte!

Er war völlig in seine Meditation versunken, als er ein leises Räuspern hörte. Er drehte den Kopf und bemerkte den Umriss des Domschweizers, der mit gesenktem Kopf und gefalteten Händen hinter ihm stand und offensichtlich darauf wartete, dass sein Meister das Gebet beendete. Natürlich würde Bruder Sigmund es nie wagen, ihn anzusprechen, aber allein seine Anwesenheit reichte aus, um die kontemplative Stille zu stören. Es war, als würde man einen Stein in einen spiegelglatten Teich werfen, dessen Wellen sich um sein Bewusstsein kräuselten. Entnervt blickte er auf.

»Ja, was ist denn?«

»Verzeiht, Herr. Ein Bote«, sagte der Domschweizer flüsternd.

»Und?«

»Es … es ist wichtig. Glaube ich zumindest.«

»Glaubst du zumindest?« Marcus Capistranus stützte sich auf seinen Bußstab und erhob sich unter Schmerzen.
Bruder Sigmund wich ein Stück zurück. Seine Furcht war begründet. Seiner Unaufmerksamkeit war es geschuldet, dass sich Logan Zugang zur Krypta verschafft und die Gefangene Gwen unter den Augen sämtlicher Kirchendiener befreit hatte. Ein Einzelner hatte es gewagt, bis ins Herz des Glaubens vorzudringen, ein Mädchen zu rauben, das angekettet und eingesperrt auf seine Verurteilung gewartet hatte, nur um dann mit ihr an allen Patrouillen und Straßensperren vorbei zu fliehen. Eine Demütigung, die der Inquisitor nur schwer ertrug. Man hatte ihn verspottet. Nein, schlimmer noch: die Kirche, den Glauben, Gott selbst. Da war es nur wenig tröstlich, dass Cedric diesen Kerl gefangen genommen und in das Höllenloch geworfen hatte, wo er jetzt seiner Hinrichtung entgegensah. Es verschaffte dem Inquisitor zwar ein wenig Genugtuung, doch die Demütigung blieb bestehen. Gwen war fort, und ihr Verlust war wie eine offene Wunde. Seit dem Tag ihrer Begegnung beherrschte dieses Weib Marcus Capistranus' Gedanken. Wann immer er die Augen schloss, um Ruhe und Entspannung zu finden, war sie da. Daran konnten nicht mal die Gebete und Geißelungen etwas ändern.
»Raus mit der Sprache«, sagte er. »Wer ist dieser Bote? Was will er?«
»Ein Grenzer, Hochwürden. Er hat mir von einem Mann berichtet, der Euch um eine Audienz bittet.«
»Der mich um eine Audienz bittet …?« Capistranus sah den Domschweizer an, als habe dieser nicht mehr alle Tassen im Schrank. »Lasst ihr jetzt jeden dahergelaufenen Tagelöhner zu mir vor, damit er mit mir reden kann? Wieso hörst du dir nicht erst mal an, was er will, ehe du mich damit belästigst?«

»Ich habe mit dem Mann gesprochen, Herr, er wirkt auf mich nicht wie ein Tagelöhner, im Gegenteil. Er scheint sehr gebildet zu sein. Er behauptet, Euch von früher zu kennen. Ich habe unseren Wachen aufgetragen, ihm Handschellen anzulegen und ihn festzuhalten.«
»Hat er auch einen Namen?« Marcus Capistranus tauchte seine Finger in das Weihwasserbecken, neigte sein Haupt vor dem Kreuz und bekreuzigte sich.
»Ja, Herr. Er sagt, sein Name sei Claudius.«
Marcus Capistranus horchte auf. »Claudius?«
»Das war sein Name.«
»Hm.« Der Inquisitor trocknete seine Hände und sein Gesicht an dem Tuch, das einer seiner Kirchendiener ihm reichte. »Ich kannte mal einen Claudius, doch das ist lange her. Er fiel durch die Hand der Hexen. Außerdem ist der Name nicht so ungewöhnlich. Wie sieht er aus?«
»Er ist etwa in Eurem Alter, Hochwürden. Einen halben Kopf kleiner als Ihr, dafür recht stämmig gebaut. Soll ich den Grenzern sagen, dass sie ihn wieder aus der Stadt werfen sollen?«
Capistranus zögerte. »Nein, lass nur«, sagte er. »Ich werde ihn mir ansehen. Schick ihn in einer Viertelstunde rüber in mein Hauptquartier, ich werde nur schnell mein Ornat wechseln und mich frisch machen.«

Die Zeit verging wie im Flug. Marcus Capistranus war gerade in seinem Arbeitszimmer angelangt, als es auch schon an die Tür klopfte. »Herein.«
Ein müde aussehender Grenzsoldat kam herein und verbeugte sich. »Ich bringe den Fremden, Hochwürden.« Er trat vor und legte eine Umhängetasche auf den Tisch. »Das hier trug er bei

sich. Wir fanden eine Pistole sowie etwas Proviant darin. Wir haben ihn gründlich durchsucht.«
Capistranus ging um den Tisch herum und öffnete die Tasche. Sie war aus grobem Stoff gewirkt mit einer metallenen Schnalle und Lederbeschlägen an den Kanten. Im Inneren fand er den Proviant, eine einfache Skizze, die als Stadtplan diente, und eine schwarzgraue Pistole nebst einigen Schachteln Munition. Der Inquisitor nahm die Pistole heraus und hielt sie ans Licht. Etwas Dunkles regte sich in seinem Inneren. Er meinte, diese Waffe schon einmal gesehen zu haben. Hatte Benedikt nicht so eine besessen? Ein altes Familienerbstück, an das düstere Geschichten geknüpft waren.
Er begutachtete die Pistole, nahm sie in die Hand und prüfte das Magazin. Sie war durchgeladen und schussbereit.
»In Ordnung«, sagte er. »Führt ihn herein.«
Der Grenzsoldat klatschte in die Hände, und zwei weitere Männer erschienen, begleitet von einem Mann in Handschellen.
Er trug ein grobes Leinenhemd mit lederner Weste, braune Hosen und abgewetzte Schuhe. Sein Haar war kurzgeschnitten, und ein silbergrauer Bart umrahmte sein Gesicht. Mehr war in dem schlechten Licht nicht zu erkennen. Doch das wenige reichte aus, um Capistranus' Neugier weiter anzustacheln.
»Nehmt ihm die Handschellen ab.«
»Aber Hochwürden …«
»Ich komme schon mit ihm klar.«
Die Wachen taten, wie ihnen geheißen wurde. Als sie sich rechts von der Tür postieren wollten, schüttelte er den Kopf.
»Nein, wartet draußen. Ich werde euch rufen, wenn ich euch brauche. Lasst uns allein.«
Die Männer sahen einander ratlos an, dann zuckten sie die

Schultern, drehten sich um und gingen. Die Tür fiel mit einem satten Klicken ins Schloss.
»Komm näher«, sagte Capistranus. »Hier, zu mir ans Fenster, damit ich dich besser sehen kann.«
Der Mann folgte dem Befehl und umrundete den mächtigen Schreibtisch. Die Art, wie er sich bewegte, wirkte so vertraut. Wie ein Schatten aus dunkler Vergangenheit. Konnte es tatsächlich möglich sein? War *er* es?
Er richtete die Pistole auf den Mann. »Das genügt. Nun heb deinen Kopf.«
Der Wind rüttelte an den Fenstern. Für einen Moment riss die Wolkendecke auf. Im Arbeitszimmer wurde es schlagartig hell.
»Herr im Himmel.«
Marcus Capistranus hielt den Atem an. Ihm wurde schwindelig. Seine Beine wollten ihn nicht länger tragen. Es war, als hätte er einen Geist gesehen.
»Das kann nicht sein«, flüsterte er. »Das ist einfach unmöglich.«
»Nichts ist unmöglich, wusstest du das nicht?«
Diese Stimme. Tief und ruhig. Wie ein Traum aus weiter Ferne. Zwanzig Jahre lang hatte er diese Stimme nicht gehört, und doch kam es ihm vor, als habe sie erst gestern zu ihm gesprochen. Die Pistole in seiner Hand zitterte. Als ihm bewusst wurde, dass der Lauf immer noch auf seinen Freund gerichtet war, legte er sie beiseite.
»Claudius.«
Ein vorsichtiges Lächeln erschien auf dem bärtigen Gesicht. »Ich sehe, du erinnerst dich noch an mich.«
Marcus Capistranus schüttelte den Kopf. »Aber wie kann das sein? Du bist doch tot.«
»Sagt wer?«

»Du wurdest niedergeschlagen und entführt. Ich sah mit eigenen Augen, wie die Hexen dich mitnahmen, dich auf ein Pferd banden und nach Glânmor verschleppten. Keinem ist es seit den Dunklen Jahren jemals gelungen, von dort zu fliehen.«

»Keinem außer mir – und deinem Sohn.«

Marcus Capistranus schnappte nach Luft. »Du weißt von David?«

Ein Nicken war die Antwort. »Ich war dort, als es geschah. Vom Turmfenster aus habe ich ihn gesehen in seinem Käfig. Dass er dein Sohn ist, erfuhr ich erst später.«

»Woher … ich meine, wie …?«

Er stammelte. Die Verwirrung war einfach zu viel für ihn. Er musste sich setzen.

Claudius öffnete die Hände zu einer versöhnlichen Geste. »Mein alter Freund. Es gibt so viel zu erzählen, so viel zu berichten. Ich habe Durst. Meinst du nicht, es spricht sich besser mit angefeuchteter Kehle?«

Capistranus nickte verwirrt und bot Claudius den Stuhl auf der anderen Seite des Tisches an. Dann schenkte er aus seiner Karaffe zwei Gläser ein.

Claudius nahm einen Schluck und stellte das Glas wieder ab. »Ich freue mich sehr, dich wiederzusehen. So viele Jahre sind vergangen, doch wenn ich dich so anschaue, kommt es mir vor, als wären wir immer noch die Freunde, die wir damals waren. Ich deute es als ein Zeichen der Hoffnung.«

»Wie meinst du das?«

Claudius' Ausdruck wurde ernst. »Es fällt mir nicht leicht, mit dir darüber zu sprechen, doch ich bitte dich, mir zuzuhören. Es ist wichtig, dass du hörst, was ich zu erzählen habe. Nur so können wir die Welt davor bewahren, in einen schrecklichen Abgrund gerissen zu werden.«

»Wo warst du die ganzen Jahre über? Hast du eine Ahnung, wie lange ich nach dir gesucht habe?«

»Ich weiß.« Claudius senkte beschämt den Kopf. »Es tut mir leid, dass ich dich im Unklaren gelassen habe. Aber ich konnte nichts dafür, zumindest am Anfang. Als mir bewusst wurde, was ich getan hatte, verkroch ich mich aus Scham und Unsicherheit. Ich hatte vergessen, was richtig und was falsch war, und lebte einfach nur so in den Tag hinein. Doch die Ereignisse der letzten Wochen und Monate haben mich aus meinem Winterschlaf geweckt. Marcus, alter Freund, ich bin gekommen, um dir diesen unsinnigen Krieg auszureden.«

»Unsinnig?«

Claudius nickte. »Du hast mich gefragt, woher ich das mit David weiß? Nun, ganz einfach: Die Frau, mit der dein Sohn an Bord der Flugmaschine floh, die Frau, in die er sich verliebt hatte und mit der er sein Leben teilt, ist niemand anderes als Juna. Meine Tochter.«

33

Gwen juckte es am ganzen Körper. Der Schweiß, der Dreck, die unbequeme Rüstung – hinzu kamen Schürfstellen an den Schultern und das Spannen ihrer Brüste. Nie im Leben hätte sie sich erträumt, dass das Leben der Brigantinnen so entbehrungsreich sein würde. Sie wünschte sich ein Bad, Seife und einen weichen Schwamm, aber zur Not tat es auch eine Felddusche. Rasch zog sie ihren Harnisch aus, tauschte ihn gegen weiche Kleidung und griff nach dem Handtuch.

Wo war Logan?

Bisher hatte sie nicht den kleinsten Hinweis auf seinen Verbleib entdecken können. Ob Cedric ihn tatsächlich am Leben gelassen hatte? »Schon bald wird er eurer Streitmacht in vorderster Front entgegentreten – ohne Waffen und ohne Rüstung. Sieh genau hin, vielleicht wirst du ihn nicht wiedererkennen. Wenn du ihn retten willst, Gwen, solltest du dort sein. Und ich, ich werde auf dich warten.« Das waren seine letzten Worte gewesen, und sie klangen Gwen immer noch im Ohr. Wenn Logan nun doch tot war? Eine kalte Hand umklammerte ihr Herz. Nein, das durfte nicht sein. Er musste einfach leben.

Gwens einziger Trost war, dass Cedric alles daransetzen würde, seinen Widersacher am Leben zu halten. Schließlich wollte er Gwen wiederhaben. Nach seinem verqueren Verständnis von Recht und Moral war sie sein Eigentum. Einem Warlord sein Eigentum wegzunehmen, war ein schweres Verbrechen.

Und dann gab es da noch den Inquisitor, auch er hatte Besitzansprüche. Warum sonst hatte er sie in seinem Privatkeller unterhalb der schwarzen Kathedrale gefangen gehalten? Für einen Mann, der alles Weibliche verachtete – für den die Frau das Grundübel auf der Welt darstellte –, war das ein mehr als merkwürdiges Verhalten.

Logan, Cedric, der Inquisitor. Drei Männer, wie sie unterschiedlicher nicht sein konnten. Und doch hatten sie alle ein gemeinsames Interesse: sie.

Sie streckte sich und strich das Leinenhemd glatt. Es fühlte sich herrlich an, nicht mehr die Uniform tragen zu müssen.

»Ich gehe jetzt duschen, Füchschen. Willst du mit?«

Ihre Katze lag mit schiefem Kopf auf dem Feldbett und sah sie mit ihren unergründlichen grünen Augen an. Als Katze konnte sie dem Vorgang des Duschens vermutlich nichts abgewinnen. Aber sie mochte Gwen immerhin genug, um ihr zu folgen.

Als Gwen wenige Minuten später das Duschzelt wieder verließ, war Füchschen immer noch da und begleitete sie auf dem Weg zur Verpflegungsstelle. Gwen war so hungrig, dass sie ohne Probleme ein halbes Kaninchen hätte verdrücken können – mit Klößen und Gemüse obendrauf. Komisch, dass sie früher nie so einen Heißhunger gehabt hatte. Erst seit sie in dieses Lager gekommen war. Genau wie diese Grundmüdigkeit, die sie problemlos acht oder neun Stunden pro Nacht schlafen ließ.

Sie schob das auf die harten Einsätze und die viele frische Luft. Das Leben unter Kriegerinnen unterschied sich eben doch sehr von dem geruhsamen Leben in Glânmor.

Sie ließ sich von ihrer Nase und dem verführerischen Duft von Brot und Eintopf leiten und bog rechts ab. Vor ihr ragte das große Zelt mit der roten Flagge auf, als zwei Personen ihr in den Weg traten.

Gwen wollte sie schon umrunden, als sie wie angewurzelt stehen blieb. Es waren Magdalena und Zoe.

Zoe strahlte, als wäre gerade die Sonne aufgegangen. »Hallo Gwen, wie schön, dich zu sehen. Wir haben dich gesucht. Und da ist ja auch Füchschen. Na, meine Kleine, befreist du das Lager von Mäusen?« Sie beugte sich vor und nahm die Katze auf den Arm. Füchschen fing sofort an zu schnurren.

»Ich freue mich ebenfalls, dich zu sehen, Gwen«, sagte Magda. »Gut siehst du aus. Hast du dich gut eingelebt?«

»Das Leben hier ist etwas anders als daheim, aber ich komme zurecht. Aber erzählt mir von euch! Hattet ihr eine gute Reise? Was führt euch hierher?«

Magda zwinkerte. »Wir waren gerade auf dem Weg zum Essen. Möchtest du uns Gesellschaft leisten? Dort lässt es sich besser reden.«

»Eine ausgezeichnete Idee«, sagte Gwen strahlend. »Ich sterbe vor Hunger.«

»Warum diese Reise?«, fragte sie, als sie wenige Minuten später zusammensaßen und sich über die Ereignisse der vergangenen Tage unterhielten. Magda hatte sich eine Schale Suppe besorgt, die anderen beiden zwei dicke Scheiben Brot und Eintopf. Gwen hatte ihre erste Portion bereits gegessen und sich gleich noch einen Nachschlag geholt.

»Als Edana mir erzählte, dass ihr kommt, konnte ich es zuerst nicht glauben«, sagte sie mit vollem Mund. »Ziemlich leichtsinnig, euch so in Gefahr zu begeben.«

»Nicht leichtsinniger als du«, erwiderte die Heilerin. »Ich bin überrascht, dass die Streitmacht es so weit geschafft hat.«

»Du vergisst, dass ich die Karte hatte«, sagte Gwen. »Du erinnerst dich? Das Blech, das Logan mir überlassen hat.«
»Du hast sie Edana gezeigt?«
Gwen nickte. »Ich wollte verlorengegangenes Vertrauen wieder aufbauen. Außerdem bin ich trotz allem eine Frau. Ich kann doch unmöglich zulassen, dass der Inquisitor gewinnt.«
»Das kann er immer noch«, sagte Magda. »Aber unsere Chancen haben sich erheblich verbessert, das gebe ich gerne zu. Dennoch glaube ich, dass das Unternehmen auf Messers Schneide steht. Ich bin gekommen, weil ich immer noch dem Hohen Rat angehöre. Ich will meinen Teil beitragen und nebenher Edana etwas Vernunft einreden. Mal sehen, wie weit ich damit komme.« Sie lächelte.
»Möglich, dass du dafür zu spät bist«, sagte Gwen. »Das Überraschungsmoment ist dahin. Der Inquisitor weiß, dass wir hier sind. Ehe ihr weiterredet, lasst mich noch schnell einen Nachschlag holen. Meine Portion ist schon wieder alle.«
Magda lupfte amüsiert eine Braue. »Noch eine? Du hattest schon zwei.«
»Ich hab eben Hunger. Also, redet inzwischen über irgendetwas Unwichtiges, bin sofort wieder da.« Gwen sprang auf und nahm ihre Schale mit.
Keine zwei Minuten später saß sie wieder an ihrem Platz und tauchte den Löffel in den dampfenden Eintopf. »Kann weitergehen. Du willst Edana also Vernunft einreden? Was genau wirst du ihr sagen?« Sie schob ein dickes Stück Brot hinterher und kaute genüsslich darauf herum.
Magda betrachtete sie aufmerksam, sagte aber kein Wort.
»Was ist jetzt?«, fragte Gwen mit vollem Mund. »Ich warte.«
»Erstaunlich, dass du immer noch so einen Appetit hast«, stellte Magda nüchtern fest.

»Klar. Irgendein Problem damit?«
»Früher hast du nie so viel gegessen.«
»Stimmt«, antwortete Gwen und grinste. »Das muss die Stadtluft sein.«
»Mir kommt es so vor, als ob deine Brüste größer geworden wären und deine Haut irgendwie rosiger und glatter aussieht. Mein Augenlicht ist zwar nicht mehr das beste, aber es ist mir gleich aufgefallen, als ich dich vorhin sah. Was sagst du dazu, Zoe?«
»Stimmt«, erwiderte die Zofe. »Jetzt, wo du es sagst …«
»Danke für das Kompliment«, sagte Gwen stirnrunzelnd. »Aber ja, es stimmt. Ich glaube, es liegt an der vielen Bewegung und der gesunden Ernährung. Wieso?«
Magdas Blick hielt sie weiterhin gefangen. Ihr Ausdruck war vollkommen regungslos. Gwen kam das komisch vor.
»Was soll das jetzt?«, fragte sie. »Ich dachte, wir reden über dich und Edana. Wieso dieser plötzliche Themenwechsel?«
Magda ignorierte sie und ergriff stattdessen ihre Hand. »Gibt es noch weitere Veränderungen bei dir? Spannende Haut, das Ausbleiben deiner Regel?«
Gwen ließ den Löffel sinken. »Willst du etwa andeuten, ich sei …«
»Genau das, liebe Gwen.« Magda lächelte. »Ich glaube, du bist schwanger.«

34

Deine … Tochter?«

Der Blick des Inquisitors war schwer zu deuten. Überraschung? Ablehnung? Verachtung? Eigentlich hatte er nicht vorgehabt, so mit der Tür ins Haus zu fallen, aber irgendwie hatte ein Wort das andere ergeben. Jetzt standen sie an einem Punkt, an dem es unmöglich war, zurückzukehren.

»Wie kommst du zu einer Tochter?«

»So wie du zu einem Sohn. Ein vollkommen natürlicher Vorgang.«

»Natürlich?« Marcus Capistranus stieß ein zynisches Lachen aus. »Vielleicht im Sinne der Tiere, nicht aber nach dem Willen des Herrn. Du hast meine Frage nicht beantwortet: Woher weißt du von David?«

Claudius sortierte seine Gedanken. Er musste jetzt mit sehr viel Fingerspitzengefühl zu Werke gehen. Das Gespräch glich einem Gang über ein Minenfeld.

»Von Ben.«

»Aha, der Prior vom Kloster des Heiligen Bonifazius. Dann ist es also seine Waffe, die du da in deiner Tasche trägst. Sie kam mir gleich so bekannt vor.«

»Er hat sie mir geliehen. Um mich gegen wilde Tiere und Diebesgesindel verteidigen zu können.«

Der Inquisitor blickte ihn streng an. »In welcher Verbindung stehst du zu ihm?«

»Wir sind Freunde, und das seit vielen Jahren«, antwortete

Claudius wahrheitsgemäß. »Während ich in Glânmor war, hatten wir zwar nur Briefkontakt, aber er hielt mich stets auf dem Laufenden. Über ihn erfuhr ich, was gerade in der Welt passierte.«

»Und was hat er dir erzählt?«

»Dass ein Krieg bevorsteht. Dass unser aller Überleben auf des Messers Schneide steht. Marcus, mein Freund, kann ich dich denn gar nicht davon überzeugen, dieses Unheil abzuwenden?«

»Da sprichst du mit dem Falschen, *mein Freund.* Es sind die Frauen, die den Krieg wollen, hat Ben dir das nicht gesagt? Wenn er dich so gut informiert hat, müsstest du es doch eigentlich wissen. Sie sind es, die uns angreifen, nicht umgekehrt. Warum bist du nicht in Glânmor vorstellig geworden, immerhin hast du ja die letzten Jahre dort verbracht? Was sagen denn die Hohepriesterin und die Oberste Heerführerin zu deinem Anliegen? Ach ja, ich vergaß, du hast dich ja verkrochen. Wie die Made hinter der Rinde eines Baumes.« Der Spott in seiner Stimme war unüberhörbar.

»Es war unvermeidbar, meine Existenz verborgen zu halten«, sagte Claudius. »Hätten die Frauen gewusst, dass ich in ihrem heiligen Tempel wohne, sie hätten mich sofort getötet.«

»Ach?« Das Auge des Inquisitors hatte einen fahlen Glanz.

Claudius senkte beschämt den Kopf. »Ich weiß, dass ich einen Fehler gemacht habe. Mich zu verstecken war sicher nicht der richtige Weg, doch damals erschien er mir als der einzig gangbare. Heute sehe ich das anders, deswegen bin ich hier.«

Er berichtete Marcus Capistranus in allen Einzelheiten von seiner Entführung, von der Verschleppung nach Glânmor, von der Begegnung mit Arkana und den zwanzig Jahren, die sie gemeinsam im Verborgenen hoch oben im Tempel verbracht hatten. Er berichtete von der Begegnung mit seiner Tochter, von der Machtübernahme Edanas sowie ihrer Flucht, die sie in ihr neues Zuhause in der Nähe des Klosters geführt hatte. Es war eine lange Geschichte, und Marcus Capistranus saß ruhig da und hörte sich alles an. Starr, konzentriert und ernst.

»Jetzt weißt du, wie es mir in den letzten Jahren ergangen ist. Wenn ich es dir erzähle, kommt es mir so unwirklich vor, doch du darfst gewiss sein, dass es die Wahrheit ist. Wort für Wort.«

»Und Benedikt?«

»Wir trafen uns nach der Flucht. Es war ein merkwürdiges Gefühl, meinem alten Freund zu begegnen, immerhin hatten wir uns jahrzehntelang nicht gesehen. Doch unser Wiedersehen erfüllte mich mit Hoffnung. Ich erkannte, dass – egal wie viel Zeit auch vergehen mag – alte Freundschaften bestehen bleiben.«

Er sah Capistranus fest in die Augen. »Ich glaube daran, dass auch wir unsere Freundschaft erneuern können. Wenn ich noch einen allerletzten Wunsch hätte, dann den, dass wir uns die Hand reichen und uns daran erinnern, wie wir früher zueinander gestanden haben.« Er beugte sich über den Tisch und streckte seine Hand aus. »Diese Welt ist kein Ort, der es alten Männern wie uns leichtmacht, aber die Begegnung mit Ben hat mir gezeigt, dass es möglich ist. Wir können der Welt Friede und Heilung geben, wir müssen nur fest aneinander glauben. Was sagst du? Meinst du, du kannst mir verzeihen, was ich dir angetan habe?«

Marcus Capistranus blieb regungslos sitzen. Sein Gesicht war wie versteinert. Die große hölzerne Standuhr in der Ecke des Raumes zählte unangenehm laut die Sekunden.

»Frieden und Heilung?« Als er Stimme seines Freundes hörte, klang sie leise und brüchig. »Ich glaube, das stellst du dir ein bisschen zu einfach vor. Ich paktiere nicht mit dem Feind.«

Claudius' Hand erstarrte in der Luft. »Aber ich bin kein Feind«, sagte er. »Dass ich Gefühle für eine Frau entwickelt habe, ändert nicht das Geringste daran, was ich für dich empfinde.«

»Es ändert *alles*«, erwiderte der Inquisitor nun merklich schärfer. »Du hast die Seiten gewechselt und dich entschieden, deinen eigenen Weg zu gehen. Einen Weg, wohlgemerkt, der dich weiter von mir weggeführt hat, als du es dir auch nur entfernt vorstellen kannst. Wenn ich wählen könnte, so wünschte ich, du wärest tot.«

»Marcus …«

»Schweig! Halt deinen Mund, oder ich schwöre dir, ich lasse dir die Zunge mit einer glühenden Zange herausreißen. Deine Seele ist schwärzer als der tiefste Höllengrund. Wenn ich dich betrachte, sehe ich zwar ein blasses Abbild meines Freundes, aber das bist nicht du. Es ist nur eine Hülle, ein Inkubus. Du magst aussehen wie er, doch in deinem Inneren bist du etwas anderes.«

Claudius konnte nicht glauben, was er da hörte. Das war ja wie in einem Alptraum. Seine Hoffnungen, seine Wünsche und Träume – ein Scherbenhaufen.

»Bitte«, sagte er mit flehender Stimme. »Schau mir in die Augen. Ich bin es, Claudius. Wie kannst du nur glauben, ich wäre jemand anderes?«

Marcus Capistranus erwiderte nichts. Mit unnatürlicher Langsamkeit wanderte sein Blick hinüber zu Claudius' Provianttasche. Die Pistole lag immer noch auf dem Tisch. »Wie merkwürdig«, sagte er. »Du hast Schusswaffen von jeher abgelehnt. Du warst ein Meister des Bogens, ein Künstler mit dem Schwert und dem Dolch. Ich erinnere mich, wie du einmal einen Hirsch über eine Entfernung von einhundert Metern erlegt hast. Ich habe deine Kunstfertigkeit immer bewundert. Feuerwaffen sind etwas für Weichlinge, das waren deine Worte. Doch jetzt trägst du eine Pistole bei dir. Welchen Zweck verfolgst du damit?«

Claudius wollte zu einer Erwiderung ansetzen, doch der Inquisitor unterbrach ihn. »Spar dir deine Worte, es wären doch bloß Lügen. Ich weiß um die Zauberkräfte der Hexen. Zwanzig Jahre in ihren Fängen, und du willst mir weismachen, du wärst ihnen nicht erlegen?« Er schüttelte den Kopf. »Meinen Sohn haben sie auch umgekrempelt. Bei ihm hat es nur wenige Tage gedauert, um aus einem gottesfürchtigen jungen Mann eine willenlose Marionette zu machen. Er fiel ihrer Weiblichkeit genauso anheim wie du. *Zwanzig Jahre.*«

»Marcus, ich …«

»Hast du den Ort gesehen, an dem er sein blutiges Werk verübt hat?«

»Die Raffinerie? Ich war nicht dort, nein, aber ich habe mir schildern lassen, was dort geschehen ist. Es muss furchtbar gewesen sein.«

»Furchtbar, ja. Aber von Gott gewollt. Sein Zorn ist auf mich niedergekommen, weil ich so verblendet war. Ich hatte geglaubt, die Hexen seien harmlose Wilde, doch diesen Fehler begehe ich kein zweites Mal. Mein Geist ist gegen ihre Heimtücke gewappnet. *Und ob ich schon wanderte im finsteren Tal, fürchte ich kein Unglück, denn Du bist bei mir, Dein Stecken und Stab trösten mich. Und ich werde bleiben im Hause des Herrn immerdar.*«

In diesem Augenblick wurde Claudius bewusst, dass sein Freund wahnsinnig geworden war. Es gab keine andere Erklärung. Er war Argumenten und Vernunft nicht mehr zugänglich. Arkana hatte recht gehabt. Mit allem.

»Dann bist du also fest entschlossen, diesen Krieg fortzuführen?«
Auf dem Gesicht des Inquisitors erschien ein belustigter Ausdruck. »Aber selbstverständlich. Ich werde nicht tatenlos dastehen und zusehen, wie unsere geliebte Stadt von diesen gottlosen Horden überrannt wird. Hast du wirklich geglaubt, nur weil du hier auftauchst und mir rührselige Geschichten aus deiner Vergangenheit erzählst, würde ich meine Aufgabe vernachlässigen? Nur jemand, der mit Scheuklappen durchs Leben geht, kann so naiv sein. Männer und Frauen stehen sich als unversöhnliche Feinde gegenüber, daran wirst du nichts ändern. Und ich, ich werde die Hexen mit aller Härte bekämpfen.«
»Du irrst dich«, stieß Claudius aus. »Dieser Krieg findet nicht zwischen Männern und Frauen statt, ja noch nicht mal zwischen Heiden und Christen. Es ist ein Krieg zwischen Fundamentalisten. Du und Edana. Beide ebenso starr wie unversöhnlich. Anstatt aufeinander zuzugehen, errichtet ihr Mauern aus Hass, Ablehnung und Ausgrenzung. Und wir, die wir einfach nur Ruhe und Frieden haben wollen, werden dazwischen zermahlen. Aber ich werde das nicht zulassen.«
»Worte«, sagte der Inquisitor verächtlich. »Nichts als bedeutungslose Worte. Hast du tatsächlich geglaubt, du könntest mich damit aufhalten? Lächerlich. Dein Verstand hat unter den Feinden offensichtlich beträchtlichen Schaden genommen. Warum gehst du nicht wieder zu ihnen zurück? Geh. Mach, dass du wegkommst, und lass mich mein Werk beenden. Du kannst froh sein, dass ich dich nicht an Ort und Stelle hinrichten lasse.«
Claudius stand von seinem Stuhl auf. Langsam.
»Es reicht«, sagte er mit kalter Wut. »Du hast recht, der Worte

sind genug gewechselt. Jetzt müssen Taten folgen. Ich fordere dich ein letztes Mal auf, diesem tödlichen Konflikt ein Ende zu setzen.«

»Sonst was?« Um den Mund des Inquisitors spielte ein amüsiertes Lächeln. »Höre ich da eine Drohung? Und wenn ich mich deiner Forderung nicht beuge, was dann? Nimmst du dann deine Pistole und erschießt mich? Tu es doch, das hattest du doch ohnehin die ganze Zeit vor. Du und Ben, ihr habt dieses Komplott ausgeheckt. Nun sei auch ein Mann und führe es zum Abschluss.«

Claudius blickte in das vernarbte Gesicht und empfand nur noch Hass. Seine Mission war gescheitert, er hatte seinen Freund für immer verloren. Mit unsteter Hand griff er nach der Pistole. Das Metall fühlte sich unangenehm kalt an. Der schwere Stahl schimmerte bläulich.

Der Inquisitor verzog keine Miene.

Claudius löste den Sicherungshebel. »Ich wollte nicht, dass es so kommt«, flüsterte er. »Es tut mir so leid.«

Der Inquisitor reckte sein Kinn vor. »Mach schon. Es ist Gottes Wille.«

Die Sinnlosigkeit von Capistranus' Worten überrollte Claudius wie eine Flut. Der Lauf zitterte in seiner Hand. Er spürte, wie Tränen über seine Wangen strömten.

»Verzeih mir, alter Freund«, murmelte er. »Ich wünschte, die Dinge hätten sich anders entwickelt.« Sein Finger berührte den Abzug. Dann schloss er die Augen.

35

Logan wischte den Schweiß von seiner Stirn. Es war ihm gerade noch gelungen, die Ritzen mit Dreck zuzuschmieren, als die Geräusche lauter wurden. Da kam jemand. Jetzt bloß schnell den Löffel verschwinden lassen und den Stein an seine Stelle zurücklegen. Der Flammenschein zuckte bereits über die Wände.

Hastig rollte er zur rechten Wand hinüber, bettete seinen Kopf auf die Hände und tat so, als würde er schlafen. Das Geräusch mehrerer Füße war zu hören, dazu das Klirren von Ketten.

»Jetzt mach schon, wir haben nicht den ganzen Tag Zeit.« Er erkannte die rauhe Stimme des Gefangenenwärters. »Willst wohl, dass ich dir noch eins mit der Peitsche überziehe, was? Na warte, das kannst du haben.« Ein scharfer Knall war zu hören, gefolgt von einem unterdrückten Stöhnen.

Sie brachten einen anderen Gefangenen!

Die ganze Zeit über war Logan allein gewesen. Gewiss, es gab hier auch andere Häftlinge, aber sie waren weiter oben untergebracht. Die untere Ebene schien ausschließlich speziellen Gästen vorbehalten zu sein.

Wer war der andere, was hatte er angestellt? Logan musste sich zwingen, nicht über die Schulter zu schauen. Nun, vermutlich würde er das früh genug erfahren. Vorerst tat er so, als würde er schlafen. Er hörte das Klingeln des Schlüsselbundes und das Quietschen einer Tür. Dem Geräusch nach zu urteilen, die Zelle schräg gegenüber.

»Halt, nicht hier. Er soll ins Höllenloch, hat der Inquisitor gesagt. Logan soll in eine andere Zelle. Wo ist er überhaupt, ich kann ihn nicht sehen.«

Das Leuchten der Fackel wurde heller.

»Liegt in der Ecke und schläft«, sagte der andere Wärter. »Soll ich ihn wecken?«

»Blöde Frage. Natürlich sollst du ihn wecken.«

Logan hörte seine Tür quietschen, dann spürte er einen harten Schlag auf der Schulter. »He, du da, aufwachen. Wir müssen dich umquartieren.«

Er rollte sich herum und funkelte seinen Peiniger wütend an. Einen krummbeinigen Gnom, den er hier unten noch nie gesehen hatte.

»Hoch mit dir. Wir haben Befehl, dich in die andere Zelle zu verlegen. Nun mach schon. Steh auf und Hände auf den Rücken.«

Logan folgte den Anweisungen nur widerwillig. Der Wächter riss grausam an Logans Gelenken und legte die Handschellen darum. »Soll ich nachhelfen? Hände auf den Rücken, habe ich gesagt.«

»Warum werde ich verlegt?«

»Warum werde ich verlegt?«, äffte der Wärter ihn nach. »Klingt ja fast so, als würdest du es bedauern, in eine trockenere Zelle zu dürfen. Aber das lässt sich ändern. Wir können dich auf Wunsch jeden Morgen mit einem Eimer Wasser wecken, wäre dir das recht?« Er lachte gehässig und stieß Logan nach vorne. Ein scharfer Schmerz fuhr durch seine Schulter. Die letzten Tage hatten den Heilungsprozess gut vorangebracht, aber die Wunde tat immer noch weh. Aktionen wie diese waren nicht gerade hilfreich für die Genesung.

Dann ging alles sehr schnell. Die Handschellen wurden ihm

abgenommen, er wurde in die gegenüberliegende Zelle geworfen, und die Tür fiel hinter ihm ins Schloss. Der andere wanderte stattdessen ins Höllenloch.

»So, ihr zwei Süßen. Willkommen in eurer neuen Behausung, ich hoffe, es gefällt euch. Macht's euch gemütlich, Essen gibt es in ein paar Stunden.«

Mit diesen Worten verschwanden die beiden Wächter und ließen ihnen eine Fackel zurück, um die trübe Finsternis zu erhellen. Logan stand an der Tür, die Hände verzweifelt um die Gitterstäbe geklammert. Die Götter erlaubten sich einen Scherz mit ihm, oder? Es konnte nichts anderes sein als ein Scherz. Alles hatte er ertragen, alles erduldet, die Dunkelheit, die Feuchtigkeit, den Spott und das schlechte Essen. Alles, weil er sich an den Gedanken klammerte, bald wieder bei Gwen zu sein. Und jetzt wurde ihm selbst das noch genommen?

Eine Weile stand er unentschlossen herum, dann drehte er sich um und nahm im hinteren Teil seiner Zelle Platz. In seinem Bauch war ein giftiger Knoten aus Wut und Verzweiflung. Niedergeschlagen starrte er auf den Boden. Er konnte es nicht fassen: Das war so ungerecht.

Was sollte er jetzt bloß tun? Was *konnte* er tun? Er sah sich in seinem neuen Quartier um. Hier gab es kein Schlupfloch, keine Fluchtmöglichkeit. Die Fugen waren trocken, und seinen Löffel hatte er auch nicht mehr. Er spürte, wie alle Kraft ihn verließ. Tränen quollen hervor und liefen ihm übers Gesicht. Ausgebrannt und mutlos warf er sich auf die Seite und schloss die Augen.

Er wusste nicht, ob und wie lange er geschlafen hatte, als er von einer Stimme geweckt wurde. Ein Steinchen flog zu ihm herüber und sprang klirrend gegen die Gitterstäbe.

»He, du da drüben. Kannst du mich hören?«
Logan hob den Kopf. Plötzlich fiel ihm alles wieder ein. Es war also doch nicht bloß ein schlechter Traum gewesen. Er war verlegt worden, und in seiner Zelle hockte jetzt jemand anderes.
»He, pst.«
»Lass mich in Ruhe.«
»Komm mal ein bisschen näher, ich muss mit dir reden. Ist das immer so düster hier unten? Und nass ist es auch, da holt man sich ja den Tod.«
»Deswegen nennt man es auch Höllenloch«, murmelte Logan.
Eine kurze Pause entstand, dann hörte er die Stimme erneut.
»Wie lange bist du schon hier unten? Komm schon, Junge, rede mit mir.«
Logan schwieg.
»Na schön, wenn du nicht willst. Ich dachte nur, du könntest mir vielleicht etwas über diesen Ort erzählen. Scheinst ja schon eine Weile hier zu sein.« Logan hörte einen unterdrückten Fluch. »Warum habe ich nicht auf meine Frau gehört? Das habe ich nun davon, dass ich unbedingt den Helden spielen wollte, ich Esel. Nicht mal Mumm genug, den Abzug zu drücken, habe ich gehabt. Geschieht mir ganz recht.«
Logan hatte etwas von einer Frau gehört. Seine Neugier war geweckt.
»He, du«, flüsterte er. »Komm mal her.«
Der andere kam sofort ans Gitter. Logan konnte sehen, dass es kein junger Mann war. Etwa so alt wie Gunnar und genauso stämmig. Ein silbergrauer Bart umrahmte sein Gesicht.
»Wie heißt du?«
Ein Lächeln huschte über das bärtige Gesicht. »Claudius.«
»Du hast da eben von einer Frau gesprochen.«

»Meiner Frau, ja. Wieso?«
»Ich glaube, mich interessiert doch, was du zu sagen hast. Wer bist du, und woher kommst du? Warum hat man dich hier unten eingesperrt?«
»Eine lange Geschichte.«
»Wir haben doch Zeit, oder?«
Der Fremde überlegte kurz, dann nickte er. »Na schön. Aber dann lass uns wirklich ganz von vorne anfangen. Nenn mir erst mal deinen Namen.«

*

Benedikts Herz wurde schwer, als er Arkana dabei beobachtete, wie sie die letzten Vorbereitungen für ihre Reise traf. Die Zeit ihrer heimlichen Treffen ging zu Ende. Die kleine Idylle, die sie sich hier im Wald fernab von den Wirren des Krieges geschaffen hatten, wirkte auf einmal traurig und düster.
»Willst du es dir nicht noch einmal überlegen?«, fragte er. »Bist du wirklich bereit, diesen Schritt zu tun? Wenn du fort bist, was bleibt dann noch?«
»Da gibt es nichts zu überlegen«, erwiderte die Hohepriesterin. »Claudius hat seine Wahl getroffen, ich die meine. Ich habe schon viel zu lange gewartet.«
»Aber es ist doch gar nicht sicher, dass er wirklich gefangen genommen wurde. Vielleicht hatte er Erfolg mit seiner Mission und kommt morgen oder übermorgen zurück. Kannst du dir seine Enttäuschung vorstellen, wenn er sieht, dass du nicht mehr da bist? Es würde ihm das Herz brechen.«
Arkana unterbrach ihre Arbeit und sah ihn mit einem traurigen Lächeln an. »Du bist ein guter Mensch, Benedikt. Voller Hoffnung und Zuversicht. Aber es gibt Dinge, die du nicht verstehst. Ich habe Claudius gesehen; ich weiß, dass er gefan-

gen wurde. Glaube mir, wenn ich nur den geringsten Hoffnungsschimmer hätte, würde ich bleiben.«

»Aber wie? Wie konntest du ihn sehen?«

»Das würdest du nicht verstehen.«

»Aber ich möchte es gerne. Bitte erklär es mir.«

Arkana seufzte. »Na schön. Ich werde dir eine kleine Geschichte erzählen. Ich war etwa zwölf, als ich zum ersten Mal feststellte, dass ich anders war. Ich bin in einem Heim für angehende Priesterinnen aufgewachsen. Wir hatten damals eine kleine Hündin. Ihr Name war Flora. Sie war eine Waise und wurde von uns Mädchen gemeinsam großgezogen. Alle hatten sie lieb, doch zu mir hatte sie ein besonders inniges Verhältnis. Wann immer ich das Haus verließ, folgte sie mir. Wenn ich fröhlich war, war sie fröhlich, wenn ich traurig war, war sie traurig. Eines Tages ging ich zum Wasserholen an den Brunnen. Ich wunderte mich, dass Flora nicht da war, um mich zu begleiten, aber ich war in Eile und konnte mich nicht weiter darum kümmern. Als ich am Brunnen stand und den Eimer hinunterließ, durchzuckte mich plötzlich ein heftiger Schmerz. Er war so stark, dass ich den Eimer losließ und er unten ins Wasser fiel. Die Wellen ließen ein Bild entstehen. Ich sah Flora, wie sie von wilden Wölfen zerrissen oben am Waldrand lag. Ihre schwarzen Knopfaugen sahen mich ein letztes Mal an, dann erstarrten sie. Ich glaube, ich habe geschrien. Als ich an mir hinabblickte, sah ich, dass ich voller Blut war. Der ganze untere Teil meines Hemdes war rot. Das war das erste Mal gewesen, dass ich meine Tage hatte. Meine Betreuerinnen trösteten mich. Sie dachten, ich wäre wegen meines Zyklus so verzweifelt, und gaben mir einen halben Tag frei. Ich nutzte die Zeit und rannte hinauf zum Wald. Genau dort, wo ich sie in meiner Vision gesehen hatte, lag Flora. Sie war tot.«

»Das tut mir leid.«
»Seitdem hatte ich viele solcher Visionen. Ich habe die Gabe der Hellsicht. Sie hat mir geholfen, Hohepriesterin zu werden, und sie hat mich gerettet, als ich mit Claudius aus Glânmor floh. Damals hätte nicht viel gefehlt, und die Brigantinnen der Kriegsherrin Edana hätten uns erwischt. Diesmal ist es ähnlich. Ich habe Claudius gesehen. Er war da – genauso klar und deutlich wie du jetzt. Er schaute mich an und schien mir etwas sagen zu wollen, doch ich konnte ihn nicht verstehen. Da wurde mir bewusst, dass sein Plan fehlgeschlagen ist. Wir schweben hier in höchster Gefahr. Der Inquisitor weiß von dieser Hütte. Er wird bald jemanden schicken, um uns zu verhaften.«
»Und wohin willst du?«
»Ich werde nach Osten gehen und mich der Armee der Frauen anschließen.«
»Du willst zu den Brigantinnen?«
Sie nickte.
»Aber das verstehe ich nicht. Wie wird Edana darauf reagieren, wenn du plötzlich vor ihr stehst? Wird sie dich nicht verhaften und einsperren lassen?«
»Schon möglich, aber das muss ich riskieren«, erwiderte Arkana. »Wir sind hier nicht in Glânmor. Ich baue darauf, dass ich immer noch einiges Ansehen unter den Kriegerinnen genieße. Vergiss nicht, meine Tochter Juna war eine Kriegsheldin, daran werden sich die meisten Frauen noch erinnern. Vielleicht gelingt es mir sogar, Edana umzustimmen. Einen Versuch ist es zumindest wert.«
»Du willst also genau dasselbe tun, woran dein Mann gescheitert ist?«
Arkana seufzte. »Ich weiß, wie sich das anhört. Aber sosehr ich Claudius für seinen Stolz und seinen Idealismus verflucht

habe, so sehr habe ich ihn bewundert. Es war richtig von ihm, es zu versuchen. Mit seinem Fortgang hat er eines klar zum Ausdruck gebracht: Es ist sinnlos, sich zu verkriechen. Man mag sich vor seinen Feinden verstecken können, seinem eigenen Gewissen kann man nicht entfliehen.« Sie lächelte Ben traurig an. »Danke für alles. Für den Esel und den Proviant. Für die Unterkunft, den Schutz und natürlich für deine Freundschaft. Ohne deine Hilfe hätten wir es nicht geschafft. Die Erinnerungen an dich und dein kleines Haus im Wald gehören mit zu den glücklichsten in meinem Leben. Ich weiß nicht, ob wir uns noch einmal wiedersehen werden, deshalb möchte ich mich jetzt und hier von dir verabschieden.« Sie hauchte ihm einen Kuss auf die Wange. »Leb wohl, mein alter Freund. Mögen die Göttinnen stets ihre schützende Hand über dich halten.«

Ben war unfähig, etwas zu erwidern. Arkanas Worte hatten ihn tief bewegt. Es stimmte, was sie sagte: Sie alle waren an einem Punkt angelangt, an dem es kein Zurück mehr gab. An dem jeder sich entscheiden musste, was er mit dem Leben, das ihm blieb, anfangen wollte. Er konnte sich weiter in seinem Kloster verkriechen und hoffen, dass alles ein gutes Ende nehmen würde, oder er konnte noch einmal alles auf eine Karte setzen und etwas riskieren. Die Dinge selbst in die Hand nehmen.

Plötzlich fiel ihm Magda wieder ein. Seine große Liebe. Und wie sie damals auseinandergegangen waren.

»Würde es dir etwas ausmachen, wenn ich dich begleite?«, fragte er.

Arkana hielt mitten in ihrer Bewegung inne. »Was sagst du?«

»Ich möchte dich begleiten – natürlich nur, wenn es dir nichts ausmacht.« Er schluckte. Seine Kehle war furchtbar trocken.

»Du hattest recht. Meine Tage hier im Kloster sind gezählt. Ich würde gerne noch einmal etwas bewegen und meinen Frieden machen. Selbst wenn ich dabei den Tod finde. Aber alles ist besser, als hier darauf zu warten, dass man mich schnappt und einsperrt.« Er versuchte zu lächeln, aber es wollte ihm nicht recht gelingen.

Arkana betrachtete ihn aufmerksam, dann kam sie zu ihm herüber und ergriff seine Hände. »Du weißt gar nicht, wie sehr ich mich darüber freue. Es gibt niemanden, mit dem ich diesen Weg lieber antreten würde. Ich kann dir nicht versprechen, dass es ein gutes Ende nehmen wird oder dass unsere Mission ein Erfolg wird, aber wenigstens können wir zusammenbleiben und uns Geschichten erzählen.«

»Das können wir«, sagte er. »Und ich weiß auch schon, mit welcher ich beginnen werde.«

Sie hob die Brauen. »Du machst mich neugierig. Worum geht es dabei?«

Ben lächelte. »Ich werde dir von einem Mädchen erzählen. Sie war das schönste Geschöpf auf Gottes Erden. Ihr Name war Magda.«

36

Halt, stehen bleiben!«

Der Ochsenkarren kam rumpelnd zum Stillstand.

Aus dem Schatten der großen Wehrmauer traten zwei Männer mit Patronengurten hervor. Ihre Schnellfeuergewehre trugen sie lässig über der Schulter.

Als sie die beiden Fahrer bemerkten, entspannten sie sich.

»Ulf, Etzel, na, ihr zwei, schon wieder zurück? Wie waren die Geschäfte?«

»Wenig los«, erwiderte der Gnom einsilbig. »'n bisschen Altmetall und Stoff, sonst nix.«

»Die fetten Jahre sind vorbei, was?«

»Kannste einen drauf lassen.«

Einer der beiden Wachleute ging um den Wagen herum und inspizierte die Ladung. Gunnar hätte ihn berühren können, wenn er den Arm ausgestreckt hätte. Intensiver Schweißgeruch stieg ihm in die Nase.

»He, ihr habt da ja eine Kiste mit Äpfeln. Die sehen doch sehr knackig aus.«

»Stimmt, hatte ich vergessen«, sagte Ulf. »Bedient euch ruhig, wenn ihr wollt.«

»So spendabel heute? So kenne ich euch ja gar nicht. Ihr werdet doch wohl nichts zu verbergen haben?« Lachend griff der Mann in die Kiste, nahm einen Apfel und biss herzhaft hinein. Zwischen den Lücken im Blech konnte Gunnar sehen, wie ihm der Saft die Mundwinkel heruntertropfte. Dachs regte sich. Im Dunkel zwischen den Metallteilen funkelten seine Augen wie zwei Edelsteine. Gunnar legte den Finger auf die Lippen.

Unter der Plane verborgen, belauschten sie das Gespräch. Gunnar hielt die Mündung seines Gewehrs auf den Fahrer gerichtet. Die zwei wussten, dass er sofort schießen würde, sollten sie den Wachen einen Tipp geben. Aber das war natürlich keine Garantie.

Die beiden Transporteure saßen aufrecht auf dem Kutschbock und verzogen keine Miene. Ihre Verbände hatte Gunnar wohlweislich unter ihrer Kleidung verborgen. Musste ja nicht jeder gleich sehen, dass sie verletzt waren.

Der eine Grenzer kam jetzt näher. »Ist euch eine Laus über die Leber gelaufen, oder was? Ihr seid doch sonst nicht so maulfaul.«

»War ’n harter Tag«, sagte Ulf. »Und dann dieses Wetter. Der Sommer ist rum. Die Nächte werden wieder kälter. Mein Rheuma hat mich heute Nacht gepiesackt, ich hab kaum ein Auge zugemacht.«

»Verstehe ich. Herbstblues. Wobei ich eigentlich gar nicht weiß, was der Ausdruck bedeutet. Na ja, wir wollen euch nicht länger aufhalten. Macht, dass ihr weiterkommt! Und einen schönen Tag noch.«

»Selbst auch. Bis zum nächsten Mal.«

Ulf ließ die Peitsche über den Ochsen knallen, und mit einem Ruck setzte sich das Fuhrwerk wieder in Bewegung. Ohne das Gewehr herunterzunehmen, beobachtete Gunnar, wie sie die Barriere passierten und die Grenzer hinter ihnen das Tor schlossen. Sie hatten es geschafft.

Etwa einen Kilometer weiter zwang Gunnar den Fahrer, den Wagen hinter einer Häuserecke abzustellen und vom Kutschbock zu steigen. Die Waffe auf die beiden Kerle gerichtet, half er Dachs herunter und sprang dann selbst von der Ladefläche. Der Standort war gut gewählt. Mauerreste und dichtes Gebüsch schützten sie vor unerwünschten Blicken.

»So, ihr zwei«, sagte er. »Unsere Reise ist hier zu Ende. Wir werden jetzt voneinander Abschied nehmen.«

»Abschied nehmen, dass ich nicht lache.« In Etzels Gesicht mischten sich Furcht und Trotz. »Erschießen wollt ihr uns, gebt es ruhig zu. Wir haben euch in die Stadt geführt, jetzt müsst ihr zusehen, dass ihr uns loswerdet.«

Gunnar schüttelte den Kopf. »Nichts dergleichen, wir sind schließlich keine Barbaren. Nur um einen Gefallen muss ich euch noch bitten: Zieht eure Klamotten aus.«

»Was?«

»Ihr habt mich verstanden. Ausziehen. Kommt schon, ich verspreche euch, ich werde euch nichts tun. Ihr habt euch an unsere Vereinbarung gehalten, und ich werde mein Versprechen ebenfalls erfüllen. Allerdings müssen wir wie Männer der Händlergilde aussehen, um nicht gleich erkannt zu werden. Ich werde dafür natürlich bezahlen, schließlich sind wir Ehrenmänner.«

»Ehrenmänner, pfft«, sagte Ulf. »Was, wenn wir euch gleich an der nächsten Ecke verpfeifen? Wir werden euch die Wachen auf den Hals hetzen, so schnell könnt ihr gar nicht rennen.«

»Halt doch dein Maul«, fuhr Etzel ihn an. »Wenn du so redest, überlegt er es sich vielleicht doch noch anders. Willst du das?«

»Macht euch keine Sorgen«, erwiderte Gunnar. »Ich werde euch nicht erschießen, und ihr werdet uns nicht verpfeifen. Warum? Ihr werdet wohl kaum so blöd sein, der Handelsgilde von eurem Versagen zu berichten. Wenn rauskommt, dass ihr euch von einem alten Mann und einem Kind habt überrumpeln lassen, wird man euch die Handelslizenz entziehen. Damit wärt ihr euren Job los. Hier ist das Geld. Ich denke, fünfzig Nickel sind mehr als ausreichend. Und jetzt runter mit dem Zeug.«

Die beiden Transporteure sahen sich kurz an, dann folgten sie den Anweisungen des Schmieds. Im Nu hatten sie die Kleidung abgelegt und sich ein paar Lumpen übergestreift, die zwischen den Metallteilen und Apfelkisten auf der Ladefläche herumlagen. Gunnar prüfte den Sitz seiner neuen Kleidung und nickte zufrieden. Dann band er Liesel los, drückte Dachs die Zügel in die Hand und sagte: »In Ordnung. Ihr dürft jetzt eurer Wege ziehen. Wie gesagt: In eurem eigenen Interesse würde ich über den Vorfall Stillschweigen bewahren. Als Mitglieder der Händlergilde solltet ihr ein gutes Geschäft zu schätzen wissen. Und wenn ihr wieder mal in der Gegend seid, kommt mich doch mal besuchen. Ich fertige die besten Waffen weit und breit an. Ihr dürft euch gerne bei mir umsehen und euch etwas aussuchen. So, jetzt müssen wir aber los. Wo finden wir Cedrics Hauptquartier?«

*

Logan liebte gute Geschichten, aber was Claudius ihm da auftischte, ging an die Grenzen dessen, was möglich war. Es war so unfassbar, dass es ihm schwerfiel, keine Lüge dahinter zu vermuten. Claudius, ein alter Freund des Inquisitors? Seit zwanzig Jahren liiert mit der Hohepriesterin von Glânmor? Vater von Juna, der Kriegerin? Nur ein Idiot würde so eine Geschichte schlucken.

Andererseits – es gab da eine Menge Details, die nur ein Eingeweihter wissen konnte. Details, die Gwen ihm erzählt hatte. Zum Beispiel, dass Juna einst Gwens Lebensgefährtin gewesen und zusammen mit einem Mönch namens David geflohen war. Dabei hatten sie eine Flugmaschine gestohlen und die Raffinerie zerstört. Details, dass Gwen sich einem Sonderkommando gegen den Inquisitor angeschlossen hatte und nach Wochen unter dramatischen Umständen nach Glânmor zurückgekehrt war. Lauter kleine Mosaiksteinchen, die niemand wissen konnte, der nicht wirklich über die entsprechenden Quellen verfügte. Logan hatte Juna nie persönlich kennengelernt, aber Claudius' Beschreibung deckte sich zu einhundert Prozent mit der von Gwen. Auch das, was er über David und Benedikt, den Prior des Klosters vom Heiligen Bonifazius, zu erzählen wusste, stimmte haargenau mit dem überein, was Logan über die beiden gehört hatte. Sollte er dem Mann seine Geschichte also glauben?

Er mochte Claudius. Er war ein angenehmer Zeitgenosse, der gerne lachte, der neugierig und offenherzig war und der ohne Scham über seine Vorliebe für das andere Geschlecht sprach. Logan lauschte mit roten Ohren, während Claudius ihm über sein Leben mit Arkana berichtete. Als er von seinem Treffen mit dem Inquisitor erzählte, wurde er wieder ernst.

»Das Einzige, wofür ich mich wirklich schäme, ist, dass ich nicht den Mumm hatte, abzudrücken«, sagte er. »Dabei wäre es so leicht gewesen. Ich hatte die Pistole bereits auf ihn gerichtet und den Finger am Abzug. Nur eine kleine Bewegung, und dieser Krieg hätte ein Ende gefunden. Doch ich konnte es nicht. Ich konnte es einfach nicht …«

»Warum?«, fragte Logan. Bei dem Gedanken, er hätte eine Waffe auf den Inquisitor richten und diesem religiösen Spinner das Hirn rausblasen können, wurde ihm ganz warm ums Herz.

»Warum, fragst du?« Claudius senkte den Kopf. »Tja, du ahnst nicht, wie oft ich mir diese Frage selbst schon gestellt habe. War es überhaupt mangelnder Mut, oder war es Mitleid? Vielleicht hatte ich bis zu diesem Zeitpunkt immer noch gehofft, meinen Freund umstimmen zu können. Vielleicht rührte mich sein zerschundenes Äußeres, seine gepeinigte Gestalt, ich weiß es nicht. Fest steht nur, ich ließ den Zeitpunkt verstreichen, und er warf mich hier rein.« Er ließ seinen Blick in die Runde schweifen. »Ich nehme an, diese Ehre gebührt nur besonderen Gästen, oder?«

»Stimmt«, erwiderte Logan. »Hier darf nur rein, wer sich besonderer Vergehen schuldig gemacht hat. Des Inquisitors persönliche Freunde, sozusagen.« Er lachte über seinen eigenen Scherz. »Klingt fast wie eine Ehrenbekundung, findest du nicht?«

»Wir haben mit hohem Risiko gespielt und verloren«, sagte Claudius. »Seltsamerweise mache ich mir mehr Sorgen um meine Freunde als um mich selbst. Auch wenn das vermutlich Unsinn ist.«

»Das Gefühl kenne ich.«

»Im Ernst? Um wen? Erzähl mir etwas über dich, bisher habe ich die ganze Zeit geschwatzt. Wie alt bist du, achtzehn, zwanzig?«

»Siebzehn«, erwiderte Logan.

»So jung noch. Was hast du angestellt?«

»Ich habe mich in die falsche Person verliebt und mir damit mächtige Feinde geschaffen. Dein ehemaliger Kumpel ist einer von ihnen.«

»Du hast dich mit Marcus Capistranus angelegt?«

»So ähnlich. Ich habe ihm mein Mädchen unter der Nase weggestibitzt. Er hielt sie unter der Kathedrale gefangen. Sein Pech,

dass Gwen zu mir gehörte. Ich hätte sie aus den tiefsten Höllenfeuern geholt, um sie zu retten.«
»Dafür musst du jetzt darin schmoren.« Claudius lächelte grimmig. »Aber ich sag's ja immer: Wenn jemand in der Lage ist, einen Mann um seinen Verstand zu bringen, dann sind es Frauen. Wer ist sie? Ist sie es wert, dass du für sie in diesem Loch verrottest?«
»Ihr Name ist Gwen, und sie ist das bezauberndste Geschöpf auf dieser Erde. Allein der Gedanke an sie hat mich hier unten überleben lassen.«
»Gwen?« Claudius runzelte die Stirn. »Der Name kommt mir bekannt vor.«
»Sollte er auch, du hast mir vorhin selbst von ihr erzählt.«
»Gwen, die Heilerin? Junas Gefährtin?«
»Genau die.«
Claudius klappte der Unterkiefer runter. »Aber das ist doch unmöglich ...«, murmelte er. »Es sei denn ...« Sein Blick war auf Logans rechte Gesichtshälfte gerichtet. »Deine Tätowierung. Du bist der Champion.«
Logan grinste.
»Jetzt verstehe ich. Du bist derjenige, von dem Arkana mir erzählt hat. Mein Gott ...« Claudius war zu überrascht, um noch ein weiteres Wort herauszubringen, also übernahm Logan das Ruder und berichtete in knappen Sätzen, wie Gwen und er sich kennengelernt hatten.
Er erzählte von der Sklavenauktion, Cedrics Verrat, Gwens Befreiung, von ihrer Flucht und allem anderen.
Claudius hörte stumm zu. Mit jeder Minute leuchtete in seinen Augen mehr Respekt. »Und deine Wunde?«
»Verheilt langsam.« Logan bewegte seine Schulter. Der Schmerz war noch da, wenn auch nicht mehr so schlimm. »Der

Medicus ist zwar ein echter Quacksalber, aber immerhin hat er mir meinen Arm gelassen und ihn nicht amputiert. Den Rest kann ich selbst übernehmen, ich hatte schon immer gute Selbstheilungskräfte. Noch ein paar Wochen, und ich bin wieder ganz der Alte. Vorausgesetzt, ich bin dann noch am Leben.«
Claudius lehnte sich zurück. »Junge, das hast du gut gemacht«, sagte er. »Das war eine echte Heldentat. Alle anderen hätten ihr Heil in der Flucht gesucht, aber du hast dich gestellt und deiner Liebsten damit zur Flucht verholfen.«
»Es war die einzig logische Möglichkeit. Ich war verletzt, und bei den Frauen hätte ich wohl schlecht um Asyl bitten können.«
»Vermutlich hast du recht«, sagte Claudius. »Wie man es auch dreht und wendet, es war sehr tapfer, was du getan hast. Zur Belohnung habe ich eine gute Nachricht für dich. Weißt du eigentlich, dass deine Geliebte dich sucht?«
»Was sagst du da?«
Claudius nickte. »Gwen sucht dich. Als mir Arkana davon erzählte, wusste ich mit der Nachricht nichts anzufangen. Doch dann hörte ich, sie wolle sich den Brigantinnen anschließen, um in der alten Stadt nach jemandem zu suchen. Jetzt weiß ich, wer damit gemeint war. Der Kreis schließt sich.«
Logan hielt die Gitterstäbe fest umklammert. »Gwen sucht mich?«
Claudius nickte.
Der Gedanke entfachte ein wärmendes Feuer in Logans Herzen. Einen Moment lang stellte er sich vor, wie sie die Straßen nach ihm durchstreifte. Der Gedanke hatte etwas Wunderschönes. Doch gleich darauf fiel ihm wieder ein, dass seine Flucht ja gescheitert war. Er würde sie niemals wiedersehen. Betrübt ließ er den Kopf hängen.

»Was ist los? Freust du dich denn gar nicht?«
Logan kämpfte mit den Tränen.
»Na, na, Junge. Wenn ich gewusst hätte, dass diese Nachricht dich so traurig macht, hätte ich dir besser nicht davon berichtet.«
»Das ist es nicht«, schniefte Logan.
»Was dann?«
Logan erzählte ihm flüsternd von seinem Fluchtplan. Er beschrieb in allen Einzelheiten, wie er die letzten Tage damit verbracht hatte, die Öffnung im Boden zu erweitern, ständig in Gefahr, entdeckt zu werden. Wie er sich mit dem Löffel abgemüht und den Mörtel entfernt hatte und wie er alles wieder mit Dreck zugeschmiert hatte, damit es ja nicht auffällt.
Claudius hörte ihm mit offenem Mund zu. Als Logan fertig war, sagte er: »Das ist allerdings eine schlimme Nachricht. Hätte ich es gewusst, was du vorhattest, ich hätte darauf bestanden, woanders untergebracht zu werden. Ich hätte mich so gewehrt, dass sie gar nicht anders gekonnt hätten.«
»Das hätte nichts genutzt«, sagte Logan. »Sie hätten dich so oder so dort hineingeworfen. Sie bekommen immer ihren Willen. Außerdem war es ja nicht deine Schuld. Du warst einfach zur falschen Zeit am falschen Ort.«
»Hm.« Claudius blickte hinüber zu der Öffnung. »Meinst du, ich sollte es mal versuchen …?«
»Du?« Logan verstummte. Daran hatte er überhaupt noch nicht gedacht, aber der Gedanke lag natürlich auf der Hand. Vielleicht würde es klappen, auch wenn er dann wieder allein wäre.
Egal. Claudius war ein Freund, und damit war es das Risiko allemal wert.
»Was ist?«, fragte Claudius.

»Es könnte sein, dass du zu breit bist.«
Claudius winkte ab. »Ich bin schmaler, als es den Anschein hat. Zur Not kann ich mir sogar die Schulter auskugeln, um mich irgendwo durchzuquetschen. Alte Kriegsverletzung«, fügte er erläuternd hinzu.
»Hinzu kommt, dass es da unten sehr feucht und dreckig ist. Ich kann nicht garantieren …«
»Sehe ich aus, als würde mir ein bisschen Dreck etwas ausmachen?« Claudius blickte sich gehetzt um. »Komm schon, ich verspreche dir, wenn ich es schaffe, werde ich alles tun, um dich hier rauszuholen und diesen Krieg zu beenden. Ich werde Marcus Capistranus erledigen. Noch einmal lasse ich mich nicht abhalten.«
Logan nickte. »Also gut«, sagte er. »Mein Plan war folgender …«

37

Der Gang war lang, niedrig und kahl. Ein alter Wartungsstollen, der schon lange nicht mehr genutzt wurde. Wasser tropfte von der Decke und sammelte sich in Pfützen am Boden. Die Luft roch abgestanden und modrig. Bleiche Wurzeln rankten aus den Rissen im Beton und tasteten sich in den Raum hinein.

Marcus Capistranus wich dem ekligen Gestrüpp aus und setzte seinen Weg fort. Seine Schritte hallten von den Wänden wider. Er spürte, wie kalte Angst sein Herz ergriff. Jedes Mal, wenn er diesen Weg einschlug, fürchtete er, nicht wieder lebend zurückzukommen. Aber das war nun mal der Preis, den er zahlen musste. Nur wer etwas riskierte, genoss den Segen des Herrn.

Das Licht seiner Fackel schimmerte von den feuchten Wänden wider. Er war allein. Niemand von seiner Leibgarde wäre ihm freiwillig auf diesem Weg gefolgt. Die Angst der Menschen, ihre Seele zu verlieren, war groß. Aber selbst wenn sie ihm gefolgt wären, er hätte sie gar nicht dabeihaben wollen. Zumindest jetzt noch nicht. Dies war nicht nur ein Gang unter die Erde, es war ein Gang in die Tiefen seiner Seele. Hinab zu Urängsten und Alpträumen. Dort wollte er von niemandem gesehen werden. Furcht war etwas, das jeder mit sich allein ausmachen musste. Nur wer seine Angst überwand, fand wahrhaftigen Mut.

Er kniff sein Auge zusammen.

Am Ende des Gangs tauchte eine Stahltür auf. Grau, schmutzig, mit abblätterndem Lack. Ein rostiger Türknauf mit dazugehörigem Sicherheitsschloss vervollständigte den trostlosen Anblick. Capistranus erschauerte. Noch einmal fragte er sich, ob er das Richtige tat. Gab es nicht vielleicht doch einen anderen Weg, wie man der Armee der Frauen Herr werden konnte? Nein. Gäbe es ihn, hätte er ihn schon lange gefunden. Zeit genug war ja vorhanden gewesen. Seit er von der Invasion erfahren hatte, wusste er, dass er um diesen Schritt nicht herumkommen würde. Und er wusste, dass er den Weg allein würde antreten müssen. Bekleidet nur mit einem einfachen Büßergewand, seine Fackel in der einen, den Dornenstab in der anderen Hand, ging er bis zum Ende des Tunnels.

Dann lehnte er den Stab an die Wand und fingerte in seiner Tasche herum. Der Schlüssel war klein, messingfarben und mehrfach gezackt. Ein Schlüssel aus einer Zeit, in der solche Handwerkskunst noch gewöhnlich war. Er steckte ihn in das Schloss, bewunderte, wie sauber er nach all der Zeit immer noch hineinglitt, und drehte ihn herum. Kein Hakeln, kein Wackeln, kein Drücken. Das Schloss schnappte auf. Staub und Moder hatten sich in den Zwischenräumen niedergelassen, so dass er etwas kräftiger ziehen musste, um die Tür aufzukriegen.

Ein Schwall Übelkeit erregender Gerüche schlug ihm entgegen. Die Luft war warm und feucht und roch nach Fäulnis. Nicht die Art von Fäulnis, wie man sie als Produkt pflanzlicher Zersetzung erhält. Nein, hier roch es nach tierischer Verwesung. Leichengeruch.

Der Inquisitor schickte ein Stoßgebet gen Himmel, dann betrat er das dunkle Reich.

Der Schein der Fackel enthüllte eine metallene Plattform, von der aus eine Treppe nebst Geländer in die Tiefe führte. Die Stufen waren mit bleichem Moos oder Flechten überwuchert und an manchen Stellen gefährlich rutschig. Vorsichtig ging er ein paar Schritte hinab. Nur nicht stürzen. Er war ein alter Mann. Wenn er sich hier unten ein Bein brach, würde niemand kommen, um ihn zu retten.

Das Rauschen von Wasser war zu hören, dazwischen vereinzelt das Fiepen von Fledermäusen oder Ratten. Er wusste, dass er nicht allein war. Sie beobachteten ihn, seit er die Tür geöffnet hatte. Seine Anwesenheit war kein Geheimnis für sie. Trotzdem gebot es die Höflichkeit, dass er sich ihnen gegenüber bemerkbar machte.

Auf dem nächsten Treppenabsatz machte er halt und schlug mit dem Stab gegen das Geländer.

»Hört mich!«, rief er. »Ich bin es, Marcus Capistranus, der Herrscher der Oberwelt. Ich wünsche die Große Mutter zu sprechen.«

Seine Stimme bildete mannigfaltige Echos, als sie in den Höhlen und Katakomben unterhalb der schwarzen Kathedrale verhallte. Um seinen Worten Nachdruck zu verleihen, schlug er noch einmal gegen das Geländer. Er spähte in die Dunkelheit. Wenn nur sein Augenlicht besser wäre. Täuschte er sich, oder hatte er da eben eine schattenhafte Bewegung am Boden gesehen? Da, noch eine. Und noch eine. Helle, gespenstische Schemen, die sich mit ungeheurer Schnelligkeit bewegten. Nein, das war keine Einbildung. Sie waren da.

»Ich wünsche, vor eure Herrscherin gebracht zu werden«, sagte er noch einmal, diesmal leiser. Er wusste, wie gut diese Wesen hören konnten. Zu laute Geräusche verschreckten sie und machten sie aggressiv. Undeutlich konnte er sehen, wie sie näher kamen, doch sie hassten das Licht und blieben außer

Reichweite des Fackelscheins. Jaulende, stöhnende Geräusche drangen aus ihren Kehlen, so als wären sie Tiere. Doch das waren sie nicht. Was sie waren, wusste er nicht genau, nur, dass sie ursprünglich aus der Verbotenen Zone stammten. Manche behaupteten, einst wären es Menschen gewesen, die sich vor der Strahlung und der giftigen Luft infolge der jahrzehntelangen Kämpfe in die Kanalisation der alten Stadt geflüchtet hätten; andere sagten, sie seien eine entartete Kreuzung zwischen Mensch und Tier, doch das glaubte Marcus Capistranus nicht. Er hatte zumindest noch nie gehört, dass Menschen und Tiere jemals lebensfähige Nachkommen zur Welt gebracht hätten. Am wahrscheinlichsten war immer noch die Theorie, dass das Erbgut dieser Wesen durch unbekannte Substanzen in Luft oder Wasser geschädigt worden war, was dazu geführt hatte, dass sie kein Sonnenlicht mehr vertrugen und wie Ratten im Untergrund hausten.

Eine schreckliche Lebensform!

Lange Zeit dachte er, die Bleichen wären dumm oder ungelehrig, bis er irgendwann gemerkt hatte, dass sie immer zur selben Zeit und am selben Ort auf ihn warteten. Und zwar immer dann, wenn er seine Todesurteile vollstreckte. Die schlimmste Strafe, die es für einen verurteilten Verbrecher geben konnte, war nicht, ans Kreuz genagelt oder auf dem Scheiterhaufen verbrannt zu werden. Es war, den Bleichen zum Fraß vorgeworfen zu werden. Schon allein die Drohung reichte aus, dass die meisten lieber darauf verzichteten, Kirchenschätze zu rauben oder Morde zu begehen. Die Angst hielt sie zurück.

Die Kreaturen waren so nah, dass er ihren fauligen Atem riechen konnte. Tagein, tagaus nur zähes altes Rattenfleisch. Kein Wunder, dass es diese Wesen nach frischem menschlichem Blut dürstete. Allerdings nicht zu frisch. Wie er gehört hatte, fraßen einen die Bleichen nur im absoluten Notfall gleich an Ort und Stelle auf. Meistens schleppten sie einen ins Herz ihres Baus. Dorthin, wo die Große Mutter hauste. Sie hatte immer Anrecht auf den ersten Bissen. Marcus Capistranus musste schlucken.

»Geht voran, ich … ich werde euch folgen.«

Vier Exemplare konnte der Inquisitor zählen, doch er war sicher, dass noch mehr im Schatten lauerten.

Während er den Kreaturen durch die finsteren Gänge folgte, konnte er hin und wieder einen Blick auf sie erhaschen. Ihre Haut war tatsächlich völlig weiß. Die Haare hingen ihnen in langen Strähnen vom Kopf, und sie bewegten sich die meiste Zeit auf allen vieren. Ihre Gesichter waren entstellt. So hatten manche von ihnen keine Lippen oder Augenlider. Auch fehlten bei einigen von ihnen Ohren oder Nase, was sie wie blinde Grottenolme erscheinen ließ. Kleidung trugen sie keine, so dass man ihren mageren Körperbau sehen konnte. Geschlechtsteile wurden offen zur Schau gestellt. Mit Widerwillen musste er erkennen, dass männliche und weibliche Kreaturen hier offensichtlich zusammenhausten.

Capistranus wandte sich ab, um seinen Seelenfrieden nicht zu verlieren.

Nach und nach wurden die Schächte höher, die Tunnels breiter. Sie näherten sich einem Ort, an dem früher einmal mehrere Schächte aufeinandergetroffen sein mussten. Er war im Zuge einer schweren Erschütterung teilweise eingestürzt. Durch das Fehlen der Etagen war eine gewaltige Höhle entstanden, in deren Mitte sich ein Berg aus verbogenem Metall und Gesteinstrümmern befand. Dies war das Zentrum der Bleichen, der geheiligte Nistplatz der Matriarchin.

Licht drang von oben durch eine Öffnung in der Decke und

spendete trübe Helligkeit. Tonnen, in denen Ölfeuer brannten, verliehen der Szenerie einen unheimlichen Anstrich. Ein zerborstenes Rohr hoch über ihnen entlud einen mächtigen Strahl, der wie ein Wasserfall auf sie herunterrauschte und sich in einem flachen Becken rund um den Hügel sammelte. Unzählige Knochen und Gerippe dümpelten in dem vergifteten Teich und gaben Zeugnis davon, wie viele Menschen den Bleichen über die Jahre hinweg zum Opfer gefallen waren. Es mussten Hunderte, wenn nicht gar Tausende sein.

Mit einem Zischen wurde der Inquisitor ermahnt, am Rand des Gewässers stehen zu bleiben. Eine der Kreaturen rannte über den Steg und verschwand im Inneren der Behausung; kurz darauf kam sie wieder hervor und stieß ein heiseres Krächzen aus. Marcus Capistranus nickte und begann, das eklige Gewässer zu überqueren. Er kannte die Prozedur: Niemand durfte ohne Anmeldung zur Matriarchin. In dieser Beziehung ähnelte das Verhalten der Bleichen dem der Menschen. Auch, dass der Hügel von Wächtern belauert wurde, wirkte erschreckend vertraut.

Er trat an Land und näherte sich einer der Öffnungen. Hier war der Gestank besonders schlimm. Als ob der ganze Hügel aus verwesenden Leichenteilen aufgeschichtet war. Für einen kurzen Moment schloss er die Augen, murmelte ein Stoßgebet an den Herrn und trat ein.

Die Matriarchin war fett. Aufgebläht und unförmig, mit nichts weiter bekleidet als ein paar Fetzen schmutzigen Tuchs und einer Krone aus Knochen auf dem Kopf, hockte sie im Zentrum des Baues. In ihren Glubschaugen leuchtete Gier. Sie war hungrig, das konnte er sehen. Aber wann wäre die Große Mutter einmal nicht hungrig gewesen? Ihre Wangen waren aufgedunsen, ihre Lippen wulstig, und ihr Kinn ging ohne Hals in gerader Linie in die Brust über. An ihren zwei überdimensionierten Zitzen hingen Säuglinge, die nicht minder hässlich waren. Sie schliefen, ließen den Euter aber nicht einen Moment aus dem Mund. Capistranus schüttelte sich. Die Matriarchin war das böseste Geschöpf, das jemals auf Gottes schöner Erde gewandelt war. Und genau deshalb war sie so wichtig für ihn. Nur mit ihrer Hilfe konnte er seine Pläne in die Tat umsetzen. Sie würde nicht zaudern oder zögern, sie kannte kein Mitgefühl, und von Zweifeln würde sie sich nicht von ihrem Ziel abbringen lassen.

Er kniete sich hin, wobei er das Gewicht auf seinen Stab verlagerte.

»Ich grüße Euch, Große Mutter, Herrin der Unterwelt.«

Das Wesen vor ihm gab nur schnaufende Laute von sich.

»Ich habe Euch aufgesucht, weil ich mit Euch sprechen muss. Es geht um eine Angelegenheit von höchster Dringlichkeit. Wenn wir zusammenarbeiten, wäre das für uns beide von großem Vorteil. Für uns, weil wir uns unseren Erzfeind vom Halse schaffen könnten, für Euch, weil Euch das Futter im Übermaß sichern würde. Wenn Ihr Gefangene nehmt, wären Eure Vorratsstollen über Jahre gefüllt. Wärt Ihr bereit, euch meinen Vorschlag anzuhören?«

Die Matriarchin schnappte ein paarmal nach Luft, dann drang ein Laut aus den Tiefen ihres gewaltigen Leibes. Ein tiefes, blubberndes Geräusch, das nur mit Mühe als gesprochenes Wort zu erkennen war.

»REDE!«

Teil 3

»Die Rache ist mein;
ich will vergelten, spricht
der Herr.«

Ein eifersüchtiger und rächender Gott ist der HERR,

ein Rächer ist der HERR und voller Grimm.

Rache übt der HERR an seinen Gegnern,

und er grollt seinen Feinden.

Der HERR ist langsam zum Zorn und groß an Kraft.

Im Sturmwind und im Unwetter ist sein Weg,

und Gewölk ist der Staub seiner Füße.

Er bedroht das Meer und legt es trocken.

Alle Flüsse lässt er versiegen.

Die Berge erbeben vor ihm, und die Hügel zerfließen.

Vor seinem Angesicht hebt sich die Erde,

das Festland und alle, die darauf wohnen.

Nahum 1,2

38

Himmlischer Vater!« Benedikt sandte verstohlene Blicke nach allen Seiten, während er an der Seite Arkanas das feindliche Lager durchschritt. Er hatte das Gefühl, als würde er keine Luft mehr bekommen. Er hatte ja gewusst, dass Edana mit einem großen Aufgebot an Kriegerinnen und Waffen losziehen würde, aber dass es so viele waren, ließ ihn doch verzagen. Dies war keine hastig zusammengestellte Truppe, mit der man einen Wochenendfeldzug startete. Diese Armee kannte nur ein Ziel: die umfassende und vollständige Unterwerfung der Männer.

Und er war mittendrin.

Wie hatte er nur so vermessen sein können, zu hoffen, diese Lawine an Menschen und Material aufhalten zu können? Vermutlich würde er es nicht mal bis zur Heerführerin schaffen. Jeden Moment konnte er mit einer Klinge zwischen den Rippen auf der zerwühlten Erde liegen. Es grenzte ohnehin an ein Wunder, dass sie es so weit geschafft hatten. Vorbei an den Wachen und den Patrouillen, die das Lager weiträumig umkreisten. In seine kapuzenbewehrte Kutte gekleidet, den Rücken gebeugt, den Kopf gesenkt, schritt er an der Seite Arkanas durch das Lager.

»Ich habe Angst«, flüsterte er gerade so laut, dass die Hohepriesterin ihn hören konnte. »Ich fürchte, es war eine ziemlich dumme Idee von mir mitzukommen.«

»Halt den Mund und folge mir«, flüsterte Arkana zurück. »Und damit du es weißt, ich habe auch Angst.«

»Hast du eine Ahnung, wo wir Edana finden können?«
»Ich würde vermuten, im Zentrum des Lagers, dort, wo die Bäume am dichtesten stehen. Und jetzt still.«
Benedikt spähte unter seiner Kapuze hervor. Sein letzter Besuch auf dem Neumarkt war ewig her. Die Bäume waren damals noch deutlich kleiner gewesen und die umliegenden Gebäude nicht so stark überwuchert. Die Sonne versank gerade hinter dem Horizont, und die einsetzende Dämmerung ließ die Dinge in einem unwirklichen Licht erscheinen. Überall flackerten Lagerfeuer. Dichter Rauch lag über dem Platz, der Geruch nach Essen hing in der Luft.
Als wären seine Gedanken für alle laut hörbar gewesen, drehten sich plötzlich einige Frauen nach ihnen um. Eine von ihnen, eine schwerbewaffnete Brigantin, verstellte ihnen den Weg. »Halt, ihr zwei. Wo wollt ihr hin?«
»Wir wollen die Ratsvorsitzende Edana sprechen. Wir kommen mit einer dringenden Botschaft.«
»Wer seid ihr? Zeigt mir euer Gesicht.«
Arkana zog ihre Kapuze zurück und trat der Frau mit erhobenem Kinn entgegen. Benedikt hörte, wie sie vor Überraschung die Luft einsog. »Arkana! Es ist Arkana, die Hohepriesterin.«
Jetzt gesellten sich auch andere Frauen herbei. »Tatsächlich, es ist Arkana.«
»Aber wurde sie nicht zum Tode verurteilt?«
»Sie ist geflohen. Warum kommt sie zurück? Was hat sie vor?«
Eine Frau, eine ältere Bedienstete, warf sich zu Boden und bettete ihren Kopf auf die Hände. »Danke, Herrin. Ich habe dafür gebetet, dass Ihr wiederkehren möget. Ich habe nie an Euch gezweifelt.«
Auch andere Kriegerinnen neigten ihr Haupt.
»Nicht alle halten Euch für eine Verräterin«, hörte Ben eine

der Frauen sagen. »Dass Ihr wiedergekommen seid, ist ein Zeichen der Göttinnen.«
Das Gerücht, Arkana sei zurückgekehrt, verbreitete sich wie ein Lauffeuer im Lager. Immer mehr Schaulustige kamen, um zu sehen, was da los war. Benedikt wäre am liebsten im Erdboden versunken. Er spürte die Blicke der Frauen auf sich ruhen. Die Kriegerin, die sie zuerst entdeckt hatte, deutete auf ihn.
»Du da, wer bist du? Zieh deine Kapuze herunter, damit wir dich sehen können.«
Das war's. Jetzt war er geliefert. Alles, was er jetzt noch tun konnte, war, auf ein Wunder zu hoffen.
Er richtete sich zu seiner vollen Größe auf, befahl sich Gott und schloss die Augen.

*

Magdalena saß tief in die Lektüre eines alten Heilkundebuches versunken, als Zoe ins Zelt gestürmt kam. Ihr Gesicht war gerötet, sie war völlig außer Atem.
»Komm schnell«, rief sie. »Arkana ist wieder da.«
Die alte Heilerin benötigte einen Moment, um zu begreifen, was sie gerade gehört hatte. »Wer ist da?«
»Hohepriesterin Arkana. Sie ist wieder zurück. Gleich hier um die Ecke. Wie es aussieht, war sie auf dem Weg zu Edana, als eine der Wachen sie aufgehalten hat. Komm schnell, ehe es ein Unglück gibt.«
Magda erhob sich, legte das Buch beiseite und eilte hinter Zoe her. Wenn es wirklich Arkana war, dann schwebte sie in höchster Gefahr. Edana hatte die ehemalige Hohepriesterin für vogelfrei erklärt und einen Preis auf ihren Kopf ausgesetzt. Wer immer ihr einen Beweis für ihren Tod brachte, durfte mit einer beträchtlichen Belohnung sowie Privilegien und Ehrungen

rechnen. Natürlich hatte nie jemand ernsthaft damit gerechnet, Arkana zu finden oder gar zu töten, dafür war diese Frau zu klug. Sie besaß die Gabe des zweiten Gesichts, doch das war natürlich keine Garantie. Jede dahergelaufene Kriegerin konnte sie töten und den Preis dafür kassieren. Was hatte sich Arkana nur dabei gedacht? Es musste etwas dahinterstecken – etwas Wichtiges. Ihr Auftauchen änderte alles. Wenn Magda nur nicht zu spät kam!

*

»Hörst du schlecht? Ich habe gesagt, du sollst die Kapuze abstreifen.«

Benedikt stand mit geschlossenen Augen da. Starr, unbeweglich, die Hände zu Fäusten geballt. Er wollte nicht mit ansehen, wenn sie ihm den Speer zwischen die Rippen rammten. Als er spürte, dass alle ihn anstarrten und kein Weg daran vorbeiführte, befahl er sich Gott und streifte seine Kapuze mit beiden Händen nach hinten. Kein Laut war zu hören. Die Stimmen erstarben und hinterließen eine Stille, die fast noch schlimmer war als das angespannte Flüstern. Benedikt war versucht, seine Augen zu öffnen, doch er zwang sich, es nicht zu tun. Sie sollten nicht die Angst in seinen Augen sehen. Was im Tierreich galt, galt auch für Menschen: Wenn du überleben willst, zeige keine Furcht.

»Ein Mann«, stieß eine der Frauen aus. »Es ist ein Mann!«

Rufe des Entsetzens und der Empörung wurden laut.

»Was hat der Feind in unserem Lager zu suchen? Arkana, hast du das zu verantworten?«

»Ja, Arkana, sag uns, was das zu bedeuten hat.«

»Wie kannst du es wagen, einen Teufel zu uns zu bringen?«

Die Aufmerksamkeit schien sich von ihm weg auf die Hohepriesterin zu richten. Benedikt entschied sich, dass der Zeitpunkt gekommen war, die Augen zu öffnen.

Kaum hatte er es getan, bereute er es schon wieder. Der Anblick jagte ihm einen Schauer über den Rücken. Eine riesige Traube von Frauen hatte sich um sie gebildet, und immer noch strömten weitere Schaulustige herbei. Die Stimmung war angespannt. Noch hatte ihn kein Schwert oder Stein getroffen, doch das konnte sich jeden Moment ändern.

Eine Kriegerin mit einer Lanze senkte ihre Waffe und richtete sie auf Arkana. »Was hat das zu bedeuten, Hohepriesterin? Wer ist dieser Mann? Was hat er in deiner Begleitung zu suchen?«

Arkana blickte in die Runde. Bis zu diesem Zeitpunkt hatte sie noch kein einziges Wort gesagt. Ruhig stand sie da, abwartend, überlegen. Benedikt fragte sich, wie sie in dieser Situation so beherrscht sein konnte. Doch jetzt hob sie ihre Arme, und die Gespräche erstarben.

»Hört mich an, Schwestern«, rief sie. »Ich verstehe eure Erregung. Ihr seid neugierig und verwundert. Wenn der Moment gekommen ist, werde ich all eure Fragen beantworten. Doch im Moment gibt es etwas für mich zu tun, das wichtiger ist. Ich muss eure Anführerin sprechen. Eine schreckliche Gefahr kommt auf uns zu, und ich muss sie davor warnen. Lasst mich mit Edana sprechen, und ich werde dafür sorgen, dass alle gegen mich erhobenen Vorwürfe aus der Welt geschafft werden. Danach könnt ihr mir alle eure Fragen stellen.«

»Lügnerin«, schrie eine Frau von weiter hinten. »Du bist geflohen und hast dich mit dem Feind eingelassen. Jetzt hast du einen von ihnen hierher zu uns gebracht. Du bist eine Verräterin!«

Arkana suchte die Ruferin inmitten der Zuhörer. »Es ist wahr, was du sagst«, rief sie. »Ich bin geflohen, aber nur, um mein

Leben zu schützen. Das und das Leben meines Mannes. Ich habe erkannt, dass die Männer nicht die Monster sind, als die manche von uns sie hinstellen. Wie gesagt: Wenn mein Gespräch mit Edana vorüber ist, werde ich jeder Einzelnen von euch Rede und Antwort stehen. Ich verspreche euch, dass ich nicht mehr fortlaufen, sondern mich eurem gerechten Urteil beugen werde. Und sollte es für mich den Tod bedeuten, so werde ich ihn akzeptieren. Aber bitte gebt mir die Chance, alles aufzuklären.«

»Und dieser Mann, den du da mitgebracht hast, was ist mit ihm? Warum ist er hier, was will er hier?«

»Egal wie das Urteil über dich ausfallen wird, er muss auf jeden Fall sterben.«

»Tod dem Teufel!«

»Ja, Tod dem Teufel!«

»Teufel, Teufel!«

Arkana erhob ihre Arme und versuchte, gegen die anschwellende Unruhe anzuschreien, doch der Ruf nach Bens Hinrichtung wurde immer lauter. Die Menge geriet in Bewegung und drängte unaufhaltsam nach vorne. Die Situation geriet außer Kontrolle.

Es war genau das eingetreten, was Benedikt am meisten befürchtet hatte. Er würde sterben, ohne auch nur ein Wort der Verteidigung vorgebracht zu haben. Ein Stein flog und traf ihn an der Schulter. Der Schmerz ließ ihn zusammenfahren. Er beugte sich nach vorne und entging so einem zweiten Stein, der messerscharf an seinem Ohr vorbeisauste. Er zweifelte keine Sekunde daran, dass die letzten Sekunden seines Lebens angebrochen waren.

In diesem Moment geschah etwas Seltsames. Inmitten der wogenden Menge aufgebrachter Frauen entstand eine Lücke. Nicht

von allein und auch nicht aus Zufall. Jemand schob sich nach vorne – und dieser Jemand war klein. Klein und alt.
Die Frau war in Begleitung einer jüngeren Frau, die dafür sorgte, dass niemand ihr zu nahe kam, doch das war eigentlich nicht nötig. Als sie sahen, wer sich da näherte, wichen die erregten Frauen respektvoll zurück. Schließlich war ein etwa zwei Meter breiter Korridor entstanden, durch den sie ungehindert hindurchspazieren konnte. Als sie bei ihnen eintraf, warf sie der Hohepriesterin ein knappes Nicken zu. »Arkana.«
»Oberste Heilerin.«
Das war's, mehr hatten die beiden sich nicht zu sagen, obwohl Benedikt das Gefühl hatte, dass sie einander gut kannten. Dann wandte sich die Frau ihm zu.
»Wie heißt du?«
Es war seltsam. Irgendetwas an ihr kam ihm vage vertraut vor. War es die Stimme oder die Art, wie sie ihren Kopf beim Sprechen neigte? Er holte seine Brille aus der Tasche und begann, sie umständlich zu putzen. Als er sie aufgesetzt hatte, erkannte er, dass sie älter war, als er zunächst geglaubt hatte. Tatsächlich schien sie etwa in seinem Alter zu sein. Hunderte von kleinen Fältchen umspielten ihre Augen, die meisten davon Lachfältchen.
»Benedikt«, sagte er, und mit einem schwachen Lächeln fügte er hinzu: »Aber meine Freunde nennen mich Ben.«

39

Da ist er«, zischte Gunnar. »Da drüben, auf der anderen Straßenseite, siehst du ihn? Er kommt gerade raus.«

Dachs kniff die Augen zusammen.

Cedric, der Sohn von Warlord Alexander, hatte sein Hauptquartier verlassen und steuerte geradewegs auf sie zu. Begleitet wurde er von drei Kerlen, denen man ansah, dass mit ihnen nicht gut Kirschen essen war. Zwei von ihnen kannte Gunnar persönlich: Drago und Kronn. Üble Burschen. Sie dienten jedem, der mit harter Münze bezahlte, und schreckten vor nichts zurück: weder vor Raub noch Mord noch Vergewaltigung. Er hatte selbst miterlebt, wie sie den alten Gerald fast totgeprügelt hatten, nur weil er Cedric ein paar Nickel geschuldet hatte. Gunnar hatte dem Alten das Geld vorgestreckt und sein Leben gerettet. Den Dritten kannte er nicht, er sah aber nicht minder übel aus.

Gemeinsam gingen die vier auf das gepanzerte Fahrzeug zu, hinter dem sich Gunnar und Dachs versteckt hielten. Der Plan war einfach: Cedric in ihre Gewalt bringen, sobald er nahe genug dran war. Gunnar wusste, dass der Sohn des ehemaligen Warlords eine feige Ratte war. Wenn er fürchtete, Gunnar würde ihm tatsächlich die Kehle durchschneiden, würde er erst wimmern und jammern und dann die anderen fortschicken.

Die Frage war nur: Würde er so dicht an Cedric herankommen, dass er ihn zu fassen bekam? Sie lagen jetzt lange genug auf der Lauer und hatten so etwas wie einen notdürftigen Plan ausgetüftelt. Dachs sollte im letzten Moment hinter dem Auto hervorstürmen, um die Aufmerksamkeit der Schläger auf sich zu lenken. Dann würde Gunnar aus der Deckung stürzen und Cedric von hinten packen. Der Sohn des Warlords würde hoffentlich schlau genug sein, um sich zu erinnern, wie gut der Schmied mit der Klinge umgehen konnte. Wenn er nicht vollkommen lebensmüde war, würde er auf die Forderung eingehen. Und wenn nicht – nun, so weit waren sie in ihrer Planung nicht gekommen.

Die vier waren nur noch zehn Meter entfernt. Gunnar konnte ihr dreckiges Lachen hören. Irgendein Witz über die Schwächlinge von der Heiligen Lanze.

»Solche Töne will ich nicht hören, wenn wir in der Nähe der schwarzen Kathedrale sind, verstanden?«, sagte Cedric. »Ich will den Inquisitor nicht verärgern. Hat mich schon genug Mühe gekostet, zu einem seiner engsten Vertrauten zu werden. Wenn ihr brav seid und mitspielt, wird für jeden von euch ein hübsches Sümmchen herausspringen, Also reißt euch zusammen und tut, was ich euch sage.«

»Schon klar, Boss. Wir fanden es bloß so komisch, dass diese Gralsbrüder immer, wenn sie 'ne Hexe ins Jenseits geschickt haben, in die Kirche zum Beichten gehen müssen. Als ob sie was Schlechtes getan haben und sich dafür schämen müssten.«

»Das ist halt so nach ihrem Glauben. Ich kapier's auch nicht, aber es ist nichts, worüber ihr euch den Kopf zerbrechen müsst. Und jetzt macht, dass ihr …«

Er verstummte.

Dachs war auf das vereinbarte Zeichen hin aus seinem Versteck gesprungen und rannte quer über die Straße, wobei er den vier Männern kurz sein Gesicht zeigte. Cedric reagierte prompt. »He, Moment mal. Den kenne ich. Das ist doch dieser …«

Weiter kam er nicht, denn in diesem Augenblick war Gunnar aufgestanden, hatte ihm von hinten den Arm um den Hals geschlungen und sein Messer an die Kehle gedrückt. Cedric stieß ein ersticktes Gurgeln aus.

»Keinen Mucks, oder ich werde dir einen Schnitt verpassen, der dich aussehen lässt, als hättest du einen zweiten Mund. Tu genau, was ich sage, wenn dir dein Leben lieb ist.« Er zerrte den Sohn des Warlords bis zum Rand der Hausmauer. Die Männer standen erst völlig perplex da, dann zogen sie ihre Waffen und folgten den beiden. Eine Woge von Schweißgeruch stieg Gunnar in die Nase. Angstschweiß. Er lockerte seinen Griff gerade so weit, dass Cedric genügend Luft zum Atmen bekam.

»Sag ihnen, sie sollen stehen bleiben und ihre Waffen ablegen. Mach schon.«

»Waf… Waffen weglegen und … zurückbleiben«, keuchte der Schwächling. Die Männer blieben stehen und sahen sich an. Sie schienen unschlüssig, was zu tun war.

»Habt ihr nicht gehört?« Gunnar drückte wieder fester zu. Das Messer lag direkt seitlich des Kehlkopfes. Nur ein kleiner Schnitt, und er würde die Halsschlagader treffen. Offenbar wurde das jetzt auch den Männern klar, denn sie hoben die Hände und signalisierten Verhandlungsbereitschaft.

»W… was willst du?«, krächzte Cedric.

»Du weißt genau, was ich will. Ich will Logan.«

»Logan? Was soll m… mit ihm sein?«

»Spiel keine Spielchen mit mir. Ich weiß, dass du ihn hast und dass du ihn hier irgendwo in der Stadt versteckt hältst. Wo ist der Wasserturm?«

»Woher …?«
»Das hat dich nicht zu interessieren«, unterbrach ihn Gunnar. »Wichtig ist nur, dass du mich dorthin führst und Logan da rausholst. Wenn du ihn mir unbeschadet übergibst, vergesse ich die Sache vielleicht und lasse dich gehen. Wenn nicht … nun.« Er drückte das Messer fest an seine Kehle.
»Ich … ich habe ihn nicht mehr«, röchelte Cedric. »Er ist in Gewahrsam des Inquisitors. Die Wachen dort lassen niemanden rein, der nicht ein von ihm persönlich unterschriebenes amtliches Dokument vorweisen kann.«
»Dann besorge dir dieses Dokument«, zischte Gunnar. »Du hast ihn da reingebracht, du wirst ihn wieder rausholen.«
»Und du wirst mich die ganze Zeit … begleiten, mit dem Messer an meinem Hals? Glaubst du im Ernst, sie lassen dich … auch nur in die Nähe des Inquisitors kommen? Selbst ich muss vorher alle meine Waffen abgeben und mich einer Leibesvisitation unterziehen. Keine Chance … dass wir beide da reinkommen.« Cedric machte eine kurze Pause, dann keuchte er: »Ich habe das Gefühl … du hast das alles nicht richtig durchdacht.«
Gunnar presste die Lippen zusammen. Mit der Möglichkeit, dass Cedric Logan an den Inquisitor übergeben hatte, war nicht zu rechnen gewesen. Er war fest davon ausgegangen, dass Cedric an Logan einen privaten Racheakt vollführen wollte.
»Was wird mit Logan geschehen?«, fragte Gunnar mit unterdrückter Stimme. »Was habt ihr mit ihm vor?«
»Das weiß ich nicht. Meinst du, der Inquisitor erzählt mir alles, was er vorhat? Er will an ihm ein Exempel statuieren, mehr habe ich nicht in Erfahrung bringen können. Aber wie, wann und wo – keine Ahnung.«

»Du lügst.« Gunnar spürte, dass ihm die Optionen ausgingen. Die Gefahr, dass mehr Männer aus dem Hauptquartier kamen, wurde von Minute zu Minute größer.
»Ich glaube, du willst mich hinhalten, damit deine Leute dich befreien können.«
»Warum sollte ich das tun? Ganz offensichtlich bist du bereit zu sterben, oder?«
»Allerdings«, knurrte Gunnar.
»Weißt du, was ich glaube, alter Mann?«, keuchte er. »Ich glaube, du machst dir was vor. Du hast auch etwas zu verlieren.«
»Was redest du da?«
»Das Leben deiner Söhne steht auf dem Spiel. Wenn du mich tötest, stirbt der Kleine da drüben. Ebenso wie Logan. Ich hingegen würde gerne … weiterleben. Die Dinge entwickeln sich für mich gerade sehr gut. Warum sollte ich für etwas sterben wollen, was mir ohnehin nichts mehr bedeutet? Gwen ist fort, und an Logan habe ich mich gerächt. Warum also sollte ich dafür mein Leben aufs Spiel setzen?«
Gunnar ließ sich die Worte durch den Kopf gehen, dann lockerte er den Griff ein wenig. Cedric atmete laut hörbar auf.
»Schon besser«, keuchte er. »Ich schlage dir einen Handel vor. Wenn du mich gehen lässt und dich mir freiwillig auslieferst, werde ich im Gegenzug dafür sorgen, dass deine Jungs freikommen. Ich werde noch heute zum Inquisitor gehen und ihm einen Tausch vorschlagen. Dein Leben gegen das von Logan. Und Dachs lasse ich laufen.«
»Warum sollte ich mich auf einen solchen Handel einlassen?«
»Ganz einfach: Du bist klug genug, um zu wissen, dass ich dem Inquisitor irgendetwas anbieten muss. Ohne einen entsprechenden Anreiz wird er Logan nicht freilassen. Du hast dein Leben doch schon gelebt, er noch nicht. Logan hat noch

alles vor sich. Sieh dich an, alter Mann. Du bist verbraucht, ausgelaugt. Deine Söhne aber sind jung. Logan könnte deine Schmiede übernehmen und für Dachs sorgen. Und wer weiß, vielleicht trifft er Gwen eines Tages wieder. Wäre das nicht eine schöne Vorstellung?«

»Deine Worte sind wie Gift«, sagte Gunnar. »Welche Garantie habe ich?«

»Keine, fürchte ich. Du musst mir schon vertrauen. Die Alternative ist, dass wir alle hier und auf der Stelle sterben. Du, ich, der Junge. Und Logan wird uns später dann folgen. Vier Tote anstatt eines tapferen Mannes, der durch seine Tat als Märtyrer in die Geschichtsbücher eingehen wird. Ich finde, das klingt nach einem fairen Deal. Und jetzt lass endlich dein Messer sinken und hör mit dem Scheiß auf.«

Gunnar stand unschlüssig da. Cedric hatte recht. Er hatte das Ganze nicht richtig durchdacht.

Wenn er Cedric als Geisel nahm und mit ihm und Dachs zusammen floh, opferte er Logan. Oder er stellte sich und rettete das Leben seiner Jungs. Das war etwas, womit er leben konnte, denn wie Cedric ganz richtig gesagt hatte: Er war alt, und sie waren jung.

Was sollte er nur tun, verdammt noch mal?

Er blickte zu Dachs hinüber, der hinter einer Tonne in Deckung gegangen war. Als der Junge sah, was sein Vater vorhatte, schüttelte er vehement den Kopf. Nein, nein. Tu das nicht, schien er rufen zu wollen. Doch Gunnar hatte seine Entscheidung bereits getroffen. Er ließ den Arm und das Messer sinken und trat einen Schritt zurück.

Cedric stolperte vorwärts und drehte sich dann um. Mit seiner Hand strich er über den Hals, um zu prüfen, ob er blutete. Dann zog er ein Taschentuch und betupfte damit die Wunde.

In seinen Augen leuchtete Hass. Gunnar spürte, wie die Männer näher kamen, doch er konnte seinen Blick nicht von den grünen, blassbewimperten Augen seines Gegners abwenden. Würde Cedric sich an die Vereinbarung halten?
In diesem Moment hob der Sohn des Warlords seinen Kopf. Ein kurzes Lächeln huschte über sein Gesicht.
»Ergreift ihn.«

40

Magdalena hatte das Gefühl, als würde die Welt den Atem anhalten. Die Zeit lief rückwärts. Die Jahre fielen von ihr ab wie Blütenblätter. Vor ihr stand dieser hochgewachsene, gutaussehende Kerl. Glattes schwarzes Haar, unrasiertes Kinn und in den Augen ein Leuchten, das sie zum Schmelzen brachte.
»Wie ist dein Name?«, flüsterte sie.
»Benedikt«, antwortete er mit tiefer Stimme. »Aber meine Freunde nennen mich Ben.«
Sie spürte, wie für einen Moment ihr Herzschlag aussetzte. Ehe ihr bewusst war, was sie tat, eilte sie nach vorne, umschloss den hageren Mann mit ihren Armen und drückte ihren Kopf an seine Brust. Er roch nach Leder und Schweiß. Und da war noch etwas anderes: Staub? Ja, er roch staubig. Alt und staubig. Doch es war der schönste Geruch, den sie je genossen hatte. Sie spürte seinen Atem, hörte, wie das Herz in seiner Brust schlug, und kämpfte mit den Tränen. Ausgerechnet sie, die nie auch nur ein einziges Mal in ihrem Leben geweint hatte.
Zitternde Hände legten sich auf ihren Kopf.
»Magda?«
Obwohl es beinahe ihre Kräfte überstieg, löste sie sich von ihm und sah ihm in die Augen. Ja, dachte sie. Er ist es. Kein Zweifel.
Es war unbeschreiblich, zu sehen, was in seinem Gesicht vorging. Nur jemand, der ihn gut kannte, wusste diese kleinen Bewegungen zu deuten. Das Zwinkern in den Augen, das ver-

schämte Knabbern an der Unterlippe, die steile Falte zwischen seinen Brauen. In ihm fochten Hoffnung, Freude, Zweifel und Erschütterung einen verzweifelten Kampf.

In diesem Moment ertönte Lärm nebenan. Die Frauen, die sich in stummer Verwunderung um ihre oberste Heilerin und diesen seltsamen Mann geschart hatten, wichen auseinander und machten Edana Platz, die mit einer Gruppe schwerbewaffneter Brigantinnen zum Ort des Geschehens geeilt war. Als sie sah, was sich dort abspielte, blieb sie verwundert stehen. Ihre Überraschung dauerte nur einen Moment, dann hatte sie sich wieder unter Kontrolle.

»Was ist hier los? Man hat mir berichtet, du seist zurückgekehrt, Arkana. Als ich die Nachricht hörte, konnte ich sie kaum glauben. Doch du bist tatsächlich hier, und das in Begleitung eines Mannes.« Die Abscheu in ihrem Gesicht war kaum zu übersehen. Dann huschte ihr Blick zu Magda und Ben, die sich immer noch in den Armen lagen, und sie verstummte.

Es dauerte eine ganze Weile, bis sie ihre Stimme wiederfand. »Ich verlange eine Erklärung. Sofort.«

»Die sollst du erhalten«, sagte Arkana. »Bei dir. In deinem Zelt.«

Edana stand einen Moment lang unschlüssig da, dann hob sie ihr Kinn. »Einverstanden. Arkana, du wirst mich begleiten. Die beiden anderen nicht.« Sie vermied es, Magdas Namen zu nennen. »Du bleibst hier. Dieser … Fremde wird in Gewahrsam genommen. Ich werde später entscheiden, wie ich mit ihm verfahren werde.«

»Nein.« Magdalena löste sich aus Bens Umarmung und trat der Ratsherrin entschlossen entgegen. »Er gehört zu mir. Erlaube ihm, mich in mein Zelt zu begleiten. Du kannst rundherum Wachen aufstellen lassen. Ich verbürge mich persönlich dafür, dass er keine Dummheiten macht. Aber du wirst ihm kein Haar krümmen, verstanden?« Sie sprach in einem Tonfall, wie man mit kleinen Kindern zu sprechen pflegte. Knapp, streng und von oben herab. Eine Ungeheuerlichkeit, doch sie konnte sich so etwas leisten. Sie war die älteste Frau Glânmors. Ihre Ausstrahlung reichte aus, die Wut in Edanas Augen im Keim zu ersticken. Ihr Blick war von stahlgrauer Härte, und ihre Stimme duldete keinen Widerspruch.

Edana holte ein paarmal Atem, dann löste sich ihr Widerstand in Luft auf. »Na schön«, sagte sie mit gepresster Stimme. »Es möge so sein – vorerst.«

Mit diesen Worten wandte sie sich ab und stampfte zurück in ihr Zelt. Arkana folgte ihr. Zoe war sichtlich erfreut, ihre ehemalige Herrin endlich wiederzusehen, doch sie wagte es nicht, einfach hinter ihr herzulaufen, solange sie noch in Magdas Diensten stand.

Die alte Heilerin lächelte. »Geh nur, ich komme klar. Ich habe wiedergefunden, was ich so lange vermisst habe.« Sie tastete nach Bens Hand.

»Bist du sicher?«

»Aber natürlich. Nur eines noch: Wir benötigen etwas zu essen und zu trinken. Und sag den Wachen, wir wollen nicht gestört werden.«

»Mache ich.« Zoe strahlte, dann verschwand sie.

Magda führte Ben in ihr Zelt. Sie tat ganz ruhig und beherrscht, doch das war nur Fassade. In ihrem Inneren tobte ein Orkan. Gefühle, Erinnerungen, Liebe, Hass – alles verwoben zu einem Knäuel pulsierender Energie. Jeden Moment glaubte sie, vor Freude zerspringen zu müssen.

»Tritt ein, nimm Platz und mach es dir gemütlich. Du kannst dir einen Hocker nehmen oder es dir auf dem Bett bequem machen. Bitte entschuldige, dass ich dir nicht mehr Komfort bieten kann.«

»Ich habe schon ärmlichere Unterkünfte gesehen.«

Magda sah ihn an und wusste, dass er die Wahrheit sagte. Er war alt, gewiss, aber er wies auch deutliche Zeichen von Unterernährung und Strapazen auf. Wie bei so vielen anderen Männern, die sie auf ihrer Wanderung tot oder gefangen am Straßenrand gesehen hatte, traten die Wangenknochen unnatürlich spitz heraus, und der Hals war zu dünn. Trotzdem, es war ihr Ben. Endlich hatte sie ihn wiedergefunden. Ihre Wangen waren heiß. Sie fühlte, wie die Tränen nach vorne drängten. Aber sie durfte nicht weinen. Nicht jetzt. Nicht hier.

Eine Wache kam herein und brachte einen Korb mit Wasser, Obst, Brot und etwas Käse. Magda nahm den Korb in Empfang und schloss den Zelteingang. Ihre Hände zitterten.

Ben saß die ganze Zeit kerzengerade auf seinem Stuhl und beobachtete jede ihrer Bewegungen. Bis auf einen Satz hatte er noch nichts gesagt. Wahrscheinlich war er – genau wie sie – von der Situation hoffnungslos überfordert.

»Darf ich dir etwas zu trinken anbieten? Es gibt aber nur Wasser.«

»Wasser ist okay.«

Okay, das war ein Wort, das sie völlig vergessen hatte. Früher gab es viele solcher Worte. Cool, geilo und fett. Himmel, war das lange her. Umso erstaunlicher, dass ihr die Worte plötzlich alle wieder einfielen.

»Etwas Käse und ein paar Trauben?«

Er nickte.

Sie machte ihm einen Teller zurecht, nahm selbst auch etwas und setzte sich neben ihn. Nicht zu nah, damit er sich nicht bedrängt fühlte, aber doch nah genug, um seine Anwesenheit zu spüren. Zaghaft fing er an zu essen, wobei er sie keine Sekunde aus den Augen ließ. Er erinnerte sie an einen alten wachsamen Wolf.

»Ich hatte gehofft, dich wiederzusehen«, sagte sie. »Auch wenn ich nie damit gerechnet hätte, dass es so bald sein würde.«

Das Kauen stockte. »Wieso …?«

»Arkana«, erläuterte Magda. »Die Brieftauben. Die alte Tradition ist immer noch sehr nützlich. Ich erhielt einen Brief, in dem sie mir schilderte, wie es ihr nach ihrer Flucht ergangen war, wo sie lebte und mit wem. Ich erfuhr von einer Hütte im Wald, einem Kanal und einem gewissen Benedikt.«

Ein Lächeln erhellte Bens Gesicht. »Aber natürlich«, sagte er. »Das ist die Verbindung. Wie klein die Welt doch ist.«

»Und wie unendlich groß«, sagte Magda. »Immerhin hat es fünfundsechzig Jahre gedauert, bis wir uns endlich wiederbegegnet sind.«

»Unkraut vergeht nicht«, erwiderte Ben mit vollem Mund. »Es sei denn, jemand trachtet dir nach dem Leben. Aber irgendein gnädiger Samariter hat sich meiner erbarmt und mich verarztet. Tja, Wunder geschehen immer dann, wenn man am wenigsten mit ihnen rechnet.«

Magda spürte einen Stich in ihrer Brust. Die alte Geschichte. Wie schnell sie wieder zwischen ihnen stand. »Ist die alte Wunde gut verheilt?«, fragte sie.

Ben tastete auf seine linke Bauchseite. »Ja. Ist zwar eine hässliche Narbe geworden, und wenn sich das Wetter ändert, spüre ich sie manchmal – aber alles in allem gut.« Er warf Magda einen schwer zu deutenden Blick zu. »Willst du sie sehen?«

Sie überlegte kurz, dann nickte sie.

Ben richtete sich auf, löste seinen Gürtel und zog das Hemd hoch. Er war tatsächlich schrecklich mager. Die Brust wirkte eingefallen, die Rippen standen hervor, seine Haut war bleich. Wie eine gekrümmte Schnur zog sich die Narbe quer über die linke Körperhälfte. Die Ränder waren aufgewölbt, der Verlauf unregelmäßig. Die Arbeit eines Pfuschers.

»Nicht besonders hübsch, nicht wahr?« Ben zuckte die Schultern. »Ich bin froh, dass sich jemand meiner erbarmt hat«, sagte er, »ich wäre sonst sicher gestorben. Genau wie so viele andere.«

Magda rückte näher und berührte ihn mit ihren Fingern.

Er zuckte zurück. »Deine Hand ist kalt.«

»Bitte entschuldige.« Sie fuhr fort, die Linie nachzuzeichnen. Bens Bauch bebte. Ob aus Kälte oder weil er kitzlig war, wer wusste das schon? Doch sie konnte ihre Hände einfach nicht von ihm lassen. Die Berührung setzte etwas frei. Die Jahre fielen von ihr ab, als habe jemand einen staubigen alten Schleier gehoben. Sie fühlte sich so jung wie seit Jahren nicht mehr. Erst jetzt war sie wirklich überzeugt, dass die Göttinnen sich keinen Scherz mit ihr erlaubt hatten und dass sie ihn tatsächlich wiedergefunden hatte.

Ihren Ben.

Tief in ihr zerbrach etwas. So wie im Märchen vom Froschkönig. Ein Band, ein eiserner Ring, der ihr Herz fest umschlungen gehalten hatte – seit fünfundsechzig Jahren. Endlich bahnten sich die Gefühle, die sie so lange tapfer im Zaum gehalten hatte, ihren Weg.

Sie weinte.

41

Edana fuhr herum. »Ich will eine Erklärung. Sofort. Ich will wissen, was mit Magda los ist. Wer ist dieser Mann?«

»Darf ich mich erst mal setzen?« Arkana wartete die Antwort erst gar nicht ab, sondern suchte sich den nächstbesten freien Stuhl und ließ sich darauf nieder. Mit amüsiertem Gesichtsausdruck blickte sie umher. »Deine Ratshalle hat an Glanz verloren, seit wir uns das letzte Mal begegnet sind.«

»Findest du das witzig?« Edana schäumte vor Wut. »Ein Wort von mir, und du wirst auf dem Scheiterhaufen brennen. Gleich jetzt und hier. Was du getan hast, wird in unserer Welt mit dem Tode bestraft. Und jetzt kommst du in mein Lager, bringst diesen Fremden mit und verhöhnst mich auch noch? Ich warne dich, dein Leben hängt an einem seidenen Faden.«

»Tat es das nicht immer?« Arkana beugte sich vor und faltete die Hände. »Seit ich denken kann, lebe ich in Angst. Angst, weil ich anders bin, Angst, weil ich das Gefühl hatte, meine Freunde und mein Volk zu verraten, Angst, entdeckt zu werden. Die Angst ist mein ständiger Begleiter. Wenn du mir also Furcht einjagen willst, stell dich hinten an. Tatsächlich ist es aber so, dass dieser Zustand mich zum Nachdenken gebracht hat. Darüber, wer ich bin, woher ich komme und was mit mir geschieht. Angst kann einen lähmen, sie kann einen aber auch zu tiefer Erkenntnis bringen. Sie hilft dabei, neue Wege zu beschreiten und ums Überleben zu kämpfen. Mittlerweile ist sie für mich keine Bedrohung mehr, sondern eine alte Bekannte,

die mich stets ermahnt, vorsichtig zu sein und nicht alles zu glauben, was Menschen mir erzählen wollen.«
Edana schüttelte den Kopf, beruhigte sich dann aber. Sie zog einen Stuhl heran und nahm darauf Platz.
»Du sprichst in Rätseln, aber das hast du immer schon getan.«
»Mein alter Fehler, ich weiß.« Arkana lächelte gequält. »Aber ich werde mich bemühen, so deutlich wie möglich zu sein. Du fragst dich, warum ich zurückgekehrt bin. Warum ich mich der Gefahr aussetze, von dir getötet zu werden. Ich will es dir sagen: Mir sind Gerüchte zu Ohren gekommen, dass der Inquisitor auf euren Feldzug vorbereitet ist und euch eine böse Falle stellen wird. Ich erzähle dir davon, nicht, weil ich dich besonders mag. Auch nicht, weil ich deinen Feldzug für die beste Idee halte, die du je gehabt hast. Nein, es geht um etwas anderes. Es geht um nichts Geringeres als das Überleben unserer Art.«
Edana kräuselte amüsiert die Lippen. »Unserer Art?«
»Der Menschheit. Denn das ist es, was auf dem Spiel steht. Du und der Inquisitor, ihr seid euch gar nicht so unähnlich. Ihr betrachtet diesen Krieg als ein Spiel. Als ein Duell, bei dem mit hohem Einsatz gespielt wird. Das Problem ist nur: Wenn einer verliert, verlieren alle. Es gibt keine Gewinner. Was ihr beide nicht zu verstehen scheint, ist, dass Männer und Frauen nicht ohneeinander leben können. Oh, gewiss, ich kenne deine Planspielchen: männliche Sklaven, die für den Nachwuchs sorgen, und so weiter. Aber du denkst zu kurz. Was durch eine solche gesellschaftliche Teilung über die nächsten Generationen hinweg an Hass aufgebaut wird, ist nicht wiedergutzumachen. Es wird sich wie eine schwärende Wunde in unserer Gesellschaft verankern und zu immer neuen Konflikten führen. Die Männer werden sich auf Dauer nicht unterdrü-

cken lassen, ich kenne sie. Ich weiß, wie stolz und trotzig sie sind. Eher schneiden sie sich ihr bestes Stück ab, als gefangen und gedemütigt wie Zuchtbullen dahinvegetieren zu müssen. Meine Erfahrung hat mich gelehrt, dass wir nur eine Chance haben: Wir müssen wiederfinden, was uns damals verlorenging.«

»Und was, bitte schön, soll das sein?«

»Fragst du mich das im Ernst? Die Liebe natürlich. Ohne sie sind wir nichts. Sie ist die größte Macht im Universum. Menschen, Tiere, Pflanzen, ja sogar die Elemente fühlen sich voneinander angezogen. Nur so konnte Leben entstehen. Anziehungskraft ist die Uhrfeder jeder Veränderung. Wenn sich nichts aufeinander zubewegt, verharrt alles im Stillstand. Ohne Veränderung keine Entwicklung. Neues kann nur entstehen, wenn Altes vergeht. Ohne Tod keine Wiedergeburt. Das ist der Kreislauf des Lebens. Wenn wir uns den elementaren Gesetzen der Natur verweigern, sind unsere Tage auf diesem Planeten gezählt.«

»Wer hat dir diese Flausen in den Kopf gesetzt? Der Mann da draußen?« Edana deutete in Richtung von Magdas Zelt.

»Ben? Nein. Und auch nicht Claudius, der Mann, mit dem ich seit zwanzig Jahren zusammenlebe und den ich liebe.«

Edana verzog das Gesicht. »Hör auf, so zu sprechen.«

»Warum?«

»Es ist … widernatürlich. Darum.«

»Ich werde dir sagen, was widernatürlich ist. Dass Männer und Frauen aufeinander losgehen und einander das Leben zur Hölle machen, das ist widernatürlich. Dass wir uns gegenseitig zu vernichten suchen, anstatt unsere Zukunft zu planen, Kinder in die Welt zu setzen, Familien zu gründen und glücklich und zufrieden alt zu werden. Das wäre für mich das Paradies. Der

Garten Eden, den wir so lange entbehren mussten. Aber die Zeichen stehen gut, dass es bald wieder so sein wird.«

»Lächerlich.«

»Nicht lächerlich. Es gibt klare Zeichen, dass das Virus, die Krankheit, abgestorben ist. Es hat aufgehört, unsere Körper und unsere Seelen zu vergiften. Sieh dich um. Überall fühlen Männer und Frauen sich auf einmal wieder zueinander hingezogen. Denk an das, was du eben gesehen hast: Magda und Ben. Gibt dir das nicht zu denken? Wir sind nicht länger Sklaven eines missglückten Experiments. Wir können entscheiden, was wir mit unserem Leben machen wollen, entscheiden, mit wem wir es teilen wollen und wie unsere Welt aussehen wird. Ich weiß nicht, wie du darüber denkst, aber ich würde es hassen, eine Sklavin zu sein.«

»Ich habe mich nie als Sklavin gefühlt.«

»Und doch bist du es. Du bist nicht in der Lage, über deinen Schatten zu springen und den Männern die Hand zu reichen. Fünfundsechzig Jahre Blut, Hass und Elend. Und was hat es uns gebracht? Findest du, wir haben uns in dieser Zeit merklich weiterentwickelt?«

»Das nicht gerade …«

»Und doch willst du diesem überholten Weg weiter folgen. Wäre es nicht an der Zeit, mal eine andere Strategie auszuprobieren?«

»Aber genau deswegen sind wir ja hier. Um den Weg zu verlassen und der Sache ein Ende zu machen.«

»Um noch mehr Blut und Elend heraufzubeschwören.«

»Nein. Um eine neue Nation zu formen. Eine Nation der Frauen. Eine Nation, in der wieder Ordnung und Recht herrschen. Wenn ich eines gelernt habe, dann dass Nationen aus Blut geboren werden. Genau wie Babys. Am Anfang stehen

Schmerzen, Entkräftung und Leid, doch dann folgen Freude und Erleichterung. Dieser Krieg wird Opfer fordern, keine Frage, doch der Preis, den es zu erringen gilt, wird uns für jedes Opfer entschädigen. Denk dir nur: Freiheit …«
»Sklaverei …«
»Frieden …«
»Unterdrückung …«
»Sieg …«
»Niederlage.« Arkana schüttelte den Kopf. »Verstehst du nicht, dass Hass immer nur noch mehr Hass gebiert? Blut immer nur noch mehr Blut und Krieg immer nur noch mehr Krieg? Es ist eine Todesspirale, die nur auf eine einzige Art enden kann: mit dem Untergang unserer beiden Völker. Ich flehe dich an: Lass dir diesen Krieg ausreden. Versuche, eine andere Lösung zu finden. Eine, die die Männer mit einschließt, anstatt sie auszugrenzen. In der die Liebe ihren Platz findet, nicht nur der Hass.«
Edana stand auf und verschränkte ihre Arme hinter dem Rücken. Nachdenklich wanderte sie eine Weile auf und ab. Dann sagte sie: »Was du verlangst, ist unmöglich.«
»Nichts ist unmöglich. Nur in unseren Köpfen. Wir können tun, was immer wir wollen, schließlich sind wir keine instinktgesteuerten Tiere.« Sie wollte noch etwas hinzufügen, als plötzlich ein Hornsignal ertönte.
Kurz darauf stürmte eine Wache ins Zelt. Edana trat ihr entgegen.
»Was ist los?«
»Wir werden angegriffen, Herrin. Clanlords, wie es scheint. Die Brigantinnen haben einen Schutzwall errichtet.«
»Ich komme. Gib mir einen Moment, meine Rüstung anzulegen.« Rasch streifte sie ihren Harnisch über und legte die Bein-

schienen an. »Mir scheint, dass sich die Sache damit erledigt hat, Arkana. Deine ach so friedfertigen Männer haben uns gerade die passende Antwort auf unser Gespräch gegeben.« Sie lächelte grimmig. »Weißt du, um ein Haar hättest du mich mit dieser Geschichte von Liebe, Glück und Zukunft überzeugt, aber es kann keine Liebe zwischen Männern und Frauen geben. So wie es keine Liebe zwischen Schafen und Wölfen geben kann. Die Dinge werden ihren Lauf nehmen. Und wie es enden wird, das wissen nur die Göttinnen.«

42

Ben spitzte die Ohren. »Was war das? Klang wie ein Hornsignal.«

»Ein Angriff«, erwiderte Magda mit sorgenvollem Blick. »Wir hatten in letzter Zeit schon so viele davon. Marcus Capistranus hat die Clanlords ins Rennen geschickt. Jetzt greifen sie unsere Flanken an. Nicht, dass sie uns wirklich schaden könnten, aber es zehrt an den Nerven. Ich bin sicher, morgen, spätestens übermorgen beginnt der Vormarsch auf die Kathedrale.«

»Warum hat Edana so lange gezögert?«

»Die Innenstadt ist ein Trümmerfeld. Wir würden mit unseren Pferden nicht durchkommen, was wiederum unsere Kraft erheblich schwächt. Brigantinnen sind geborene Reiter. Ohne ihre Pferde sind sie nur halb so stark. Doch lass uns von etwas anderem reden. Ich mag diesen Krieg nicht, und jeder Gedanke daran macht mich traurig.« Sie legte ihre Hand auf seinen Arm. Ihre Finger fühlten sich warm und kräftig an.

Ben blickte an sich hinunter und musste schmunzeln. Die neuen Kleider waren gewöhnungsbedürftig. Magda hatte ihm angeboten, sich zu waschen und die dreckigen Sachen auszuziehen. Es hatte etwas gedauert, bis sie im Lager etwas in seiner Größe gefunden hatten, doch nun trug er eine dunkle Stoffhose und ein helles, aus grobem Leinenstoff gewirktes Gewand.

»Weißt du, woran ich gerade denken musste?«, fragte sie.

Er schüttelte den Kopf.

»An deine Mittelalterspiele. Ich finde, was die Kleidung betrifft, hast du dich in den letzten fünfundsechzig Jahren kaum weiterentwickelt.«

Er ergriff ihre Hand. »Ich freue mich, dass wir uns wiederbegegnet sind. Mehr noch, ich bin vollkommen überwältigt. Schade nur, dass dieses Wiedersehen zu so einem schlechten Zeitpunkt kommt.«

»Wir können uns die Zeit leider nicht aussuchen.«

»Das ist wahr. Trotzdem bin ich froh, dass wir die Gelegenheit dazu hatten. Wer weiß, vielleicht ist es das letzte Mal.« Er musste wieder an diesen verhängnisvollen Sonntagmorgen Ende September denken. Der Tag, als sie mit dem Messer auf ihn eingestochen hatte. Er fasste sich an die Seite.

»Alles in Ordnung mit dir?« Magda sah ihn besorgt an.

»Geht schon«, sagte er. »Ist nur die alte Wunde, die sich von Zeit zu Zeit bemerkbar macht. Besonders bei Wetterwechseln spüre ich sie.«

Ihr Blick wanderte an ihm herab. »Ich wollte das nicht. Es war ... wie ein Rausch. Ich war nicht klar im Kopf. Ich stand da in der Küche und hatte diese unerklärliche Wut im Bauch. Ich war wütend auf mich, auf dich – auf die Welt. Ich weiß noch, dass ich ein paar Kräuter für den Quark geschnitten habe. Petersilie, Schnittlauch, Kerbel. Und während ich so schnitt und schnitt, dachte ich auf einmal, wie es wohl wäre, wenn es keine Pflanzen wären, sondern Fleisch. Ja, du hast richtig gehört, Fleisch. Finger, Arme, Beine, Köpfe. Ich hackte und hackte, wie eine Besessene. Es war schrecklich.«

»Deswegen nannte der Mann im Fernsehen es damals das Reaper-Virus. Der Schnitter. Es hat alles zerschnitten. Freundschaften, Familien, Generationen.«

»Ich hatte dieses Messer in meiner Hand, und es war wie eine

Verlängerung meines Arms. Ich verspürte einen Zorn im Leib wie niemals zuvor oder danach. Nackter, blutroter Zorn. Und dann kamst du ...«

»Und dann kam ich.« Ben zuckte die Schultern. »Bin direkt ins offene Messer gelaufen, wie man so schön sagt.«

»Verzeih mir.«

»Aber das habe ich doch schon längst getan.«

»Es tut mir leid, was ich dir angetan habe«, sagte sie. »Ich wollte das nicht.«

»Du konntest nichts dafür. Es war das Virus. Es hat uns zu etwas gemacht, was wir nicht sein wollten.«

Sie nickte. »Danach konnte ich nicht mehr in der Stadt bleiben, ich musste weg. Also habe ich mich dem Zug der Frauen angeschlossen und ein neues Leben begonnen.«

»Als Heilerin?«

»Als Heilerin. Das war etwas, was gebraucht wurde, und ich hatte ja schon einige Erfahrung. Es war ein langer Weg bis in die Häuser der Heilung, aber wenn ich etwas will, kann ich verdammt hartnäckig sein.«

»Das kann ich bestätigen.« Er grinste.

»Heute bin ich diejenige, die die jungen Heilerinnen ausbildet. Mir obliegt eine große Verantwortung, auch wenn ich den Betrieb nur noch kommissarisch leite.« Sie hielt ihm ihre rechte Hand hin, und er konnte sehen, dass sie zitterte. »Für Operationen und andere schwierige Eingriffe bin ich einfach zu alt. Aber eine bessere Narbe als die da würde ich allemal noch hinbekommen.« Sie deutete auf seine Brust.

Er strich mit der Hand über die Narbe. »Sag so etwas nicht«, sagte Ben. »Wer immer das getan hat, er hat mein Leben gerettet. Die Naht mag nicht schön sein, aber sie hat die Blutung gestoppt und verhindert, dass ich vor meiner Zeit zu meinem

Schöpfer befohlen wurde. Dank dieser einen gnädigen Seele war es mir möglich, ein erfülltes und sinnvolles Leben zu führen. Dafür bin ich dankbar.«

»Du brauchst mir nicht zu danken, das war das mindeste, was ich für dich tun konnte.«

»Was?«

»Die Hand, die tötet, kann auch Leben schenken. Aber wie gesagt: Die Naht würde ich heute besser hinbekommen.«

Ben glaubte, sich verhört zu haben. »Wie meinst du das?«

»So, wie ich es gesagt habe.«

»Willst du damit andeuten, du hast mich …? Aber wie? Wann?«

Die Nachricht traf ihn wie ein Schock. Es war Magda gewesen, die ihn zusammengeflickt hatte? Offenbar war heute der Tag der Überraschungen. Eine heftiger als die andere.

»Ein Zufall. Ich bin noch einmal zurück in die Klinik gegangen, um ein paar persönliche Sachen zu holen und mich mit dem Nötigsten für die lange Reise auszustatten. Das Hauptgebäude war gesperrt, darum versuchte ich es nebenan in der Unfallchirurgie. Dort sah es furchtbar aus. Wie es schien, hatte kurz zuvor eine regelrechte Schlacht gewütet. Überall Tote. Die Tür war aufgebrochen, das Glas auf dem Boden verstreut. Nur noch ein Mann war übrig. Er hockte wie ein verstörtes Tier im hintersten Zimmer und ließ nicht mit sich reden. Ich wusste trotzdem, wo ich noch etwas finden konnte, und stieg hinauf in den ersten Stock. Als ich wieder runterkam, sah ich dich auf einem Transportwagen liegen. Zuerst dachte ich, ich würde mich irren, aber es war ganz eindeutig. Du warst ohnmächtig und hattest viel Blut verloren. Das konnte ich zwar nicht ersetzen, aber ich konnte die Wunde vernähen. Der Schnitt war ziemlich lang, aber zum Glück waren keine Organe betroffen. Ich habe fast mein gesamtes Verbandsmaterial verbraucht und stand am Schluss wieder mit leeren Händen da. Da ich nicht wusste, ob du im Flur nicht in Gefahr warst, schob ich dich in ein Nebenzimmer und verließ das Gebäude. Um ehrlich zu sein, ich hätte nicht damit gerechnet, dass meine Behandlung geglückt ist.«

Ben lehnte sich zurück. »Das Zimmer, in das du mich geschoben hast: Es war voller Toter.«

»Im Ernst?«

»Sie haben die Leichen dort aufbewahrt. Deshalb hat mich auch niemand gefunden. Vielleicht war das mein Glück. Wer weiß, was sonst geschehen wäre.« Er war so überwältigt, dass ihm die Kraft fehlte, nachzudenken. Also nahm er einfach ihre Hand und drückte sie an seine Brust. »Darf ich dich küssen?«

Magda schmunzelte. Die Hunderte von Fältchen in ihrem Gesicht bildeten ein verwirrendes Muster. »Du weißt, dass ich jahrelang mit einer Frau zusammengelebt habe?«

»Aber natürlich. Das ist mir egal.«

»Dann gerne.«

Ben lachte, nahm ihr Gesicht zwischen seine Hände und senkte seine Lippen auf ihre.

43

Logan hörte Geräusche auf der Treppe. Unterdrückte Stimmen, das Schlurfen von Füßen. Fackelschein zuckte über die Wände. Die Flammen wurden von den feuchten Steinen reflektiert und hundertfach gebrochen.

»Wann ist dir aufgefallen, dass der Gefangene ausgebrochen war?«, hörte er eine bedrohlich klingende Stimme. »Bevor oder nachdem du ihm das Essen gebracht hast? Hm? Mach's Maul auf, oder ich lasse dir die Zunge rausschneiden. Bevor oder danach?«

»Bevor … nein, ich meine, danach. Bitte … Hochwürden … ich wollte ihm gerade seinen Teller durch die Gitterstäbe schieben, als mir auffiel, dass ein großes Loch im Boden war. Sie wissen schon, das, in dem die Gefangenen ihre Notdurft verrichten. Der Mörtel muss unter der ständigen Feuchtigkeit weich geworden sein, wobei mir immer noch nicht klar ist, wie er die Steine rausbekommen hat. Mit den Fingernägeln ist das nicht zu bewerkstelligen.«

»Hast du denn die Stabilität der Zellen nicht geprüft? Das fällt doch unter deinen Aufgabenbereich, oder? Los jetzt, zeig mir, was geschehen ist.«

Drei Männer kamen um die Ecke. Der Wächter, der Inquisitor und eine dritte Person, die deutlich kleiner und schmächtiger war. Logan brauchte nicht lange, um zu erkennen, dass es Cedric war. Die Wache schloss die Tür zum Höllenloch auf und ließ Cedric und den Inquisitor eintreten.

»Und da ist er durch?«, fragte der Inquisitor mit angewidertem Gesichtsausdruck. Er stocherte mit seinem Stab in der Öffnung herum. »Claudius war ein stämmiger Mann. Wie hat er da durchgepasst?«
»Offenbar konnte er sich recht schmal machen.«
»Wohin führt diese Leitung?«
»Ins städtische Abwassersystem, Euer Hochwürden. Es gibt ein großes Sammelbecken tief unter diesem Gebäude, aber da haben wir schon gesucht.«
»Dann ist er also weg. Ausgebrochen aus der sichersten Zelle der Stadt. Ist es das, was du mir sagen willst?« Er holte aus und schlug dem Wachposten ins Gesicht. »Elender Versager. Ich werde deinen Posten mit jemandem besetzen, der besser qualifiziert ist. Jemandem, der seine Arbeit gewissenhafter verrichtet als du. Geh mir aus den Augen, oder ich vergesse mich noch.«
Wimmernd zog der Mann von dannen.
»Vollidioten. Ich bin umgeben von Vollidioten. Wie soll ich denn da den Krieg gewinnen?«
»Es war nicht vorauszusehen, dass so etwas geschehen würde«, sagte Cedric, der das Loch gewissenhaft prüfte. »Trotz weichem Mörtel sitzen die Steine sehr fest. Es ist mir unerklärlich, wie er das geschafft hat. Dazu bedarf es Werkzeug.«
Logan war aufgestanden und trat nach vorne ans Gitter. »Er hatte Hilfe.«
Cedric und der Inquisitor fuhren herum und funkelten ihn an. »Hilfe? Von wem?«
»Von mir.« Logan hatte die Warterei satt. Tagein, tagaus in diesem feuchten Rattenloch mit der Aussicht, jeden Moment abgeholt und hingerichtet zu werden. Er konnte die Sache genauso gut beschleunigen.

»Lächerlich«, sagte Cedric. »Wie willst du ihm geholfen haben, du warst drei Meter von ihm entfernt.«

»Du vergisst, dass ich lange Zeit in dieser Zelle gehockt habe. Ich hatte genügend Ruhe und Muße für die Vorarbeit. Ich habe die Steine gelockert, sie gereinigt, wieder eingesetzt und die Ritzen provisorisch mit Erde verschmiert. Wenn du mir nicht glaubst: Unter dem dritten Stein von links findest du einen Löffel. Pech, dass ich so kurz vor meinem Ziel in eine andere Zelle verlegt wurde. Aber die Wege des Herrn sind nun mal unergründlich, ist es nicht so, Herr Inquisitor?«

»Pass auf, wie du mit Seiner Heiligkeit redest«, zischte Cedric ihn an und schob sich zwischen Logan und den Kirchenobersten. Offenbar wollte er sich beliebt machen.

»Wenn du nicht aufpasst, könnte es leicht passieren, dass du …« Weiter kam er nicht.

Logan hatte blitzschnell zwischen den Gitterstäben hindurchgegriffen, Cedric am Kragen gepackt und ihn zu sich herangezogen.

Der Kopf des jungen Warlords knallte mit laut hörbarem Scheppern gegen die Gitterstäbe. Ein dumpfes Stöhnen, dann landete er rücklings auf dem Hosenboden. Benommen blieb er hocken, während das Blut über sein Gesicht lief.

Marcus Capistranus blickte einen Moment überrascht, dann lächelte er. »Immer noch kampfeslustig, wie ich sehe. Logan der Champion, heißt es nicht so? Cedric hat mir deine Geschichte erzählt. Ich muss gestehen, ich bewundere deinen Mut. In meine Kirche einzudringen und mir Gwen unter der Nase zu stehlen, das war ein starkes Stück. Ich wünschte, ich hätte mehr von deiner Sorte in meiner Armee. Aber ich werde dich vermutlich nicht überzeugen können, für mich zu arbeiten, oder?«

»Sie können mich da küssen, wo die Sonne nicht hinscheint.«

»Nun, das dachte ich mir. Schade. Aber andererseits fühle ich mich verantwortlich, weil es mit deiner großen Liebe nicht geklappt hat. Ich würde dir gern eine neue Gefährtin ans Herz legen. Jemand, mit der du deine kämpferischen Neigungen nach Belieben ausleben kannst.«

»Nein danke. Kein Bedarf.«

Der Inquisitor lächelte, und es war ein höchst unangenehmes Lächeln. »Warum so voreingenommen? Bist du denn gar nicht neugierig, wen ich für dich vorgesehen habe?«

»Wenn der Vorschlag von Euch stammt, kann es nur eine hässliche alte Gurke sein.«

»Hässliche alte Gurke, sagst du? Das wird meiner Freundin, der Matriarchin, aber gar nicht gefallen.« Er schüttelte den Kopf. »Sie ist sehr empfindlich, was solche Dinge betrifft. Ich glaube, es wird höchste Zeit, dass ihr beide euch kennenlernt.«

Logan runzelte die Stirn. *Matriarchin?* Er konnte zwar nichts damit anfangen, aber der Name hatte einen unangenehmen Klang.

»Überlasst ihn mir, Herr.« Cedric rappelte sich wackelig und mit blutendem Riechorgan wieder auf. »Ich weiß noch etwas Besseres für ihn.«

Marcus Capistranus wandte sich dem Jungen zu. »Etwas Besseres? Was könnte interessanter für ihn sein, als der Matriarchin zu begegnen? Zumal er ja bereits Kontakt mit den Bleichen hatte. Ich bin sicher, die Große Mutter wird sehr erfreut sein, wenn ich ihr jemanden opfere, dem das Blut ihrer Kinder an den Händen klebt.«

Die Bleichen? Es gab nicht viel, wovor Logan sich fürchtete, aber sie gehörten dazu. Er erinnerte sich an die dürren weißen Kreaturen, die Gwen in ihrer Gewalt hatten, kurz bevor er sie aus ihren Klauen befreit hatte. Hässliche, übelriechende Grottenolme mit spitzen Zähnen und langen Fingernägeln. Stand der Inquisitor etwa mit dieser Brut in Kontakt? Unmöglich. Oder nicht? Bei diesem Teufel in Menschengestalt konnte man nie sicher sein. Was ging hier vor?

»Bitte, Herr, überlasst ihn mir.« Cedric betupfte seine Nase vorsichtig mit einem Taschentuch. »Ihr müsst verstehen, ich habe ein besonderes Verhältnis zu ihm. Er hat mir etwas weggenommen, was mir lieb und teuer war, und ich möchte nicht, dass er einfach so sang- und klanglos unter der Erde verschwindet.«

»Hast du einen besseren Vorschlag?«

»Allerdings.« Cedric näherte sich dem Inquisitor und flüsterte ihm etwas ins Ohr. Logan versuchte herauszufinden, um was es ging, verstand aber kein Wort. Doch nach einer Weile hellte sich das Gesicht des Inquisitors auf. »Interessant«, sagte er. »Du hast recht, das ist in der Tat noch besser. Aber was mache ich mit der Großen Mutter? Ich hatte ihr ein Opfer versprochen.«

»Ich glaube, auch dafür hätte ich eine Lösung.« Cedrics Mund verzog sich zu einem hässlichen Grinsen. »Zwei zum Preis von einem, würde ihr das nicht gefallen?«

Der Inquisitor lupfte eine Braue. »Das würde es, ganz gewiss. Aber ich muss dir gleich sagen: Von meinen Männern kann ich keinen erübrigen.«

»Niemanden aus Eurem Gefolge, Hochwürden. Die beiden sind mir heute Morgen ins Netz gegangen. Ich werde Befehl geben, Euch die beiden umgehend zuzustellen.« Cedric grinste. Es war ein blutiges und bösartiges Grinsen, und es weckte in Logan die schlimmsten Befürchtungen.

44

Am nächsten Morgen …

Gwen hatte das Gefühl, kaum geschlafen zu haben. Die Aufregung vom Vorabend, Arkanas Auftauchen, der fremde Mann, all das war ihr bis in die frühen Morgenstunden im Kopf herumgespukt. Jetzt war sie todmüde.

Sie wollte sich gerade von der rechten auf die linke Seite wälzen, als der Alarmruf sie von ihrem Feldbett holte. Myriels Kopf erschien im Zelteingang. »Aufstehen, du Faulpelz.«

»Was ist denn los?«, murmelte Gwen verschlafen. »Was soll der Aufruhr?« Füchschen gab ein kurzes Maunzen von sich, sprang vom Bett und machte es sich in der Schmutzwäsche unter der Liege bequem.

»Nachricht vom Kommando«, sagte Myriel. »Waffenappell in zehn Minuten. Hast du denn den ersten Ruf nicht gehört? Muss was Ernstes sein. Komm schon, mach dich bereit, sonst musst du zur Strafe wieder Waffen polieren. Cara, Ines und Ludmilla sind bereits draußen. Ich warte auf dich, wenn du willst.«

»Nein, nein, geh nur. Ich beeile mich.«

Myriel grinste kurz, dann verschwand sie wieder nach draußen. Waffenklirren, Pferdeschnauben und das Geräusch vieler Hufe drangen an ihre Ohren. Das klang tatsächlich nach etwas Größerem.

Sie richtete sich auf. Was war nur mit ihr los, was bewirkte die Schwangerschaft in ihr? Früher war sie doch auch immer leicht aus dem Bett gekommen.

Der Gürtel, den sie immer bis zum achten Loch zubekommen hatte, zwickte jetzt schon auf Nummer fünf. Nicht, dass ihr das viel ausmachte. Sie ließ ihn einfach lockerer hängen. Kopfschüttelnd setzte sie den Ankleidevorgang fort und eilte zehn Minuten später als eine der Letzten auf das Exerzierfeld.
»Wurde auch langsam Zeit«, murrte Ludmilla. »Deine Unpünktlichkeit fängt an, ein schlechtes Licht auf unsere Einheit zu werfen. Und dein Schnürsenkel ist offen.«
Gwen band ihren Stiefel zu und stellte sich dann in Habtachtstellung auf.
Kurz darauf kam Ratsvorsitzende Edana aus ihrem Zelt und schritt die Reihen der Kämpferinnen ab. Sie sah müde aus, als ob ihr zurzeit viele Dinge im Kopf herumgehen würden.
Sie ging bis zum Ende der Reihe, beendete dann ihren Inspektionsgang und stellte sich breitbeinig vor die Truppe. »Brigantinnen, ich grüße euch. Heute früh, kurz nach Tagesanbruch, erhielt ich eine Nachricht vom Inquisitor. In seiner Notiz fordert er uns unmissverständlich auf, sein Territorium zu verlassen und uns auf unser Land zurückzuziehen. Andernfalls riskierten wir, eine schreckliche Niederlage zu erleiden.«
Buhrufe ertönten, vereinzelt ertönten Lacher.
»Er hat uns ein Ultimatum gestellt. Wir sollen bis zehn Uhr das Lager räumen und verschwinden, andernfalls schickt er eine schwerbewaffnete und motorisierte Truppe, die uns zu diesem Schritt zwingt.«
»Die sollen nur kommen«, rief eine der Frauen. »Wir werden schon dafür sorgen, dass sie einen entsprechenden Empfang erhalten.«
»Bravo.«
»Genau.«
Edana hob die Hand. »Was wir bisher von den feindlichen

Streitkräften zu hören und sehen bekommen haben, bestärkt mich in der Annahme, dass wir es mit hoffnungslos unterlegenen Einheiten zu tun haben. Aber lasst uns nicht unvorsichtig werden. Möglich, dass wir uns getäuscht haben und der Inquisitor tatsächlich noch etwas in der Hinterhand hat. Tatsache ist jedenfalls, dass Truppenbewegungen auf der Straße, die in Richtung des Breiten Stroms führt, festgestellt wurden. Wie es aussieht, sammelt sich dort eine größere Menge an Soldaten, die einen Wall errichtet haben. Mein Planungsstab ist der Meinung, dass sie uns den einzigen Weg abschneiden wollen, auf dem wir mit unseren Pferden weiterkommen könnten. Deshalb wäre es für uns von großer Wichtigkeit, den Zugang zum Fluss zu sichern. Die Straße ist breit, das Schussfeld freigeräumt, und die Deckungsmöglichkeiten sind begrenzt. Wir müssen also mit Verlusten rechnen. Meine Strategen empfehlen einen schnellen Angriff zu Pferd. Da wir den Kugeln ohnehin nicht ausweichen können, sollten wir die Barrikade überrennen und ihre Verteidigungsanlage unbarmherzig außer Gefecht setzen. Anschließend werden wir unseren Vormarsch auf die schwarze Kathedrale fortsetzen und mit etwas Glück den Krieg in zwei Tagen gewonnen haben. Meine Frage an euch: Seid ihr dazu bereit?«

Die Kriegerinnen reckten ihre Fäuste zum Himmel und schrien vor Begeisterung. »Endlich!«, ertönten einige Rufe.

»Schluss mit der Warterei!«

»Lasst uns den Inquisitor von seinem Thron stürzen!«

Gwen stand inmitten der tobenden und jubelnden Frauen. Als eine der wenigen ließ sie sich nicht von der allgemeinen Euphorie mitreißen. Ihr Blick war starr geradeaus gerichtet. Sie spürte, dass der Augenblick, den sie sowohl erwartet als auch gefürchtet hatte, gekommen war. Cedrics Worte tauchten wie-

der aus ihrem Gedächtnis auf: »Wenn du ihn retten willst, solltest du dort sein. Und ich werde auf dich warten.«
»Ja«, flüsterte sie. »Und ich auf dich.«

*

»Halt still, du Bastard. Willst wohl, dass ich dir noch eins mit der Peitsche überziehe.« Cedric zog den Lederriemen um Logans Beine noch ein Stück fester. Das Pferd, ein brauner Araber, der wie etliche andere Pferde aus dem Bestand der Warlords stammte, schnaubte und stampfte unruhig auf der Stelle. »Wirst du wohl still stehen, du verdammtes Biest. Ich kann schon verstehen, warum der Inquisitor so eine Abneigung gegen Pferde hat. Nervöse, unberechenbare Viecher. Ruhe jetzt!« Er knallte mit der Peitsche.
»Lass das arme Tier in Ruhe«, fuhr Logan ihn an. »Es hat dir nichts getan. Du machst es mit deinem Geschrei und deiner Peitsche nur nervös.«
»Kannst es wohl gar nicht erwarten, in die Schlacht zu ziehen, was?« Cedric bedachte Logan mit einem kalten Grinsen. »Den Weibern gegenübertreten, mit nichts weiter am Leib als den Sachen, die du anhast. Der Inquisitor hat ihnen heute Morgen eine kleine Botschaft zukommen lassen; sie wissen, dass wir kommen. Bestimmt hat auch deine Geliebte davon erfahren. Was meinst du, wird sie da sein? Oder hat sie dich längst vergessen und tröstet sich in den Armen einer anderen Frau über ihren Verlust hinweg.«
»Halt endlich dein Maul«, knurrte Logan und zerrte an seinen Fesseln. Zu dumm, dass er weder Arme noch Beine bewegen konnte. Er hätte seinem Widersacher gerne die Fresse poliert.
»Oder was?«, höhnte Cedric, zog sein Messer und setzte es mit der Spitze auf Logans Oberschenkel. Die Klinge funkelte

kalt und tödlich. »Möchtest du noch ein paar kleine Souvenirs mit auf die Reise nehmen? An mir soll's nicht liegen.« Er drückte, und die Klinge drang ein. Nur ein bisschen, aber es genügte, um einen flammenden Schmerz sein Bein hinaufzujagen. Logan biss die Zähne zusammen. Er wollte Cedric nicht den Triumph seines Leidens gönnen.

Als der junge Warlord bemerkte, dass sein Widersacher sich zu beherrschen wusste, verschwand sein Grinsen. Für einen Moment sah es so aus, als wolle er tiefer zustechen, doch dann änderte er seine Meinung. »Nein, nein«, murmelte er. »Das sollen die Hexen erledigen. Wenn du verletzt bist, erkennen sie noch, dass du nicht zur Heiligen Lanze gehörst, und dann wäre die schöne Tarnung aufgeflogen. Je mehr du wie einer von ihnen wirkst, desto besser.«

Er überprüfte noch einmal den Sitz der Hand- und Beinfesseln, sah zu, dass Logans Füße sicher in den Steigbügeln steckten, und zog den Sattelgurt stramm.

»So. Nun kannst du nicht mal runterfallen, selbst wenn du es wolltest. Du wirst gezwungen sein, aufrechten Hauptes und bei vollem Bewusstsein in die feindliche Armee hineinzureiten. Und ich werde hinter der Barrikade stehen und dir dabei zusehen.«

»Du erbärmlicher Wicht. Glaubst du, das würde mich schockieren? Ich habe dem Tod schon zu oft ins Auge geblickt, als dass ich Angst vor ihm hätte. Sterben müssen wir alle irgendwann; es ist nur die Frage, wie wir dem Tod begegnen. Aufrecht und in einem ehrenvollen Kampf oder wimmernd und am Boden kriechend.«

»Spar dir deine salbungsvollen Worte. Vielleicht würdest du anders denken, wenn du wüsstest, wen ich statt deiner als Opfer für die Große Mutter vorgesehen habe.«

»Warum sollte mich das interessieren?«

Cedric griff hinter sich und nahm eine von den zahlreichen Masken vom Tisch, die wie eine Teufelsfratze geformt waren. Seine besaß krumme, dicke Hörner und lange Reißzähne. »Wie gefällt dir diese? Ich finde sie nicht schlecht. Hat was Diabolisches. Ja, ich finde, sie passt zu dir.« Er stellte sich auf die Trittleiter und setzte Logan die Maske auf. Das Holz stank nach Farbe oder Imprägnierungsmitteln. Logan hatte wieder dieses ungute Gefühl, das er schon unten im Kerker gehabt hatte. Was waren das für Andeutungen? Von wem sprach Cedric?

»Du hast mir immer noch nicht geantwortet«, stieß er unter der Maske aus. »Wer soll statt meiner den Bleichen geopfert werden?«

»Ach, jetzt interessiert es dich plötzlich doch?« Cedric stieg von der Leiter, umrundete das Pferd und betrachtete Logan von allen Seiten. »Ja, so müsste es gehen. Du bist mit bloßem Auge nicht von einem Reiter der Heiligen Lanze zu unterscheiden. Die Uniform steht dir richtig gut.«

Cedric schien den Moment richtig auszukosten. Das war nicht gut. Das war gar nicht gut.

»Jetzt spuck's schon aus.«

»Warum? Weil es dein letzter Wunsch vor der Hinrichtung ist? Weil wir früher mal Freunde waren? Um der alten Zeiten willen?« Er klimperte mit den Augen. »Sei doch nicht so ungeduldig, ich hätte es dir ohnehin gesagt. Das macht die Sache doch viel interessanter. Versuch, dir einmal folgendes Bild vorzustellen: du, festgeschnallt auf diesem Pferd, dein Gesicht maskiert, dein Körper in der Uniform der Heiligen Lanze steckend. Du reitest todesmutig der feindlichen Armee entgegen. Alle Blicke sind auf dich gerichtet. Du bist die Speerspitze der kirchlichen Armee. Der weiße Ritter in schimmernder Rüstung. Dann triffst du auf die ersten Brigantinnen. Wilde, blutdurstige Bestien. Geboren und ausgebildet nur zu einem Zweck: zu töten. Und Gwen ist eine von ihnen. Sie ist auf der Suche nach dir, aber sie wird dich nicht erkennen. Wenn du Glück hast, stirbst du durch die Hand deiner eigenen Geliebten, wenn nicht …«, er zuckte die Schultern. »Nun, am Ende läuft es auf das Gleiche hinaus. Nachdem dein Pferd gestürzt ist und dich unter sich begraben hat, wirst du hoffentlich noch ein paar Momente am Leben bleiben. Das ist wichtig, verstehst du? Denn während du spürst, wie dein Blut langsam aus dir heraussickert, geschieht das in dem Bewusstsein, dass dein Vater und dein Bruder genau in diesem Moment unter deinen Füßen von den Bleichen gefressen werden.«

45

Der Ochsenkarren polterte weiter die Straße entlang. Vor ihnen kam die alte Festhalle in Sicht – ein Anblick, der Dachs nicht gerade hoffnungsfroh stimmte.
Ihr Führer erklärte ihnen, der Gürzenich sei bereits im Mittelalter errichtet worden und habe all den Stürmen und Kriegen getrotzt, die über diese Stadt hereingebrochen waren. Heute befand er sich im Besitz des Inquisitors, der hier von Zeit zu Zeit Kirchenversammlungen abhielt.
Dachs blickte zu dem dunkel angelaufenen Gemäuer hinüber und unterbrach die Bemühungen, seine Fesseln zu lösen. Die Lederriemen, mit denen man ihnen Hände und Füße zusammengebunden hatte, besaßen die unangenehme Eigenschaft, dass sie sich umso enger zusammenschnürten, je stärker man an ihnen zog. Seine Handgelenke waren aufgeschürft und brannten wie Feuer.
Die Männer, die sie begleiteten, waren Söldnerpack. Verschrobene Kämpfer aus den umliegenden Clans. Vom Steinernen Turm kannte er nur drei. Drago, Kronn und den mit der Irokesenfrisur, dessen Name ihm nicht einfiel und dessen von der Akne zerstörtes Gesicht wie eine Tomate leuchtete. Der Rest stammte aus anderen Gegenden. Er sah die Insignien der Eisengießer, die Farben der Nordhämmer und das Wappen der Tiefenwalder. Cedric schien nicht wählerisch zu sein, was seine Truppe betraf. Hauptsache, sie waren ihm ergeben und stellten keine Fragen.

Immer mehr Clanmitglieder gesellten sich zu ihnen, während sie dem vereinbarten Sammelpunkt entgegenstrebten. Wenn der Inquisitor seine besten Leute um sich scharte, war wohl davon auszugehen, dass die Entscheidungsschlacht unmittelbar bevorstand. Dachs verstand nicht, warum man Gunnar und ihn hierhertransportierte. Warum hatte man sie nicht gleich an Ort und Stelle hingerichtet? Seinen Vater zu fragen hatte keinen Sinn. Gunnar war seit ihrer Verhaftung nicht mehr ansprechbar. Starr hockte er da, den Blick auf die Ladefläche des Wagens gerichtet, die Lippen fest zusammengepresst.

Zum wiederholten Mal ging Dachs der Gedanke durch den Kopf, was für Idioten sie doch gewesen waren. Zu glauben, sie könnten Logan retten. Und er selbst trug die größte Schuld daran. Wäre er nicht so versessen darauf gewesen, den Helden zu spielen, wäre das alles nicht passiert.

Gewiss, sie wussten jetzt, wo Logan war, aber was hatten sie dadurch gewonnen?

Schade, dass Cedric gerade nicht da war, Dachs hätte ihm liebend gerne ins Gesicht gespuckt. Der Sohn des alten Warlords hatte bei seinem Rachefeldzug wirklich ganze Arbeit geleistet. Nicht nur Logan war ihm in die Fänge geraten, nein – mit einem Trick hatte er jetzt auch noch den Rest der Familie in seine Gewalt gebracht. Und das nur, weil er es nicht ertragen konnte, im Rennen um Gwen als Zweiter durchs Ziel zu gehen. Dachs konnte Gwen deswegen keinen Vorwurf machen. Sie war das liebenswerteste Geschöpf, dem er jemals begegnet war. Hübsch und sanft, aber auch eigenwillig, wenn es darauf ankam.

Verstohlen schaute Dachs zu seinem Vater hinüber. Gunnar war um Jahre gealtert. Graue Bartstoppeln bedeckten sein Gesicht, unter den Augen zeichneten sich tiefe Gräben ab. Was mochte wohl gerade in seinem Kopf vorgehen? Ob er sich Vorwürfe machte, dass Cedric ihn so leicht aufs Kreuz legen konnte? Dachs hatte noch versucht, seinem Vater Signale zu geben, aber da war es schon zu spät gewesen. Nun, vermutlich hätte es eh nichts genutzt. Sie hatten Cedric falsch eingeschätzt, das war ihr Fehler gewesen. Sie hatten geglaubt, er wäre immer noch ein dummer Junge, der sich bei der kleinsten Bedrohung ins Hemd machen würde. Doch der Sohn des Warlords war entweder über Nacht zu einem eiskalten Krieger herangereift, oder – und das kam Dachs wahrscheinlicher vor – die Ermordung seines Vaters hatte bei ihm eine Sicherung durchbrennen lassen. Sei es, wie es war: Sie befanden sich jetzt in seiner Gewalt und saßen tiefer im Schlamassel als jemals zuvor.

Vom Haupteingang des Gebäudes kamen zwei violett gewandete Kirchendiener zu ihnen herüber und unterhielten sich mit dem Anführer ihrer Gruppe. Das Gespräch dauerte nur kurz, dann eilte einer der Diener zurück ins Gebäude. Der Anführer der Clankrieger zuckte die Schultern, kam zu ihnen nach hinten und schlug mit der Hand gegen die Ladefläche.

»Aussteigen, Leute. Die Fahrt ist hier für euch zu Ende. Ab jetzt übernehmen die Kirchenfräcke.« Er packte Dachs bei den Schultern und stellte ihn auf den Boden. Gunnar verpasste er einen Stoß gegen den Oberschenkel, worauf dieser mürrisch vom Wagen stieg.

»Was soll das? Wo ist Cedric?«

»Nicht hier«, erwiderte der Krieger. »Er befindet sich südlich von hier, in der Nähe vom Heumarkt. Er hat befohlen, euch hier abzuliefern, ehe wir zur Kathedrale weiterziehen.«

Dachs drängte zu seinem Vater und versuchte, dessen Hände zu berühren, doch sofort kam der Violette herbei und zerrte

ihn zur Seite. »Keinen körperlichen Kontakt unter den Gefangenen. Berührungen sind strengstens verboten.«
»Sagt wer?«, knurrte Gunnar.
»Anweisung vom Inquisitor«, erwiderte der Kirchendiener, ein junger Mann mit eingefallenen Wangen und dunkel umrandeten Augen. Dachs fand ihn auf Anhieb unsympathisch.
»Und was geschieht jetzt mit uns?«
»Ich habe Befehl, euch dort drüben zum Treppenabgang zu bringen. Der Weg ist nicht weit; ich denke, ihr werdet es mit euren Fußfesseln schaffen.«
»Und wenn wir uns weigern?«
»Macht einfach keine Schwierigkeiten, dann ist es für uns alle am angenehmsten. Mir stehen geeignete Mittel zur Verfügung, euch zum Gehen zu bewegen, glaubt mir.« Dachs sah etwas Grausames in seinen Augen leuchten und beschloss, seinen Anweisungen lieber Folge zu leisten.
Sie ließen Gürzenich rechts liegen und humpelten langsam in nördliche Richtung. Während sie sich der U-Bahn-Station näherten, fielen die ersten Tropfen vom Himmel.

*

Gwen blickte missmutig nach oben. Dunkle Wolken waren am Himmel aufgezogen, aus denen es jetzt zu regnen begann. Feine Tropfen, die Haut, Haare und Stoff bedeckten. Stimmengewirr lag in der Luft. Wie es aussah, war die Straße vor ihnen komplett gesperrt. Der Inquisitor hatte keine leeren Drohungen ausgestoßen.
Gwen trat ihrem Pferd in die Seiten und ritt an den anderen vorbei nach vorne. Die gegnerischen Truppen waren gute hundert Meter entfernt. Niemand hatte ein Fernrohr dabei, doch das hätte bei der schlechten Sicht sowieso nichts genutzt. Die

Feinde wirkten wie eine anonyme, graue Masse, gerade noch unterscheidbar in ihrer Kleidung. Schwarz für die Heilige Lanze, Grau, Grün, Braun für die Clanmitglieder. Während Gwen die Reihen absuchte, wurde ihr klar, dass dies keines dieser harmlosen kleinen Scharmützel werden würde, von denen sie in den vergangenen Tagen so viele erlebt hatten. Dies hier war ernst. Verdammt ernst.

Gwens Araber scharrte unruhig mit den Hufen. Er spürte das Unheil, das in der Luft lag. Während sie ihm über den Hals streichelte, blickte sie zu ihren Kameradinnen hinüber. Ihre Zeltgenossinnen waren ganz vorne mit dabei. Myriel mit ihrem dunklen Stoffmantel, den sie über ihre Schultern geschwungen trug, Cara und Ines in ihren Jacken mit hochgeschlagenen Krägen und Ludmilla, die eine weinrote Lederweste ohne Ärmel trug, was ihre muskulösen Schultern und Tätowierungen zur Geltung brachte. In einem Halfter auf ihrem Rücken trug sie eine anderthalb Meter messende Bastardklinge. Der Regen und die niedrigen Temperaturen schienen ihr nichts auszumachen. Ihr Gesicht glühte vor Erregung. So wie die Gesichter vieler anderer auch. Sie alle dürsteten nach Blut. Die Zeit des Wartens war vorüber.

Gwens Mut sank.

46

Cedric stand auf der Ladefläche seines Trucks, das Fernglas in der Hand, sein Gewehr schussbereit über die Schulter geschwungen. Er hatte sich geschworen, nicht vor seinen Männern zu kneifen, aber im Moment sah es so aus, als würde dieser Kampf vielleicht doch ohne ihn stattfinden müssen. Während er die Reihen der Hexen nach Gwen absuchte, wurde ihm bewusst, dass sein kleiner Spaß riskanter war, als er sich das erhofft hatte. Die Kriegerinnen machten nicht den Eindruck, als ob sie lange fackeln würden. Bis an die Zähne bewaffnet und auf ihren Schlachtrössern dem Regen trotzend, wirkten sie, als würden sie wie eine Sturmfront über die Truppen des Inquisitors hereinbrechen. Jeden Moment konnte das Signal ertönen, und was dann folgte, das sah, verdammt noch mal, richtig nach Arbeit aus.

Er drehte am Schärfering. Wo zum Geier steckte Gwen? Er hätte seine Hand dafür ins Feuer gelegt, dass er sie hier treffen würde. Also entweder hatte er noch nicht gründlich genug gesucht, oder ihre Liebe war doch nicht so groß gewesen, wie es den Anschein hatte. Würde ihn nicht wundern. Sie war eben doch nur eine Frau, unzuverlässig, launisch und flatterhaft. Er wollte sich gerade daranmachen, die hinteren Reihen abzusuchen, als er eine Frau entdeckte, die durchaus Ähnlichkeit mit Gwen aufwies. Dunkle Haare, vorgewölbte Stirn, die Lippen voll und geschwungen. Und doch besaß die Frau auf dem Pferd eine andere Ausstrahlung. Sie war kein unerfahrenes, verschüchtertes Mädchen, sondern stolz und selbstbewusst. Die Art, wie sie sich auf ihrem Pferd bewegte, wie sie mit ihren Genossinnen sprach und dabei gestikulierte, zeugte von Selbstbewusstsein und einem starken Willen. Wie gerne hätte er jetzt ein stärkeres Glas gehabt. War sie es, oder war sie es nicht? Wenn nur dieser beschissene Regen nicht wäre! Er setzte das Glas ab und putzte es mit dem Saum seines Waffenrocks, dann setzte er es erneut an und blickte hindurch. Doch, jetzt war er sich sicher. Es war Gwen.

»Ich will verdammt sein«, murmelte er. »Ich habe sie gefunden, Logan. Da drüben, auf der rechten Seite.« Er deutete nach vorne.

Logan saß auf seinem Pferd, die Maske über seinem Gesicht und einen Knebel im Mund. Cedric hatte ihm noch einen schwarzbemalten Stecken ins Halfter gesteckt, damit es wie ein Gewehr aussah und die Täuschung perfekt machte.

»Na, da drüben, zwischen den beiden riesenhaften Weibern mit den Standarten, siehst du sie? Sie ist in Schwarz gekleidet und sitzt auf einem braunen Pferd.«

Logan richtete sich auf, sein Körper gespannt wie ein Bogen.

»Siehst du sie?«

Ein Nicken.

»Dann weißt du ja, in welche Richtung du dich orientieren musst. Nicht, dass dir das viel nützen würde. Vermutlich werden dir die anderen vorher den Garaus machen, aber solltest du lange genug überleben und tatsächlich bis zu ihr durchdringen, dann hast du vielleicht die Ehre und das Privileg, durch ihre Hand zu sterben. Und ich werde dir dabei zuschauen.« Zufrieden steckte Cedric das Fernglas wieder ein.

*

Gwen war wie gelähmt. Hoffnungslosigkeit und Verzweiflung drohten sie zu ersticken. Soeben hatte das Gerücht die Runde gemacht, dass der Angriff unmittelbar bevorstand, und es war ihr bisher nicht gelungen, Logan ausfindig zu machen. Was sollte sie bloß tun? Ihr lief die Zeit davon.

Schon setzte Edana ihr Horn an die Lippen.

Die gegnerische Armee bestand zu einer Hälfte aus Clanmitgliedern, zur anderen aus Kriegern der Heiligen Lanze. Wie üblich trugen sie ihre Gesichter hinter Masken verborgen. Wenn Logan tatsächlich dort drüben war, dann musste sie ihn unter den schwarzgewandeten Kirchenkriegern suchen. Es würde zu Cedrics Denkweise passen, Logan zu verkleiden und ihn unbewaffnet und gefesselt wie ein namenloses Tier auf die Schlachtbank zu führen. Sie hatte Cedric kennengelernt, sie wusste genau, zu was er fähig war. Wenn sie sich auf die Kirchenkrieger konzentrierte, konnte sie den Kreis einengen. Die Chancen, ihn zu finden, waren dadurch zwar immer noch winzig, aber besser als gar nichts.

In diesem Moment blies Edana das Horn. Der Rest ihrer Gedanken wurde vom Aufbranden der Schlachtrufe und vom Klirren der Lanzen und Schwerter übertönt. Pfeile sausten von den Sehnen und schnitten messerscharfe Kurven durch den Regen.

Dann setzten sich die Pferde in Bewegung.

*

Die Männer duckten sich. Ein Hagel von Pfeilen kam auf sie zugeflogen, verlor auf dem Weg zu ihnen aber zum Glück an Kraft und schlug wenige Meter vor ihnen auf dem Asphalt oder dem regendurchweichten Boden ein.

Logans Pferd machte einen Sprung nach vorne und hätte ihn

vermutlich hintenübergeworfen, wäre er nicht am Sattel festgebunden gewesen. Motoren donnerten auf, und wütende Schreie ertönten. Die Krieger der Heiligen Lanze erwiderten den Schlachtruf der Frauen und reckten ihre Waffen in die Höhe. Nun gab es kein Zurück mehr.

Während sich um ihn herum Fahrzeuge, Pferde und Soldaten in Bewegung setzten, überlegte Logan fieberhaft, wie er Gwen auf sich aufmerksam machen konnte. Seit er sie gesehen hatte, konnte er keinen klaren Gedanken mehr fassen. Sie war am Leben, und es schien ihr gutzugehen. Außerdem war sie genauso schön, wie er sie in Erinnerung hatte. Für einen Moment war er wie verzaubert gewesen, doch jetzt holte ihn die Wirklichkeit wieder ein. Immer schneller lief sein Pferd. Donnernd hatte es sich in Richtung der angreifenden Frauen in Bewegung gesetzt. Er musste sich irgendwie zu erkennen geben, doch das war leichter gesagt als getan. Was unterschied ihn von den anderen Reitern der Heiligen Lanze?

Schon näherten sich die ersten Feinde. Wo war Gwen? Er hatte sie in all dem Durcheinander aus den Augen verloren.

Es war furchtbar, seine Arme und Hände nicht benutzen zu können. Weder Schild noch Schwert standen ihm zur Verfügung.

Neben ihm ertönten Schüsse. Ein Truck mit zwei Schützen auf der Ladefläche fuhr geradewegs an ihm vorbei auf die Hauptstreitmacht der Brigantinnen zu. Die Männer schossen, spannten, schossen wieder und luden ihre Waffen aus einem schier unerschöpflichen Vorrat an Munition, die wild verteilt auf der Ladefläche herumflog. Sie waren wie in einem Rausch und trafen nicht wirklich viel.

Logan übte mit den Schenkeln Druck auf den Hals des Pferdes aus und lenkte es, bis er genau hinter dem Truck war. So war

er für den Moment geschützt. Wutentbrannte Brigantinnen rauschten an ihm vorbei und stürzten sich auf die hinter ihm heranstürmenden Männer. Hinter der Maske mit ihren kleinen Augenschlitzen war kaum etwas zu sehen, doch anhand der Geräusche konnte er sich ausmalen, dass das Gemetzel schrecklich sein musste. Das Klirren der Waffen, Schüsse, die Schreie sterbender oder verwundeter Menschen – es war, als wäre der Tag des Jüngsten Gerichts angebrochen.
Aus dem Augenwinkel sah er eine berittene Kriegerin mit hocherhobenem Speer auf sich zukommen. Sie trug eine lederne Weste und eine ebensolche Schärpe, in der ein Schwert hing. Ihre Arme waren mit schlangenartigen Tätowierungen verziert, die sich wanden und krümmten, als sie ihre Muskeln spannte. Sie beugte sich nach vorne und schleuderte den Speer mit aller Kraft in seine Richtung. Logan sah das Geschoss auf sich zurasen und veränderte im Bruchteil einer Sekunde seine Körperhaltung. Der Speer verfehlte ihn nur um wenige Zentimeter. Er hörte ein zischendes Geräusch, gefolgt von einem dumpfen Aufprall, als sich der Speer in den Leib eines glücklosen Clankriegers bohrte, der hinter ihm gelaufen war.
Logan blieb keine Zeit, den Mann zu bedauern, denn die Kriegerin hatte ihren Angriff noch nicht aufgegeben. Ihr Schwert ziehend, wendete sie ihr Pferd und folgte ihm. Logan spürte, dass seine letzten Sekunden angebrochen waren.

47

Na, kleiner Mann, was siehst du mich denn so an? Noch nie einen Mann mit Verbrennungen gesehen?« Der Inquisitor lächelte, doch es war kein freundliches Lächeln.
Dachs hatte schon andere verunstaltete Männer gesehen. Männer, die sich im Kampf verletzt hatten, die durch Feuer oder Waffen verstümmelt oder entstellt waren. Aber keiner hatte in ihm solch einen körperlichen Widerwillen ausgelöst wie der Inquisitor. Er wandte sich ab. Er hatte ja schon viel über den Mann gehört, doch diesem Teufel in Menschengestalt gegenüberzustehen, war mehr, als er ertragen konnte.
Der Inquisitor schüttelte den Kopf. »Mir scheint, dein Sohn mag mich nicht, Schmied. Er macht den Eindruck, als würde er am liebsten in einem Mauseloch verschwinden.«
Gunnar betrachtete ihn feindselig. »Wer würde es ihm übelnehmen? Ich kann Sie auch nicht leiden. Warum beenden Sie diese Farce nicht und lassen uns hinrichten? Das hatten Sie doch schon die ganze Zeit vor, oder?«
»Ich euch hinrichten? Wie kommt ihr denn auf so eine absurde Idee? Ich habe nichts gegen euch, nein, wirklich. Abgesehen davon, dass dein Sohn Logan mich bestohlen hat, habt ihr mir nichts getan, im Gegenteil. Ihr seid mir richtiggehend sympathisch. Ein redlicher Schmied, sein kleiner Junge, der – ach, wie ergreifend – auch noch stumm ist. Wen würde das nicht zu Herzen rühren? Die Sache ist nur die: Ich habe meiner Freundin versprochen, mich für das gegebene Versprechen zu be-

danken, und diese Verpflichtung muss ich einlösen. Sie würde es mir nie verzeihen, wenn ich mein Wort bräche. Das Gelingen des gesamten Plans stünde damit auf dem Spiel. Deswegen kann ich euch nicht laufenlassen, versteht ihr? Ich bin sicher, ihr werdet ihr gefallen. Zwei zum Preis von einem, solche Geschäfte wusste sie schon immer zu schätzen. Dass es sich bei dem Jungen nur um eine halbe Portion handelt, dürfen wir vernachlässigen. Es ist die Geste, die zählt.«

Sein Lächeln wurde breiter.

»Sparen Sie sich Ihren Zynismus«, sagte Gunnar. »Ich bin sicher, wenn es tatsächlich einen Gott gibt, so lässt er Sie für Ihre Sünden in der Hölle schmoren. Ich bin kein gebildeter Kirchendiener, so wie Sie, aber eines weiß ich doch: Das fünfte Gebot lautet: Du sollst nicht töten. Sie sind ein Mörder – und dafür werden Sie sich zu verantworten haben.«

»Schweig, du nichtsnutziger Wurm«, zischte der Inquisitor. »Sprich nicht von Dingen, die du nicht verstehst. Dass du den Namen des Herrn überhaupt in den Mund zu nehmen wagst! Du und deinesgleichen, die ihr da draußen in den Vorstädten lebt, ihr seid nicht mehr als Tiere.« Er richtete seinen Stab auf Gunnars Gesicht. »Ihr lebt ohne Glauben, paktiert mit dem Feind und glaubt, uns, die wir ein Dasein in Reue und Demut führen, weise Ratschläge erteilen zu können? Aber eure Tage sind gezählt. Ich werde euren Stolz und euren Hochmut brechen. Sobald dieser Krieg vorüber ist, werdet ihr vor mir kriechen. Nur werdet ihr beide dann nicht mehr dabei sein, um es zu erleben.«

Jetzt war es an Gunnar, zu lächeln. Es war ein kaltes, gefährliches Lächeln. »So empfindlich, Inquisitor? Ich hätte nicht vermutet, dass Sie so dünnhäutig sind. Aber ein weiser Mann hat einmal gesagt: Was trifft, trifft auch zu. Habe ich bei Ihnen einen wunden Punkt erwischt? Gut so. Lassen Sie sich von einem erfahrenen Kämpfer gesagt sein: Blut ist wie Schmierfett. Es lässt sich nicht so einfach abwaschen. Vielleicht sollten Sie endlich mal damit anfangen, Ihren Glauben ernst zu nehmen und die Sünden zu beichten, die Sie begangen haben. Und warten Sie damit nicht zu lange, Ihre Tage sind gezählt.«

Marcus Capistranus war weiß vor Zorn geworden. Für einen Moment befürchtete Dachs, er würde Gunnar seinen stacheldrahtumwickelten Stab ins Gesicht rammen, doch zum Glück wusste er sich zu beherrschen. Mit zusammengepressten Lippen wandte er sich um und befahl seinen Gehilfen, die Gefangenen zu packen und ihm zu folgen. Dachs lächelte stumm. In diesem Moment war er so stolz wie nie zuvor auf seinen Vater.

Sie wurden ein enges Treppenhaus hinabgeschleift, dessen Wände über und über mit bizarren Malereien beschmiert waren. Dachs sah Schriftzeichen, Worte, Figuren und Tiere, alle wild durcheinandergemalt. Viele der Bilder waren abgeblättert oder verblasst, aber es waren immer noch genug da, um es mit der Angst zu tun zu bekommen. Er wandte seinen Blick ab und zwang sich, auf den Rücken seines Vaters zu starren.

Das Humpeln mit angelegten Beinfesseln war mühsam und schmerzhaft. Die Fesseln scheuerten, und bei jedem Schritt musste er aufpassen, nicht zu stolpern und die Treppe hinabzustürzen.

Stufe um Stufe ging es in die Tiefe. Die Luft wurde kühler und feuchter. Dachs hatte aufgehört, die Stockwerke zu zählen, als die Gruppe plötzlich stehen blieb. Sie waren an einer verschrammten und fleckig aussehenden Stahltür angelangt, die mitten in der Wand eingelassen war. Marcus Capistranus reichte einem der Begleiter seine Fackel und zog einen Schlüsselbund hervor.

»Was ist das hier für ein Ort?«, fragte Gunnar, obwohl die Frage sich eigentlich erübrigte. Dies war das Reich der Bleichen, von denen Logan ihnen erzählt hatte.
»Diese Person, die Sie vorhin erwähnt haben – Sie sprachen von ihr immer in weiblicher Form. Ist sie eine Frau?«
Eine der Wachen stieß ein hysterisches Lachen aus.
»Die Große Mutter?« Capistranus wandte sich um. Sein verbliebenes Auge schimmerte im Fackelschein. »Ja, ich denke, sie ist eine Frau; zumindest war sie das früher mal. Was sie jetzt ist? Nun, das solltet ihr am besten selbst herausfinden. Wir sind da.« Er öffnete die Tür und stieß sie voran in die Dunkelheit.
Kühle, feuchte Luft schlug ihnen entgegen. Es roch modrig und schimmelig wie in einem alten Keller.
Dachs versuchte, etwas zu erkennen. Sie standen auf einer Plattform aus genietetem Metall, die mit einem hüfthohen Geländer eingefasst war. Auf ihrer anderen Seite führte eine Eisentreppe hinab. Tief unten glaubte er das Gluckern von Wasser zu hören. Knapp über ihren Köpfen verlief ein Metallrohr. Capistranus befahl den Wachen, die Handfesseln zu lösen und die beiden am Rohr festzubinden.
Die Männer arbeiteten zügig und effizient. Sie machten den Eindruck, als wollten sie so schnell wie möglich von hier weg. Da Dachs so klein war, bekam er einen rostigen Schemel unter die Füße gestellt. Dann zog man ihm die Arme in die Länge und band sie über seinem Kopf zusammen. Als die Arbeit beendet war, trat der Inquisitor einen Schritt zurück und betrachtete das Werk. »Prächtig«, sagte er. »Ich bin sicher, die Matriarchin wird begeistert sein. Hoffen wir nur, dass ihr nicht aus Angst einen Herzinfarkt erleidet; sie mag ihre Beute am liebsten frisch.«

Mit diesen Worten packte er seinen Stab und schlug einige Male gegen das Eisengeländer. Er lauschte in die Dunkelheit, dann nickte er zufrieden. »Sie haben es gehört«, sagte er. »Zeit für euch, ein letztes Gebet zu sprechen. Gehabt euch wohl!« Mit diesen Worten steckte er seine Fackel in die Halterung und folgte seinen Männern ins Treppenhaus. Die Tür fiel mit einem furchtbaren Krachen hinter ihm ins Schloss.

48

Gwen war in der Mitte des Sturms. Sie fühlte den Donner unter ihren Füßen und den Wind in ihrem Haar. Blitze von aufschimmerndem Metall durchzuckten die Luft, und ein Meer wütender, panischer und schmerzgekrümmter Leiber drohte sie zu verschlingen. Alles um sie herum war in Bewegung. Lärm, Schweiß, Angst und Wut erfüllten die Luft. Es war unmöglich, einzelne Personen wahrzunehmen; vielmehr war sie von einer brodelnden Masse aufeinander einschlagender Menschen umgeben, deren einziges Ziel es war, einander zu vernichten. Es war der Tanz des Todes, bei dem Formen, Farben und Klänge zu einem großen Ganzen verschmolzen. Entweder man ließ sich von der Musik mitreißen – oder man wurde gnadenlos niedergetrampelt.

Sie lenkte ihr Pferd nach rechts, wich einer Lanze aus, ließ ihr Schwert niedersausen und fühlte, wie die Klinge durch Leder, Fleisch und Knochen fuhr. Ein ersticktes Röcheln ertönte, das sofort von wütenden Schreien und dem Klirren der Waffen überdeckt wurde. Gwen drehte sich um, aber der Kampf hatte sie längst an einen anderen Ort getragen. Schon rannte der nächste Feind auf sie zu, legte auf sie an und wollte gerade den Abzug drücken, als sie mit ihrem Pferd einfach über ihn hinwegritt und ihn unter den Hufen begrub.

Keine ihrer Bewegungen war bewusst geplant oder gesteuert. Es war wie ein Sog, wie eine unaufhaltsame Kraft, die sie zwang, immer tiefer in diesen Sumpf aus Blut und Gewalt einzudringen, und die sie zu etwas werden ließ, was sie selbst in ihren dunkelsten Träumen nicht für möglich gehalten hatte. Schon sah sie den nächsten Angreifer auf sich zukommen. Einen Mann auf einem Pferd. Schwarz gekleidet, eine unheilvoll aussehende Maske auf dem Gesicht. In seinen Augen war ein todbringendes Glühen zu sehen, während er frontal und ohne abzubremsen auf sie zuritt. Sie hob ihr Schwert.

*

Logan hatte die letzten Minuten nur wie durch ein Wunder überlebt. Die Kriegerin mit den Tätowierungen war zwar aus seinem Blickfeld verschwunden, doch sie würde wiederkommen, da war er sich sicher. Zweimal war er ihr entwischt, doch ob ihm das Glück auch ein drittes Mal hold sein würde ...? Schon sah er die nächste Gefahr auf sich zukommen. Eine junge Kriegerin in schwarzer Ledermontur. Sie ritt auf einem braunen Araber mit rotem Zaumzeug. Ein Schwert funkelte in ihrer Hand, ihr Gesicht eine Maske des Zorns. Als sie ihn auf sich zukommen sah, schrie sie wild auf und hob ihre Waffe. Logan sah, dass sie den Schlag zu hoch ansetzte. Sein Training in der Arena hatte seinen Blick für solche Dinge geschärft. Er benötigte nur den Bruchteil einer Sekunde, um zu erkennen, dass sie keine geübte Schwertkämpferin war. Trotzdem verfehlte ihn die Klinge nur um Haaresbreite. Er war einen Moment lang abgelenkt gewesen. Er hatte etwas gesehen, was sein Herz beinahe stocken ließ.
Er ließ sich zur Seite fallen. Das Schwert zischte über ihn hinweg und trennte ein Stück seiner ledernen Schulterpolster ab. Für einen Moment spürte er das Metall auf seiner nackten Haut, dann war es vorüber. Er saß wieder aufrecht im Sattel und stellte fest, dass er immer noch am Leben war.

»Gwen!«
Er hatte sie zuerst nicht erkannt. Ihr Gesicht war voller Blutspritzer, und in ihren Augen loderte ein Feuer, das er noch nie bemerkt hatte. Reine, pure und ungezügelte Mordlust. Und doch – es bestand kein Zweifel. Sie war es, und sie hatte ihn gehört.
Ihr Gesichtsausdruck veränderte sich. Suchend drehte sie sich nach seiner Stimme um.
»Gwen«, rief er noch einmal und zog an den Zügeln. Wenn er nur diese beschissene Maske vom Gesicht bekommen könnte! Verzweifelt beugte er sich so weit wie möglich nach vorn, warf die Zügel über seinen Hinterkopf, so dass sie sich am hinteren Rand der Maske verhakten, und richtete sich dann auf. Ein scharfer Schmerz durchzuckte ihn, als die lederne Befestigungsschlaufe in seinen Hals schnitt und dann riss. Ein Knacken ertönte, und die Maske fiel zu Boden. Mit einem scharfen Ruck an den Zügeln zwang er sein Pferd zu wenden.

*

Gwen vernahm eine Stimme. Jemand rief ihren Namen.
Sie zog an den Zügeln und drehte sich im Sattel um. Schweiß rann ihr von der Stirn und tropfte in ihre Augen. Sie wischte mit dem Ärmel über ihr Gesicht und sah sich um. Der Mann, den sie eben erst angegriffen hatte und der ihrem Schwertstreich nur dank seiner unglaublichen Schnelligkeit entwischt war, hatte sein Pferd gedreht und ritt ihr entgegen. Hatte er nicht eben noch eine Maske getragen? Noch seltsamer war es, dass seine Hände gefesselt waren. Als ihre Blicke sich trafen, durchfuhr es sie wie ein Blitzstrahl.
»Logan!«
Ein Lächeln ließ sein Gesicht erstrahlen. Er versuchte, die

Hand zu heben, doch die Fesseln hielten ihn zurück. Jetzt sah sie, dass auch seine Beine festgeschnürt waren.

Gwen musste ein paarmal tief durchatmen. Um sie herum wogte der Kampf, aber es kam ihr vor, als habe jemand die Welt mit einem Schleier verhüllt. Der Lärm, das Geschrei, alles rückte in weite Ferne. Sie hatte nur noch Augen für Logan.

Wie von einem göttlichen Licht erhellt, saß er da auf seinem Pferd und strahlte sie an. Plötzlich veränderte sich sein Ausdruck. »Vorsicht«, rief er. »Hinter dir!«

Gwen fuhr herum.

Eine Reiterin ritt in gestrecktem Galopp auf sie zu. Erhobenes Schwert, Lederweste, tätowierte Arme.

Ludmilla!

»Nein!« Gwen ritt ihr in den Weg und zwang sie dazu, ihr Pferd abzubremsen. Die Pferde kollidierten, und beinahe wäre Ludmilla aus dem Sattel geworfen worden.

»Bist du wahnsinnig?«, schrie sie. »Warum versperrst du mir den Weg? Siehst du denn nicht, dass du angegriffen wirst?«

»Such dir ein anderes Opfer. Ich kenne diesen Mann, er ist nicht unser Feind.«

»Alle Männer sind Feinde. Lass mich durch, damit ich erledigen kann, wozu du anscheinend nicht in der Lage bist.«

»Sieh ihn dir doch mal an. Gefesselt an Händen und Füßen, was für eine Art Feind soll das sein? Oder glaubst du, er hat sich das selbst angetan, um zu sehen, wie lange er gegen uns bestehen kann?«

»Lass mich durch, habe ich gesagt.«

»Und ich habe gesagt, dass du verschwinden sollst.«

Ein bösartiges Lächeln erschien auf dem Gesicht der Kriegerin. »Du kleine Schlampe. Willst du dich mir etwa in den Weg stellen?«

»Allerdings. Anscheinend bist du ja nicht mal mehr in der Lage, Freund von Feind zu unterscheiden. Mach, dass du wegkommst, oder du wirst meine Klinge spüren, Ludmilla.«
Die Kriegerin blickte erst erstaunt, dann lachte sie. »Das war jetzt ein Fehler zu viel, Gwen. Ein weiteres Mal wird es nicht geben.« Sie lenkte ihr Pferd um eine Vierteldrehung, hob ihr Schwert und ließ es auf Gwen niedersausen. Der Schlag war mörderisch. Hätte er getroffen, hätte er mühelos ihren Schädel gespalten. Gwen gelang es gerade noch, ihren Arm hochzureißen und die herabsausende Klinge mit ihrem Schwert zu blocken. Doch die Wucht des Aufpralls ließ sie beinahe das Gleichgewicht verlieren. Das Metall schlug Funken. Ein fürchterlicher Schmerz zuckte durch ihr Handgelenk. Sie stöhnte.
Schon setzte Ludmilla zum nächsten Schlag an. Diesmal seitlich geführt, auf Höhe ihrer Hüfte. Wieder gelang Gwen gerade noch eine Abwehr, doch sie spürte, dass sie nicht lange durchhalten würde. Ludmilla war eine zu erfahrene und gut trainierte Kämpferin, als dass sie nur den Hauch einer Chance hätte. Doch was sollte sie tun? Auf keinen Fall würde sie Logan dieser Wölfin in Menschengestalt überlassen.
Gerade als ihr klarwurde, dass sie vielleicht nur noch zwei oder drei Schläge parieren konnte, hörte sie seine Stimme hinter sich: »Schneid meine Fesseln durch, schnell.«
Logan hatte seine Hände erhoben und hielt ihr die Lederbänder hin, mit denen seine Gelenke umwickelt waren. Gwen war es gerade gelungen, einen weiteren Schlag zu parieren, da ergab sich die Chance für eine Gegenattacke. Ludmilla war zu sehr auf ihren Angriff fixiert und vernachlässigte ihre Deckung. Gwen blockte das herabsausende Schwert, doch anstatt ihre Waffe danach zurückzuziehen, beugte sie sich nach vorn und stach zu. Ludmilla schrie auf, als sich die Klinge durch die

Nähte ihres Lederharnischs bohrte und oberhalb des Hüftknochens ins Fleisch drang. Aus einem Reflex heraus riss die Kriegerin am Zügel und brachte ihr Pferd auf Abstand. Der Moment für Gwen, Logan zu befreien. Sie konnte nur hoffen, dass sie ihm bei dem Versuch nicht versehentlich eine Hand abschlug, aber sie hatte nur diesen einen Versuch. Sie hob ihre Klinge und schlug zu. Ein Moment des Schreckens, dann war es geschafft. Logan war frei.

»Dein Schwert, schnell! Und dann mach, dass du hinter mich kommst.«

Sie warf ihm ihre Waffe zu und beobachtete, wie er um sie herumritt und Ludmilla entgegentrat. Die Kriegerin stürmte wie eine Wahnsinnige auf ihn los.

Logan versetzte sein Schwert in eine wirbelnde Bewegung, fälschte Ludmillas Schlag ab und zog der Angreiferin einen blutigen Striemen über den Oberarm.

Die Kriegerin schrie vor Wut und Schmerz und drang mit äußerster Gewalt auf den Gegner ein. Ein Hagel von Schlägen prasselte auf Logan herunter. Gwen konnte zwar sehen, dass ihre Schläge kraftvoll waren, aber sie wurden auch zunehmend unkoordinierter. Logan wehrte sie mit Leichtigkeit ab und sorgte dafür, dass Ludmilla sich völlig verausgabte. Der Schweiß rann ihr übers Gesicht, und ihr Atmen verwandelte sich in ein Keuchen. Ein paar Minuten wogte der Schlagabtausch hin und her, dann war der Moment gekommen. Ludmillas Schlag ging ins Leere und ließ die Kriegerin nach vorne kippen. Für einen kurzen Moment war ihr Rücken ungeschützt. Vor ihrem geistigen Auge sah Gwen, wie Logan ihr sein Schwert zwischen die Schulterblätter rammte, doch stattdessen schlug er ihr mit der flachen Seite gegen den Hinterkopf. Ludmilla stieß einen überraschten Laut aus, dann kippte sie vornüber und landete mit hartem Aufprall im Matsch. Stocksteif und mit verdrehten Augen blieb sie liegen. Ihr Pferd, plötzlich ohne Herrin, geriet in Panik, sprang über Ludmillas bewusstlosen Körper und verlor sich wiehernd in der wogenden Menge.

Gwen benötigte einen Moment, um sich zu sammeln, dann ritt sie zu Logan hinüber und berührte seine Hand.

»Gwen.«

Eine Woge der Erleichterung brandete über sie hinweg. Als er dann noch neben sie geritten kam, sie umschlang und seine Lippen auf die ihren presste, war es um sie geschehen. Sie gab sich seinen starken, männlichen Armen hin, tauchte ein in seine Umarmung und ließ sich von seinem Geruch bezaubern. Ihre Wangen glühten wie zwei Kohlefeuer. »Komm«, sagte sie und lächelte ihm zu. »Wir müssen hier weg, und zwar schnell.«

Seine Miene verfinsterte sich schlagartig. Das Lächeln war verschwunden, und er blickte auf einmal sehr ernst. »Ich kann nicht«, sagte er.

»Was? Aber warum nicht?«

»Mein Bruder und mein Vater sind in der Gefangenschaft des Inquisitors. Ich muss versuchen, sie zu retten.«

»Wo sind sie?«

»Irgendwo in der Kanalisation unter unseren Füßen.«

»Dann komme ich mit dir.«

Er schüttelte den Kopf. »Es ist zu gefährlich. Die Bleichen haben sie in ihrer Gewalt.«

»Umso wichtiger, dass ich dich begleite. Ich war schon einmal dort unten, erinnerst du dich? Du reitest voran, und ich folge dir. Zusammen werden wir es schaffen.« Sie ergriff seine Hand und drückte sie.

Er sah sie an, dann nickte er. »Ja.«

49

Eine halbe Stunde später …

Edana schritt mit grimmiger Miene über den Kampfplatz. Der Kampf war vorüber, die Schlacht gewonnen. Doch um welchen Preis? Das Gemetzel war schlimmer als alles, was sie bisher gesehen hatte, die Schlacht um die Raffinerie eingeschlossen. An die fünfzig Brigantinnen waren gefallen, nicht zu vergessen die Pferde. Auch etliche Bogenschützen und Fußsoldaten hatte es erwischt, dazu ein paar todesmutige Heilerinnen, die entgegen ihrer Anweisung auf das Schlachtfeld gerannt waren, um Verletzte zu bergen. Und dann die vielen Verwundeten. Die Lazarettzelte platzten aus allen Nähten. Die Heilerinnen kamen mit dem Nähen von Wunden, dem Bandagieren von Brüchen und dem Amputieren von Gliedmaßen kaum nach. Die Zelte glichen Schlachthäusern. Wer kein Blut sehen konnte, sollte besser einen weiten Bogen darum machen.

Edana dankte den Göttinnen im Stillen über Magdalenas Anwesenheit. Die alte Heilerin half, wo sie nur konnte, organisierte den Transport der Verletzten, regelte die Versorgung mit Medikamenten und sorgte dafür, dass die Verwundungen in leichte, mittelschwere und schwere Fälle eingeteilt und betreut wurden. So konnten die Behandlungen trotz aller Hektik ruhig und konzentriert ablaufen. Im Gegenzug für ihre Hilfe verschonte Edana den Mann in ihrem Zelt einstweilen. Er war ihr zwar immer noch ein Dorn im Auge, aber es gab Dinge, die nun mal wichtiger waren.

Vor ihr lag eine junge Brigantin im Matsch. Edana kniete sich hin, um ihr die Haare aus dem Gesicht zu streichen. Die Frau war tot. Sie mochte vielleicht achtzehn oder neunzehn Jahre alt sein, fast noch ein Kind. Genau wie ihre Tochter, die etwa im gleichen Alter bei der Verteidigung einer Kupfermine getötet worden war.

Ein Schluchzen unterdrückend, stand Edana auf und sah sich um. Die Zahl der getöteten Männer war fast doppelt so hoch, aber das machte die Sache nicht besser. Sie hatte mit ein paar schlecht trainierten und unmotivierten Kirchenkriegern gerechnet, die beim ersten Anzeichen von Schwierigkeiten die Flucht ergreifen würden. Doch vor allem die Clankrieger hatten sich als schwer unterschätzte Gegner erwiesen. Nicht nur, dass sie gut mit Waffen umgehen konnten, sie waren auch mutig und entschlossen. Sie schienen die Schlacht persönlich zu nehmen und kämpften selbst dann tapfer weiter, wenn sie verwundet waren. In diesem Zustand konnten sie es durchaus mit Brigantinnen aufnehmen. Hinzu kam, dass sie über Schusswaffen verfügten und auch damit umzugehen verstanden. Edana hatte ihre Truppen mit kugelsicheren Schilden und Körperpanzern ausgestattet, doch die boten natürlich keinen umfassenden Schutz. Ein guter Schütze fand immer eine Lücke.

Neben ihr schritt Arkana über das Schlachtfeld. Sie hielt ein Taschentuch vor den Mund gepresst und war bleich vor Entsetzen. Immer wieder schüttelte sie den Kopf, und Tränen schimmerten in ihren Augen.

»Und, bist du nun zufrieden, Edana? Ist es das, was du wolltest? Ich hatte dich gewarnt, aber du wolltest ja nicht hören. Nun sieh dir deinen großen Sieg an.«

Edana hatte keine Lust, sich mit ihr zu streiten. Es reichte schon, dass sie sie an ihrer Seite duldete.

»Halte dich aus Sachen raus, von denen du nichts verstehst«, sagte sie. »Um einen Sieg dieser Größenordnung zu erringen, müssen militärische Opfer gebracht werden. Es gibt keine Schlachten, bei denen nicht auch ein paar der eigenen Leute fallen. Wer so etwas behauptet, ist entweder ein Narr oder hat noch nie einen Krieg miterlebt.«

»Ein paar unserer eigenen Leute? Mach die Augen auf. Hier liegen um die fünfzig Brigantinnen. Junge Frauen, die noch ihr ganzes Leben vor sich hatten. Sie werden nun keine eigenen Kinder mehr bekommen. Wer heute gestorben ist, wird nichts mehr zur Zukunft unseres Volkes beitragen. Von denen, die heute Nacht noch von uns gehen, will ich gar nicht reden. Unser Volk blutet aus. Und mit jeder, die fällt, werden unsere Chancen schlechter, doch noch zu einer friedlichen Lösung zu finden.«

»Wir werden Frieden haben, Arkana«, sagte Edana. »Wenn die Nacht vorüber ist und der morgige Tag kommt, dann werden wir Frieden haben.«

»Dann willst du also den Weitermarsch anordnen? Du willst dich nicht zurückziehen?«

»Zurückziehen?« Edana lachte scharf auf. »Jetzt ist die Bresche frei. Wenn wir schnell sind, können wir bis zur Kathedrale durchmarschieren, ehe es den Männern gelingt, sich neu zu organisieren. Mit etwas Glück können wir den Inquisitor noch vor Anbruch der Nacht zur Kapitulation zwingen.«

»Was? Ohne vorher Späher auszusenden? Bist du von Sinnen?«

»Wir haben keine Zeit für lange Aufklärungsmanöver. Die Männer werden uns nichts Nennenswertes mehr entgegenzusetzen haben.«

»Edana ...«

»Ich bin nicht so weit vorgerückt, um jetzt noch umzukehren. Wenn dir das nicht passt, hau doch ab, ich werde dich nicht aufhalten. Ich werde dir auch keinen Prozess machen, falls das deine Sorge sein sollte. Von mir aus bist du frei. Aber hör auf, dich in meine Angelegenheiten einzumischen.«

»Deine Angelegenheiten? Das könnte dir so passen. Uns alle in den Abgrund ziehen und dann so tun, als wäre das eine Privatsache! Nein, meine Liebe, so einfach werde ich es dir nicht machen. Und nur damit du es weißt, ich werde nicht gehen. Ich werde hierbleiben und dokumentieren, was du tust. Damit die Nachwelt erfährt, was heute hier geschehen ist. Wenn es überhaupt noch eine Welt nach uns geben wird.« Und mit einem stummen Fluch auf den Lippen wandte sie sich um und verschwand in Richtung Zelte.

*

Inquisitor Marcus Capistranus nahm die Nachricht vom Sieg der Frauen gelassen entgegen. Er saß hinter seinem Schreibtisch und beobachtete, wie das Nachmittagslicht lange Schatten über das geölte Kirschholz warf. Die Arme aufgestützt, die Fingerspitzen gegeneinandergedrückt, lauschte er den Berichten seiner Boten und stellte hin und wieder gezielte Fragen. Alles in allem waren die Berichte zufriedenstellend. Mit einem Sieg war natürlich nicht zu rechnen gewesen, aber was er wollte, hatte er erreicht. Wie es schien, hatten seine Männer den Hexen empfindliche Verluste zugefügt und sie eine Zeitlang in Schach gehalten. Besonders die Kämpfer der umliegenden Bezirke schienen sich durch Mut und Tapferkeit ausgezeichnet zu haben, und Marcus Capistranus war froh, Cedric an seiner Seite zu wissen, der ihm die Clans praktisch in den Schoß gelegt hatte. Dann hatte die Anführerin weitere Truppen ins Feld geführt und die Schlacht beendet. Viele seiner Männer waren dabei ums Leben gekommen. Aber sie waren für die heilige Sache gestorben und durften sich glücklich schätzen, ihrem

Volk einen so großen Dienst erwiesen zu haben. Was ihn erregte, war die Meldung, dass die Hexen wieder auf dem Vormarsch waren. Nachdem tagelang nichts geschehen war, hatte Edana endlich den Aufbruch befohlen. Das letzte Kapitel der Schlacht um die Kathedrale hatte begonnen.

»Und ihr seid sicher, dass auch wirklich die ganze Armee mitkommt? Es sind nicht zufällig ein paar Truppen am Neumarkt zurückgeblieben?«

»Die gesamte Armee, Hochwürden«, sagte der eine der beiden Boten. »Zurückgeblieben sind nur die Lazarettzelte mit den Verwundeten und ein paar Heilerinnen.«

»Gut. Sehr gut.« Marcus Capistranus stand auf und begann, mit langsamen Schritten das Zimmer zu durchmessen. »Mein Plan funktioniert also. Unser Angriff hat die Hexen derartig zur Weißglut getrieben, dass sie alle Vorsicht über Bord geworfen haben und mit ihrer gesamten Streitmacht ins Herz der Stadt vorrücken. Sobald sie hier auf dem Kathedralenvorplatz angekommen sind, werde ich die Falle zuschnappen lassen.« Er deutete nach draußen, und alle wandten ihre Köpfe. »Wie ihr vielleicht bemerkt habt, arbeiten bereits seit einigen Tagen Handwerker an einem Wall, der rund um den Platz aufgerichtet wird. Daneben befinden sich Holzgerüste mit Zisternen darauf. Diese Zisternen sind mit Treibstoff gefüllt und können zu gegebener Zeit gezündet werden. Alles auf dem Platz, was sich nicht schnell genug in Sicherheit bringt, wird verbrennen. Der Platz selbst wurde so präpariert, dass keine Fluchtmöglichkeiten bestehen. Straßen, Türen, Fenster, alles wurde verbarrikadiert. Niemand kann entkommen, also seht zu, dass ihr auf der richtigen Seite steht.« Er lächelte verschlagen. »Wir selbst werden auf der anderen Seite des Walls stehen und dafür sorgen, dass die Barrikaden nicht gestürmt werden.«

»Aber … aber das Benzin?«, stammelte einer seiner Berater. »Es handelt sich dabei um unsere letzten Vorräte. Wenn sie aufgebraucht sind, gibt es nichts mehr, womit wir unsere Fahrzeuge betreiben können.«

»Nur eine Vorsichtsmaßnahme, Konrad. Falls die Dinge aus dem Ruder laufen. Der Hauptschlag wird von einer anderen Seite erfolgen.«

»Von der Südseite, Herr? Aber wir haben nicht genug Männer, um noch einmal eine solche Armee wie auf dem Heumarkt aufmarschieren zu lassen.«

»Nicht von Süden, Konrad, von unten.«

»Von … unten?«

»Ganz recht.« Marcus Capistranus schaute auf seine Berater. Er genoss es, in ihre entgeisterten Gesichter zu blicken.

»Wovon sprecht Ihr, Herr?«

Der Inquisitor lächelte. »Von den Bleichen.«

Der Mann zuckte zurück. »Die Bleichen? Aber ich dachte …«

»Ich weiß, was du sagen willst.« Er hob seine Hände. »Ich weiß, was ihr alle sagen wollt. Das war einer der Gründe, warum ich euch über mein Vorhaben so lange im Unklaren gelassen habe. Aber ich habe die Sache gut durchdacht, vertraut mir. Ich gebe euch recht, die Bleichen sind Abschaum. Ein Geschwür, das tief unter unseren Füßen wuchert und das mir keine Ruhe lässt, seit wir es vor einigen Jahren entdeckt haben. Diese Kreaturen sind gefährlich. Indem ich ihnen in regelmäßigen Abständen Menschenopfer darbrachte, konnte ich die Bedrohung eindämmen, gänzlich auslöschen konnte ich sie nicht. Sie vermehren sich dort unten wie Ratten. Nein, schlimmer als Ratten. Wie Maden, die es nach verfaultem Fleisch dürstet. Irgendwann, wenn es dort unten nicht mehr genug zu fressen gibt, werden sie an die Oberfläche kommen und nach den Lebenden trachten. Die Matriarchin ist mächtig geworden in den letzten Jahren. Die vielen Leichen haben ihr Volk anwachsen lassen. Ich kann nicht mit Bestimmtheit sagen, wie viele von diesen Kreaturen jetzt dort unten hausen, doch es müssen Hunderte sein. Es wird der Tag kommen, an dem sie sich gegen uns wenden; deswegen habe ich beschlossen, sie in unseren Plan mit einzubeziehen. Damit schlage ich zwei Fliegen mit einer Klappe, sozusagen.«

»Aber, Herr …« Der Mann war sichtlich verstört. »Wie können die Bleichen uns denn von Nutzen sein? Es sind dumpfe Kreaturen, unfähig, zu denken und zu handeln.«

»Unterschätzt sie nicht, Konrad. Sie sind durchaus intelligent. Nehmt zum Beispiel die Matriarchin. Trotz ihres abstoßenden Äußeren ist sie eine durchtriebene Kreatur, die durchaus versteht, was ich von ihr verlange und was es für sie zu gewinnen gibt.« Er verschränkte seine Arme hinter dem Rücken. »Es war wichtig, dieses Wesen in meinen Plan einzuweihen, denn nur so kann ich vollenden, was ich vor so vielen Jahren begonnen habe. Wenn mein Plan gelingt, werden nicht nur die Wilden Lande in unseren Besitz wandern, auch die alte Stadt wird wieder uns allein gehören.« Er lächelte. »Die nächsten vierundzwanzig Stunden werden die bedeutsamsten unseres Lebens, deshalb hoffe ich, dass ihr euch dieses historischen Moments bewusst seid. Einen Tag wie den morgigen wird es nie wieder geben. Und jetzt geht und lasst euch von den Offizieren den genauen Ablauf der Schlacht erklären. Sie sind eingeweiht. Und dann geht und betet für unseren Sieg. Ich lasse euch rufen, wenn ich neue Befehle für euch habe.« Mit diesen Worten drehte er sich um und blickte zum Fenster hinaus auf den Vorplatz, wo die Handwerker unter Hochdruck die letzten Vorbereitungen trafen.

50

Logan war vom Rücken seines Pferdes gesprungen und untersuchte den Eingang zur Tiefbahnstation. Allzu weit konnte man nicht hineinsehen, denn der Nachmittag rückte voran, und das Tageslicht begann bereits, schwächer zu werden. Trotzdem wirkte er zuversichtlich.

»Hier ist es. Das muss der Ort sein, von dem sie gesprochen haben.« Er deutete nach unten.

»Gür…ze… nich«, las Gwen mühsam von einem verrosteten Schild ab. Sie hatte in den letzten Wochen und Monaten jede freie Minute genutzt, um ihre Lese- und Schreibfähigkeiten aufzufrischen. Die Schrift war verblasst und teilweise von Efeu überwuchert.

»Komischer Name.«

»Eine uralte Festhalle«, sagte Logan. »Komm.«

Die Treppenstufen waren völlig zugewuchert. Überall lag Müll herum. Glasscherben machten das Gehen schwierig, und Logan fing an, die Stufen mit der Fußspitze zu reinigen. »Du musst nicht mitkommen, wenn du nicht willst«, sagte er. »Die Sache geht nur mich etwas an. Warum solltest du dein Leben dafür riskieren?«

»Es geht uns beide etwas an«, sagte Gwen. »Deine Familie ist auch meine Familie. Gunnar und Dachs sind mir ans Herz gewachsen, ich würde es nicht ertragen, wenn ihnen etwas geschieht.«

Logan unterbrach seine Arbeit und kam zu ihr herüber. Er ergriff ihre Hände und sah sie mit diesem speziellen Blick an, bei dem sie immer weiche Knie bekam.

»Habe ich mich bei dir eigentlich schon für meine Rettung bedankt?«

»Ich glaube nicht«, log sie und lächelte. Natürlich hatte er sich schon bedankt. Mehr als einmal.

»Danke«, sagte er. »Danke, dass du mir gefolgt bist. Dass du nicht aufgehört hast, an mich zu glauben, und dass du mir deine Liebe schenkst. Es kommt mir immer noch wie ein Wunder vor.« Er nahm sie in seine Arme und küsste sie lang und inniglich. Sie konnte spüren, wie sein Atem und seine Wärme sie durchdrangen. Ja, dachte sie. Männer und Frauen – so war es von Anbeginn der Zeit bestimmt. Das war es, was viele einfach nicht verstehen wollten. Manche Dinge fühlten sich einfach richtig an. Wahr. Niemand sollte aufgrund seiner Ausrichtung, Neigung und Sexualität von anderen unterdrückt werden. Vorausgesetzt, es schadete niemandem und geschah in gegenseitigem Einvernehmen.

»Ich …«, fing sie an, verstummte dann aber. Nein, dachte sie, ich darf ihm nicht von meiner Schwangerschaft erzählen. Noch nicht. Wüsste er es, er würde es niemals zulassen, dass ich ihn begleite.

»Was?«

»Ach, nichts«, sagte sie. »Ich dachte nur, dass wir vielleicht noch Ausrüstung brauchen. Verpflegung, Proviant oder so.«

»Keine Zeit«, sagte er. »Sie müssen direkt hier unten sein.«

»Woher weißt du das?«

»Der Inquisitor. Er unterhielt sich mit Cedric. Ursprünglich sollte ich an die Bleichen verfüttert werden, doch Cedric hatte andere Pläne mit mir. Also tauschte er sie ein. Sie unterhielten sich über eine geheime Opferstätte unterhalb des Gürzenich.

Capistranus bringt den Bleichen dort wohl schon seit einigen Jahren Opfer dar.«

»Warum?«

Er zuckte die Schultern. »Als Bestrafung, zur Abschreckung, wer weiß? Oder einfach nur, um die Bleichen bei Laune zu halten. Ich hörte von einem Pakt, den er mit ihnen geschlossen hat.«

»Ein Pakt mit den Bleichen?« Sie runzelte die Stirn. »Das ist doch Irrsinn. Mit den Bleichen schließt man keinen Pakt. Es sind blutdürstige Monster ohne Verstand oder Gefühle. Ich weiß nicht mal, ob sie überhaupt so etwas wie eine Sprache besitzen.«

»Anscheinend haben sie eine Anführerin. Capistranus nannte sie die Matriarchin. Das Opfer war für sie bestimmt.«

»Matriarchin. Nie gehört. Aber ich gebe zu, dass ich die Bleichen ziemlich verdrängt habe. Die eine Begegnung mit ihnen hat mir gereicht.«

»Und trotzdem willst du mich begleiten?«

»Natürlich. Wohin du gehst, da will ich auch hin, schließlich liebe ich dich. Und ich liebe Gunnar und Dachs. Ich werde erst wieder ruhig schlafen können, wenn sie gerettet sind und das hier überstanden ist. Also lass uns gehen.« Sie lächelte ihm zu. Dann betraten die beiden das Treppenhaus. Den Verfolger, der ihnen in einem Abstand von nicht einmal fünfzig Metern folgte, bemerkten sie nicht.

Es dauerte eine Weile, bis sich Gwens Augen an das trübe Fackellicht gewöhnt hatten. Hier unten gab es deutlich weniger Pflanzen und Unrat. Die Stufen waren nicht mehr ganz so schlüpfrig, und das Laufen wurde leichter. Logan hatte sein Schwert gezogen, Gwen hingegen vertraute auf ihren Bogen, der klein und handlich genug war, um in dieser beengten Umgebung nicht zu einer Behinderung zu werden. Ihr Schwert hatte sie im Gürtel stecken lassen. Logan konnte mit seiner Waffe tausendmal besser umgehen als sie. Was das Bogenschießen anging, so hatte Juna ihr vor Zeiten Unterricht erteilt, und sie hatte sich dabei wesentlich geschickter angestellt, als sie selbst für möglich gehalten hätte. Vielleicht hing es damit zusammen, dass sie einen Bogen weniger als Kriegswaffe denn als Alltagsinstrument betrachtete. Ein Bogen war auch auf der Jagd nützlich.

Die Luft war mit Feuchtigkeit gesättigt. Es roch nach Moder und Fäulnis. Überraschenderweise war es nicht so kühl, wie die Tiefe vermuten ließ. Zumindest war es deutlich wärmer als bei ihrer ersten Begegnung mit den Bleichen.

Es wäre gelogen, wenn sie behauptet hätte, keine Furcht zu empfinden. Die Dunkelheit, der Gestank und die vielen Ratten ließen die Erinnerung höchst lebendig werden. Jedes Knirschen, jedes noch so leise Plätschern oder Rascheln sorgte dafür, dass sie zusammenfuhr. Sie meinte, verstohlene Schritte zu hören, und glaubte, von Dutzenden blinder Augen angestarrt zu werden. Natürlich war es riskant, hier unten eine Fackel zu entzünden, aber was hätten sie tun sollen? Besser so, als in irgendeinen namenlosen Abgrund zu stürzen.

Sie tastete nach Logans Hand, und er erwiderte den Druck.

»Hast du Angst?«

»Nein«, log sie tapfer. »Ich dachte, ich hätte etwas gehört, aber es war wohl nur Einbildung. Scheinbar sind wir bisher unentdeckt geblieben.«

»Das darf ruhig so bleiben.« Er wandte ihr sein Gesicht zu. »Übrigens, ich habe Angst. Ich grusele mich zu Tode. Dagegen war die Inhaftierung in diesem feuchten Kerker ein Kaffeekränzchen. Ich glaube, ich beginne zu verstehen, was du bei deiner Flucht durch die Katakomben empfunden haben musst. Umso bemerkenswerter, dass du mich jetzt begleitest.«

Sie nickte, vertiefte das Thema aber nicht weiter. Logan sollte nicht merken, wie sehr sie sich fürchtete.

»Hast du eigentlich noch etwas von Claudius gehört?«, fragte sie. »Ist er wieder aufgetaucht?«

»Nein, ich habe nichts von ihm gehört«, antwortete er. »Allerdings gehöre ich nicht gerade zu den gut informierten Männern im Umfeld des Inquisitors.«

»Ich glaube, das ist ein gutes Zeichen. Wenn sie ihn erwischt hätten, wäre dir bestimmt etwas zu Ohren gekommen«, sagte sie.

»Du hast recht«, sagte Logan. »Ich mochte Claudius. Kaum zu glauben, dass er früher mal mit Marcus Capistranus befreundet gewesen sein soll. Ich frage mich, was er jetzt vorhat.«

»Vielleicht erfahren wir es noch. Aber still jetzt. Da vorne schimmert ein Licht, siehst du?«

»Du hast gute Augen. Komm.«

Sie kamen zu einem schmalen Spalt im Boden, aus dem warmes Licht sickerte. Gwen kauerte sich hin und versuchte herauszufinden, was das war. »Was ist das? Woher stammt dieses Licht?«

»Der Inquisitor sprach von einer Höhle, tief unter der Erde. Die Bleichen sollen dort ihr Nest haben.«

»Die Große Mutter?«

Er nickte.

Gwen blickte in den feurigen Spalt. Ihr schauderte bei dem Gedanken, was dort unten auf sie warten mochte. Als ob die alte Stadt nicht schon feindselig genug war. Andererseits: Wenn sie Gunnar und Dachs finden wollten, dann dort. Sie mussten da hinunter, auch wenn Gwen sich geschworen hatte, diesen Ort nie wieder zu betreten.

*

Unauffällig folgte Cedric den beiden. Er beobachtete, dass sie soeben einen Halt eingelegt hatten, um irgendeine Besonderheit im Boden zu untersuchen. Er benötigte eine Weile, um zu erkennen, dass es ein Spalt war, dem ein Lichtschimmer entsprang.
Plötzlich fiel bei ihm der Groschen. Sie suchten nach Gunnar und Dachs. Allerdings zeugte der Plan, in die Höhle der Matriarchin vorzudringen, um die beiden zu befreien, von einer gewissen Todessehnsucht. Wusste er denn nicht, worauf er sich da einließ?
Cedric überlegte für einen kurzen Moment, ob er die Verfolgung fortsetzen sollte. Warum sollte er sich die Finger schmutzig machen, wenn sich doch die Bleichen um die beiden kümmern würden? Nein, er würde nicht umkehren, das wäre zu einfach. Er musste Gewissheit haben. Er würde den beiden folgen, wenn es sein musste, in den tiefsten Schlund der Hölle. Und dann würde er das töten, was die Bleichen für ihn übrig ließen.

51

Dachs erwachte aus einem Nebel voller Schmerz.
Sein Kopf tat weh. Seine Schultern, sein Hals, seine Beine – es fühlte sich an, als wäre er unter ein Pferdefuhrwerk geraten. Er erinnerte sich noch, wie er und sein Vater an ein Rohr gefesselt worden waren und der Inquisitor irgendwelche Zeichen gegeben hatte. Danach – nichts. Sosehr er sich auch bemühte, in seinem Gedächtnis klaffte eine riesengroße Lücke.
Er versuchte, die Augen zu öffnen, doch selbst das fiel ihm schwer. Warum nur stand alles auf dem Kopf? Er konnte Lichter erkennen, die schummeriges Licht spendeten. Petroleumlampen oder Kerzen. Doch – sie hingen an der Decke. Nein, korrigierte er sich: Du hängst an der Decke.
Als er an sich herabblickte, stellte er fest, dass seine Beine mit Strängen irgendwelcher ekliger Pflanzen zusammengebunden waren. Gift-Efeu oder etwas Ähnliches. Das Zeug war wie Gummi.
Neben ihm hing Gunnar. Mit dem Kopf nach unten sah er aus wie ein Stück Schlachtvieh.
Plötzlich fielen ihm Bruchstücke ihrer Entführung wieder ein. Er erinnerte sich an geflüsterte Worte, krächzende Laute und schattenhafte Bewegungen. Irgendetwas war aus den Tiefen der Erde zu ihnen emporgekommen. Offenbar waren sie niedergeschlagen und dann verschleppt worden. Er hatte noch immer den schrecklichen Geruch in der Nase. Und dann fiel es ihm wieder ein. Die Bleichen. Der Inquisitor hatte sie den

Bleichen als Opfer dargebracht. Und jetzt waren sie in ihrer Gewalt.

Dachs zappelte und strampelte, doch seine Beine waren fest verschnürt. Völlig entkräftet ließ er sich wieder hängen. Sternchen flimmerten vor seinen Augen. Nur nicht ohnmächtig werden, dachte er sich. Sie hatten nur eine Chance, wenn sie bei Bewusstsein blieben.

Nebenan schien Gunnar wach zu werden. Er krümmte seinen Leib und versuchte, seine Fesseln mit den Händen zu lösen, doch mehr als unterdrückte Verwünschungen brachte er nicht zustande.

»Na, mein Kleiner?«, flüsterte er mit rauher Stimme. »Da sind wir ja in einen schönen Schlamassel hineingeraten, oder? Hast du eine Ahnung, wie wir hier freikommen sollen?«

Dachs schüttelte den Kopf. Ohne Hilfe von außen waren sie nichts weiter als totes Fleisch.

*

Logan hatte keine Ahnung, wie tief sie schon unter der Oberfläche waren. Es kam ihm vor, als wären sie eine halbe Ewigkeit unterwegs. Bisher war ihnen noch kein Bleicher begegnet, und das stimmte ihn nachdenklich. War doch merkwürdig, dass diese Kreaturen ihren Bau nicht besser absicherten. Aber vielleicht waren sie gerade an einer anderen Stelle zugange? Nun, das sollte nicht sein Problem sein. Hauptsache, die Mistratten kamen ihm nicht in die Quere.

Die Treppe wirkte ausgesprochen baufällig, gerade noch zusammengehalten von etwas gutem Willen und ein paar Stangen Bewehrungsstahl. Vor ihnen wurde es heller. Ein paar Stufen ging es noch in die Tiefe, dann endeten sie plötzlich mitten in der Luft.

»Scheiße.«
Behutsam einen Fuß vor den anderen setzend, kletterte er bis ans Ende und sah sich um. Sie waren hoch oben in einer riesigen Höhle herausgekommen, die sich über mehrere Stockwerke erstreckte. Über ihnen strömte Wasser aus einer geborstenen Leitung und landete rauschend in einem unterirdischen See. Flackernde Feuer am Rand spendeten trübes Licht. Nebelschwaden zogen durch das Blickfeld. Logan konnte erkennen, dass ein riesiger Hügel aus dem Wasser ragte. Fünfzehn, zwanzig Meter hoch und augenscheinlich nicht zufällig entstanden. Kein Zweifel, das musste der Bau sein, von dem der Inquisitor gesprochen hatte. Sie waren im Herz des unterirdischen Reiches angelangt.
Vorsichtig spähte Logan nach unten.
»Und? Wie geht's jetzt weiter?«, flüsterte Gwen. »Was sollen wir tun?«
»Ich glaube, die Fackel brauchen wir nicht mehr.« Er brachte das Feuer zum Verlöschen und steckte die Fackel wieder ein. Er blickte nach rechts. Direkt neben ihnen, nur einige Meter entfernt, befand sich eine zweite Treppe, die in die Tiefe ragte. Auch hier fehlten die Außenwände, dafür waren aber sämtliche Zwischenebenen intakt. Die Treppe führte bis ganz nach unten.
Für einen Sprung war die Entfernung zu groß, abgesehen davon, dass die nächste Ebene einige Meter unter ihnen lag. Er würde sich bei der Aktion beide Beine brechen. Logan überschlug seine Chancen, unbeschadet auf die andere Seite zu kommen. Sein Blick fiel auf die Eisenstangen, die von seiner Seite aus wie krumme Finger in die Luft ragten. Wenn es ihm gelänge, an einem der Armierungseisen nach drüben zu klettern, konnte er sich einfach fallen lassen. Er musste es versuchen.

»Was tust du denn da?«, fragte Gwen, als sie sah, was er vorhatte. »Bist du vollkommen verrückt geworden?«
»Es ist unsere einzige Chance«, sagte er und ergriff eine der gekrümmten Stahlstangen. Das Metall war rauh und rostig und stach ihm in die Finger. »Es sei denn, wir gehen wieder zurück und versuchen einen anderen Weg.« Er ließ sich fallen und begann, sich vorsichtig hinüberzuhangeln. Mit zusammengebissenen Zähnen arbeitete er sich vorwärts.
»Und wenn die Bleichen dich sehen?«
»Kannst du welche von denen erkennen?«, keuchte er. »Ich nicht. Der Ort ist wie ausgestorben.«
Gwen sah sich eine Weile in der Höhle um, dann nickte sie. »Du hast recht. Wo mögen die wohl sein?«
»Keine Ahnung. Interessiert mich, ehrlich gesagt, im Moment auch nicht.« Er hatte das Ende der Stange erreicht, schwang ein paarmal vor und zurück und ließ dann im richtigen Moment los. Ein atemloser Moment des freien Falls, dann spürte er den Betonboden unter seinen Füßen.
Geschafft!
Nur kurz durchschnaufen, dann drehte er sich um.
»Es geht«, sagte er. »Nicht ganz einfach, aber machbar. Am besten, du schaust nicht nach unten. Willst du es versuchen?«
Gwen blickte misstrauisch in die Tiefe. Dann zog sie ihre Lederhandschuhe über, hängte den Bogen über ihre Schulter und ergriff die Eisenstange. Hand über Hand hangelte sie nach außen, bis sie am Ende der Stange angelangt war.
»Und jetzt lass los«, sagte er. »Und keine Sorge, ich fange dich auf.«
Gwen holte tief Luft und öffnete dann die Hände. Logan sah sie kommen, ergriff sie und zog sie in Sicherheit.
»Gut gemacht.« Er gab ihr einen schnellen Kuss. Sie umschlang

seinen Hinterkopf mit ihrer Hand und drückte ihre Lippen fest auf die seinen. Danach war er wieder mal atemlos.
»Gut«, sagte er, während er Luft schöpfte. »Es ist jetzt nicht mehr weit, siehst du?« Er deutete nach unten. Zwei Stockwerke noch, dann hatten sie den Boden der Höhle erreicht. Gwen drehte sich um und blickte nach oben. »Und wie kommen wir jetzt wieder zurück?«

*

Der Bote war außer Atem. Keuchend und mit hochrotem Kopf warf er sich vor dem Inquisitor auf den Boden. »Sie kommen, Hochwürden. Die Hexen. Sie sind auf dem Weg hierher. Nur noch wenige hundert Meter, dann haben sie den Vorplatz erreicht.«
»Gut«, sagte er. Er hatte das Klappern der Hufe bereits gehört, war aber dankbar für die Bestätigung. »Sagt den anderen, dass ich zu ihnen rauskomme. Wir werden am Ostwall Stellung beziehen. Ich erwarte meine Berater in fünf Minuten.«
»Ja, Herr, ich werde es melden.«
Marcus Capistranus warf einen letzten Blick aus dem Fenster seiner Schreibstube. Die Sonne war vor wenigen Minuten im Westen untergegangen, und unten wurden die ersten Fackeln entzündet. Der regennasse Asphalt schimmerte wie von tausend Sternen.
Ob es je wieder so einen Sonnenuntergang geben würde?
Er bekreuzigte sich, dann ging er hinaus zu den anderen.

Auf dem Ostwall waren bereits alle versammelt. Marcus Capistranus ließ sich beim Ersteigen der Leiter helfen und reichte Konrad die Hand. Oben angekommen, ergriff er seinen Stab und trat bis vor an die Brüstung.

Hunderte von Fackeln erhellten den Platz.

»Eine gewaltige Streitmacht, Herr«, sagte Konrad. »An die tausend Pferde. Vorne sehe ich die Heerführerin. Sie wird von mehreren Frauen begleitet. Eine davon recht alt.«

»Was siehst du noch?«

»Jede Menge Bogenschützen, Herr. Offenbar verfügen sie über Brandgeschosse. Und ich sehe Fuhrwerke mit Leitern und Rammböcke. Nicht viele, aber es könnte genügen, um die Barrikaden zu überwinden.«

»Dann müssen wir darauf besonders achtgeben«, erwiderte Capistranus. »Es darf ihnen auf keinen Fall gelingen, den Wall zu überwinden. Sobald klar ist, wo sie Leitern aufrichten, müssen wir unsere Kräfte dort formieren.« Er sah sich um. »Wo steckt Cedric?«

»Ich weiß nicht, Herr.«

»Was heißt, du weißt nicht? Ich will ihn hier bei mir haben. Ich brauche ihn, um Befehle an die Einheiten weiterzutragen.«

»Er wurde gesehen, wie er in Richtung Norden davonritt. Ganz offensichtlich war er nicht selbst am Kampf beteiligt, sondern hat weiter hinten gestanden und das Geschehen von dort aus beobachtet.«

»Dann mach, dass du ihn findest. Er ist meine Verbindung zu den Warlords. Ohne ihn dürfte es schwerfallen, die Clans unter Kontrolle zu halten. Ich kann nur hoffen, dass er für sein Fernbleiben gute Gründe hat, ansonsten ziehe ich ihm das Fell über die Ohren.«

»Wie Ihr befehlt, Herr.«

*

Cedric beobachtete, wie Logan und Gwen zur Insel hinüberwateten. Die beiden hatten ganz schön Mut, das musste er zugeben. Sich so ganz allein, nur bewaffnet mit Bogen und Schwert, dem Bau der Bleichen zu nähern, dazu gehörte schon was. Schließlich konnten sie ja nicht wissen, dass die Bleichen, einschließlich ihrer Herrscherin, den Bau verlassen und sich unterhalb der schwarzen Kathedrale versammelt hatten, wo sie auf Befehle des Inquisitors warteten.

Dort oben waren sicher schon alle in heller Aufregung wegen der bevorstehenden Schlacht. Bestimmt war der Inquisitor entsprechend ungehalten, weil Cedric sich noch nicht bei ihm gemeldet hatte, doch er würde sich noch ein wenig gedulden müssen. Erst einmal musste diese Sache hier zu Ende gebracht werden.

Der Sprung über den Abgrund erforderte Mut, doch Gwen hatte es auch geschafft. Was einem schwachen Weibsbild geglückt war, würde ihm ja wohl auch gelingen.

Er wollte gerade nach einem der Armierungseisen greifen, als er drüben auf einem der Schutthügel eine Bewegung bemerkte. Etwa fünfzig Meter vom zentralen Hügel entfernt lag ein Hang, der über und über aus Müll, Schutt und Bauresten zu bestehen schien. Da er von den Petroleumfeuern nicht erhellt wurde, war er nur schwer zu entdecken. Dort bewegte sich etwas. Cedric kniff die Augen zusammen.

Bleiche. Mindestens vier oder fünf. Sie waren an einer Stelle herausgekommen, die für Logan und Gwen nicht einzusehen war. Das würde eine Überraschung werden. Cedric lächelte grimmig. Ganz so verlassen, wie er geglaubt hatte, war der Bau offensichtlich doch nicht.

*

Logan hielt sein Schwert umklammert. Die Öffnung war nur etwa einen Meter fünfzig hoch. Obwohl er instinktiv einen Widerwillen davor verspürte, so wusste er doch, dass er diesen Gang betreten musste, wenn er seine Familie finden wollte. Er nahm seinen ganzen Mut zusammen, senkte den Kopf und betrat den Bau.

Moderiges, fahlgelbes Licht umfing ihn. Das kränkliche Leuchten sickerte aus Böden, Wänden und der Decke und ließ einen auf verrückte Weise glauben, man befände sich in einer riesigen Blase. Tatsächlich fehlte eine eindeutige Lichtquelle, was den räumlichen Bezug ungemein erschwerte. Wo war oben, wo unten? Schattenhafte Figuren waberten über die Wände.

Logan fühlte, wie ihm schwindelig wurde. Oder lag das an den Dämpfen, die ihn umgaben? Er musste sich abstützen. Dort, wo seine Hand die Wand berührte, erlosch das Licht, nur um nach einer Weile wieder aufzuleuchten. Was war das? Vielleicht irgendwelche leuchtenden Flechten, die auf Bewegung und Berührung reagierten.

Während er weiterging, hatte er das Gefühl, als würde der Weg nach unten führen, tiefer in den Untergrund hinein. Doch das konnte ebenso gut eine Täuschung sein.

Hinter der nächsten Biegung erreichte er eine Kammer, die größer war als die bisherigen. Ein unbeschreiblicher Gestank schlug ihm entgegen. Das Atmen war fast unmöglich, und Logan musste seinen Ärmel gegen die Nase pressen.

Hinter ihm kroch Gwen aus dem Loch.

Als sie aufstand, stieß sie einen leisen Schrei aus. Logan nahm sie in den Arm und legte ihr den Finger auf die Lippen. »Keinen Mucks«, flüsterte er.

»Was ist das hier?« In ihren Augen leuchtete die nackte Panik.

Logan betrachtete die halb verwesten Leichen, die an irgend-

welchen ekelhaften Ranken von der Decke hingen. Sieben Körper, alle bereits seit einiger Zeit tot.
»Wahrscheinlich eine Futterkammer«, flüsterte er.
Gwens Gesichtsausdruck schwankte zwischen Mitleid und Ekel. »Das ist furchtbar«, sagte sie. »Niemand sollte so ein Ende finden. So etwas würde ich nicht mal meinem ärgsten Feind ...«
Gwen stockte. Einen Moment lang stand sie wie angewurzelt da, dann eilte sie nach vorne und untersuchte eine der Leichen.
»Was ist los?«
»Oh Gott!«
»Was ist mit dir?«
Gwen schlug die Hände vor den Mund. »Das ist Mordra, unsere Anführerin.«
»Was?« Logan trat neben sie.
Die Frau konnte noch nicht lange tot sein. Sie sah aus, als würde sie schlafen.
»Bist du sicher?«
Gwen nickte. »Hier ist ihr Schwert, und das da ist ihr Gürtel.« Ihre Stimme war tränenerstickt. »Ich würde ihn unter Tausenden wiedererkennen.«
»Ist sie tot?«
Gwen untersuchte die Frau, lauschte ihrem Atem und nahm ihren Puls. Dann nickte sie.
»Wie schrecklich.« Er legte seinen Arm um sie, und Gwen vergrub ihr Gesicht an seiner Brust. »Bring mich weg von hier«, schluchzte sie. *»Bitte.«*
»Das werde ich. Sobald wir Gunnar und Dachs gefunden haben. Du willst doch bestimmt nicht, dass sie das gleiche Schicksal wie deine Gefährtin durchleiden müssen, oder?«
»Natürlich nicht.«

»Sie sind hier irgendwo, das spüre ich. Wenn es stimmt, was der Inquisitor gesagt hat, dann ist dies …«

Ein Husten erklang.

Logan hob lauschend den Kopf. Er kannte dieses Husten. Er kannte es, seit er ein kleiner Junge war.

52

Gunnar hustete sich die Seele aus dem Leib. Erbrochenes lief ihm aus Mund und Nase. Es verstopfte seine Atemwege und machte ihn blind wie einen Fisch.

Verzweifelt rang er nach Luft.

Großer Gott, was war nur mit ihm los? Sein Kopf fühlte sich an wie ein Amboss, auf dem ein unbarmherziger Hammer tanzte. Und dann dieser infernalische Gestank. Er konnte sich nicht erinnern, jemals etwas so Widerwärtiges gerochen zu haben. Dass er kopfüber an der Decke aufgehängt war, wurde ihm erst bewusst, als ihm das Erbrochene quer übers Gesicht lief. Pendelnd und sich krümmend, versuchte er, die Sauerei abzuwischen, doch mit gefesselten Händen war das gar nicht so einfach. In diesem Moment sah er einen Schatten auf sich zuhuschen. Er hörte einen Schrei, dann spürte er kräftige Arme um sich. Starr vor Schreck, ließ er den Angriff über sich ergehen. Er war überzeugt, jeden Moment sterben zu müssen.

»Vater! Dachs!«

Die Stimme kannte er doch.

»L… Logan?«

Statt einer Antwort hörte er ein kurzes Schluchzen, dicht gefolgt von dem Geräusch, als müsse sich jemand kräftig die Nase putzen.

»Mein Gott … Logan, du bist es.« Es kam ihm vor, als wäre er immer noch in einem Traum.

»Habt noch einen Moment Geduld, wir holen euch hier raus.

Gwen, nimm mein Schwert. Ich mache eine Räuberleiter, und du versuchst, die Ranken zu zerschneiden, einverstanden?«
»Aber klar.«
»Wird es gehen? Ja, das sieht gut aus. Nur weiter. Nimm die andere Seite, die ist schärfer. Festhalten, Gunnar, das könnte gleich ziemlich heftig werden.«
Kaum hatte Gunnar die Worte gehört, spürte er auch schon, wie er mit hartem Schlag auf der Erde landete. Zum Glück war der Boden feucht und weich. Er fühlte, wie jemand seine Handfesseln zerschnitt. Er war frei.
Gunnar richtete sich auf. Sein Kopf schwirrte, und er fühlte sich benommen. Mit hastigen Bewegungen putzte er sein Gesicht mit seinem Hemd ab. Endlich konnte er wieder etwas sehen.
»Jetzt bist du dran, Dachs«, sagte Logan. »Noch einmal, Gwen.«
Gunnar massierte seine Beine, um die Blutzirkulation in Gang zu setzen. Es kribbelte, als würde man ihn in Eiswasser tauchen.
Im Nu hatten die beiden Dachs von der Decke geschnitten und halfen ihm dabei, sich zu befreien. Gunnar konnte seinen Blick nicht von ihren beiden Rettern abwenden. Logan und Gwen. Was war nur geschehen, dass sie wieder zusammen waren?
Er knetete seine geschundenen Gelenke, als er sah, wie Gwen zur Tür blickte und einen Schrei ausstieß.
Er fuhr herum.
Aus der Öffnung kroch eine bucklige, hellhäutige Kreatur. Hinter ihr folgte eine zweite, dann noch eine und noch eine. Ihre Gesichter waren furchterregend. Keine Lippen, keine Nasen, weder Wimpern noch Brauen. Die wenigen Haare waren

weißlich und klebten in fettigen Strähnen am Kopf. Ihre Augen lagen in tiefen Höhlen und waren von derselben Farbe wie die kränklichen Flechten an den Wänden.

Gwen wich zurück.

Eine der Kreaturen bemerkte die Bewegung und ging auf sie los. Sie wollte gerade zum Sprung ansetzen, als Logan zwischen sie trat und sein Schwert hob.

»Keinen Schritt weiter, du Teufel. Der Erste, der es wagt, Hand an sie zu legen, wird das mit seinem Leben bezahlen, das schwöre ich euch.«

Als hätten sie ein lautloses Signal erhalten, gingen die Bleichen zum Angriff über.

Gunnar bemerkte die Bewegung und hämmerte einem von ihnen den Absatz seines Stiefels ins Gesicht. Dem dumpfen Krachen folgte ein schrilles Winseln. Der Angreifer sprang zurück und taumelte aus der Gefahrenzone. Die Luft stank nach Urin und vergammeltem Fleisch. Gunnar hörte das Blut in seinen Ohren pochen. Schon erfolgte der nächste Angriff. Diesmal war Dachs das Ziel, doch Logan hatte die Bewegung vorausgesehen und schlug dem Wesen eine Klaue ab.

Die Wirkung war verblüffend.

Das Wesen ließ einen schrillen Schrei vernehmen und biss vor lauter Verwirrung einem seiner Artgenossen in den Rücken. Eine kurze, aber heftige Beißerei war die Folge, in deren Verlauf Gunnar vollständig zur Besinnung kam. Als er sah, dass Gwen ein Schwert bei sich trug, rief er: »Gwen, dein Schwert, schnell.«

Das Mädchen reagierte geistesgegenwärtig und warf ihm die Klinge zu. Sie war leicht, aber biegsam, wie er mit einer prüfenden Bewegung feststellte.

Er hob die Klinge und wollte sie niedersausen lassen, doch er war so kraftlos und langsam, dass die Kreatur vorbereitet war. Mit einem Satz sprang sie zur Seite, stieß sich von der Wand ab und rammte ihm den Schädel frontal vor die Brust. Keuchend kippte Gunnar hintenüber. Gelbe Zähne blitzten auf. Die Angst verlieh ihm neue Kraft. Mit einer beherzten Bewegung rollte er zur Seite und hörte, wie knackend die Kiefer zusammenschlugen, nur wenige Zentimeter von seinem Gesicht entfernt. Der Gestank aus dem Rachen der Bestie war ekelerregend. Gunnar spürte einen Widerstand, sah seine Chance und stieß mit dem Schwert nach oben. Ein grauenhaftes Heulen ertönte. Das Wesen richtete sich auf, zog sich selbst das Schwert aus der Brust und breitete die Arme aus wie eine Heiligenfigur. Aus der Brustverletzung strömte Blut.

Taumelnd kam Gunnar auf die Füße und hieb der Kreatur mit einem gewaltigen Streich den Kopf ab.

Auch für die anderen stand es nicht zum Besten. Logan, Dachs und Gwen hatten ihnen ganz schön eingeheizt. Als sie sahen, dass der Kampf für sie verloren war, ließen sie von den Jugendlichen ab und rotteten sich um ihren toten Artgenossen. Einer von ihnen steckte seinen Finger in die Halswunde und leckte ihn ab. Dann schnappten sie sich den Toten und zogen ihn hinter sich her durch den Stollen nach draußen. Gunnar hätte sich gleich an Ort und Stelle noch einmal übergeben können, doch er hatte nichts mehr im Magen. Er keuchte wie nach einem Hundert-Meter-Lauf.

*

Cedric lauschte mit grimmigem Lächeln den Geräuschen, die aus der Öffnung des Baus zu ihm drangen. Er hatte beobachtet, wie die vier Bleichen im Inneren verschwunden waren, und beschloss, abzuwarten, wie die Dinge sich entwickelten.

Rasch legte er die Strecke bis zur Insel zurück, überquerte den Steg und wartete an der Öffnung. Was er hörte, war Musik in seinen Ohren: Gwens verzweifelte Schreie, Gunnars Stöhnen, Hiebe, Stiche, das Klingen von Waffen. Dazwischen die unartikulierten Laute der Bleichen, die zum Angriff übergingen. Jetzt ging es seinen speziellen Freunden an den Kragen. Die Bleichen würden ihnen zeigen, wer Herr im Haus war. Die vier Exemplare waren groß und kräftig gewesen. Keine Chance, dass sich der feine Logan mit irgendeinem windigen Trick herausmogeln konnte.

Er stieß ein irres Kichern aus und hob seine Waffe. Ein vollautomatisches AK-47 Sturmgewehr mit einer Kadenz von sechshundert Schuss pro Minute. Sollte es dem Schmied und seinen Söhnen tatsächlich gelingen, den Angriff der Bleichen zu überleben, würde er hier auf sie warten und den Rest erledigen. Es gab kein Entkommen für Gunnar und seine Bande.

Die Kampfgeräusche nahmen zu.

Ein schriller Schrei erklang. Cedric wischte über seinen Mund und bereitete sich auf das Ende vor. Im Inneren sah er Bewegung. Schatten huschten über die Wände, kamen auf ihn zu. Plötzlich tauchte aus einer weiteren Öffnung einen Meter über ihm ein Kopf auf. Etwas blickte auf ihn herab und stieß dabei ein ekelhaftes Keuchen aus. Es war das hässlichste Gesicht, das er je gesehen hatte. Er war so schockiert, dass er für einen Moment den Haupteingang aus den Augen ließ und so das Wesen übersah, das in vollem Tempo auf ihn zugeschossen kam. Er erhielt einen Schlag vor die Brust und landete rücklings im aufspritzenden Wasser.

Hustend und gurgelnd versank er in der trüben, giftigen Brühe. Panisch um sich schlagend, versuchte er, die rettende Oberfläche zu erreichen, und verlor dabei sein Gewehr, das in den

Tiefen des Sees versank. Wie so viele in seinem Clan hatte er nie richtig schwimmen gelernt. Alles, was er konnte, war paddeln, und auch das nur mäßig. Uralten Instinkten folgend, gelang es ihm, das Ufer zu erreichen und Luft zu schnappen. Ein Schwall der ekligen Brühe war in seine Lungen gedrungen, und er musste husten und sich übergeben. Als er wieder klar denken konnte, starrten drei Augenpaare hasserfüllt auf ihn herab. Der Anführer der Gruppe ließ seinen toten Artgenossen fallen und griff stattdessen nach ihm. Cedric unterdrückte ein Winseln, riss sich los und versuchte, ans andere Ufer zu schwimmen, doch die Bleichen durchschauten, was er vorhatte. Einer von ihnen rannte über den Steg und schnitt ihm den Weg ab. Der andere blieb, wo er war. Der Dritte sprang ins Wasser. Im Gegensatz zu ihm konnte er ausgezeichnet schwimmen. Als das Wesen ihn erreichte, schrie Cedric, dass es von den Wänden widerhallte.

*

»Folgt mir.« Logan stützte seinen Vater und lächelte ihm zu. »Du hast es immer noch drauf, weißt du das, alter Mann? Wie du diese Kreatur fertiggemacht hast, alle Achtung. Diesen letzten Schlag muss du mir beizeiten mal zeigen.«

»Sobald wir wieder zu Hause sind, Junge. Sobald wir wieder zu Hause sind.«

Logan konnte sehen, dass sein Vater mitgenommen war. Vermutlich hatte er sich nur überanstrengt. Aber ihnen blieb keine Zeit. Sie mussten weg hier, und zwar schnell. Wo immer sich der Rest der Bleichen aufhielt, sie konnten jederzeit zurückkommen, und dann gab es für sie alle kein Morgen mehr.

Die Rettung grenzte ohnehin an ein Wunder. Fast konnte man glauben, dass ein gnädiger Gott seine Finger im Spiel hatte.

Ehe sie den Bau verließen, versorgten sie sich in der Nebenkammer mit Waffen. Gwen nahm Mordras Schwert und nahm im Stillen Abschied von ihrer Gefährtin. Dann verließen sie den schrecklichen Bau.

Draußen angekommen, sahen sie, dass die Gefahr noch nicht vorüber war. Die drei Bleichen waren immer noch da. Sie hockten am anderen Ufer des Sees und umringten jemanden, der zwischen ihnen am Boden lag. Zu allem Überfluss sah er weiter oben im Hang noch weitere Exemplare. Mütter mit ihren Kindern. Gierig starrten sie zu ihnen herab.

»Wir werden die andere Seite nehmen«, flüsterte er und wich vorsichtig zurück. »Die drei da scheinen beschäftigt zu sein, und die da oben trauen sich nicht zu uns runter. Ganz langsam und ruhig, dann kommen sie vielleicht nicht auf die Idee, uns zu verfolgen.«

Als die drei Angreifer sie bemerkten, hoben sie ihre Köpfe und glotzten zu ihnen herüber. In diesem Moment ertönte ein schriller Schrei. Das Opfer zwischen ihnen begann zu zappeln.

»Mein Gott, der lebt ja noch«, stieß Gwen aus.

Der Mann hob seinen Kopf und blickte zu ihnen herüber. Sein Gesicht war angstverzerrt. »Hilf mir, Logan! Lass nicht zu, dass sie mir etwas antun. Ich verspreche dir Gold, ich verspreche dir Macht, alles, was du willst.«

»Cedric!« Logan konnte nicht glauben, was er da sah. Aber es stimmte. Es war Cedric, der Sohn des Warlords.

»Was um alles in der Welt macht der denn hier?«, rief Gunnar.

»Dreimal darfst du raten«, sagte Logan, und sein Gesicht verfinsterte sich. »Ich wette, er hat draußen auf uns gelauert. Wollte wohl erst mal abwarten, wie der Kampf sich entwickelt, um uns dann zu töten. Tja, Pech für ihn, die Suppe hat er sich selbst eingebrockt.«

»Willst du ihn den Bleichen überlassen?«, fragte Gwen.
»Aber klar, was denkst du denn?« Er blickte in die Runde. »Sein Pech, dass er nicht weiß, wann Schluss ist. Selbst wenn wir wollten, könnten wir nichts für ihn tun. Es ist auch so schon schwierig genug, unbeschadet hier herauszukommen. Oder habt ihr vor, ihm zu helfen?«
Gwen überlegte kurz, dann schüttelte sie den Kopf und deutete mit dem Daumen nach unten. Dachs schloss sich ihr an.
»Ich auch nicht«, sagte Gunnar.
»Damit ist es beschlossene Sache«, sagte Logan. »Dann wollen wir mal zusehen, dass wir hier wegkommen.«
Als Cedric sah, dass er von ihnen keine Hilfe zu erwarten hatte, gebärdete er sich wie ein Wahnsinniger. »Kommt gefälligst zurück, ihr Schweine!«, brüllte er. »Ihr könnt mich doch nicht diesen Monstern überlassen. Wartet nur, ich werde euch töten. Alle! Ich reiße euch die Augen raus und pisse in eure Schädel. Wer glaubt ihr, wer ihr seid? Der Inquisitor wird euch auslöschen. Schon bald werdet ihr brennen, versteht ihr, brennen. Kommt sofort zurück, ihr verdammten … aargh.«
Die Bleichen hatten jetzt endgültig genug von dem Gezeter. Sie hoben ihre Fäuste und schlugen so lange auf Cedric ein, bis sein Widerstand erlahmte. Dann schleiften sie ihn hinter sich den Hang hinauf.
Logan presste die Lippen aufeinander. Für jeden kam irgendwann der Tag, an dem er für seine Verbrechen zahlen musste. Cedric hatte sein Schicksal selbst gewählt.
Mit einem leichten Anflug von Übelkeit drehte er sich um und folgte seinen Freunden in Richtung Ausgang.

53

Während unter der Erde Logan, Gwen, Gunnar und Dachs um ihr Überleben kämpften, war oben auf dem Platz die Schlacht um die Kathedrale ausgebrochen. Kampfgeräusche hallten von den umliegenden Gebäuden wider, und die Luft war geschwängert mit dem Geruch von Rauch und Schweiß. Im Schein Hunderter von Fackeln versuchten die Frauen, die Barrikaden zu stürmen. Sie trugen Leitern heran, verschossen Pfeile und rückten den Hindernissen mit Rammen zu Leibe. Doch die Tischler und Baumeister des Inquisitors hatten gute Arbeit geleistet. Die Absperrungen waren doppelwandig mit einer Füllung aus Stroh, so dass die Stöße abgefedert wurden und nicht unter dem massiven Ansturm zerbrachen. Der Versuch, die Wände mit Brandpfeilen anzuzünden, verpuffte wirkungslos. Die Männer oben auf den Laufstegen hielten das Holz mit Wasser vom nahe gelegenen Fluss feucht und erstickten die Flammen.

Magdalena betrachtete den Angriff aus sicherer Entfernung. Es lief nicht gut, das konnte sogar jemand erkennen, der schlechter sah als sie.

Edana gab Befehle, schickte Boten aus und empfing Nachrichten, doch es wirkte alles etwas unbeholfen. Vermutlich hatte sie sich den Angriff bedeutend einfacher vorgestellt.

Sie und ihr Beraterstab hatten hinter einem Wagen ein provisorisches Hauptquartier eingerichtet, zu dem nur Zutritt hatte, wer ausdrücklich dazu ermächtigt worden war.

Magda ergriff Bens Hand. »Komm«, sagte sie. »Ich will hören, was sie zu sagen hat. Lass uns rübergehen und hören, was es Neues gibt.«

»Vielleicht sollte ich besser hierbleiben«, sagte Ben. »Ich bin überzeugt, dass sie keinen Mann in ihrer Nähe duldet.«

»Und ich könnte mir vorstellen, dass sie trotz ihrer Vorbehalte an deiner Einschätzung interessiert ist«, sagte Magda. »Edana ist kein Dummkopf; sie weiß, dass du den Inquisitor kennst. Wenn einer eine Vorstellung davon hat, wie dieser Mann tickt und wo seine Schwachstellen sind, dann du. Und so, wie es im Moment aussieht, kann sie alle Hilfe brauchen, die sie kriegt. Sieh nur, sie duldet sogar Arkana an ihrer Seite, obwohl es ein offenes Geheimnis ist, dass sie diese Frau hasst.« Lächelnd fügte sie hinzu: »Außerdem bist du nicht irgendein Mann, du bist mein Mann. Also komm.«

Wie erwartet verstellten ihnen die Wachen den Weg.

»Du darfst passieren, aber der da bleibt draußen.«

»Wo ich hingehe, geht Ben auch hin. Er ist mein Mann, und ich werde mich nicht von ihm trennen. Sprich mit Edana, ich bin sicher, sie wird hören wollen, was er zu sagen hat.«

Eine der Wachen ging nach hinten, wechselte ein paar Sätze mit der Ratsvorsitzenden und kam dann zurück.

»Ihr dürft durch«, sagte sie. »Aber macht keine Dummheiten. Ich werde euch im Auge behalten.«

Magda lag noch ein spitzer Kommentar auf der Zunge, doch sie beherrschte sich, nahm Ben bei der Hand und ging mit ihm zum Beratungstisch. Als sie eintrafen, warf Arkana ihnen einen vielsagenden Blick zu. Edana hingegen musterte sie kühl.

»Was wollt ihr?«

»Die Stellungen der Männer machen einen recht stabilen Eindruck«, sagte Magda. »Scheint nicht so einfach zu werden, wie du dir das vorgestellt hast, oder?«

»Alles eine Frage der Zeit. Zugegeben, ich habe den Inquisitor unterschätzt, aber die Bollwerke werden unseren Rammen nicht ewig standhalten. Und irgendwann wird es einem unserer Leitertrupps gelingen, den Wall zu erstürmen.«
»Das wird der Inquisitor nicht zulassen«, sagte Ben. »Ich kenne ihn. Er spielt mit Euch.«
»Wenn ich deine Meinung hören will, gebe ich dir Bescheid«, sagte Edana giftig. »Momentan bist du nur geduldet, also strapaziere dein Glück nicht zu sehr.«
»Spar dir die Drohungen«, sagte Magda. »Du hättest Ben nicht zu dieser Beratung zugelassen, wenn du nicht an seiner Meinung interessiert wärest. Also hör dir auch an, was er zu sagen hat.«
Die Ratsherrin funkelte Magda böse an, dann blickte sie wieder auf den Plan. Er enthielt eine schematische Aufsicht des Platzes, der Kathedrale und der umliegenden Verteidigungsanlagen.
»Also schön«, sagte sie. »Teilt mir mit, was ihr zu sagen habt, und dann verschwindet wieder. Ich habe zu tun.«
Magda versetzte Ben einen aufmunternden Stoß.
»Ja, also …« Ben räusperte sich. »Ich kenne Marcus Capistranus seit vielen Jahren. Früher einmal waren wir so etwas wie Freunde, doch seit einiger Zeit habe ich sein Vertrauen verloren. Wenn er wüsste, dass ich hier bin, würde er mich sicher zum Tode verurteilen lassen …«
»Komm zum Punkt, Mann.« Edana zog mit dem Zirkel einen Kreis um einen bestimmten Ort auf dem Plan.
»Was ich sagen will … ich glaube, dass dies eine Falle ist. Er wollte, dass wir hierherkommen, deshalb auch die Schlacht heute Morgen auf dem Heumarkt.«
»Was redest du da? Er wollte uns aufhalten, nicht anlocken. Er

hat versucht, uns in die Knie zu zwingen, allerdings hat er nicht mit der Schlagkraft unserer Truppen gerechnet.«

Ben schüttelte den Kopf. »Er wollte Euch provozieren. Hätte er Euch wirklich aufhalten wollen, hätte er bessere Truppen ins Feld geführt.« Er deutete auf die vollbesetzten Wälle. »Was Ihr da besiegt habt, war nur die zweite Garde, die *Ersatzmannschaft*, um es mal so auszudrücken. Ich glaube, er hatte Angst, Ihr könntet Euch wieder zurückziehen. Deshalb hat er diese Männer auf die Schlachtbank geführt. Ein Bauernopfer, sozusagen.«

»Eine sehr gewagte Theorie«, sagte Edana. »Hast du noch mehr zu bieten, oder war das schon alles?«

»Warum hat er uns so nah an sein Hauptquartier herankommen lassen? Diese Stadt ist wie ein Spinnennetz, werft bloß mal einen Blick auf Eure Karte.« Ben deutete auf den Plan. »Ihr werdet zugeben, dass es Hunderte von Orten gibt, an denen er Euch in einen Hinterhalt hätte locken können. Hat er aber nicht. Er wollte, dass Ihr direkt vor seine Haustür spaziert. Jetzt seid Ihr in seiner Gewalt. Eure eigentliche Stärke – die Pferde – könnt Ihr hier nicht ausspielen. Ihr seid gezwungen, zu Fuß zu kämpfen, und das macht Euch langsam und schwerfällig. Eure Rüstungen hindern Euch, Euer gesamtes Versorgungssystem ist eingeschränkt. Die Straßen sind so voller Schutt, dass Eure Pferde Gefahr laufen, sich die Beine zu brechen, wenn sie schnell fliehen müssten. Wenn es darauf ankommt, wärt Ihr nicht in der Lage, von hier zu entkommen. Seht Euch um: Er hat Euch da, wo er Euch haben will. Er hat Euch sein Spiel aufgedrückt, und jetzt seid Ihr gezwungen, nach seinen Regeln zu spielen.«

»Alles nur hohle Phrasen und Gerede«, erwiderte Edana. »Bisher habe ich noch nicht einen brauchbaren Tipp gehört.«

»Ihr wollt einen Tipp? Verlasst diesen Ort, solange Ihr noch könnt. Dieser Platz ist eine Todesfalle, das spüre ich.«

»Abgelehnt. Hast du noch etwas anderes beizutragen? Wenn nicht, verschwinde und lass dich hier nie wieder blicken.«

Ben hielt Edanas Blick eine Weile stand, dann zuckte er die Schultern. »Es scheint, Ihr seid wirklich nicht zu überzeugen. Ihr wollt einen Tipp? Dann seht Euch mal diese Türme an.« Er deutete in die Runde. »Die waren bis vor ein paar Wochen noch nicht hier. Ich wette, dass diese Zisternen nicht mit Wasser gefüllt sind.«

*

Marcus Capistranus blickte mit zusammengekniffenem Auge hinauf zur Turmuhr. Kurz vor zwölf. Der Kampf um die Barrikaden zog sich in die Länge. Die Hexen ließen sich immer neue Strategien einfallen, um endlich ein Loch in die Barriere zu schlagen, waren jedoch bisher erfolglos geblieben. Allerdings hatten sie vor kurzem ihre Strategie geändert und waren dazu übergegangen, ihre Rammböcke gegen eine der Hausfassaden zu richten. Der Plan schien aufzugehen. Das Mauerwerk war spröde geworden, und Risse durchzogen die Wand. Die Baumeister versuchten zwar, sie von der anderen Seite abzustützen, aber es war abzusehen, dass die Mauer binnen der nächsten Stunde fallen würde. Hinzu kam, dass von Westen her neue Wolken heranrückten. Erste Blitze zuckten über den Himmel, und das Grollen von Donner war zu hören.

Er zog die Brauen zusammen. Er hatte nicht damit gerechnet, so spät in der Nacht noch ein Gewitter zu erleben. Andererseits konnte das seinen Plänen durchaus dienlich sein. Der Regen würde die Fackeln zum Verlöschen bringen. Ohne Licht waren die Hexen orientierungslos. Sie würden ihre Versuche,

die Mauer niederzureißen, einstellen müssen. Zumindest bis in die frühen Morgenstunden. Doch dazu würde es nicht mehr kommen. Die Stunde seiner Vergeltung war nah.
Vom Glockenturm her schlug es zwölf.
Die Zeit war gekommen.
Neben ihm stand ein Mann, der ein Gefäß mit leicht entzündlichem Öl hielt. Marcus Capistranus nahm es, ging damit zu einem eigens zu diesem Zweck geöffneten Kanaldeckel und leerte die Flüssigkeit in die Kanalisation. Dann nahm er eine Fackel und warf sie hinterher. Es gab einen leichten Knall. Eine Stichflamme schoss empor, während der Strom brennenden Öls mit aberwitziger Geschwindigkeit in die Tiefe sauste.

*

In einer Höhle unterhalb des Platzes scharrte die Große Mutter ungeduldig mit den Füßen. Viel zu lange schon hatte sie hier unten ausharren müssen. Ihre Geduld war beinahe erschöpft. Hatte der Inquisitor sie vielleicht doch betrogen? Was war mit seinem Versprechen? Wehe, er hielt sich nicht an seine Vereinbarung. Beute, das hatte er ihr versprochen. Gefüllte Vorratskammern. Doch bisher war nichts geschehen.
Sie spielte mit dem Gedanken, die Jagd abzubrechen, als plötzlich über ihren Köpfen ein Strahl Helligkeit die Finsternis zerschnitt. Feuer tropfte von der Decke und sammelte sich in einer Pfütze unweit ihres Standortes. Durch die Kehlen ihres Volkes ging ein Raunen. Einen Moment lang starrte sie ungläubig auf die seltsame Erscheinung, dann erschien ein Grinsen auf ihrem fetten Gesicht. Das war das Zeichen. *Flüssiges Feuer,* so hatten seine Worte gelautet. *Warte auf das flüssige Feuer, dann dürft ihr aufsteigen.* Nun war es endlich so weit. Der Augenblick ihrer Ernte war gekommen.

54

Mit nur einer einzigen Fackel ausgerüstet, ließen Gwen, Logan, Gunnar und Dachs die Höhle der Bleichen hinter sich und gingen in nördlicher Richtung weiter. Dorthin war vermutlich auch der Rest der Bleichen gezogen, wenn man die Menge an Spuren, toten Ratten und Körperausscheidungen auf dem Boden berücksichtigte. Dort, so hofften sie, würden sie irgendwann einen Aufstieg finden, der sie wieder nach oben brachte. Doch bisher hatten sie nichts dergleichen entdeckt.

Gwen folgte Logan weiter durch die Dunkelheit. Vorsichtig setzte sie einen Fuß vor den anderen. Die Gefahr folgte ihnen auf Schritt und Tritt. Ganz zu schweigen von dem, was auf sie wartete, wenn es ihnen gelang, wieder zur Erdoberfläche zurückzukehren. Die Wanderung kam ihr wie ein einziger Alptraum vor. Anscheinend hatte das Schicksal sie dazu auserkoren, sich fortwährend ihren Dämonen stellen zu müssen. Nicht nur den Dämonen hier in der Kanalisation, vor allem denen in ihrem Inneren – und dort saßen bekanntermaßen die schlimmsten.

Mordras Leichnam war das letzte Puzzleteil in einer Kette von Indizien gewesen, die geradezu niederschmetternd war. Es konnte kein Zweifel mehr daran bestehen, dass sie die einzige Überlebende ihrer Expedition war. Ihre Hoffnung, die eine oder andere ihrer Gefährtinnen könne vielleicht doch noch durchgekommen sein, hatte sich zerschlagen. Und wer wusste schon, was noch folgen mochte. Zwar hatten sie Gunnar und

Dachs befreien können, aber noch waren sie den Bleichen nicht entkommen.

Sie spürte eine leichte Berührung an der Hand. Dachs sah sie erwartungsvoll an.

Wo ist deine Katze?

»Füchschen? Die habe ich im Krankenlager zurückgelassen. Ich konnte sie doch nicht mit in die Schlacht nehmen. Das wäre viel zu gefährlich gewesen für so ein kleines Tier.«

Werde ich sie sehen können?

»Klar. Wenn alles vorüber ist. Ich bin sicher, sie wird sich freuen, wenn du sie streichelst.«

Dachs nickte ernsthaft.

Gwen wurde es warm ums Herz. Mit seiner Hoffnung und seiner Energie war der Junge wie ein Feuer, das Licht und Wärme in diese kalte Welt brachte. Mochte es draußen noch so stürmisch und düster sein, nichts konnte diesen kleinen Ofen zum Erlöschen bringen.

Ihr Blick wanderte wieder nach vorne. Logan hatte angehalten. Mit erhobener Hand gab er Zeichen, die Fackel zu löschen.

»Was ist los?«

Er legte seinen Finger auf die Lippen und deutete nach vorne. Da sie kaum etwas erkennen konnte, spitzte sie zusätzlich die Ohren. Logan hatte recht, da war etwas. Es klang, als würde ein nächtlicher Wind durch die Bäume streichen. Aber hier unten gab es keine Bäume.

Sie rückte näher heran. Das Raunen und Wispern hatte etwas zutiefst Beunruhigendes. Obwohl sie sie nicht sehen konnte, spürte Gwen, dass dort vor ihr eine riesige Menge von Bleichen hockte. Die Luft war erfüllt von einem Geruch, der nur schwer zu beschreiben war. Feuchtes Haar, Schweiß und ein unerträglicher Gestank nach Kot.

Dachs kuschelte sich eng an sie und presste seinen Kopf an ihre Brust. Sie konnte spüren, dass er zitterte.
In diesem Moment erklang ein Schrei. Ein unartikuliertes widerwärtiges Jaulen, wie das Heulen eines Wolfes. Der Ruf wurde aus Hunderten von Kehlen beantwortet. Ein vielstimmiger, misstönender Chor, der von den Wänden widerhallte und als Echo in die Tiefen des Untergrundes getragen wurde. Dann erfolgte ein Aufstampfen unzähliger Füße, die den Boden erbeben ließen und ihnen unwiderruflich klarmachten, dass sie das Volk der Bleichen gefunden hatten.
Dachs sackte neben Gwen zu Boden und bedeckte beide Ohren mit seinen Händen. Sie hielt ihn fest und schützte ihn mit ihren Armen, während sie von dem Gefühl überrollt wurde, dass das Ende der Welt hereingebrochen war.

*

Edana spürte es. Alle spürten es. Unter ihnen braute sich etwas zusammen. Der Boden vibrierte, als wäre es zu einer Gasexplosion oder einem Einsturz gekommen. Was dann folgte, war noch schlimmer. Ein Heulen und Jaulen ertönte. Fauliger Gestank stieg empor und raubte ihnen den Atem. In diesem Moment war auch der Letzten von ihnen klar, dass dort unten etwas lauerte und dass es auf dem Weg zu ihnen war.
Der Angriff geriet ins Stocken. Leitern wurden umgestoßen, Bögen gesenkt und Rammböcke stehengelassen. Eine jede der Brigantinnen sah sich nach ihrer Nachbarin um. In den Gesichtern herrschte Ratlosigkeit. Selbst die Männer oben auf den Wällen blickten erschrocken auf den Platz, so als wüssten sie selbst nicht, was sie von der Sache halten sollten. Edana fiel auf, dass nicht wenige von ihnen zurückwichen.
»Was ist das?«, rief sie. »Was geht hier vor?«

»Keine Ahnung«, entgegnete Arkana. »Aber ich habe da ein ganz mieses Gefühl.«

»Lasst zum Rückzug blasen«, drängte Benedikt. »Vielleicht gelingt es ja einigen zu entkommen.«

»Entkommen? Wovon redest du …?«

Doch ehe Ben antworten konnte, ertönte ein furchtbares Klappern und Poltern. Kanaldeckel wurden aufgestoßen und fielen scheppernd zu Boden, als hätte ein unterirdischer Sturm sie emporgeblasen. Dann ertönten die ersten Schreie. Nicht das Heulen von vorhin, menschliche Schreie.

Das Schreien von Frauen.

Edana versuchte herauszufinden, was da vor sich ging. Unweit vor ihr wich eine Gruppe von Brigantinnen vor irgendetwas zurück. Sie konnte nicht sehen, was es war, aber es musste schlimm genug sein, wenn einige ihrer besten Kämpferinnen sich umdrehten und panisch davonrannten. Andere ließen ihre Schwerter und Schilde fallen oder stießen ihre Kolleginnen um. Edana konnte sich beim besten Willen nicht vorstellen, was diese gestandenen Kriegerinnen so aus der Fassung brachte. Die führten sich ja auf wie kleine Kinder. Dann sah sie etwas Graues durch die Menge huschen. Es war nackt und bewegte sich ungeheuer schnell und auf allen vieren. Wie ein Tier. Rasch verschwand es in der Menge, doch es war nicht das Einzige. Wo es eben noch gewesen war, waren jetzt zwei. Rechts von ihr, aus einem der Kanalschächte kam noch eines. Und drüben noch eines. Wie eine Masse blasser Maden krochen diese Dinger an die Oberfläche und ließen die Frauen angsterfüllt zurückweichen.

»Die Bleichen«, stieß Magda aus. »Das war es, worüber wir uns so lange die Köpfe zerbrochen haben. Marcus Capistranus hat die Bleichen auf uns gehetzt und will nun genüsslich dabei zusehen, wie wir uns gegenseitig auslöschen. Du hattest recht, Ben. Er ist wirklich ein Teufel in Menschengestalt.«

»Unmöglich«, sagte Edana kopfschüttelnd. »Niemals würde ein so arroganter Sack wie der Inquisitor sich mit so einer niederen Lebensform wie den Bleichen einlassen. Nicht mal, um uns zu vernichten.«

»Ich sehe, Ihr habt das Wesen dieses Mannes immer noch nicht verstanden«, entgegnete Ben. »Marcus Capistranus ist nicht arrogant. Ihm ist jedes Mittel recht, um an sein Ziel zu gelangen, selbst eine Allianz mit den Bleichen. Er würde vor ihnen im Staub kriechen, wenn er sichergehen könnte, Eure Streitmacht damit zu vernichten. Ich habe gehört, dass die Bleichen von einer Herrscherin angeführt werden, einer Art Königin. Sie ist die Mutter des gesamten Volkes. Ich würde ihm zutrauen, dass er persönlich in die Hölle hinabgestiegen ist, um mit ihr einen Pakt zu schließen.«

»Das sind doch Ammenmärchen. Nichts als ein dummer Zufall. Ehe ich nicht mit eigenen Augen den Beweis für diese absurde Theorie gesehen habe, glaube ich kein Wort …«

Davon, wollte sie noch sagen, doch dazu kam es nicht.

Sie bemerkte eine Bewegung aus dem Augenwinkel. Eine der Kreaturen war auf dem Weg zu ihnen und kam rasch näher. Panisch wichen die Frauen zurück. Edana reagierte sofort. Sie zog ihr Schwert, stieß die Wache, die mit dem Rücken zum Angreifer stand, beiseite und rammte der Kreatur die Klinge genau in dem Moment zwischen Hals und Schulterblatt, als sie zum Sprung ansetzen wollte. Es war ein perfekt geführter Schlag, und das hässliche Wesen verendete mit einem Gurgeln vor ihren Füßen. Edana stieß es mit ihrem Fuß zur Seite, wischte die Klinge mit ihrem Umhang ab und sah ihren Kriegerinnen gebieterisch in die Augen. »Was ist? Davor hattet ihr

Angst? Reißt euch gefälligst zusammen und kämpft. Diese Kreaturen sind dumm. Sie kennen nur einen Zustand: fressen und gefressen werden. Und genau deswegen werden wir sie besiegen. Hört auf zu jammern und macht dem Pack ein Ende. Wir sind Brigantinnen! Dies hier ist unsere Nacht!« Sie reckte die Faust in den Himmel, und die anderen stimmten in ihren Schlachtruf ein.

»Claudia, Hekate, Antilla, ihr begebt euch sofort zu den Befehlshaberinnen und richtet ihnen aus, sie sollen sich von den Wällen zurückziehen und hier in der Mitte des Platzes einen Verteidigungsring bilden. Wir werden diese Viecher in unsere Speere laufen lassen. Und sagt jeder Kämpferin, sie soll sich nicht von dem unheimlichen Äußeren einschüchtern lassen. Diese Bleichen sind degenerierte Krüppel, nichts weiter. Eine trainierte und gut ausgebildete Armee wie die unsere sollte spielend mit ihnen fertig werden. Haben wir die Bleichen zurückgedrängt, werden wir uns diese Hauswand vorknöpfen.« Sie deutete zur Nordseite des Platzes. »Und jetzt vorwärts. Ich will, dass diese Hauswand binnen der nächsten Stunde fällt, verstanden?«

55

So einfach, wie Edana gesagt hatte, war es allerdings nicht, die Bleichen zurückzudrängen. In einem nicht enden wollenden Strom kamen sie aus dem Untergrund gekrochen. Magdas Zählung hörte bei vierhundert auf, und noch immer tauchten einzelne Wesen aus dem Boden auf. Mochte der Himmel wissen, wie so viele von diesen Kreaturen dort unten überleben konnten. Und als ob das nicht schlimm genug war, fing es jetzt auch noch an zu regnen. Keine kleinen Tropfen wie mittags auf dem Heumarkt, sondern ein richtiger Wolkenbruch, gepaart mit Sturmböen aus Nordwest. Blitze fegten über sie hinweg, während grollender Donner die Nacht zerriss. Die Fackeln erloschen. Was der Wind nicht erwischte, wurde Opfer des immer heftiger herabprasselnden Regens. Schon bald versank der Platz in tintenschwarzer Nässe.

Die Bleichen, beflügelt von dem Sturm und der um sich greifenden Panik, griffen jetzt erst richtig an. Im Gegensatz zu den Kriegerinnen konnten sie sich unter diesen Bedingungen sehr gut orientieren. Ihr Geruchssinn, ihr Gehör und ihre hochempfindlichen Augen befähigten sie, sich auch in der Dunkelheit zurechtzufinden. Sie machten den Punkt im Waffenkreis der Frauen aus, der am schlechtesten geschützt war, und griffen gezielt dort an. Die unglücklichen Frauen wurden aus ihrer schützenden Deckung gerissen und zum Rand des Platzes geschleift, wo sie dem Rest der heißhungrigen Meute vorgeworfen wurden. Die Abwehr der Brigantinnen begann zu bröckeln. Hier eine Lücke, da eine Lücke, und ständig wurden es mehr. Nur unter Aufbietung aller Kräfte gelang es, die entstandenen Löcher schnell genug zu füllen und dafür zu sorgen, dass keiner der Bleichen in den inneren Kreis vorstieß.

Schreie ertönten, es gab Gedränge, manche der Kriegerinnen stolperten oder wurden niedergetrampelt.

Magda, die so nah bei Edana stand, dass sie über alles informiert war, spürte, dass die Dinge aus dem Ruder liefen.

»Es hat keinen Sinn«, schrie sie. »Wir können in dieser Dunkelheit nichts unternehmen, wir brauchen Licht. Ohne Licht können wir uns nicht gegen sie verteidigen.«

»Und was schlägst du vor? Bei dem Regen brennt keine Fackel.«

»Die Zisternen«, rief sie gegen den Sturm an. »Deine Kundschafter haben doch herausgefunden, dass sie mit Benzin gefüllt sind. Wenn es uns gelingt, eine von ihnen zum Einsturz zu bringen und die Flüssigkeit zu entzünden, hätten wir genug Licht, um uns neu zu formieren.«

»Ein riskanter Plan«, entgegnete Edana. »Wenn sie zu nahe bei uns zerbirst, werden wir selbst davon getroffen.«

»Darum sollten wir die nehmen, die am weitesten von uns entfernt ist. Drüben auf der Westseite steht doch eine. Wenn es uns gelingt, einige der Streben zu kappen, könnten wir die Konstruktion zu Fall bringen.«

»Gute Idee«, rief Ben. »Bisher haben wir nicht die geringste Ahnung, wozu diese Türme dienen. Bringen wir einen davon zu Fall, dann nützen sie wenigstens unseren eigenen Interessen.«

Edana warf Ben einen anerkennenden Blick zu, aber zu einem Lob konnte sie sich nicht überwinden. »Einverstanden«, rief sie. »Habt ihr gehört? Bringt diese Zisterne dahinten zum Einsturz und entzündet das Benzin. Antilla, schnapp dir ein paar der fähigsten Kriegerinnen, rüste sie mit Sägen und Beilen aus und erledige diese Aufgabe für mich. Wir werden in der Zwischenzeit unsere Kräfte auf die Bleichen konzentrieren und sie ablenken. Wäre doch gelacht, wenn wir diesen widerlichen Kreaturen nicht Einhalt gebieten können. Sobald wir wieder etwas sehen, werden wir sofort unsere Anstrengungen auf diese Hauswand richten und sie zum Einsturz bringen. Dann ist der Weg frei zur Kathedrale.«

*

Die Treppe endete in luftiger Höhe auf einer Plattform, die mit Eisengeländern gesichert war. Der einzige Zugang bestand aus einer Stahltür, die sich bei einer ersten Prüfung allerdings als verschlossen erwiesen hatte.

Wieder kein Glück.

Gwen rang nach Luft. Die Hetzerei durch die Schächte und das anschließende Treppensteigen hatten sie an die Grenzen ihrer Leistungsfähigkeit gebracht. Kein Wunder, musste ihr Herz doch für zwei schlagen.

»Alles in Ordnung mit dir?« Logan beugte sich mit sorgenvollem Blick zu ihr herunter. Gwen winkte ab. »Alles in Ordnung. Mir ist nur kurz die Luft weggeblieben. Das ist jetzt schon die dritte Treppe, die an einer verschlossenen Tür endet.«

Logan nickte. »Ja, ich hab auch keine Lust mehr, ständig vor verschlossenen Türen zu stehen. Wir könnten vermutlich auf diese Weise durch die halbe Stadt irren und doch nie an die Oberfläche kommen. Ehe wir aufgeben, schlage ich vor, dass wir uns das Teil erst mal genauer ansehen. Gunnar, gib mir mal deine Axt.«

»Was hast du vor?«

»Ich will mal sehen, was diese Tür aushält. Tretet besser hinter mich, es könnte gleich etwas gefährlich werden.«
»Und der Lärm?«, gab Gunnar zu bedenken. »Damit lockst du doch nur die Bleichen an.«
»Ich glaube, dass sie weg sind. Wenn mich nicht alles täuscht, befinden wir uns direkt unter dem Kathedralenvorplatz.«
»Du glaubst, der Inquisitor hat die Bleichen auf die Frauen gehetzt?«
»Ich weiß es«, sagte er. »Ich habe mitbekommen, wie Cedric und er darüber beratschlagt haben, während sie unten bei mir im Kerker waren. Doch in einem haben sie sich getäuscht: Wie auch immer das da oben ausgehen mag, wir sind noch am Leben, Herr Inquisitor. Und jetzt kommen wir und treten dir gehörig in den Arsch. Nimm dich besser in Acht!« Er richtete seinen Blick nach oben und schüttelte seine Faust.
Gwen musste grinsen. Logan würde bestimmt einen guten Vater abgeben. Ein bisschen temperamentvoll vielleicht, aber sie wusste, wie sie ihn bändigen konnte. Vorausgesetzt, sie überlebten die nächsten Stunden.
Logan hob die Axt und ließ sie mit aller Kraft auf das Türschloss niedersausen. Funken flogen, und ein ohrenbetäubendes Scheppern ertönte. Die Axt rutschte ab und sauste knapp vor Logans Füßen in die Bodenplatte.
»Sei bloß vorsichtig«, sagte sie. »Nicht, dass du dir noch versehentlich ein Bein abschlägst.«
»Keine Sorge, der Schlag war einfach nur unpräzise. Der nächste wird besser.«
Noch einmal setzte er an, hob die Axt und schlug zu. Wieder sprangen Funken. Die Schneide hinterließ eine scharfe Schramme auf dem Metall. Zwischen Tür und Schloss klaffte jetzt eine schmale Lücke. Der Lärm war ohrenbetäubend. Gwen konnte

nur hoffen, dass Logan recht hatte und die Bleichen tatsächlich außer Reichweite waren.

Wieder und wieder schlug Logan auf das Schloss ein, und jedes Mal lockerte es sich ein bisschen mehr. Irgendwann brach es mit einem jammervollen Jaulen ab und verschwand im Abgrund hinter der Treppe.

Logan stützte sich schwer atmend auf die Axt. Dachs rannte zur Tür und versuchte, sie zu öffnen. Vergebens.

»Schau mal, ob du mit deiner Hand hindurchfassen kannst«, sagte Gunnar. »Die meisten dieser Türen sind von innen mit einem Riegel verschlossen. Vielleicht kannst du ihn hochschieben. Aber sei vorsichtig, falls die Ränder scharfkantig sind.«

»Nimm meine Handschuhe«, sagte Gwen und reichte sie ihm. »Sicher ist sicher.«

Dachs schob die Zunge zwischen seinen Zähnen hindurch und tastete mit seiner kleinen Hand in der Öffnung herum. Auf einmal erhellten sich seine Züge. Sie hörten ein Quietschen, dann sprang die Tür einen Spalt weit auf.

»Großartig gemacht, Junge.« Gunnar strubbelte Dachs durch die Haare und zog die Tür auf. Dahinter erschien ein aus Beton erbautes Treppenhaus, aus dem ein Schwall frischer Luft zu ihnen hereinwehte. Gunnar lächelte. »Der Weg in die Freiheit.«

56

Plötzlich flammte ein Licht auf. Blendende, die Sinne betäubende Helligkeit. Ein Brüllen und Donnern fegte über den Platz und übertönte für einen Moment sogar das Gewitter. Ein riesiger Flammenball stieg zum Himmel auf.

Marcus Capistranus krallte sich an der Brüstung fest. Heiße Luft schlug ihm ins Gesicht, fegte durch seine Haare und bauschte seine Soutane auf. Schreie des Entsetzens ertönten von den Verteidigern, die sich auf den Wehrgängen versammelt hatten. Viele der anwesenden Kirchenmänner bekreuzigten sich. Marcus Capistranus roch den durchdringenden Gestank von Benzin. Diesen Geruch würde er niemals vergessen. Nicht, seit er nur um Haaresbreite dem Inferno bei der Raffinerie entkommen war. Er legte die Hände auf die Begrenzungsmauer. Der Stein war warm.

»Die Zisterne, Herr«, stammelte einer seiner Bediensteten. »Sie haben sie umgeworfen und angezündet.«

»Das sehe ich, ich bin nicht blind.«

»Aber warum …?«

»Um die Bleichen zurückzutreiben, Dummkopf. Jetzt rücken sie gegen die Westmauer vor und werden versuchen, dort durchzubrechen. Wir werden sie kaum davon abhalten können. Schon bald wird die Mauer fallen.«

»Dann müssen wir die anderen Zisternen auch zünden. Jetzt hätten wir die Gelegenheit, sie alle mit einem Schlag auszulöschen.«

»Noch nicht«, antwortete Capistranus. »Sie sollen sich noch ein bisschen gegenseitig dezimieren. Je weniger übrig sind, wenn wir die Feuer entzünden, desto besser. Abgesehen davon möchte ich den Anblick noch ein wenig genießen. Sagt den Clankriegern Bescheid, sie sollen die Bresche halten, koste es, was es wolle. Wenn Edana wirklich so dumm ist, dort durchzumarschieren, wird sie ihr blaues Wunder erleben. Vor sich die Clankämpfer, hinter sich die Bleichen. Sie und ihre Brigantinnen werden zermahlen werden wie Getreide in einer Mühle.«

*

Edana führte den Angriff diesmal persönlich. Der Feuerball hatte die Bleichen verschreckt und an den Rand des Platzes getrieben, doch sobald das Feuer erloschen war, würden sie wieder hervorkommen, schlimmer als zuvor. Die Frauen warfen alles Brennbare in die Flammen und hofften, dass sie nicht gleich wieder vom Regen erstickt würden. Auch versuchten sie, ihre Fackeln zu trocknen und von neuem zu entzünden. Zum Glück hatte der Regen nachgelassen. Das Gewitter war weitergezogen und gab ihnen so Gelegenheit, sich wieder neu zu formieren. Sie mussten diese Mauer niederreißen, koste es, was es wolle.

Es kam jetzt auf jede Minute an.

»Los doch, beeilt euch!« Edana ging bis ganz nach vorne. Während sie ihren Schild zur Abwehr gegen die Soldaten auf den Wällen über den Kopf hielt, koordinierte sie den Einsatz der Ramme. »Hierher. Konzentriert eure Anstrengungen auf jene Stelle dort. Ich will, dass ihr die Mauer in den nächsten fünf Minuten unten habt!«

Als die Wachen auf den Mauern sahen, was die Kriegerinnen

vorhatten, konzentrierten sie ihr Feuer auf den Rammtrupp. Sie legten an, zielten und schossen, luden nach und feuerten erneut. Dutzende von Frauen fielen den Schüssen zum Opfer und mussten ersetzt werden. Doch für Trauer war keine Zeit. Die Leichen wurden weggeschafft, und andere Frauen nahmen ihren Platz ein.

Edana beorderte ihre besten Bogenschützinnen nach vorne und befahl, die Schützen ins Visier zu nehmen.

Es war ein schrecklicher Kampf. Lange Zeit war nicht klar, welche Seite die Oberhand gewinnen würde. Doch irgendwann begann die Hauswand, unter dem schrecklichen Ansturm zu bröckeln. Risse durchzogen den Putz, einzelne Ziegelsteine lösten sich und prasselten auf die Menschen herab. Brigantinnen mit Schilden schützten die Frauen an der Ramme und sorgten dafür, dass sich die Zahl der Verletzten in Grenzen hielt.

Dann war es so weit.

Die Wand knirschte, brach und zerfiel. Eine Lawine aus Schutt und Trümmern prasselte auf sie hernieder. Doch die Frauen waren vorbereitet. Eilig sprangen sie aus der Gefahrenzone und beobachteten, wie vor ihnen die Mauer einstürzte. Gemeinsam warteten sie, bis sich der Staub gelegt hatte.

Dann war die Stunde der Schwertkämpferinnen gekommen. Während die Bogenschützinnen weiterhin die Soldaten auf dem Wall im Auge behielten, befahl Edana, die Bresche zu stürmen und einzunehmen.

Noch während sie ihre Befehle erteilte, fiel ihr Blick auf eine einsame Gestalt in einem blutroten Gewand. Der Inquisitor. Der Wind ließ den Stoff wie die Flügel eines Dämons flattern. Durch das Licht des brennenden Benzins wurde sein Schatten ins Unermessliche vergrößert. Während er so dastand und auf sie herabstarrte, reckte sie ihre Faust empor und drohte ihm. Er hob ebenfalls seine Hand, doch schien er zu winken. Sie mochte sich täuschen, aber sie hätte schwören können, dass ein Lächeln auf seinem entstellten Gesicht erschien.

*

Logans Gesicht wirkte ernst. Er war ein Stück vorausgelaufen, um zu sehen, wohin die Treppen führten, und kam jetzt wieder zu ihnen zurück. Offensichtlich hatte er etwas entdeckt.

Gwen saß gegen die Wand gelehnt, die Arme um ihre angezogenen Knie geschlungen. Gunnar kauerte mit Dachs ein paar Stufen weiter unten. Er hatte seinen Arm um den Jungen gelegt und spendete ihm Wärme. Dachs war am Ende seiner Kräfte. Wie sie alle. Sie brauchten dringend etwas zu essen und zu trinken. Und Schlaf.

»Und?«, fragte Gunnar. »Wo sind wir?«

»Ich … ich weiß nicht, wie ich es euch sagen soll …«

»Am besten geradeheraus und ohne Umschweife.«

»Ihr werdet es nicht glauben, aber wir sind unterhalb der Kathedrale.«

»Wie meinst du das?«

»Wie ich es sage. Unterhalb der Krypta. Ich war schon einmal hier. Zusammen mit Gwen, während ihrer Befreiung. Erinnerst du dich?«

»Als ob ich das jemals vergessen könnte.« Sie schüttelte sich. »Und du bist dir ganz sicher?«

»Hundertprozentig. Unsere Treppe endet hinter einer Tür seitlich der Krypta. Ich habe sie damals ignoriert, weil es offensichtlich war, dass das Gefängnis geradeaus lag. Aber ihr werdet es ja gleich selbst sehen, kommt.«

»Moment mal«, sagte Gunnar. »Wir können doch nicht mitten

in die Kathedrale hineinplatzen. Genauso gut könnten wir uns von der nächsten Mauer stürzen.«
Logan lächelte. »Lasst euch überraschen.«

Die Luft war kühl und feucht. Es roch nach Moder und Schimmel. An den Wänden wucherten Moose und Flechten. Kein Laut war zu hören, außer ihren Schritten und dem leisen Knistern des Feuers.
Gwen schaute sich um. Der Raum war leer. Ein paar Rundbögen, einige Nischen in den Wänden und an der hinteren Wand die schwere Holztür. Logan hatte recht, es war tatsächlich der Ort, an dem sie damals gefangen gehalten worden war. Niemals hätte sie sich träumen lassen, noch einmal hier zu landen. Vor ihnen lagen die Stufen, die hinauf ins Innere der Kathedrale führten. Logan ging voran, den Rücken gebeugt, sein Schwert schlagbereit in der Hand. Als er an der obersten Stufe angelangt war, deutete er ihnen zu warten, sah sich erst mal vorsichtig um und gab ihnen dann ein Zeichen, ihm zu folgen. Die Kirche war verlassen. Nicht ein Prediger oder Diener, der sie hätte entdecken können. Nicht mal ein Gläubiger war da, um zu beten. Sie waren vollkommen allein.
Auf dem Altar brannten ein paar Kerzen, und aus einem Behälter daneben stieg duftender Rauch auf. Auf einem kostbar aussehenden Tuch lagen verstreut einige Opfergaben. Gwen spitzte die Ohren.
»Hört ihr das?«, flüsterte sie.
»Kampfgeräusche«, flüsterte Gunnar. »Ich kann das Schreien von Menschen und das Klirren der Schwerter hören.«
Logan nickte. »Der Kampf ist bereits in vollem Gange. Ich bin vorhin eine der Treppen hochgestiegen, die zu den Wasserspeiern hinausführt. Man hat dort einen guten Blick auf den Vor-

platz. Für die Frauen sieht es nicht gut aus, das kann ich euch sagen. Sie sind eingekesselt und werden von allen Seiten angegriffen. Edana hat sie mitten in die Falle geführt. Immerhin ist es ihnen gelungen, eine Bresche zu schlagen, die wird jedoch von Clankriegern gehalten. Sie verteidigen jeden Meter mit erbitterter Entschlossenheit.«

Gunnar presste die Lippen zusammen. »Ob sie das auch noch tun würden, wenn sie erführen, dass Cedric ein Verräter ist und für seinen Verrat mit dem Leben bezahlt hat?«

»Wer weiß?«, sagte Logan. »Könnte sein, dass sie dann die Schwerter niederlegen. Aber wer sollte das tun?«

Gunnar zuckte die Schultern.

»Was ist mit den Bleichen?«, fragte Gwen. »Hast du sie gesehen?«

Logan wiegte den Kopf. »Schwer zu sagen, dafür ist es zu dunkel. Ich glaube, dass sie da sind, aber meine Hand würde ich dafür nicht ins Feuer legen. Keine Ahnung, wie lange das jetzt schon so geht.«

»Wie spät ist es denn?«

»Die Turmuhr schlug gerade fünf, als ich draußen war.«

»Fünf Uhr schon?« Gwen riss die Augen auf. »Dann waren wir ja die ganze Nacht da unten bei den Bleichen. Kein Wunder, dass ich so müde bin.«

»Noch zwei Stunden bis Sonnenaufgang«, sagte Gunnar nachdenklich. »Ob die Frauen noch so lange durchhalten werden? Logan, bring mich nach oben. Ich muss mit eigenen Augen sehen, was dort vorgeht.«

»Dachs braucht Ruhe«, sagte Gwen. »Wenn er nicht sofort etwas zu trinken und eine Mütze Schlaf bekommt, wird er vor Schwäche zusammenbrechen.«

»Ich habe auch schon daran gedacht«, sagte Logan und deutete nach rechts. »Sieh mal: Auf dem Altar liegen Opfergaben. Brot, Obst, etwas zu trinken. Wenn du dich mit Dachs in einen der Beichtstühle zurückziehst und dort auf uns wartest, führe ich Vater nach oben und zeige ihm alles. Sobald sich etwas tut, kommen wir zurück und holen euch. Einverstanden?«

Sie nickte. »Einverstanden.«

57

Die Zeit verging. Stunden, in denen deutlich wurde, dass die Frauen die Schlacht verloren hatten. Es war ihnen nicht gelungen, die Bresche zu nehmen, die von den Clankriegern so tapfer verteidigt wurde. Stattdessen waren sie in einen Stellungskampf gezwungen worden, der vielen von ihnen das Leben gekostet hatte.
Es war nun fast geschafft!
Marcus Capistranus wandte sich ab. Im Osten schimmerte bereits der Morgen über dem breiten Strom. Das Unwetter war vorübergezogen und hatte ein paar vereinzelte Wolken zurückgelassen. Die letzten Sterne funkelten vom langsam heller werdenden Firmament zu ihnen herab.
In der einsetzenden Morgendämmerung wurde das Grauen der Schlacht deutlich. Der Platz war übersät mit Toten. Am schlimmsten sah es an der Bresche aus. Dort stapelten sich die Leichen. Meterhoch verdrehte und geschundene Körper, denen alles, was sie an Ehre und Heldenmut mitgebracht hatten, abhandengekommen war. Doch auch die Bleichen waren nicht verschont geblieben. Mindestens ein Drittel dieser hässlichen Geschöpfe hatte es dahingerafft, und ihre Angriffslust war merklich getrübt.
Den Hexen war anzusehen, dass sie nicht mehr lange durchhalten würden. Der Rest der Brigantinnen – etwa drei- bis vierhundert – hatte sich in der Mitte des Platzes versammelt und erwartete den Anbruch des Tages. Vermutlich, um das

Verschwinden der Bleichen abzuwarten und dann den Rückzug anzutreten. Doch dazu würde es nicht kommen. Vorher würden noch die Feuer entzündet werden.
Trotz seines Sieges empfand Marcus Capistranus kein Triumphgefühl. Krieg war ein schmutziges Geschäft, doch von Zeit zu Zeit führte kein Weg daran vorbei. Es war Zeit, die Sache zu Ende zu bringen.
In diesem Moment wehte ein seltsamer Ton durch die Morgendämmerung zu ihnen herüber. Er kam von weit her und schien den ganzen Himmel auszufüllen. Ein langgezogenes tiefes Heulen, das wie Donner über das Land rollte. Es war ein Laut, den keiner von ihnen jemals vernommen hatte. Eine Weile hielt er an, dann ebbte er ab und verstummte. Dann ertönte er ein zweites Mal.
Marcus Capistranus runzelte die Stirn.
»Was in Gottes Namen ist das?«
Kopfschütteln.

Der Ton zwang jeden zur Aufmerksamkeit. Waffen wurden niedergelegt, Schilde gesenkt, selbst die Bleichen hielten inne. Es hörte sich an wie eine Posaune. Als würde jemand in ein unfassbar großes Horn stoßen.
Einer von Capistranus' Männern fiel zu Boden, schlug die Hände über dem Kopf zusammen und murmelte unverständliches Zeug. Konrad, der engste Berater des Inquisitors, bekreuzigte sich und fing an, aus der Offenbarung zu zitieren.
»Und der siebente Engel blies seine Posaune; und es erhoben sich große Stimmen im Himmel. Und der Tempel Gottes im Himmel wurde aufgetan, und die Lade seines Bundes wurde in seinem Tempel sichtbar; und es geschahen Blitze und Stimmen und Donner und Erdbeben und ein großer Hagel.«

»Halt deinen Mund«, fuhr der Inquisitor ihn an. »Jetzt ist nicht die Zeit für apokalyptisches Geschwätz.« Er spähte in die Richtung, aus der der Laut kam, konnte aber nichts entdecken. Entweder war die Quelle sehr klein oder sehr weit weg. Im Zweifelsfall beides. Er war sich inzwischen ziemlich sicher, dass es vom Fluss kam.

»Was sollen wir tun, Herr?« Es war offensichtlich, dass seine Männer eine Entscheidung von ihm erwarteten.

»Was immer es ist, es muss warten«, sagte er. »Wir haben eine Aufgabe zu erledigen. Entleert die Zisternen. Macht dem Spuk ein Ende.«

»Aber, Herr … dieser Ton.«

»Ich sagte, wir werden uns später darum kümmern. Habt ihr nicht gehört? Zisternen leeren und anzünden. Und zwar heute noch, wenn ich bitten darf.«

Niemand rührte sich. In den Augen der Männer leuchtete Furcht. Oder war da etwas anderes? Skepsis, Widerwillen – Gehorsamsverweigerung?

Er rammte seinen Stab in die Erde. »Habt ihr nicht gehört? Ich habe euch einen Befehl erteilt: Entzündet die Feuer!«

Widerwillig wandte Konrad sich an die Männer. »Ihr habt unseren Anführer gehört. Schickt die Männer zu den Zisternen. Entfacht die Feuer.«

Doch ehe die anderen den Befehl weiterleiten konnten, entstand neue Unruhe. Ein Bote kam angerannt, bahnte sich seinen Weg durch die versammelten Kirchendiener und blieb atemlos vor Capistranus stehen.

»Herr …«, keuchte er. »Ich bringe wichtige Kunde …«

»Was ist los?«

»Ein Wunder, Herr. Etwas kommt den Fluss herauf.«

»Drück dich gefälligst klarer aus. *Etwas?*«

»Schiffe, Herr. Ziemlich viele. Wir haben drei oder vier gezählt. Schwer zu sagen, wegen des Morgennebels. Aber was wir gesehen haben, deutet auf einen unbekannten Schiffstyp hin.«

»Wie sehen sie aus?«, fragte Konrad. »Was für eine Art von Schiffen?«

»Unbekannt, Herr«, erwiderte der Bote. »Keine Segelschiffe, so viel ist sicher. Sie sind ziemlich groß. Wenn Ihr möchtet, könnt Ihr gerne einen Blick darauf werfen. Vom Flussufer hat man einen guten Blick auf sie.«

Marcus Capistranus hielt seinen Stab umklammert. Das Eintreffen irgendwelcher Boote passte ihm gerade überhaupt nicht in den Kram. Er stand kurz davor, den größten militärischen Sieg seiner Karriere zu erringen, und er würde sich nicht von irgendwelchen Fremden davon abbringen lassen. Dementsprechend wenig interessierte ihn die Nachricht im Moment. »Schiffe, soso«, sagte er. »Nun, was immer es ist, wir werden uns später damit befassen. Jetzt haben wir dringendere Probleme. Das anbrechende Tageslicht verscheucht die Bleichen. Wir müssen jetzt handeln, sonst ist unser Plan zum Scheitern verurteilt. Los, entzündet die Türme.«

»Sollten wir nicht erst mal abwarten, was sie uns zu sagen haben, Herr?«, raunte Konrad. »Es macht sicher keinen guten Eindruck, von dem Gestank brennenden Fleisches begrüßt zu werden.«

»Willst du damit andeuten, dass du an meinem Urteilsvermögen zweifelst?«

»Nein, Herr, ich dachte nur …«

»Du sollst nicht denken, du sollst handeln.«

»Aber Herr … die Schiffe. Wenn es wirklich Botschafter der Außenlande sind, verfügen sie vielleicht über moderne Waffen.

Sie kommen von weit her. Vielleicht bringen sie Kunde vom Ende des Krieges. Findet Ihr nicht, dass …?«
Capistranus hatte jetzt endgültig genug. Er fuhr herum und schlug Konrad seinen Stab ins Gesicht. Mit einem dumpfen Stöhnen sackte er zusammen.
»Halt dein verfluchtes Maul«, zischte der Inquisitor. »Glaubst du nicht, ich hätte Befehl gegeben, sich um die Schiffe zu kümmern, wenn ich der Meinung wäre, dass sie von Bedeutung wären?« Er ärgerte sich, dass er mit dem Entzünden der Feuer so lange gewartet hatte. Es durfte nicht sein, dass er so kurz vor dem Ziel noch scheiterte.
»Auf diesem Fluss ist seit sechzig Jahren nichts mehr gefahren«, sagte er. »Ein paar Minuten mehr oder weniger machen jetzt auch nichts mehr aus. Die Lage auf dem Platz hingegen erfordert unser sofortiges Handeln. Also, was ist jetzt? Kann ich von euch erwarten, dass ihr meine Befehle umsetzt, oder soll ich selbst zu den Offizieren gehen und sie um diesen Gefallen bitten?«
Konrad stöhnte. Blut lief aus seinem Mund, als er sich mühsam aufrichtete. Er wurde dabei von anderen Männern des Rates gestützt. In ihren Augen leuchtete Verachtung.
Marcus Capistranus konnte nicht glauben, was hier geschah. Sie sahen ihn an, als wollten sie ihn überwältigen. Das war Rebellion!
»Niemand rührt sich vom Fleck.« Er drehte sich im Kreis und richtete drohend den Stab gegen seine Berater. »Der Erste, der sich gegen mich auflehnt, wird von mir persönlich ans Kreuz genagelt. Wie könnt ihr es wagen, euch meinen Befehlen zu widersetzen?«
»Aber Herr«, meldete sich Bruder Sigmund, der Domschweizer. »Wir können doch eine solche Meldung nicht ignorieren.

Das ist seit fünfundsechzig Jahren das erste Mal, dass jemand von den Außenwelten zu uns kommt. Laut Eurer Auslegung der heiligen Schrift sind wir die einzig Überlebenden. Und jetzt kommen Schiffe den Strom herauf. Wie erklärt Ihr das? Wir müssen nachsehen, ehe wir weitere Maßnahmen treffen.«

»Nur mein Wille zählt, habt ihr das verstanden?«, brüllte Capistranus. »Wie kannst du dich erdreisten, mir Empfehlungen auszusprechen oder gar mir vorzuschreiben, was ich zu tun oder zu lassen habe? Wenn ich dir sage, du sollst die Feuer entzünden, entzündest du die Feuer. Und wenn ich dir sage, du sollst dich vom obersten Kirchturm stürzen, so wirst du auch das tun. Du lebst nur durch meine Gnade, also maße dir nicht an, eigene Entscheidungen zu treffen.«

Sigmund hob sein Kinn. »Ich lebe durch die Gnade des HERRN, nicht durch Eure. Ihr seid auch nur ein Mensch, und Ihr habt Euch schon früher geirrt. Wer sagt mir, dass Ihr Euch nicht auch diesmal irrt?«

»Was sagst du da?« Capistranus senkte den Kopf. Mit blutunterlaufenen Augen ging er auf den Domschweizer zu. »Wiederhole das und bete dafür, dass ich mich verhört habe.«

Der Mann wich zurück, sein Gesicht schreckensbleich. »Ich ... ich ...«

Capistranus' Stock zitterte. Diesen Domschweizer würde er nicht so leicht davonkommen lassen. Dieses Mal würde er ein Exempel statuieren. Und wenn er dafür die Steinplatten rot färben musste. Der Stab sauste herab, doch der Schlag ging ins Leere. Bruder Sigmund war im letzten Moment ausgewichen und blickte ihn feindselig an. Alle blickten ihn feindselig an.

Ohne ein weiteres Wort zu verlieren, drehte Sigmund sich um, riss sich die Soutane vom Leib und verließ die Gruppe.

Der Inquisitor spürte, dass etwas Ungeheuerliches vorging.

Noch niemals zuvor hatte einer seiner Untergebenen es gewagt, sich gegen ihn zu erheben. Wenn er jetzt nicht entschieden durchgriff, konnte alles außer Kontrolle geraten. Er drehte sich um und wollte den Wachen, die am Rande des Walls mit geschulterten Gewehren warteten, Befehl geben, Sigmund festzunehmen, doch dazu kam es nicht mehr.
Ein Brummen war in der aufziehenden Morgendämmerung zu hören. Ein Brummen, das sich mit beträchtlicher Geschwindigkeit näherte. War es eben noch leise, wurde es von Sekunde zu Sekunde lauter. Und dann, wie aus dem Nichts, fegte es hoch über ihren Köpfen hinweg. Ein riesiger schwarzer Schatten. Ein fliegendes Ungeheuer. Wie ein Drache aus uralter Zeit, der gekommen war, um Rache zu nehmen.
Schreie ertönten.
Ausrufe des Entsetzens und der Furcht.
Die Männer warfen sich zu Boden, bekreuzigten sich und beteten das Vaterunser. Vergessen war Bruder Sigmund, vergessen auch die Schlacht, die Frauen und die Bleichen. Marcus Capistranus war wie vom Donner gerührt. Jetzt war ihm klar, wieso ihm dieses Geräusch so vertraut vorgekommen war. Ganz offensichtlich hatte es das Schicksal darauf angelegt, ihm einen bösen Streich zu spielen. Im Gegensatz zu den anderen, die sich wie Würmer am Boden wanden und sich am liebsten im nächsten Erdloch verkrochen hätten, wusste er, was da eben über ihre Köpfe gedonnert war. Er kannte dieses Teufelswerk und wusste, wer es steuerte. Sein eigen Fleisch und Blut. Seine Nemesis.
David!

58

Logan musste sich an der Steinbrüstung festklammern, um nicht in die Tiefe zu stürzen. Er zitterte. Das fliegende Ungeheuer war in einem weiten Bogen um die Kathedrale herumgeflogen und kam jetzt hinter der zerstörten Ostbrücke wieder in Sicht. Es war immer noch recht schnell, hatte aber bereits merklich an Höhe verloren. Offenbar wollte es landen.

»Wenn es sich nicht selbst versenken will, sollte es aufpassen«, sagte Gunnar. Logan hatte ihn noch nie so aufgeregt erlebt. »Aber vielleicht ist das genau seine Absicht«, fuhr sein Vater fort. »Sieht aus, als wolle der Pilot wassern. Siehst du die beiden länglichen Körper unterhalb des Rumpfes? Das sind Schwimmer. Sie funktionieren wie Boote und verhindern, dass die Maschine sinkt.«

Logan verstand immer noch nicht. Sein Verstand verweigerte ihm den Dienst. Er kam sich vor wie ein Schuljunge an seinem ersten Tag.

»Maschine? Pilot?«

»Natürlich eine Maschine«, sagte sein Vater lächelnd. »Oder dachtest du, es wäre ein Drache?« Er lachte. »Es ist ein sogenanntes Flugzeug. Siehst du den Teil vorne zwischen den beiden Tragflächen? Das nennt man Cockpit. Und wenn mich nicht alles täuscht, sehe ich dort auch die beiden Piloten. Schau nur, jetzt setzen sie auf.« Seine Augen leuchteten, als das Flugzeug wasserte, wobei es eine lange, weiße Gischtspur hinter sich herzog.

Während Logan gebannt verfolgte, wie sich das seltsame Fahrzeug dem linken Flussufer näherte, war unter ihnen, auf der Domplatte, eine beträchtliche Aufregung ausgebrochen. Der Inquisitor war auf dem Weg, die Neuankömmlinge zu begrüßen. Begleitet wurde er dabei von einigen seiner Berater sowie mehreren schwerbewaffneten Wachen.

»Die scheinen es aber ziemlich eilig zu haben«, sagte Logan. »Ich könnte mir vorstellen, dass die Ankunft dieser Schiffe und des Flugzeugs dem Inquisitor einen gehörigen Strich durch die Rechnung gemacht hat.«

»Oh Mann, sieh nur, wie gut es schwimmt«, schwärme Gunnar, der Logans letzte Bemerkung gar nicht gehört zu haben schien. »Wie sehr habe ich mir gewünscht, mal so ein Ding aus der Nähe zu sehen. Alles, was ich darüber weiß, habe ich aus einem zerfledderten Buch, das ich vor Ewigkeiten in den Trümmern der alten Bibliothek gefunden habe. Natürlich habe ich auch die Geschichten über den Angriff auf die Raffinerie gehört, nur glauben konnte ich sie nicht wirklich. Bis jetzt.«

»Meinst du, es ist dieselbe Maschine?«

»Möglich wäre es. Die Beschreibung stimmt jedenfalls mit den Berichten über Meister Svens Wunderwaffe überein – bis auf die Schwimmer. Aber die können auch nachträglich befestigt worden sein. Sieh nur, ich glaube, die Piloten wollen an Land gehen.«

Logan sah, wie die Maschine mit langsam tuckerndem Motor auf ihr Ufer zuhielt und dann anlandete. Einer der Piloten stieg aus, balancierte über den Schwimmer und sprang dann ans Ufer. Er vertäute die Maschine mit einem Seil an einem Holzpflock und zog sich die Mütze vom Kopf. Lange rote Haare quollen darunter hervor.

Eine Frau?

Wie gebannt starrte Logan auf das seltsame Gefährt.
Die Erkenntnis traf ihn wie ein Schlag. Die Haare! Das musste Juna sein.
Juna und David! Sie waren wieder zurück.
Wenn das Gwen erfuhr, sie würde völlig aus dem Häuschen sein.
Er sprang auf.
»Wo willst du hin?«, rief Gunnar.
»Zu Gwen«, rief Logan. »Ich weiß, wer die beiden sind, ich muss ihr unbedingt davon erzählen. Komm!«

*

David zog die Handschuhe aus, stemmte sich aus seinem Sitz und kletterte seitlich die Leiter hinab. Er versuchte, sich zu strecken, was sein Rücken prompt mit einem ungesunden Knacken quittierte. Diese verflixte Kälte. Vorsichtig bewegte er seinen Kopf von einer Seite zur anderen, lockerte seine Muskulatur und nahm dann Schutzbrille und Lederkappe ab. Die Luft roch nach Rauch.
Juna erwartete ihn bereits am Ufer. »Na, alter Mann, brauchst du Hilfe?«
Er griff nach Garibaldi, hob ihn aus seinem Körbchen und sprang leichtfüßig zu ihr hinüber. Dann gab er ihr einen Kuss. »Hättest du wohl gerne.«
Er setzte Garibaldi zu Boden, der sofort damit begann, die Umgebung zu beschnuppern.
Juna ergriff seine Hand und drückte sie. »Bist du aufgeregt?«
»Sieht man mir das an?«
»Nur jemand, der dich sehr gut kennt und der dich liebt.«
»Danke für die nette Lüge.« Er lächelte. »Die Luft schmeckt nach Krieg. Ich hoffe, wir kommen noch nicht zu spät.«

»Das hoffe ich auch. Aber vergiss nicht, wir sind Botschafter und müssen uns so verhalten. Was auch immer da gerade vor sich geht, wir müssen objektiv und unparteiisch bleiben. Auch deinem Vater gegenüber.«
Er nickte. Der Gedanke an seinen Vater ließ ein Gefühl der Übelkeit in ihm aufsteigen. Ihm war klar, dass die nächsten Minuten, bis die Schiffe eintrafen, entscheidend waren. Gewiss, sie hätten warten können, aber soweit man das aus der Luft beurteilen konnte, stand die Lage auf Messers Schneide. Er würde es sich nie verzeihen, wenn es wegen ihres Zögerns zur Katastrophe kam. David deutete in Richtung Kathedrale, von wo sich gerade eine Abordnung der Stadt näherte.
»Lass uns hinaufgehen«, sagte er. »Wir werden erwartet.«

*

Marcus Capistranus sah die beiden auf sich zukommen. Genauer gesagt, waren es drei, wenn man diese hässliche Promenadenmischung mit hinzurechnete, die um Davids Beine herumscharwenzelte. Er hatte darauf bestanden, ihnen allein gegenüberzutreten, er benötigte keinen Schutz. Seine Berater sowie die verhüllten Wachen hatten Anweisung, einige Meter weiter hinten zu warten.
Die Sonne war aufgegangen und warf ein goldenes Licht über das Land. Die Ränder seiner Soutane flatterten wie Flügel im Wind. Wer ihn aus der Ferne sah, mochte ihn für einen Engel halten. Ein Gedanke, der ihm gefiel. Warum nur erkannte niemand seine wahre Größe? Er war ein Geschöpf, gesandt von Gottes Hand. Ein rächender Engel, der mit Feuer und Blitz zur Erde hinabgestiegen war, um die Welt von Sünde und Verfall zu reinigen.
Die beiden Neuankömmlinge blieben vier Stufen unter ihm

stehen. Marcus Capistranus ignorierte die Hure und betrachtete stattdessen seinen Sohn.
David wirkte verändert. Beim letzten Mal war er ein verschüchterter Junge gewesen, jetzt hatte er zum ersten Mal das Gefühl, einem erwachsenen Mann gegenüberzustehen. Capistranus hob sein Kinn.
»Der verlorene Sohn ist also zurückgekehrt. Ich hätte nicht erwartet, dich noch einmal wiederzusehen.«
»Unsere Gebete werden nicht immer erhört, wie du sicher weißt«, sagte David. »Auch ich hätte nie damit gerechnet, dass sich unsere Wege noch einmal kreuzen. Aber wie es aussieht, hat das Schicksal es anders mit uns gemeint.«
»So scheint es wohl.«
Davids Stimme war ohne Groll. Er wirkte weder verunsichert noch verschüchtert. Das war umso verwunderlicher, als Marcus Capistranus seinen Sohn bei ihrer letzten Begegnung zum Tode verurteilt hatte.
»Es war ein Fehler von dir, wiederzukommen«, sagte er. »Der Augenblick hätte nicht ungünstiger sein können.«
»Das wird sich zeigen. Können wir reden?«
»Tun wir das nicht gerade?«
»Hier?« David sah seinen Vater verwundert an. »Vor deinen Leuten?«
Marcus Capistranus breitete die Arme aus. »Alles, was es zu sagen gibt, können wir auch hier besprechen. Ich habe keine Geheimnisse vor meinen Männern.«
David kam die letzten paar Stufen herauf, so dass sie auf gleicher Höhe standen. Die Hure wartete weiter unten.
»Wie es scheint, habe ich dich gerade bei irgendetwas Wichtigem unterbrochen. Das tut mir leid. Aber glaube mir, was ich zu sagen habe, ist wichtiger.«

Der Inquisitor stieß ein abfälliges Schnauben aus.

»Interessiert es dich denn gar nicht, was das für Schiffe sind, die den Fluss heraufkommen?«

»Ich gehe mal davon aus, dass du mir das ohnehin erzählen wirst. Ob es mich nun interessiert oder nicht.«

»Es sind Boten, Vater. Boten der Zuflucht. Männer, Frauen, Familien. Sie kommen, um euch zu helfen.«

»Was du nicht sagst.«

Wenn David die Ironie in seiner Stimme bemerkte, so beachtete er sie nicht. »Es sind Freunde. Männer und Frauen der Zuflucht. Wir begegneten ihnen, als wir in den Westen flogen.«

»Du meinst, nachdem du mich verraten, die Raffinerie in Brand gesteckt und mich beinahe ermordet hast? Ich kann nicht behaupten, dass ich sonderlich erpicht darauf bin, die Geschichte zu hören, aber erzähle sie ruhig. Ändern wird sie jedoch nichts.«

»Das wird sich zeigen. Wir flogen also in den Sonnenuntergang mit nichts weiter als unseren Kleidern am Leib und einer Karte, die nach Westen wies. Wir ließen die alte Welt hinter uns. Wir wussten, dass es dort keine Zukunft für uns geben würde. Unser Ziel war die Zuflucht.«

»Ich habe davon gehört. Geglaubt habe ich dieses Märchen jedoch nie.«

»Wir auch nicht, zumindest nicht bis zu jenem Zeitpunkt, als wir beschlossen, dorthin aufzubrechen. Wir hatten gehört, dass dieser Ort im Westen läge und sich an der großen See befände, doch das war eigentlich schon alles. Die Karte war sehr ungenau, sie konnte eigentlich nur als grobe Richtungsangabe gelten. Da der Mond hell schien und ich mich nicht traute, zu landen, flogen wir die ganze Nacht hindurch. Das Land unter uns war wild und unberührt. Keine Siedlungen, keine Feuer,

nichts. Die Gerüchte waren wahr. Die Seuche hatte eine blutige Spur hinterlassen und keine Menschenseele am Leben gelassen. Die Natur war zurückgekehrt. Seen, Flüsse, Wälder und Weiden, so weit das Auge reichte. Unser Mut sank. Der Morgen brach an, und noch immer hatten wir kein Lebenszeichen entdeckt. Als die Sonne aufging, hatte ich eine Vision. Mir wurde bewusst, wie einzigartig es doch war, dass wir die Dunklen Jahre überlebt hatten. Die alte Stadt, die Wilden Lande, Glânmor – all das schien mir auf einmal unendlich klein, unendlich zerbrechlich und unendlich kostbar zu sein. Dann plötzlich entdeckten wir einen blauen Strich am Horizont. Wir hielten darauf zu und sahen eine riesige Wasserfläche, die sich unter uns ausbreitete. War das die große See? Doch wir hatten keine Ahnung, wo wir waren. Wir entschieden uns, in westlicher Richtung weiterzufliegen. Unsere Treibstoffvorräte neigten sich dem Ende zu, als wir erst auf ein paar kleinere Ortschaften, dann auf eine größere Stadt trafen. Zu unserer Freude sahen wir Rauch aufsteigen. Die Stadt war bewohnt! Auf den Straßen liefen Menschen umher. Es gab Fahrzeuge, und in einem Hafen sahen wir Dutzende von Schiffen. Dann entdeckten wir den großen Fluss. Genau wie auf der Karte beschrieben. Jetzt waren wir sicher, die Zuflucht gefunden zu haben. Es war also doch kein Märchen, es war Wirklichkeit.
Es gelang mir, außerhalb der Stadt auf einer Wiese zu landen, wo wir von aufgeregten Dorfbewohnern empfangen wurden. Sie sprachen uns in einer fremden Sprache an, und es dauerte eine Weile, bis wir uns verständlich machen konnten. Als wir in die Stadt gebracht wurden, stellte man uns einigen hochgestellten Persönlichkeiten vor, die sehr daran interessiert waren zu erfahren, woher wir stammten und was wir wollten. Eine ältere Frau konnte unsere Sprache, und wir berichteten ihr,

was vorgefallen war. Wir zeigten ihr die Karte und erklärten, wie wir dazu gekommen waren. Man entschied, uns zu glauben, und erzählte uns im Gegenzug etwas über die Zuflucht. Wir waren erstaunt zu hören, dass dieser Ort längst nicht mehr der einzige war, der sich von der Knechtschaft der Krankheit befreit hatte. Mittlerweile gäbe es Dutzende Orte wie diesen, so erklärte uns die Frau. Immer mehr Gegenden wären seuchenfrei und würden zu einem normalen Leben zurückkehren. Das Leben auf der ganzen Welt normalisiere sich wieder. Auf die Frage, woher man das wüsste, erzählte sie uns von einer geheimnisvollen Technologie, die am besten nachts funktioniere und dabei helfe, Kontakt zur Außenwelt herzustellen. Ich glaube, das Wort *Radio* vernommen zu haben, bin mir aber nicht sicher. Da die Befriedung nicht immer störungsfrei verlaufe, hatte die Verwaltung von Le Havre – so der Name der Stadt – es sich zur Aufgabe gemacht, Regionen zu helfen, bei denen der Umstellungsprozess Probleme bereite. Die Lage der Stadt sei dafür ideal, denn als Hafenstadt grenze sie sowohl ans Meer als auch an einen großen Fluss, der bis weit ins Inland reiche. Man entschied sich aber doch, über das Meer zu kommen, da unsere Heimatstadt von dort aus besser zu erreichen sei. Ich zeigte ihnen die Karte und markierte dort die Lage der alten Stadt. Das Flugzeug wurde umgebaut, damit es auf dem Wasser starten und landen konnte, und – na ja, da sind wir nun.«

»Da seid ihr.«

»Ich verstehe deine Zweifel, Vater. Das Ganze ist furchtbar schwer zu glauben, aber vielleicht tröstet es dich, wenn ich dir sage, dass Juna und ich ebenfalls einige Tage benötigten, bis wir unser Glück fassen konnten. Dann ging es jedoch sehr schnell. Ihr hättet es erleben sollen. Eine Stadt, in der die Menschen lebten wie einst bei uns. Mütter, Kinder, alte Menschen, die an den Händen ihrer Enkel durch die Straßen spazieren. Bauernhöfe draußen auf dem Land, die von Familien bewirtschaftet werden. Für mich war es das Paradies, ein wahrhaftiger Garten Eden. Endlich hat sich diese Tür für uns wieder geöffnet.« Er wandte sich an die anderen Männer des Rates. »Ehrenwerte Herren, bitte werft diese Chance nicht weg. Unser Überleben ist zu wichtig, als dass wir weitermachen könnten wie zuvor. Lasst den Dingen Zeit, sich zu entwickeln. Sprecht mit den Menschen aus Le Havre, lasst zu, dass sie euch helfen, und entscheidet später. Es hat keine Eile. Dinge von dieser Tragweite wollen gut durchdacht sein.«

Marcus Capistranus bemerkte, dass viele seiner Männer nickten. Die Worte Davids schienen Eindruck gemacht zu haben. Es war höchste Zeit, der Sache einen Riegel vorzuschieben.

»Und diese Fremden wollen uns tatsächlich helfen?«, fragte er spöttisch.

»Das wollen sie, ja.«

»Was bringt dich auf die Idee, dass wir das nicht auch selbst schaffen?«

»Sieh dich doch um, Vater. Unsere Welt liegt in Trümmern. Aus dem Flugzeug konnte ich das ganze Ausmaß der Verheerung sehen. Es ist deine Pflicht, dafür zu sorgen, dass es nicht so weitergeht.«

»Oh, das werde ich.« Er lächelte. »Ganz sicher werde ich das. Soll ich dir etwas sagen?«

David verschränkte die Arme vor der Brust. Sein Blick drückte Skepsis aus.

»Wir haben die Schlacht gewonnen, Junge. Ganz recht, wir sind die Sieger. Die Armee der Frauen ist geschlagen. Das hättest du nicht erwartet, oder? Wir, die armen unterdrückten

Männer, besiegen die stolze Armee der Frauen. Ihre Anführerin war so begierig darauf, uns auszulöschen, dass sie einen verhängnisvollen Fehler gemacht hat. Jetzt liegt die hochmütige Streitmacht wie ein verwundetes Tier vor uns im Staub und winselt um Gnade. Das Licht der Hexen ist erloschen. Genau wie deines und jedes anderen, der es wagt, sich in meine Angelegenheiten zu mischen.« Er stützte sich auf seinen Stab und lächelte grimmig. »Ich sehe, dass dir diese Nachricht nicht behagt. Hast wohl geglaubt, du hättest mich besiegt, nachdem du meine Raffinerie zerbombt und meine Stadt den wilden Horden überantwortet hast. Aber ein Kampf ist erst zu Ende, wenn der letzte Streich geschlagen ist. Oder wie es mein alter Meister auszudrücken pflegte: Am Abend macht man das Licht aus.« Er reckte sein Kinn vor.

»Deine Angelegenheiten?«, rief David aufgebracht. »Du glaubst, indem du dich hier als Beherrscher einer Region aufspielst, könntest du über unser aller Schicksal bestimmen? Aber da hast du dich getäuscht. Wir haben für unsere Sünden bezahlt und dafür eine zweite Chance erhalten. Du hast die Wahl, entweder als Tyrann oder als Erneuerer in die Geschichtsbücher einzugehen. Entweder tauchst du diese Stadt in Blut, oder du ziehst einen Strich unter diese unselige Fehde und gibst den Menschen Glück und Frieden wieder. Um dabei zu helfen, sind wir gekommen.«

»Ach ja?« Der Inquisitor richtete sich zu seiner vollen Größe auf. »Ich finde, dafür, dass du mich beschuldigst, hast du selbst recht wenige Informationen geliefert. Warum diese Schiffe? Wer ist dort an Bord, Soldaten? Seid ihr wirklich gekommen, um uns zu helfen oder um euch mein Land unter den Nagel zu reißen?«

»Dein Land?«

»Ja, ich wette, dass es Soldaten sind. Ihr wollt hier einmarschieren. Ihr wollt uns unseren Besitz wegnehmen und uns versklaven. Ist es nicht so?«

»Warum wartest du es nicht einfach ab? Schau dir doch an, wer von Bord dieser Schiffe kommt, und bilde dir dann dein Urteil.«

Capistranus schnaubte verächtlich. »Du bist so unsäglich naiv, das warst du immer schon. Wann hast du je in deinem Leben etwas aus eigener Kraft erreicht? Immer hast du an jemandes Rockzipfel gehangen. Meister Stephan, Abt Benedikt, die Hure an deiner Seite und jetzt deine neuen Freunde von der Zuflucht.« Er spie das Wort aus, als hätte es einen bitteren Geschmack. »Mag ja sein, dass du in bester Absicht gehandelt hast, aber ich werde nicht untätig herumstehen, während du unsere Stadt dem Feind auslieferst.«

»Vater …«

»Schweig!« Capistranus drehte sich zu den Wachen um. »Nehmt diesen Verräter in Gewahrsam und werft die Hure über den Wall zu den anderen. Dann entfacht die Zisternen. Wir werden diese Eroberer mit einem Freudenfeuer begrüßen, das sie so noch nie gesehen haben.«

In diesem Moment trat ihm ein Mann in den Weg. Er war gekleidet wie eine Wache – mit Präzisionsgewehr, einer langen Kutte und schweren Stiefeln –, aber es war keine Wache. Das konnte er erkennen, als er seine Kapuze vom Kopf zog und sich breitbeinig vor ihn hinstellte.

Marcus Capistranus schnappte nach Luft. Das war doch nicht möglich. Es war …

59

*C*laudius!«

»Wie schön, dass du dich noch an meinen Namen erinnerst, Marcus. Und jetzt weg mit euren Waffen, und zwar schön langsam und so, dass ich sie sehen kann. Ihr alle, legt eure Pistolen und Gewehre ab und werft sie auf einen Haufen.«

Claudius richtete die Mündung seiner Kalaschnikow auf die Männer.

Er zählte sechs Wachen, und alle verfügten sie über automatische Gewehre.

»Juna, David, sammelt die Waffen ein. Und achtet darauf, dass nicht jemand zufällig noch ein Messer in Stiefel hat. Ich traue diesen Brüdern nicht weiter, als ich sie werfen kann.«

Ehe David eine Bewegung machen konnte, griff einer der Wachposten zu seiner Maschinenpistole. Claudius schoss sofort. Die Wucht der Kugeln riss den Mann von den Füßen und schleuderte ihn, von der Salve durchbohrt, auf die Treppenstufen.

»Habe ich euch nicht gesagt, ihr sollt keine Dummheiten machen? Glaubt nicht, ich würde bluffen, ich habe einen äußerst nervösen Finger. Du da«, er richtete seine Waffe auf den nächstbesten Posten, »runter mit deinen Waffen, sofort. Und schön langsam, wenn ich bitten darf.«

»Wer … wer sind Sie?«, stammelte David, der keine Ahnung zu haben schien, was hier vorging.

Armer Junge. Es war tapfer von ihm gewesen, hierher zurückzukehren, aber er hatte unterschätzt, was für ein skrupelloser und kranker Mann sein Vater inzwischen geworden war.

Ehe Claudius antworten konnte, sagte Juna: »Das ist Claudius, der Lebensgefährte meiner Mutter.« Und mit einem Lächeln fügte sie hinzu: »Mein Vater.«

Claudius wurde es warm ums Herz. Das letzte Mal hatte Juna ihm ein Messer in die Brust rammen wollen. Er konnte nur hoffen, dass ihre Begegnung diesmal unter einem besseren Stern stand.

Während die Wachen ihre Waffen ablegten, stand Marcus Capistranus immer noch an der Treppe und blickte ihn hasserfüllt an. »Was soll das werden, Claudius? Glaubst du, du kannst mich von meinem Weg abbringen?«

»Das brauche ich gar nicht. Dein Weg hat schon vor geraumer Zeit im Sumpf von Wahnsinn und Bigotterie geendet. Ich habe nicht vor, mit dir über das Thema zu diskutieren, den Fehler begehe ich kein zweites Mal. Ich werde dich aus dem Verkehr ziehen, das ist alles.«

»Du hast vor, mich zu erschießen?!«

»Wenn es sein muss …«

Der Inquisitor schüttelte den Kopf. »Mach dich nicht lächerlich. Dazu bist du nicht in der Lage.«

»Stell mich lieber nicht auf die Probe.« Claudius richtete seine Waffe auf den Kirchenfürsten. »Ich habe dich angefleht, mir zuzuhören. Ich habe gebettelt und gebeten, doch du hast mich in den tiefsten Kerker werfen lassen. Dass du dich bei allem, was du angerichtet hast, immer noch hinter Gott versteckst, ist der größte Hohn von allen. Sieh dich doch um. Welchen Sinn hat das Leiden all dieser Menschen? Ich kann nicht glauben, dass all dies von Gott gewollt ist. Was wir seit Wochen erleben, ist Menschenwerk – und der Mensch war schon immer gut darin, sich seine Hölle auf Erden zu erschaffen. Glaube mir, ich bin durch die Hölle gegangen, um hier zu stehen. Und ich werde diesem Wahnsinn ein Ende bereiten, so oder so.«

Marcus Capistranus lachte. »Du glaubst, Gott ist freundlich? Er hasst uns. Er bestraft jeden, der seiner nicht würdig ist. Er hat, ohne zu zögern, eine Sintflut geschickt und alles, was voller Sünde war, vom Antlitz der Welt gefegt. Die Heuchler, die Neider, die Ehebrecher, die Homosexuellen, die Diebe und Mörder. Alle ersoffen wie die Ratten. Glaubst du, es ist ein gnädiger Gott, der so etwas tut? Nein. Es ist ein finsterer Gott, ein zorniger Gott, der nur die am Leben lässt, die sich seiner würdig erweisen.«

»Seinen Willen zu verkünden ist ein guter Weg, Gott lachen zu hören, wusstest du das nicht, Marcus? Alles, was du kannst, ist den Leuten Angst einflößen. Und ich weiß auch, warum. Angst macht die Menschen schwach und gefügig. Wer Angst hat, ist besser regierbar. Dieser Schwachsinn von Himmel und Hölle, den die Kirchen uns seit Jahrhunderten erzählen, das sind doch nur Geschichten, die die Mächtigen erfunden haben, um die Schwachen zu kontrollieren. Die Wahrheit ist, dass wir sowohl Himmel als auch Hölle sind. Es steckt beides in uns. Die Welt ist ein Spiegel unserer selbst, deshalb haben wir es auch selbst in der Hand, was damit geschieht.«

»Die Frauen hätten dich besser getötet, als sie die Chance dazu hatten, Claudius«, zischte der Inquisitor. »Die Welt wäre ohne deine Ansichten besser dran.«

»Vielleicht. Doch dann wärst auch du nicht mehr am Leben, mein Freund.«

»Wovon redest du?«

»Davon, dass ich dir einst das Leben gerettet habe. Seither fühle ich mich verantwortlich für das, was geschehen ist. Weißt du denn nicht, dass ich es war, der dich damals aus dem brennenden Haus gerettet hat?«

»Ketzerei.«

»Die Frauen hätten dich sterben lassen für das, was du ihnen angetan hast. Doch ich konnte es nicht ertragen und bin zurückgekommen. Du warst bereits schwer verletzt, als ich dich aus den brennenden Trümmern zog. Heute denke ich, dass es vielleicht der schwerste Fehler meines Lebens war.«

»Frevel. Niemand hat mich aus den Trümmern gezogen. Es war ein Engel mit flammendem Schwert, der mir die Tür öffnete, damit ich sein Werk vollende.«

»Wenn du dich nur hören könntest! Traumgespinste, Fieberwahn. Du bist ein alter Mann, der nur deswegen so weit gekommen ist, weil niemand es gewagt hat, sich gegen dich aufzulehnen. Doch das wäre eure Pflicht gewesen.« Er deutete auf die Berater des Inquisitors. »Ihr alle, wie ihr hier steht, habt euch des Verbrechens gegen die Menschlichkeit schuldig gemacht.« Claudius spürte, wie die Wut ihn übermannte. »Glaubt ihr wirklich, es tickt ein Plan in seinem kranken Hirn? Oder habt ihr nur nach einem Vorwand gesucht, um ungehindert weiter brennen und morden zu können? Das ist es doch, was du willst, nicht wahr, Marcus? Die Welt brennen sehen. Sie weiter mit deinem Hass überziehen. Aber warum? Was hat dich zerbrochen? Die Liebe zu einer Frau, deine Sehnsüchte, deine Begierden? Oder war es das Eingeständnis, dass du auch nur ein Mensch bist, fehlbar und schwach? Wir alle haben unsere Begierden, wir sind Menschen. Sie zu unterdrücken oder zu bekämpfen, macht uns krank. Wir alle tragen blutige Gedanken in uns, es ist nur eine Frage, ob wir ihnen erlauben, Besitz von uns zu ergreifen. Dein Bedürfnis, mit einer Frau zusammen zu sein, entspringt nicht irgendeinem verdrehten göttlichen Plan. Es ist deine Natur. Du bist ein Mann, sieh das endlich ein. Ein Mann mit Bedürfnissen. Und du hast einen Sohn. Da steht er. Und jetzt mach endlich die Augen auf und betrachte die Welt, wie sie ist, und nicht, wie du sie dir zurechtzimmerst, verdammt noch mal!« Er schenkte David ein Lächeln.

»Nein!«

Er hörte den Schuss, noch ehe er ihn spürte. Ein scharfer Knall, der ihn einen Moment lang taub werden ließ. Erst jetzt sah er, dass Marcus Capistranus in die Innenseite seiner Soutane gegriffen und etwas hervorgezogen hatte. Eine Pistole.

Der Schmerz war vernichtend. Die Kugel hatte Claudius im Bauch getroffen. Dort, wo das Loch war, konnte er einen dünnen Rauchfaden aufsteigen sehen. Dann trat Blut aus der Öffnung.

Er stöhnte.

Seine Hände wurden merkwürdig kraftlos. Die Waffe entglitt ihm und fiel scheppernd zu Boden. Auf Marcus Capistranus' Gesicht war ein teuflisches Lächeln erschienen. Noch einmal hob er die Pistole.

»Erkennst du sie wieder?« Das Grinsen wurde breiter. »Ist das nicht eine Ironie? Bens Waffe. Wenn das nicht göttliche Fügung ist!«

Der zweite Schuss traf Claudius in die Brust. Es fühlte sich an, als hätte ihn ein Pferd getreten. Benommen taumelte er nach hinten. Der Schmerz war unvorstellbar. Als habe ihm jemand ein glühendes Eisen in die Brust gerammt. Er fühlte, wie das Leben ihn verließ. Noch stand er auf zwei Beinen, aber ihm blieb nicht mehr viel Zeit.

Mit einer fließenden Bewegung griff er an seinen Gürtel, zog sein Jagdmesser und stürzte sich auf seinen ehemaligen Freund.

Marcus Capistranus zog fieberhaft am Abzug, aber es fiel kein Schuss. Ladehemmung.
Die Klinge drang direkt ins Herz. Es gab einen Punkt des Widerstands, dann sank sie bis zum Heft in die Brust.
Der Inquisitor stieß einen überraschten Laut aus.
»Ben ... sagte mir ... die Waffe habe eine Fehlfunktion«, keuchte Claudius. »Zwei Schuss ... nicht mehr.« Schwarze und weiße Flecken zuckten durch sein Blickfeld. Seine Finger begannen, taub zu werden. Er hatte den Geschmack von Blut in seinem Mund. Mit allem, was ihm noch an Kraft blieb, zwang er den Inquisitor zu Boden.
Marcus Capistranus stieß ein Röcheln aus. Ein Zucken durchlief seinen dürren Körper.
»Nein ... wehre dich nicht«, murmelte Claudius. »Es hat keinen Sinn. Die Welt ... ist besser dran ... ohne uns.« Und mit einem gequälten Lächeln fügte er hinzu: »Wenigstens ... treten wir die Reise gemeinsam an, mein ... alter Freund.«
Seine tauben Hände ließen das Messer los, als er auf die Knie sank. David und seine Tochter standen Hand in Hand an der Treppe und sahen entgeistert zu ihnen herüber. *Seid nicht traurig,* wollte er ihnen zurufen, doch ihm fehlte die Kraft. *Es ist in Ordnung. Ihr seid die Zukunft. Ihr werdet das Gleichgewicht wiederherstellen, davon bin ich überzeugt.*
Und mit einem letzten Gedanken an seine geliebte Arkana starb er.

60

Juna war wie zur Salzsäule erstarrt. Sie war so voller Verzweiflung, Zorn und Wut, dass sie nicht mal in der Lage war, zu weinen. Sie riss sich aus Davids Umarmung los, rannte zu ihrem Vater und sank neben ihm auf die Knie. Aus seinem Augenwinkel rann eine einzelne Träne. Sie nahm seinen Kopf und bettete ihn auf ihren Schoß. Noch immer konnte sie nicht weinen. Wieder und wieder beschwor sie in Gedanken diese letzten Augenblicke herauf, besessen von dem Wunsch, zu begreifen, was eben vorgefallen war. Doch die Situation war zu unwirklich, um sie mit dem Verstand zu erfassen. Sie hörte die Stimmen der beiden Männer, zuckte zusammen bei der Erinnerung an diesen Knall, sah ihren Vater wanken, hörte sein Stöhnen, dann fiel der zweite Schuss. Erst da war ihr bewusst geworden, was geschah. Alles war so schnell gegangen. Noch ehe sie sich besinnen konnte, blitzte ein Messer auf. Sie sah, wie Claudius auf den Inquisitor zustürzte und ihm die Klinge in die Brust rammte. Die beiden gingen zu Boden, Marcus Capistranus auf dem Rücken, Claudius kniend über ihm. Ein paar leise Worte, ein trauriges Lächeln, dann war er umgekippt und gestorben. Einfach so.

David trat neben sie und legte seinen Arm um sie. Er sagte nichts, und sie war dankbar dafür. Für das, was sie empfand, gab es keine Worte. Doch obwohl ihre Wahrnehmung von Trauer und Wut getrübt war, glaubte sie einen Wandel unter den Beratern des Inquisitors zu spüren. So wie man im verschneiten März den Beginn des Frühlings erahnen konnte, so spürte sie die Veränderung, die mit den Männern vor sich ging. Von Wut oder Rachegedanken keine Spur. Nicht wenige von ihnen ließen beschämt den Kopf hängen. Juna schloss die Augen.

Als sie sie wieder öffnete, stand eine zierliche Person vor ihr. Sonnengebräunte Haut, große braune Augen, ein anmutig geschwungener Mund. An ihrer Seite ein verwegen aussehender junger Mann mit wildem Haar und in abgetragener Jägerkleidung. Juna blinzelte kurz, doch die Vision wollte nicht weichen.

»Gwen?«

Ein Nicken. Dann spürte sie zwei schlanke Arme um ihren Hals, fühlte das dunkle Haar an ihrer Wange und roch den markanten Duft. Erst jetzt begriff sie, dass es wirklich ihre alte Freundin war, die sie im Arm hielt. Nur Gwens Haare rochen dermaßen betörend.

Als Juna sich nach einer gefühlten Unendlichkeit von ihr löste, war ihr Gesicht klatschnass. Zu guter Letzt hatten die Tränen doch noch ihren Weg gefunden. Auch in Gwens Augen schimmerten Tränen. Tränen der Freude und der Trauer.

»Ich hätte nicht gedacht, dich noch einmal wiederzusehen«, schniefte ihre Freundin und wischte sich übers Gesicht. »Um ehrlich zu sein, so richtig glauben kann ich es immer noch nicht.«

»Ich auch nicht«, erwiderte Juna und fügte hinzu: »Es tut mir so leid …«

»Nein, nicht …« Gwen legte ihr den Finger auf den Mund. »Es ist belanglos. Was ist mit deinem Vater?«

»Er hat es nicht geschafft. Das war, hoffe ich, der letzte Unschuldige, der wegen dieses unsinnigen Krieges sein Leben

verlieren musste.« Sie wischte sich eine Träne aus den Augen und stand dann auf. »Wer ist der Junge da an deiner Seite?«
Gwen räusperte sich und stand ebenfalls auf. »Darf ich vorstellen? Das ist Logan.«
Juna ergriff die Hand des Mannes. Er hatte einen warmen und festen Griff.
»Er hat mir das Leben gerettet«, ergänzte Gwen und warf ihm einen zärtlichen Blick zu. Juna sah die beiden an und lächelte. Trotz all der schrecklichen Ereignisse gab es auch positive Entwicklungen. Das war es, woran sie sich halten sollten, nicht an Kummer und Schmerz.
»Hallo Logan, darf ich euch David vorstellen?«
Gwen schüttelte seine Hand. »Ich habe schon viel von dir gehört.«
»Tatsächlich?« Ein Lächeln huschte über Davids Gesicht. »Ich fühle mich geehrt.«
»Ben hat mir von dir erzählt. Benedikt, sollte ich wohl richtiger sagen. Du weißt schon: der Prior des Klosters vom Heiligen Bonifazius.«
Davids Brauen schossen empor. »Ben, er lebt?«
Sie nickte. »Er ist drüben bei den Gefangenen. Ich habe ihn vorhin noch gesehen, zusammen mit Magda, seiner Lebensgefährtin. Sie war es, die mir von euch erzählt hat. Es gibt bestimmt noch eine Menge zu erfahren, aber ich denke, wir sollten zu ihnen hinübergehen und nach dem Rechten sehen. Nicht, dass sich noch eine weitere Tragödie ereignet. Kommt ihr mit?«
David griff sich eine automatische Waffe und ließ den Verschluss zuschnappen. »Unbedingt.«
»Mein Vater und mein Bruder sind bereits drüben am Wall«, sagte Logan. »Sie versuchen, die Clanlords zum Niederlegen

der Waffen zu bewegen. Ich habe versprochen, zu ihnen zu kommen, sobald ich kann.«

Er hatte eine dunkle und wohlklingende Stimme. Juna verstand, was Gwen an ihm fand. Trotzdem gab es noch eine Sache zu bedenken. »Was ist mit den Wachen und den Beratern des Inquisitors? Sollte nicht einer von uns zurückbleiben und sie in Schach halten, bis die Schiffe eintreffen?«

»Da kannst ganz unbesorgt sein.« Einer der Männer war vorgetreten. Er hatte eine frische Platzwunde am Kopf. »Wir machen euch bestimmt keine Schwierigkeiten. Mein Name ist Konrad, ich bin – war – Vertrauter des Inquisitors. Ich glaube, ich spreche für uns alle, wenn ich sage, dass es keinen Grund gibt, diesen Kampf fortzusetzen. Wir sind müde und wollen nichts weiter, als dass endlich Ruhe einkehrt. Der Krieg entsprang dem Wunsch des Inquisitors. Er starb mit ihm.«

»Und das sollen wir dir so einfach glauben?« Juna war immer noch skeptisch.

»Die meisten von uns hegten schon lange Zweifel am geistigen Zustand unseres Führers«, sagte Konrad. »Aber wir waren zu feige, es offen zuzugeben. Wenn es euch recht ist, werden wir hier Wache halten und auf eure Rückkehr warten. Ich verspreche euch, dass wir die Toten nicht antasten werden.«

Juna betrachtete ihn eine Weile, dann ergriff sie seine ausgestreckte Hand. Irgendetwas in den Augen des Mannes sagte ihr, dass er vertrauenswürdig war.

»In Ordnung. Ich verlasse mich auf dich. Sollten die Schiffe anlegen, ehe wir zurück sind, frag nach einem Mann namens Pierre. Er beherrscht unsere Sprache und kennt uns. Sag ihm, dass alles in Ordnung ist und dass er hier auf uns warten soll.«

»Möge Gott seine schützende Hand über euch halten.«

Die Luft war erfüllt vom Gestank nach Blut und Rauch. Der Wall, von dem Logan und Gwen erzählt hatten, war an einer Stelle durchbrochen und bildete eine V-förmige Einsturzstelle. Auf der einen Seite der Bresche standen die Clanlords, auf der anderen die Brigantinnen. Unzählige Tote lagen hier. Auf dem Schutthaufen, der die beiden Seiten voneinander trennte, stand ein älterer Mann zusammen mit einem Jungen; sie waren von einigen wild aussehenden Kerlen umringt, die heftig auf die beiden einredeten. Juna und David folgten Logan und Gwen durch die Menge der Krieger und erklommen den Schutthaufen. Als sie eintrafen, erstarben die Gespräche. Viele der Clankämpfer schienen Logan zu erkennen. Sie senkten ihre Köpfe und wichen respektvoll auseinander. Der ältere Mann sah sie kommen, und ein Lächeln huschte über sein Gesicht.

»Logan. Gerade zur rechten Zeit. Vielleicht kannst du diesen Holzköpfen erklären, dass sie ihre Waffen einstecken und abrücken sollen. Auf mich wollen sie nicht hören.«

»Das ist mein Vater«, sagte Logan an Juna und David gewandt. »Der da neben ihm ist mein kleiner Bruder. Gunnar, Dachs, begrüßt meine neuen Freunde. Ich werde so lange zu den Clanlords sprechen.« Mit diesen Worten drehte er sich um und rief: »Es ist, wie mein Vater sagt. Die Schlacht ist vorbei. Die Kirchenmänner haben die Waffen niedergelegt.«

»Das wollen wir vom Inquisitor persönlich hören«, schrie einer der Führer, ein Mann mit schwarzem Bart, dessen Enden zu Zöpfen geflochten waren. »Immerhin hat er uns hierherbestellt, um die Drecksarbeit für ihn zu erledigen.«

»Er hat uns Reichtümer versprochen«, schrie ein anderer. »Was ist mit dem Gold, von dem er erzählt hat?«

»Wo ist Cedric, die feige Ratte? Er hat sich die ganze Schlacht über kein einziges Mal blicken lassen.«

Logan hob die Hände. »Cedric und der Inquisitor sind tot. Cedric wurde Opfer der Bleichen, und den Inquisitor könnt ihr euch anschauen, wenn ihr wollt. Er liegt drüben am Flussufer. Die Schlacht ist vorüber, lasst die Frauen ziehen.«

Ein Raunen ging durch die Menge. Juna warf einen Blick auf die andere Seite. Dort sah es schlimm aus. Müdigkeit und Entbehrung standen den Frauen ins Gesicht geschrieben.

»Was das Gold und die anderen Reichtümer betrifft, die euch versprochen wurden, so war das eine Lüge«, fuhr Logan fort. »Was eure Forderungen betrifft, so wendet euch an die Vertreter der Kirche. Ihr findet sie drüben am Fluss. Doch macht euch keine allzu großen Hoffnungen.«

»Dann lasst uns nach Glânmor ziehen«, rief einer der Krieger. »Die Straßen dort sollen angeblich aus purem Gold bestehen. Lasst uns dorthin marschieren und uns die Taschen füllen.«

»Ihr werdet kein Gold in Glânmor finden«, erhob jetzt David seine Stimme. »Ich habe es gesehen, ich war dort.«

»Wer bist du?«, rief einer der Lords. »Wie kannst du behaupten, in der Stadt der Frauen gewesen zu sein, wo doch jeder weiß, dass niemand lebend von dort zurückkommt.«

»Ich war dort, und ich bin zurückgekommen. Mein Name ist David vom Kloster des Heiligen Bonifazius. Mein Meister war Sven, der Konstrukteur, vom Clan der Grabräuber. Er hat die Maschine entwickelt, mit der meine Lebensgefährtin Juna und ich die Raffinerie zerstört haben. Dieselbe Maschine, die ihr soeben über eure Köpfe habt fliegen sehen.«

Juna bemerkte, dass die Clankrieger jetzt aufmerksam Davids Worten lauschten. Nicht einer, der es wagte, das Wort gegen ihn zu erheben. Noch niemals war sie so stolz auf ihn gewesen.

»Wir sind gen Westen geflogen und haben den Ort erreicht, den viele von euch als die Zuflucht kennen. In ebendiesem

Moment kommen einige Schiffe den Fluss heraufgefahren. Sie bringen Nahrung, Medizin und sonstige Hilfslieferungen für euch mit. Sie werden euch dabei helfen, dieses Land zu befrieden und in Einklang mit den Frauen zu leben. Die Zeiten des Hasses und des Krieges sind vorbei. Ihr solltet euch darauf einstellen. Diese Menschen sind gute Bauern. Sie haben Saatgut und Werkzeuge mit im Gepäck; sie können euch zeigen, wie ihr sie benutzt. Glaubt mir, das ist mehr wert als alles Gold der Erde.«

Logan stellte sich neben David. »Ihr habt ihn gehört, Männer. Wie sieht's aus, wollt ihr zum Fluss gehen und sie willkommen heißen?«

Niemand rührte sich. Obwohl Juna sehen konnte, dass die Rede Eindruck gemacht hatte, konnte sich niemand dazu entschließen, den ersten Schritt zu machen. Überraschenderweise kam die Hilfe vonseiten der Frauen.

»Wir würden die Neuankömmlinge gerne begrüßen.«

Die Brigantinnen wichen auseinander, als zwei sehr alte Menschen den beschwerlichen Weg über den Schutthügel antraten und zu ihnen heraufkamen. Ein alter Mann in einer Mönchskutte sowie eine kleine hutzelige Frau, die Juna als die oberste Heilerin wiedererkannte.

Magda und Ben.

David zögerte kurz, dann stürmte er den Hügel hinab und fiel dem alten Mann in die Arme. Gwen schloss sich ihm an und begrüßte die alte Frau. Magda strahlte, als sie ihre Schülerin wiedererkannte.

Als Juna Arkana entdeckte, gab es auch für sie kein Halten mehr. Sie rannte ihrer Mutter entgegen und umarmte sie. Die Hohepriesterin weinte vor Glück. Es war ein bewegender Moment, den Juna nicht dadurch verderben wollte, indem sie

ihrer Mutter von Claudius' Tod berichtete. Das konnte warten. In diesem Augenblick zählten nur die Lebenden.
Krummbeinig führte Garibaldi die kleine Gruppe an, die den Hügel heraufkam und sich dort der staunenden Menge präsentierte. Es wurden viele Fragen beantwortet, dann nahmen sich die sieben bei den Händen und gingen gemeinsam in Richtung Fluss.

Epilog

Zwei Jahre später …

Logan spannte das Pferd vom Pflug, ließ es grasen und begab sich in den Schatten einiger Bäume, die am Ende eines sanft abfallenden Hangs standen. Er wischte den Schweiß von seiner Stirn und nahm einen herzhaften Schluck aus seiner Feldflasche. Dafür, dass es bereits Mitte September war, hatte die Spätsommersonne noch ordentlich Kraft. Ein wundervoller Tag, ideal für die Arbeit auf dem Feld. Er zog sein Hemd aus, wischte sich die Achseln ab und setzte sich ins Gras.

Das Feld für den Winterweizen war bereits zur Hälfte umgegraben, und er hatte sich eine kleine Pause verdient. Wie immer hatte Gwen ihn mit einer schmackhaften Vesper versorgt. Dick beschmierte Brote mit selbstgemachtem Hüttenkäse, belegt mit Salatblättern und ein paar Tomatenscheiben. Genau wie er es mochte.

Während er aß, ließ er seinen Blick in die Runde schweifen. Er liebte diesen Ort. Nebenan lag ein kleiner Friedhof im Schatten einer mächtigen Eiche, um den ein efeuumrankter Zaun gezogen war. Der Hang selbst war kaum bewachsen, so dass man weit ins Land schauen konnte. An besonders klaren Tagen sogar bis zur alten Stadt. Dann erblickte Logan die Himmelskerze und die Türme der schwarzen Kathedrale und musste an die Abenteuer denken, die sie erlebt hatten.

Wie sehr sich die Welt seitdem doch verändert hatte! In einigen Ortschaften lebten wieder Männer und Frauen zusammen, und täglich wurden es mehr. Die alte Stadt hatte man aufgegeben. Niemand wollte mehr in den Trümmern der Vergangenheit leben. Die Männer des Inquisitors, aber auch viele Clanlords waren der Empfehlung der Besucher gefolgt und hatten sich im Umkreis der Stadt in kleinen Dörfern niedergelassen, wo sie die Grundlagen der Landwirtschaft erlernten und bereits im ersten Jahr gute Erträge erzielten. Das Prinzip der Landernten war aufgegeben worden, und auch die Schandkreise hatte man abgeschafft. Die Verbindung zwischen Mann und Frau sollte wieder freiwillig und auf natürlichem Wege stattfinden – und wie man an der Zahl der Neugeborenen sehen konnte, funktionierte es ganz gut. In Stetten, dem Dorf, das Logan und Gwen sich als ihre neue Heimat ausgesucht hatten, lebten mittlerweile schon fünf Familien, und bald würde eine sechste dazukommen. Gunnar und Dachs hatten beschlossen, ihre alte Schmiede aufzugeben und zu ihnen zu ziehen. Statt Schwerter und Rüstungen wollten sie von nun an Sensen, Eggen und Pflüge schmieden, und Gunnar würde sich über fehlende Aufträge nicht beklagen können. Im weiten Umkreis wurden landwirtschaftliche Werkzeuge gebraucht, und Logans Vater genoss einen guten Ruf.

Doch es gab auch schmerzliche Nachrichten.

Logan stand auf, klopfte sich das Gras von der Hose und verstaute den Rest der Vesper in seinem Umhängebeutel. Dann ging er hinüber zum Friedhof.

Er mochte Friedhöfe, das war schon immer so gewesen. Für ihn waren es Orte voller Geschichten. Spannende, aufregende, aber auch traurige Geschichten. Geschichten von Streit und Versöhnung, von zerbrochenen Herzen und wiedergefundener Liebe. Eine dieser Geschichten hatte ihn besonders berührt. Sein Blick fiel auf ein Doppelgrab, auf dem ein paar frische Feldblumen lagen. Der Grabstein war aus Sandstein gehauen und hatte die Form eines Liebespaares, das engumschlungen beisammensaß. Am Fußende war ein Schriftzug eingemeißelt: Numquam perit amor – die Liebe stirbt nie.

Ben hatte den letzten Winter nicht überlebt. Er war vierundachtzig Jahre alt und seit einiger Zeit schwer krank gewesen. Und weil Magda nicht allein bleiben wollte, war sie ihm freiwillig gefolgt. Logan wusste nicht viel über die beiden, nur das, was die anderen ihm erzählt hatten. Doch was er gehört hatte, reichte aus, um ihn an so etwas wie Schicksal glauben zu lassen. Es war eine Geschichte, die jeden mit Ehrfurcht erfüllte, eine Geschichte, die das Zeug hatte, zur Legende zu werden. Auch Junas Vater war hier beerdigt, und auch er hatte einen wunderschönen Grabstein bekommen. Der Friedhof lag nicht weit von der Straße entfernt, die nach Glânmor führte. Es war eine gute Stunde bis zur Hauptstadt der Frauen, wo Juna und David wohnten. Arkana war vom Hohen Rat erneut als Hohepriesterin bestätigt worden, und Noreia führte dort wieder den Vorsitz. Was aus Edana geworden war, wusste man nicht. Manche sagten, sie sei gefallen, andere behaupteten, sie sei von den Bleichen verschleppt worden. Manch einer erzählte, er habe sie gesehen, wie sie blind und verrückt auf der Straße umhergeisterte, die zur alten Stadt führte. Logan interessierte es nicht besonders, was die Leute erzählten. Er hielt sich lieber an Tatsachen. Und Tatsache war, dass er das Feld heute noch umpflügen musste. Also entbot er den dreien auf dem Friedhof den traditionellen Gruß des Clans vom steinernen Turm und machte sich auf den Weg, das Pferd einzufangen.

Er hatte gerade seine Hand auf den Hals des Tieres gelegt, als er vom Tal her ein Fahrzeug die Straße heraufkommen sah. Ein schlichtes Fuhrwerk aus Holz mit vier Rädern und Eisenbeschlägen, gezogen von einem kräftig gebauten Pferd. Die Ladefläche war voll mit Heu, und auch einige Fässer befanden sich darauf. Auf dem Kutschbock saß eine Frau, gekleidet in ein blaues Kleid, das mit einem bunt gestickten Gürtel zusammengehalten wurde. Neben ihr auf dem Kutschbock schliefen eine rothaarige Katze und ein kleines Mädchen. Das Kind trug eine Mütze, und sein Köpfchen war leicht zur Seite geneigt. Seit es vor einem Monat laufen gelernt hatte, wollte es überall mit dabei sein.

Die Frau lenkte das Fuhrwerk den Hang hinauf, und ihre schwarzen Haare flatterten im Wind. Als sie Logan sah, hob sie die Hand und winkte. Logan winkte zurück. Er spürte, wie sein Herz pochte.

»Na, was meinst du?«, flüsterte er seinem Pferd ins Ohr. »Wollen wir die Arbeit für heute ruhen lassen und Gwen und Rosalie ins Dorf begleiten? Den Acker können wir auch morgen noch zu Ende pflügen. Was, du bist einverstanden? Dann werden wir es genau so machen.« Und mit diesen Worten schwang er sich auf den Rücken des Pferdes und ritt zu den beiden hinüber.